KB077690

시리야의
늑대

시리아의 늑대 2

초판 1쇄 찍은 날 | 2015년 8월 26일
초판 3쇄 펴낸 날 | 2016년 2월 12일

지은이 | 김신형
펴낸이 | 서경석

편 집 책 임 | 조윤희
디 자 인 | 신현아

펴 낸 곳 | 도서출판 청어람
등록번호 | 제387-1999-000006호
등록일자 | 1999. 5. 31
어람번호 | 제5-424호

주소 | 경기도 부천시 원미구 부일로 483번길 40 서경B/D 3F
        (우) 14640
전화 | 032-656-4452 팩스 | 032-656-4453
http://www.chungeoram.com
E—mail | chungeorambook@daum.net

ⓒ 김신형, 2015

ISBN 979-11-04-90373-1 04810
ISBN 979-11-04-90371-7 (SET)

※ 파본은 구입하신 서점에서 교환하여 드립니다.
※ 저자와 협의하여 인지를 붙이지 않습니다.
※ 이 책은 도서출판 청어람과 저작자의 계약에 의해 출판된 것이므로, 무단 전재
   및 유포·공유를 금합니다.

시리아의
늑대

도서출판 청어람

Chungeoram romance novel 2

김신형 장편 소설

Contents

13.

빛은 어떤 것보다 빠르게 움직인다고 생각한다.
하지만 그것은 진실이 아니다. 빛이 아무리 빨리 움직인다 해도
언제나 어둠이 먼저 와서 빛이 도착하기를 기다리고 있다.

– 테리 프래챗

사우디아라비아의 수도 리야드까지는 비행기로 열두 시간이 넘게 걸리는 긴 여정이었다. 공항에 7시가 훌쩍 넘은 시간에 도착한 레인은 여권 하나와 급하게 챙긴 듯한 크로스백 하나만 들고 있었다. 그녀가 약속시간에 늦는 일도 처음이었거니와 묘하게 풀어진 모습에 팀원들은 서로 눈치만 볼 뿐 쉽사리 입을 열지 못했다.

"그래서 몸이 왜 그 모양인데?"

리야드에 도착해 숙소에 짐을 풀고 샤워하기 위해 옷을 벗었을 때에서야 클레이가 겨우 말을 꺼냈다. 레인의 온몸이 얼룩덜룩했다. 설마 저게 정사의 여운이라고 생각할 수 없을 정도였다. 무슨 짐승에게 물어뜯긴 형상인 것 같다고 클레이가 생각하며 욕실로

들어가려는 레인을 붙잡았다.

"뭐가?"

"그 일주일 사이에 사바나에라도 다녀온 거야? 무슨 맹수가 널 잡아먹은 거야?"

아마 이 꼴을 봤다면 리가 거품 물고 뒤집어졌을 거라 생각하며 클레이가 레인의 어깨에 있는 잇자국을 손가락으로 꾹 눌렀다.

"나도 똑같이 만들어 줬어."

그 말에 클레이가 질린 얼굴을 했다. 레인의 무심한 얼굴 위로 얼핏 미소가 스쳐 지나갔다.

"헐…… 누구야? 어떤 남자야?"

클레이가 아는 레인 크로포트는 이런 사람이 아니었다. 타인에 대한 애정이 희박한 사람이고, 동료는 '동료'였다. 친구라고 해도 마찬가지였다. 물론 레인의 친구를 알지 못하지만 마찬가지일 거라 여겼다. 1년의 대부분을 얼굴 맞대고 지내면서 고지식하고 자신이 할 일은 묵묵히 다 하는 레인을 좋아한다고 고백하던 우락부락한 놈들이 몇 있었지만 레인은 그들을 남자로 본 적이 단 한 번도 없었다. 그건 옆에서 쭉 지켜봐 왔던 클레이가 가장 잘 알고 있었다.

어쩌면 그것이 타인에 대한 관심과 애정이 희박해서일지도 모른다고 나름대로 결론을 내렸던 그녀였다. 그녀가 아는 레인은 혹 누군가와 교제를 해도 이렇게 온몸에 마킹을 달고 나올 성격이 아니었다. 레인을 이 정도로 몰고 간 얼굴 모를 남자가 대단하다는 생각이 들었다.

"그 짧은 사이에 남자가 생긴 거야? 거기 잘생긴 경호원이라도 있었어?"

클레이가 답지 않게 속사포처럼 말을 이었다. 레인은 경호원이 아니라 고용주라고 입을 열려다 관뒀다.

"게다가 공항에서부터 묻고 싶었는데……."

그녀의 눈이 레인의 발로 향했다. 걸을 때마다 미세하게 절룩거리는 걸 숨길 수 있을 거라 생각하진 않았다.

"그 발은 어떻게 된 거야?"

"유리를 밟아서 찢어졌어."

"그러니까 그걸 어쩌다 밟은 건데?"

"경호하다가."

"경호를 맨발로 했냐!"

결국 클레이가 소리를 빽 질렀다. 이렇게 하지 않으면 레인이 아무 말도 해주지 않는다는 걸 아는 그녀였다.

사실 6년 전 레인을 처음 봤을 때부터 마음에 들지 않았던 그녀였다. 조그만 게 위험한 일만 도맡아 하기에 죽고 싶은 건가 싶었고, 용케도 살아 돌아오기에 좀 하네, 그리고 필요 이상으로 날을 세우며 다니기에 까다로운 괴짜라고 생각해 부딪치지 않고 피해 다녔었다. 레인에 대한 인식이 바뀌는 건 꼬박 2년이 걸렸다.

"대장!"

밖에서 블락이 무식하게 부르며 멀쩡한 벨을 놔두고 문을 쾅 쾅 두드렸다. 샤워를 하긴 그른 모양이라고 생각하며 레인이 짧은 한숨을 내쉬었고 클레이가 인상을 팍 찡그렸다. 저 무식쟁이 때문에 레인에게서 대답을 들을 기회가 사라진 것에 대한 분노였다.

레인이 배스 가운을 대충 여미자 문을 벌컥 연 클레이가 대상을 확인한 뒤 상대의 정강이를 깠다.

"으악! 왜 그래!"

"아예 화재경보기를 울리지 그래?"

"내가 뭘!"

블락이 얻어맞은 정강이를 낑낑거리며 만지면서 왜 다짜고짜 시비냐며 억울하다고 외쳤다.

"쯧쯧, 그러게 내가 벨 누르라니까."

리가 블락의 뒤에서 고개를 절레절레 저었다. 그러고 보니 블락의 뒤로 줄줄이 팀원들이 서 있었다.

"무슨 일이야?"

"아아, 아까 브로커가 왔다 갔거든. 내가 대신 만났어."

일단은 비행기에 무기를 반입할 수 없기에 이렇게 현지에서 필요한 무기들을 조달해 주는 브로커가 따로 있었다. 사우디에서 바로 예멘으로 넘어갈 예정이었는데 아무래도 예멘에서는 활동이 자유롭지 않아 사우디에서 만나서 무기를 인도받기로 했던 것이다.

조이와 페이크가 커다란 상자를 들고 안으로 들어왔다. 커다란 상자를 열자 필요한 것으로 미리 주문해 놓았던 무기들이 들어 있었다.

리가 제일 먼저 M4 소총과 글록17을 레인에게 건넸다. 그리고 한쪽 구석에 얌전히 자리를 차지하고 있는 너클이 그녀가 필요한 무기의 마지막이었다. 지난번엔 브로커가 불량품을 가져왔다가 곤욕을 치른 적이 있어 무기의 상태를 꼼꼼하게 확인했고, 마지막으로 너클을 손가락 사이에 끼워 한번 휘둘러본 레인이 고개를 끄덕였다.

팀의 화기를 담당하고 있는 리가 자신의 몫으로 배정된 SVD(드라구노프) 저격소총을 가져갔다. 만약을 대비해 백병전에 들어갈 수도 있어 총검까지 가져갔다.

그리고 통신장비와 AK소총을 개량한 KTR—035가 나머지 인원들에게 돌아갔다.

"근데 정말로 팀장이 현장에서 뛰려고?"

"미리 말해두지만 보수는 세 배야. 그런데 내 개인적인 일이 얽혀 있어."

그 말에 팀원들은 더 이상 묻지 않았다. 그저 알았다는 얼굴로 고개를 끄덕일 뿐이었다. 흔한 일은 아니었지만 아주 가끔 개인적인 일이 얽힌 의뢰가 들어오기도 했다. 그럴 때면 현장을 떠난 사람이나 본래 현장에서 뛰지 않던 사람도 직접 나서기 마련이었다. 기본적인 프로필 외엔 레인에 대해 알지 못하는 팀원들이 궁금해서 물어보고 싶은 말이 목 끝까지 올라왔지만 아무도 입을 여는 이가 없었다.

레인은 자신의 개인적인 일은 입에 담지 않았다. 그들이 알고 있는 건 그녀가 천지간에 혼자라는 것뿐이었다.

"개인적인 일, 뭐?"

클레이의 말에 블락의 눈이 커다랗게 뜨여졌다. 아니아니, 그거 불문율 아니었어? 놀란 얼굴로 그 쟁반만 한 얼굴이 그만하라며 도리질을 쳐댔다. 하지만 클레이도 눈치가 없어서 물은 게 아니었다.

말문이 막힌 레인이 물끄러미 클레이를 바라보았다.

"왜 그렇게 봐? 물을 수 있잖아. 우리가 몇 년째 같은 팀인지 잊은 거야?"

그들은 레인의 사생활에 대해 거의 몰랐지만, 레인은 그들의 사생활에 대해 훤히 알고 있었다. 팀장이란 직책이 원래 팀원들의 사생활까지 신경 써서 팀 내에 불화가 없게 조율해야 하는 입장이기도 했고, 사실 자신의 팀원들은 사생활을 떠벌리면 떠벌렸지 숨기는 사람들이 아니었다.

"게다가 이 인원을 봐. 자살하러 온 거나 다름없잖아."

평소의 절반도 되지 않는 인원이고 그렇다고 백업 팀이 있는 것도 아니었다.

"팀장, 모두 네가 간다고 해서 온 거야."

클레이의 손가락이 정확히 레인을 가리켰다.

"또 '이래서 팀장 따위 안 하려고 했는데' 이런 망발을 지껄이기만 해봐라."

클레이의 커다란 손이 레인의 머리 위를 쓱쓱 쓰다듬었다. 클레이는 레인이 팀장이 된 뒤로 무조건 그녀의 편이었다. 그걸 모르는 사람은 이 자리에 아무도 없었다. 그녀가 어미 새처럼 레인을 챙기는 건 어딘지 모르게 레인이 위태로워서라는 걸 모두가 알았다.

"신세를 졌어."

어머니와 얽힌 기나긴 이야기를 그들 앞에 풀어놓을 재주가 레인에겐 없었다. 결국 한 마디로 압축했다. 어차피 아리아를 만난다면 듣기 싫어도 자신과 아리아의 관계를 팀원들이 알게 될 확률이 컸다. 아직은 어떤 식으로 이야기를 해야 좋을지 레인은 알지 못했다.

"너답다, 너다워."

클레이가 결국 두 손을 들었다. 그녀의 눈이 레인의 딱지가 떨어져가는 입술을 보고 있었다.

"그럼 나도 한 마디만. 입술은 왜 그런 거야?"

"손은? 아까 보니까 손목에도 멍 자국 있던데."

"목덜미에 그 자국은 뭐고?"

믿었던 리까지 마지막에 목덜미의 자국에 대해 물어보았다. 덩치도 산만 한 사내놈들 네 명의 눈이 야동을 볼 때보다 더 초롱초롱해지는 것을 발견한 레인이 그 시선들을 슬며시 흘리며 대꾸했다.

"물어뜯긴 거야."

"누구한테!?"

"남자한테."

꽤나 담백한 대답이었다. 하지만 하늘이 무너지는 것처럼 구

13

는 네 남자들의 예상에는 없던 답이었다. 경악으로 일그러진 얼굴들은 마치 막다른 길에 몰려 완벽히 차단된 퇴로에 놓인 사람들로 보였다. 클레이가 한 걸음 뒤에서 쯧쯧 혀를 찼다.

"어느 놈이야!"

이 넷 중 가장 침착하기로, 아니 용병들 중 가장 침착하다고 할 수 있는 리가 버럭 소리를 내질렀다.

"세상에, 레인에게 남자라니."

"모태솔로에게 남자라니!"

"그것도 일주일 사이에!"

'저것들을 죽여 버릴까' 하고 레인이 일순간 진지하게 생각했다. 어디서 모태솔로 운운하는 건지, 손가락 사이에 끼어있는 너클을 쥐고 있는 주먹에 힘이 들어갔다.

"그렇게 궁금해?"

"응!"

작은 몸집의 레인을 감싼 네 사내들이 대답을 듣기 위해 눈을 빛내며 커다랗게 고개를 끄덕였다. 레인이 선선하게 웃으면서 속삭였다.

"질문 하나당 한 대."

뚜두둑—

언젠가 블랙이 저것은 여자 손에서 나는 소리가 아니라고 치를 떨었던 그 소리가 모두의 귀에 똑똑히 들렸다. 너클을 낀 손을 가볍게 풀자 관절이 부딪히며 나는 소리에 그리 넓지도 않은 방에서 사내들이 후다닥 떨어져 구석으로 붙었다.

"아, 진짜 툭하면 폭력!"

"사내새끼들이 내 밑에 있는데 이 정도 폭력은 써줘야지."

존이 팀장이었을 적 폭력을 쓸 때마다 툭하면 내뱉던 말을 그대로 읊으며 레인이 이번에는 가볍게 목을 풀었다.

처음부터 그들의 팀이 레인에게 우호적인 건 아니었다. 사람들에게 살가운 성격도 아니었던 레인이 이 팀에 녹아들 수 있었던 것은 전적으로 존의 도움이 가장 컸다.

"소, 솔직히……."

점점 다가오는 레인을 보고 등 뒤가 벽이라 더 움직일 수 없는 블락이 그 커다란 덩치로 소심하게 외쳤다.

"솔직히 뭐?"

"……너클을 끼는 건 반칙이라고 생각합니다, 팀장님."

블락의 정중함은 항상 레인이 주먹을 들어야 나오는 것이었다. 금방이라도 무릎을 꿇을 자세를 취하고 제발 그 너클만이라도 빼달라고 말하는 그에게 레인이 가소롭다는 얼굴로 코웃음을 쳤다.

"이걸 안 끼면 내 손이 부러질 것 같아서."

퍽—

레인은 결코 뼈는 상하지 않게, 하지만 하루 혹은 이틀은 그 통증에 몸서리치게 때리는 방법을 존에게 전수받았다. 힘이 없어 보이는 가벼운 펀치가 뼛속을 시리게 한다는 걸 이미 알고 있는 블락이 복부를 부여잡고 힘없이 쓰러졌다. 사실 쓰러질 정도는 아니었지만 아프다는 걸 최대한 어필하기 위해 일부러 엄살을 떨어대는 블락이었다.

조이와 페이크, 차례대로 잊지 않고 짧은 구타를 마친 후 레인은 마지막으로 리의 앞에 섰다.

"난 피해자야, 레인."

"선동자가 아니라?"

"다들 나한테 물어보라고 문 앞에서부터 등을 떠미는 바람에 물어본 거야."

실상은 제가 제일 흥분해서 물었던 주제에!

배신자를 바라보는 세 남자의 눈동자가 불타올랐다. 그럼에도 아무 말도 하지 못하는 건, 리가 유일하게 그들을 백업해주는 화력(스나이퍼)이기 때문이었다. 리에게 밉보이고 싶지 않았다. 목숨이 달린 문제에 '정말?'이란 얼굴로 돌아보는 레인에게 셋이 동시에 고개를 끄덕이며 리의 무고함을 알렸다.

"거봐. 맞지?"

리가 어깨를 쫙 펴고 웃었다.

레인이 어깨를 으쓱하며 끼고 있던 너클을 벗어 테이블 위에 두자 누군가 속삭였다.

"이건 인종차별이야. 동양인이라고 리만 아끼는 거야."

"인종차별이라기 보다는, 너희가 멍청해서 그래."

복부를 감싸고 아직도 바닥을 구르고 있는 그들을 향해 클레이가 싸늘하게 내뱉었다. 언제 봐도 뇌까지 근육으로 만들어진 놈들이었다.

리야드에서 예멘까지는 차로 꼬박 사흘을 달려야 하는 거리였다. 수도를 벗어나고부터 작은 마을 몇 개를 지나 결국엔 몇 시간을 달려도 제대로 된 인가 하나 나오지 않을 때까지 사막의 도로를 달렸다. 가끔 주유소를 겸한 휴게소에 들러서 볼일을 보고 식사를 하는 것 외엔 지옥 같은 시간이었다.

엉덩이에 감각이 없다며 울상을 짓는 블락은 차가 비포장도로를 달릴 때마다 그 커다란 키 때문에 차의 지붕에 자꾸 머리를 박아댔다. 아래위로 성할 날이 없는 덩치 큰 그가 답지 않게 눈물을 글썽였다.

"그래서? 레이사랑은 어떻게 됐는데?"

"데이트 한 번 하고 까였다고, 이 새대가리야."

"아니, 왜 나한테 성질을 내?"

위아래의 고통을 참을 수 없었던 블락은 벌써 세 번째 같은 질문을 하는 조이에게 화를 버럭 냈다. 엉덩이도, 머리도 아픈데 이 녀석은 자신의 마음까지 아프게 한다며 글썽이는 눈물이 곧 방울져 흐를 것 같았다.

"그만해, 조이."

저 커다란 덩치가 우는 걸 보는 건 팀원들의 시신경에 도움이 될 것 같지 않아서 팀장인 레인이 말렸다. 조이가 몰라서 묻는 게 아니라 그저 블락을 놀리는 게 재미있어서 그런다는 건 팀원들이 모두 알고 있었다. 블락뿐만 아니라 모두가 뻐근한 엉덩이와 허리 때문에 몸을 배배 꼬고 있었다.

"다음엔 지붕 없는 지프차가 좋겠어, 팀장."

또다시 차의 지붕에 머리를 콩 박은 블락이 한숨을 내쉬며 불만을 토로했다.

"야이, 멍청아. 에어컨도 없이 먼지 마시면서 여길 달리고 싶냐?"

"아, 그건 곤란하지."

조이의 타박에 블락도 금세 마음을 고쳐먹었다. 그리고 모두가 한 마음으로 생각했다.

그래, 에어컨이 나오는 게 어딘가!

바로 전 임무에서 에어컨이 고장 난 방공호에서 꼼짝 못하고 두 달 가까이를 보낸 클레이와 레인의 표정이 아련해졌다.

"우리가 잠깐 쉬는 동안 정신이 많이 해이해진 것 같아."

반성을 하는 클레이의 말에 모두가 고개를 끄덕였다. 맞아, 이런 것쯤이야 호사에 속하지 하면서 너도나도 맞장구를 쳤다. 그 모습을 보조석에 앉아 백미러로 쳐다보고 있던 레인은 정말 단순한 놈들이라고 생각했다.

"근데 우리 탈레반 놈들하고도 싸우는 거 아니겠지?"

팀의 무식을 담당하고 있는 블락의 말에 보다 못한 리가 그의 뒤통수를 때리며 정정했다.

"알카에다, 병신아."

IS에도 털리고 탈레반에도 털린 알카에다가 사활을 걸고 있는 예멘 전선을 떠올리고 말한 게 분명한 블락이 아픈 머리를 긁적이며 다시 물었다.

"다 같은 거 아냐?"

"엄연히 달라."

"그래, IS가 원래 알카에다에서 파문당한 애들이었는데 1년 만에 알카에다와 탈레반을 뛰어넘었지."

이제는 갑자기 잘못된 지식을 갖고 있는 블락에게 지식 전파하기로 이야기가 자연스럽게 전환됐다. 그러다가 이내 지쳐서 한두 명씩 꾸벅꾸벅 졸기도 했다.

땅거미가 져 차의 헤드라이트 외엔 불빛이라곤 보이지 않을 때쯤엔 운전을 하고 있는 페이크와 보조석에 앉아 있는 레인을 제외하곤 모두가 잠들었다.

"레인, 너도 좀 자."

이제는 뚝 떨어진 사막의 기온에 자면서도 팔뚝을 부비며 춥다고 중얼거리는 팀원들로 인해 에어컨의 온도를 다시 설정했다.

"예멘 국경엔 언제쯤 도착하지?"

"여섯 시간 뒤쯤?"

국경은 이미 수도를 차지한 반군들이 지키고 있었다. 차라리 사우디아라비아에서 지원하고 있는 정부군이라면 입국하기 쉽겠지만 여행제한국가라는 명칭답게 반군이 장악하고 있는 예멘의 수도 사나는 여러모로 까다로울 것 같았다.

"하지만 돈으로 안 되는 게 없지."

레인의 걱정을 읽었는지 페이크가 대수롭지 않게 말했다. 실제로도 아프간이나 이라크에서 단돈 10달러로 어떤 기적을 일으키는지를 직접 보고 겪어왔기에 레인이 고개를 끄덕였다. 어디에서건 개구멍은 존재했다. 실제로 자신의 오른쪽 가슴 포켓 안에 들어있는 100달러짜리 지폐 뭉치는 없는 개구멍도 만들어낼 정도였다.

내전에 시달리는 나라일수록 그 개구멍의 크기는 더 큰 법이었다.

레인은 이미 오래전에 비어버린 커피 잔만 만지작거렸다. 그걸 곁눈질로 힐끗 본 페이크가 물었다.

"왜 이렇게 센티해졌어?"

이제 곧 예멘에 도착하면 정말 긴장의 연속이라 잠을 제대로 잘 시간도 없을 걸 생각하면 그는 레인이 지금이라도 좀 자두길 원했다.

"그냥. 좀 복잡해서."

"구출 임무라는 것 때문에 그래?"

"그것도 그렇고."

"너무 걱정하지 마."

그것은 이상하게도 머피의 법칙과도 같았다. 구출 임무가 자주 떨어지진 않았지만 대부분의 팀에서 구출 임무를 맡을 때는 꼭 팀원 한 명 이상이 목숨을 잃었다. 그걸 누군가가 사람의 목숨 하나를 살리는 데 사람의 목숨 하나가 대가로 들어가는 것 같다고 말한 뒤에는 정말 머피의 법칙처럼 굳어졌다.

"그건 그렇고 애들 사이에서 네가 이번 임무를 마지막으로 은퇴한다고 하던데."

"응."

"그래, 잘 생각했어."

페이크가 의외로 고개를 끄덕이며 한 손으로 운전대를 잡고 한 손으로 레인의 어깨를 툭툭 쳤다.

"안 말려?"

존과는 전혀 다른 반응에 레인이 창밖으로 향했던 시선을 그에게 돌렸다.

"왜? 말렸으면 좋겠어?"

"아니."

그 말에 페이크가 짧게 폭소했다.

"그러면서 뭘 물어?"

"존은 날 놔줄 생각이 없어서."

"그거에 제 시선 안에 네가 있길 바라서겠지. 넌 좀…….'

말끝을 늘이며 그가 레인의 눈치를 봤다.

"어울리지 않거든."

그 말은 또 처음 들었다. 레인이 버릇처럼 귓불을 만지작거렸다.

"아마 다들 그렇게 생각하고 있을걸. 네가 좋아서 이 일을 하는 게 아니라는 걸."

"좋아서 하는 일이 어디 있어? 다들 그냥 어쩌다 보니 하는 거지."

"그래, 여기서 사연 없는 놈이 어디 있겠어?"

백미러로 고롱고롱 코를 골며 자고 있는 팀원들을 슬쩍 바라본 페이크가 레인의 말에 동조했다. 그 자신만 하더라도 이라크에서 적당히 벌어먹고 살 만한 일이 군인밖에 없어서 그 일을 하다 보니 용병 쪽까지 흘러온 경우였다.

"네겐 차라리 군대 쪽이 더 어울리는데. 전술장교였다며? 그럼 탄탄대로였을 텐데, 어쩌다 그만둔 거야?"

팀원들 모두가 궁금해 했던 질문을 단둘이 있는 기회를 이용해 은근슬쩍 페이크가 물었다. 그 엘리트코스를 뒤로 한 채 갑자기 레인이 용병단에 입사한 것은 그들 팀의 첫 번째 미스터리였다.

"돈이 필요했거든."

"돈이 필요하면 뭐 얼마가 필요해서⋯⋯."

"아주 많이."

역시나 자신에 대한 이야기는 손톱만큼도 하지 않는 레인에게 혀를 내두르며 페이크가 다시 자신의 불쌍한 팀원들을 백미러로 바라보았다. 아무 말도 하지 않지만 레인은 그들에게 꼭 지켜주고 싶은 존재였다. 그렇게 아등바등하며 아무 말도 하지 않는 게 더 안쓰러워 보인다는 걸 그녀가 알지 모르겠다.

"⋯⋯미국 병원에서 생명유지장치를 유지하는 한 달 비용이 얼만 줄 알아?"

더 이상 듣기에는 글렀다 싶어서 포기했을 즈음 레인이 입을 열었을 때 페이크는 잘못 들은 줄 알았다. 혈혈단신인 그녀가 누군가의 생명유지장치에 돈을 쏟아 붓는다니?

"천문학적이야, 페이크. 나는 이제 그걸 감당할 자신이 없어졌어. 그리고 너무 지쳤어."

지쳤다고 말하는 레인의 표정은 지나치게 담담했다. 아마 그것은 오래전부터 그녀가 지쳐 있었기 때문이리라.

페이크가 그게 누구 때문이냐고 물어보려 했을 때, 레인의 뒤에서 손 하나가 불쑥 튀어나오더니 그녀가 귓불을 잡고 있는 손을 떼어냈다. 어느새 일어난 리가 보조석에 바짝 붙어서 말했다.

"언제 잘 거야?"

그제야 페이크는 어느 순간 팀원들 전체가 깨어 있다는 사실을 알아차렸다. 더 이상 코고는 소리도 들리지 않았다. 언제부터였을까.

그리고 레인이 이 이야기를 꺼낸 것은 굳이 저에게만이 아닌 팀원들 모두가 들으라고 한 이야기였다는 것도 깨달았다. 모두 듣고도 더 이상 묻지 않은 채 리가 레인의 볼을 죽 잡아당기며 언제 잘 거냐고 재차 물었다.

"안 자."

"왜? 우리가 죽을까 봐 걱정돼서 잠도 못 자겠어?"

레인이 잡힌 볼이 아파 문지르자 리가 장난스럽게 물었다.

"누가 걱정 같은 걸."

"자기 목숨은 셀프야. 그게 우리 팀 규칙 3번이잖아."

그녀의 볼에서 떨어진 손이 이내 뒤에서 머리를 토닥였다.

"난 이래서 용병이 싫어. 자기 목숨은 셀프라니! 같은 군복을 입고 있는데 군인들은 동료를 버리지 않는다고!"

"돈 주면 네 목숨도 내 목숨처럼 여겨서 살려줄게."

난데없이 블락이 군인들이 부럽다고 투덜거리자 클레이가 진지하게 제안했다.

"저 호구 돈 없어. 꽃뱀도 여자 사람이라고 버는 족족 갖다 바치느라."

조이가 블락의 아픈 곳을 쿡 찔렀다. 하긴, 블락은 우락부락한 인상과는 다르게 여자 앞에서 한없이 약해지는 타입이었고 의외로 순진하기까지 해 지금까지 꽃뱀에게 걸려 탕진한 재산만 해도 뺑을 조금 보태 맨해튼에 꽤 괜찮은 아파트를 구할 수 있을 정도였다.

"흐응, 우리 걱정이 아니라면 누구 다른 사람 걱정이라도 하고 있는 거야?"

그러자 모두의 눈이 반짝였다.

그 몸! 그 몸에 흔적을 남긴 그 사람 생각을 하고 있는 거냐! 하는 눈빛을 굳이 읽지 않아도 알 수 있어서 레인이 창밖으로 시선을 옮겼다. 아무것도 없는 새카만 어둠밖에 보이지 않았지만 저들의 시선을 피할 수만 있다면 아무래도 상관없었다.

"부끄러워하긴."

리가 또다시 레인의 머리를 쓰다듬자 그녀가 그 손을 툭 쳐냈다.

"떠들 힘 있으면 잠이나 더 자."

실제로 레인이 생각하고 있는 것은 자신이 그의 곁에서 일어나서 떠난 그 시간 동안 혹시라도 또다시 가위에 눌리지 않았을까 하는 걱정이었다. 지금쯤 그는 생부의 흔적을 찾고 있을 터였다. 그토록 오랫동안 별러 왔던 복수였으니까.

하지만 그 복수조차 뒤로 하고 자신에게 무릎을 꿇었던 남자였다. 그는 불면의 밤을 선택했다. 자신과 같은 괴물을 마음속에 키우고 있는 남자는 그녀에게 내밀었던 손을 끝까지 거두지 않았다.

"내가 알아내지 못했으면 어쩔 뻔했어."

"뭐?"

저도 모르게 나온 혼잣말에 여전히 뒤에서 레인의 머리칼을 툭툭 건드리고 있던 리가 반응했다.

"아무것도 아냐."

창밖을 보는 레인의 입에서 나온 숨이 하얀 김이 되어 서렸다. 안 그래도 작은 몸을 바짝 웅크리고 결국 자의 반, 타의 반으로 눈을 감았다. 수도 없이 마신 카페인 덕분에 잠은 오지 않았지만 자신을 쳐다보는 시선들이 사라진 것은 느낄 수 있었다.

"레인, 일어나. 국경이다."

페이크가 어깨를 흔들 때까지 짧은 잠이 들었던 레인은 국경이라는 소리에 빠르게 눈을 떴다. 눈을 뜬 순간부터 졸음은 사라졌다. 그저 잠깐 기절했다 깨어난 기분으로 레인이 가슴의 포켓에서 100달러 뭉치를 꺼내 페이크에게 건넸다.

아직 새벽이라 부를 시간, 국경을 통과하려는 것은 오로지 그들의 차량 한 대뿐이었다.

사우디아라비아의 국경은 쉽게 통과했는데, 문제는 대치하고 있는 예멘 쪽이었다. 페이크가 아랍어로 무장하고 있는 예멘의 병사들에게 뭐라고 이야기를 했다. 아마도 책임자를 불러달라는 소리이리라. 그들은 들고 있던 기관총으로 위협하며 모두 차에서 내리라는 행동을 취하고 있었다.

차 안에 약간의 긴장감이 싸하게 감돌았다. 여기서 교전을 벌일 순 없었다. 아무렇지도 않게 그들의 말을 못 알아들은 척하며 웃는 낯으로 있는 팀원들에게 예멘의 병사가 또다시 총구로 위협을 했다.

페이크가 짧은 한숨을 내쉬더니 뒷주머니에서 100달러짜리 몇 장을 꺼내 그들에게 건네며 다시 책임자를 불러달라고 하자 차를 향하고 있던 총구가 슥 내려갔다. 그리고 인상을 찌푸린 채, 하지만 돈은 거절하지 않고 앞주머니에 넣은 병사 하나가 느릿하게 초소를 향해 걸어갔다.

"······이거 경비 처리해 줘."

"응."

돈이 아까운지 페이크의 말에 레인이 고개를 끄덕였다. 그리고 페이크의 어깨를 두드리며 짓궂게 말했다.

"쟤들한테 영수증 떼 달라고 해."

"빌어먹을!"

여전히 자신들을 경계하고 있는 다른 한 명의 병사를 향해 억지웃음을 지어보이던 팀원들 전부가 빵 터졌다. 갑자기 폭소하는 그들을 향해 다시 그 병사가 총구를 들어 올리며 위협하려 했을 때였다. 딱 봐도 책임자로 보이는, 배에 살이 뒤룩뒤룩 쪄 군복이 제대로 맞지 않는 남자 하나가 뒤뚱거리는 걸음으로 다가왔다.

다가오는 그의 입가에는 자신에게 줄 뇌물을 기대하는 미소가 걸려 있었다. 욕설을 중얼거리며 자신의 사비를 생각하던 페이크가 표정을 수습하며 천천히 차에서 내려 두 손을 들어 무기가 없다는 것을 그들에게 확인시켰다.

그리고 아랍어로 책임자에게 뭐라고 이야기를 하자 그가 크게 웃으면서 페이크에게 악수를 청했다. 그 손바닥 사이로 두툼한 100달러 뭉치가 사라지는 것을 눈 가리고 아웅 식으로 쳐다보며 블락이 중얼거렸다.

"……군대에 좀 더 있을 걸 그랬어. 항상 생각하는 거지만, 국경지역이 꼭 좌천코스는 아니더란 말이야. 나도 떼돈 벌 수 있었는데."

"응. 그래서 그 돈이 다시 꽃뱀 가슴 속으로 들어가고."

진지하게 말하는 블락의 옆에서 클레이가 고개를 끄덕이며 수긍했다. 어떤 이야기를 해도 꽃뱀 이야기로 넘어가자 블락이 말을 말자고 외치며 고개를 팽하니 돌렸다.

차 앞을 가로막고 있는 바리게이트가 책임자의 손짓 한 번에 치워졌고, 운전석으로 돌아온 페이크는 여전히 그에게 손을 흔들고 있는 책임자에게 마주 한 손을 흔들어주며 여유롭게 국경을 빠져나왔다.

"밥부터 먹자, 밥. 배고파 죽겠어."

미리 준비해 온 빵이 남아 있었지만 아무것도 바르지 않은 빵을 먹고 싶진 않다고 모두에게 외면당한 지 오래였다. 가장 난코스인 국경지역을 빠져나오자 레인도 허기가 몰려왔다. 찌뿌듯한 몸으로 인해 짧게 기지개를 켰다.

덩치가 가장 커서 밥도 가장 많이 먹는 블락의 투정을 들으며 30여 분쯤 더 달리자 첫 휴게소가 나왔다. 여전히 손님은 자신들밖에 없는지 이른 아침에도 문을 닫아걸고 있는 그곳의 주인을 블락과 조이가 억지로 깨웠다.

"에스프레소는 수도에서 어떻게든 구해줄게."

아랍인들이 즐겨 마시는 달달한 커피를 가져온 클레이가 그것을 레인에게 건넸다. 차 바깥에서 가볍게 스트레칭으로 몸을 풀고 있던 레인이 모래 바닥 위에 그냥 털썩 주저앉았다.

"아직도 깨어 있어야 해?"

"이제는 그냥 버릇이 돼서."

클레이는 처음 레인에게 에스프레소 7샷이 담긴 잔을 주면서 어떻게 이 독한 걸 먹을 수 있냐고 물었었다. 그때 레인이 했던 대답은 '깨어있어야 해서'였다. 그때는 막 팀장이 되고 일에 바빠서 그러려니 했지만 레인의 커피 취향은 그 이후에 여유로울 때도 바뀌지 않았다.

"레인, 클레이! 밥 먹자!"

그들로 인해 아침 일찍 일어나야 했던 휴게소 주인이 식사 준비를 다 했는지 멀리서 블락이 손을 붕붕 흔들며 그녀들을 불렀다.

"앞으로 꽤 오래 가야 하니까 먹을 수 있을 때 먹어둬야지."

그렇게 말하며 클레이가 먼저 일어나 레인이 일어나기 쉽도록 손을 잡아주었다. 여기서 수도 사나까지는 다시 여섯 시간을 더 달려야 했다. 또다시 좁은 차 안을 생각하자 마지막으로 다시 허리를 쭉 펴는 스트레칭을 한 뒤 레인이 조금 늦게 휴게소에 딸린 작은 식당으로 향했다.

14.

악의 초자연적 근원에 대한 존재의 믿음은 필요하지 않다.
인간은 혼자서도 모든 악을 행할 수 있다.

- 죠셉 콘래드

예멘의 수도 사나는 고도 2,200미터의 산속 계곡에 있는 도
시다. 구시가지와 신시가지로 나뉘었고 구시가지는 도시 전체가
유네스코에 등재된 세계문화유산이었다. 지금에야 여행제한국가
로 지정되어 자유롭게 드나들 수 없다지만 몇 년 전까지만 해도
여행자들이 드문 도시가 아니었다. 예멘의 수도 사나는 '천 년 전
에 시간이 멈춰버린 땅'으로 더 잘 알려진 곳이었다.

사나에 들어온 순간부터 감탄을 연발하던 블락은 창문에 딱
붙어 밖으로 보이는 도시를 감상했다. 황토색 건물들과 모스크,
그리고 첨탑들이 높게 솟아 있고 이슬람교의 흔적을 고스란히 나
타내고 있었다.

팀원들이 항상 보던 것은 다 쓰러져 가는 아프가니스탄이나 이

란의 건물들뿐이었다. 황폐한 사막에 고스란히 노출되어 지어진, 한 몸 뉘일 공간이 전부인 그런 열악한 환경만 보다가 산 속에 숨겨진 고대 도시를 보고 있자니 레인 또한 감탄을 삼킬 수가 없었다. 여행제한국가로 지정된 곳답지 않게 아직도 사나에는 육로나 기타 다른 루트로 들어온 여행자들이 꽤나 많았다. 이래서 각국에서 골머리를 앓고 있는 거겠지 싶을 정도로.

육로로 이동할 수 있는 나라는 이래서 곤란했다. 아무리 여행제한국가라 해도 여행자들은 어떤 루트를 이용해서든 흘러흘러 들어온다. 10여 년 전 탈레반의 테러 경고로 중동 전체가 위험지역으로 지정되었을 때도 파키스탄은 여행자들로 넘쳐났다. 아직 다른 관광지의 때 묻지 않은 천혜의 자연을 보고 싶다며 그때 당시 제한국가가 아니었던 이집트를 거쳐 육로로 꾸역꾸역 들어오더라고 이야기하며 그때 당시 파키스탄에 있었던 동료가 치를 떨었었다.

"위험한 거 하나도 모르겠는데."

곳곳에 무장한 군인들이 있는 풍경은 그다지 낯설지 않았다. 그 나라의 정세는 사람들의 표정을 보면 나타난다. 나른하고 무심한 얼굴로 거리를 지나다니는 사람들에게선 불안한 시국은 읽히지 않았다. 여행자들은 웃으면서 차 옆을 지나 다녔고 스마트폰의 지도를 보며 주변을 둘러보기도 했다.

"일주일 전에도 여기서 폭탄 테러가 일어났었는데 완전 남의 나라 일처럼 굴고 있군."

클레이가 혀를 내둘렀다. 일 때문에 목숨을 걸 수밖에 없는 그들이 일이 아닌 단순한 여행 목적으로 이런 여행제한국가에 목숨을 걸고 들어오려고 애쓰는 여행자들을 이해할 수 없는 건 당연했다.

"진짜로 시간이 멈춘 곳일지도 몰라."

국제마약법상 마약류로 분류된 카트 잎사귀를 씹으며 만사가 태평한 얼굴들을 하고선 그늘에 앉아 있는 예멘의 남자들이 보였다. 그들을 보면서 블락이 소심하게 말했다. 그런 와중에 차는 신시가지로 들어서고 있었다. 익숙한 맥도날드나 피자헛 간판을 보면서 블락이 다시 고개를 갸웃거렸다.

"여기는 또 시간이 제대로 가고 있네. 오늘 저녁에 다들 피자 어때?"

피자헛을 그냥 지나치긴 싫었는지 묻는 그에게 모두가 대충 고개를 끄덕였다.

차가 어느 허름한 호텔 앞에 멈췄다. 신시가지에서도 아주 조금 벗어난 외곽의 골목길 안쪽에 있는 호텔이었다. 보는 눈도 적었고 일단은 인적이 드문 곳이라 이런 곳을 잘도 찾았구나 싶었다.

"약속 장소랑 시간은 언제야?"

"오늘 저녁 6시. 구시가지 소금시장."

그곳에 가면 정말 아리아를 만날 수 있는 걸까?

영어가 통하지 않는 호텔 프런트에 앉아 있는 직원에게 손짓발짓을 해가며 예약이 되어 있다고 전했다. 그러자 그가 명부를 확인하더니 씩 웃으면서 2층을 전부 쓰라고 역시 손짓발짓을 섞어가며 대답했다.

6시까지는 얼마 남지 않았다. 팀원들 모두가 최대한 여행자처럼 평범하게 입고 있었으나 블락의 덩치가 어디 가는 게 아니었다. 평균을 훨씬 웃도는 그의 신장은 예멘 남자들 사이에서도 압도적일 거라 여겨 레인은 냉정하게 말했다.

"넌 그냥 숙소에서 쉬어."

"왜! 나도 가고 싶어!"

"넌 한 번 보면 안 잊힐 외모라서 안 돼."

레인은 최대한 눈에 띄는 짓은 하지 않고 조용히 임무를 완수하길 바랐다. 블락이 불만스러운 얼굴로 고개를 끄덕였고 레인이 페이크의 어깨를 두드리며 임무를 내렸다.

"일단 주변 탐색하고 퇴로 좀 확보해 줘."

"그래."

유일하게 이곳에서 아랍어를 구사할 수 있는 사람은 페이크뿐이었다. 원래라면 레인이 할 일이었으나 약속시간이 얼마 남지 않아 페이크에게 부탁하자 그가 흔쾌히 고개를 끄덕였다. 리와 조이는 블락이 아까 노래를 불렀던 피자를 사오면서 주변을 좀 둘러보겠다고 나갔다.

"같이 갈까?"

"아니. 괜찮아. 넌 여기서 상부에 무사히 접선했다고 연락해 줘."

레인이 걱정된 클레이가 슬며시 동행을 물었지만 무사히 예멘에 도착했다는 연락이나 하란 소리에 눈을 가늘게 떴다.

"내 연락은 안 받는 존에게 꼭 전해. 내 퇴직금 준비해 놓으라고."

나름 진지하게 말했지만 클레이가 폭소하는 바람에 그 말이 전해지지 않을 거라고 예감하며 레인이 밖으로 나가기 위해 카디건을 챙겨 입었다.

택시를 탈까 했지만 어차피 숙소에서 구시가지가 멀지 않았기에 걷기로 했다. 고도가 높아서 그런지 기타 중동의 다른 국가들처럼 날씨가 덥지는 않았다. 오히려 저녁이 가까워질 때쯤엔 쌀쌀해지기 시작해 카디건을 챙겨 입길 잘했다고 생각했다.

구시가지는 일명 올드사나라고 불린다. 올드사나로 통하는 길목인 '바드 알예멘(예멘의 문)'에 들어서자 신시가지와는 확연히 다른 풍경이 눈앞에 펼쳐졌다. 허리에 잠비야(예멘의 전통 장식용 칼)를 찬 남자들이 느릿하게 걸어가고 검은 천으로 온몸을 가린 여자들이 제 갈 길을 가고 있었다. 진흙 벽돌로 몸체를 올리고 회반죽으로 창을 장식한 비슷해 보이는 집들이 죽 나열되어 있는 곳.

어지럽게 이어져 있는 골목길 입구에 서서 레인이 집 하나를 올려다보았다. 정교한 장식 띠와 섬세하게 조각된 창틀과 화려한 색깔의 스테인드글라스가 끼워진 유리창이 저물어 가는 햇빛을 받아 그녀가 서 있는 자리에 색색의 그림자를 만들어 놓았다.

"타워하우스……."

예멘에 대한 기본적인 정보를 확인했을 때 본 건물들보다 더

웅장하고 아름다운 건물들이 눈앞에 펼쳐졌다. 일명 올드사나의 '타워하우스'라는 애칭을 지닌 건물들은 6층에서 8층 규모로 중세 아랍 세계의 마천루를 대표했다. 이런 비슷비슷한 크기의 건물들이 이 올드사나에 6천여 개가 넘게 있었다. 정말로 중세의 아랍 세계에 자신이 들어온 것 같은 생경한 느낌이 들어 레인이 뒤를 돌아보았다. 뒤에는 여전히 자신이 들어왔던, 예멘의 문이 떡하니 자리 잡고 있었다.

땅거미가 저물어가는 해의 잔재를 매섭게 쫓았다.

레인은 표지판만으로 소금시장을 찾아 골목을 헤매기 시작했다. 아무리 여행객들이 다닌다고 해도 동양인은 찾아보기 힘든 듯 낯선 외모의 자신을 힐끗힐끗 바라보는 시선들이 느껴졌다. 눈이 마주치기만 해도 예멘의 남자들은 친근한 미소를 보냈고 니캅(눈을 제외한 얼굴 전체를 가리는 이슬람 여성 의상)을 쓰고 있는 여자들은 눈만 내놓은 채 자신을 힐끔거렸다.

그러다 도착한 소금시장은 이미 폐장의 분위기였다. 날이 저물어져 가자 하나둘 상점들이 문을 닫기 시작했다.

레인은 아직 문을 닫지 않은 짜이(이슬람식 전통차)를 파는 찻집에서 차를 주문하고는 깡통에 담아 건네주는 짜이를 받아 다른 여행객들이 으레 그렇듯 근처 바닥에 주저앉았다. 통조림 깡통에 가득 넘쳐나도록 담아져 나온 뜨끈한 짜이를 한 모금 마시면서 하루의 장사를 마무리하는 사람들로 붐비는 시장의 입구를 바라보았다.

레인은 짜이가 들어있는 깡통을 옆에 놔두고 짧은 한숨을 내쉬었다.

"그런다고 땅이 꺼지겠어?"

소리가 들린 곳을 올려다보자 니캅을 쓰고 있는 여자가 눈에 보였다. 밖으로 드러난 것은 눈과 자신에게 내밀어진 손밖에 없었지만 이곳에서 이토록 다정하게 말을 걸 사람은 한 사람밖에 없었다.

"오랜만이에요, 아리아."

"6년 만이지?"

얼굴을 가려 유일하게 보이는 검은 눈이 희미하게 미소 짓는 게 눈에 보였다.

"그렇게 얼굴을 가리고 있으면 당신이 얼마나 나이 들었는지 보이지 않는 걸요."

"호호, 그러라고 가리고 나온 거란다."

그 말에 레인이 픽 웃었다.

그것은 퍽 이상한 광경인 모양이었다. 동양인 여자의 옆에 이슬람 여자가 앉아 있는 모습은.

그렇지 않아도 눈에 띄는 모양인데 이제는 호기심에 가까운 눈빛들이 대놓고 주시했다. 시선들에 불편함을 느낀 레인이 귓불을 만지작거렸다.

"그 버릇은 여전하구나."

"그러니까 버릇이죠."

레인의 말에 아리아가 손을 뻗어 그녀의 머리를 쓰다듬었다. 사람의 생명을 살리는 그 고운 손이 자신의 머리 위를 매만지는

37

것을 바라본 레인이 그와 같은 손을 가지고 있었던 자신의 어머니를 떠올렸다.

어머니가 떠오른 건 오랜만이었다.

"정말로 네가 약속을 지키러 올 줄이야."

"언젠가 한번은 오겠다고 맹세했잖아요."

"너는 내게 그렇게 할 필요가 없었는데. 나야말로 너에게 무릎을 꿇고 사죄해야 하는데."

자신을 보는 그 눈동자에 물기가 어리는 것을 레인이 무감하게 바라보았다.

"당신이 죄책감을 가져야 할 상대는 어머니예요. 여러 번 말했지만, 그건 어머니의 선택이었어요. 그와 별개로 난 당신의 도움을 받았고요."

언제 들어도 이상한 계산 방법이었다. 아리아의 목소리가 가늘게 떨렸다.

"너는 정말 네 어머니를 많이 닮았구나."

동양인은 나이를 먹지 않는 걸까. 아리아는 레인의 모습에서 그녀의 어머니였던 케이시를 떠올렸다.

그것은 6년 전이었다. 의사였던 아리아와 케이시는 이란에서 의료봉사를 하고 있었고, 레인은 막 해군사관학교를 졸업하고 이라크의 전술장교로 발령받아 복무 중이었다. 그 당시 이란은 내전에 휩싸였다. 중동의 여느 나라가 그렇듯 내전이 일어나 정권이 뒤바뀔 때마다 각국의 정보요원들은 몸을 사리기 바빴다. 게다가 반미파가 정권을 잡았을 때는 끔찍했다. 각국의 정보요원을 색출하기 위해 작업을 시작했다.

이란에서 각양각색의 직업을 갖고 위장 중인 CIA를 색출하기 위해 이란 정보국이 움직였다. 그때 CIA로 의심받은 사람은 레인의 어머니 케이시였다. 케이시는 무고한 자였다. 하지만 자신의 동료인 아리아가 CIA의 정보원이라는 사실을 알고 있었다. 끔찍한 고문에도 불구하고 케이시는 아리아의 이름을 발설하지 않았다. 자신이 입을 여는 순간 아리아가 끌려가고 아리아에게서 이란에 잠입해 있는 CIA의 명단이 흘러나온다면 줄줄이 죽어나간다는 것을 알고 있기 때문이었다. 거기까지 생각한 아리아가 고통스럽게 눈을 감았다.

케이시가 끔찍한 고문을 받는다는 사실을 알면서도 아리아는 아무것도 할 수 없었다. 케이시가 시간을 벌어준 덕분에 이란에 있던 CIA 요원들은 국외로 탈출했고 그녀의 목숨을 담보로 아무도 다치지 않았다.

"케이시는 어떻게 그럴 수 있었을까? 그녀는 일반인이었어."

여전히 죄책감에 몸부림치는 아리아에게 레인이 할 수 있는 건 아무것도 없었다.

"사람을 살리는 방법만 알았으니까요. 당신의 이름을 말하는 순간 이란에 있던 CIA 요원들이 몰살당할 줄 알고 있었던 거죠."

자신의 어머니였던 케이시를 제삼자의 시각으로 바라보는 현실적이고 냉정한 대답이었다. 하지만 아리아는 레인이 케이시를 찾으러 이란에 와서 했던 일을 기억하고 있었다. 케이시의 시신을 회수하기 위해 끝까지 고집을 부려 남아 있던 아리아가 연락이 되지 않는 어머니를 찾기 위해 휴가를 내고 이란에 온 레인을 만난 것은 그때가 처음이었다.

덜덜 떨리는 목소리로 울음을 터트리며 미안하다고만 외치는 아리아에게 레인은 창백하게 질린 얼굴로 그 자리에 가만히 서서 모든 이야기를 들었다.

"케이시는 항상 네가 걱정이라고 했지."

그저 물 흐르는 것처럼, 타인에게 기대지 않고 살아가는 레인을 걱정했던 케이시였다. 유일하게 레인이 애정을 보여주는 상대는 자신뿐인 것 같다고, 저래서야 결혼은 할 수 있을지 모르겠다며 걱정스럽게 웃던 케이시의 얼굴이 아직도 아리아의 눈에는 선했다.

아리아의 손이 이번에는 레인의 어깨를 가만히 잡았다.

"그 아이는 아직도 그대로니?"

"네."

"아직도 생명유지장치를 달고 살아내고 있는 거니?"

'살아가고'가 아니라 '살아내고'다.

그 미묘한 말의 차이를 알아차린 레인이 숨을 삼켰다.

"나는 내 죄책감 때문에. 너는 네 죄책감 때문에."

아리아가 조용히 웃었다. 니캅 아래로 그녀가 웃는 기색이 느껴졌다. 그것이 못내 쓸쓸해 레인이 다른 화제로 넘어가려 했다.

"내가 해야 할 일은 뭐죠?"

물기 어린 눈은 사라졌다. 쓸쓸한 미소 또한 사라졌다. 또렷한 눈으로 레인을 마주보고 아리아가 속삭이듯 한층 더 낮고 작은 소리로 말했다.

"아이 하나를 국외로 빼돌려 줘."

구출 작전. 아이. 국외 도피.

레인이 식어버린 짜이가 담겨 있는 깡통을 손가락으로 툭툭 두드렸다.

"CIA와 관련이 있는 건가요?"

자신의 물음에 아리아의 눈이 크게 뜨였다. 그리고 이내 숨길 수 없을 거라 생각했는지 입을 열었다.

"그래."

"아직도 거기 정보원 노릇을 하고 있어요?"

"아니. 케이시가 그렇게 되고 나도 남편의 고향인 이곳으로 와서 의사로만 활동하고 있어."

가장 친한 친구의 죽음은 아리아를 달라지게 했다. 부모님이 예멘 사람이었지만 미국에서 나고 자란 아리아는 의대를 졸업하고 의사가 되어 중동에 의료구호활동을 다니기 시작하면서 CIA로부터 정보원 제의를 받았다. 아무래도 의심받지 않고 중동 쪽 정세를 가장 잘 파악하고 아랍권 나라에 스며들기에 그녀가 꽤 적합했으리라.

하지만 그것도 케이시가 죽고 난 뒤엔 그만둔 것으로 레인은 알고 있었다. 지금 와서 아리아가 다시 CIA와 관련 있는 일을 할 리가 없었다.

"내 남편이 의사인 건 너도 알지?"

어머니가 그렇게 됐을 때 아리아의 남편을 본 적 있었다. 그도 예멘에서 의대를 나와 봉사활동을 다니던 이로 아랍인치고 드물게 종교가 없는 사람이었다.

"네."

"그이가 지금 수도를 장악한 반군의 장군, 지브릴의 주치의야."

지브릴.

그 이름에 레인은 뉴욕의 맨해튼, 그곳 뒷골목 낡은 서점에 두고 온 남자가 생각났다. 지브릴이란 이름은 코란에 나오는 알라의 천사 이름이고 가브리엘이란 이름의 아랍어 발음이었다. 분명 성경에 나오는 천사 가브리엘은 뉴욕의 맨해튼에 놓고 왔건만, 중동에서 지브릴이란 이름을 들을 줄이야.

"그래서요?"

"나는 네가 그의 여덟 살 난 아들을 제삼국으로 망명시켜주길 원해."

이곳에 올 때부터 쉽지 않은 일이란 건 알고 있었다. 하지만 지금 사나를 장악한 반군을 이끌고 있는 장군의 아들이라니.

레인이 잠시 생각에 잠겼다. 이건 위험한 일이다. 반사적으로 쭈뼛 소름이 돋았을 때 그것을 알고 있다는 듯 아리아가 가만히 레인의 손등 위에 제 손을 얹었다.

"그 아이는 우리의 도움이 필요해."

'아버지에게서 아들을 빼돌린다'라. 그는 정부를 아래 지방으로 몰아내고 수도를 탈환한 전설적인 인물이었다. 반군이라지만 수도를 탈환한 이상 더는 반군이라고 우습게 볼 수 없는 사내였다. 이제 갓 삼십대 초반인데도 엄청난 두뇌와 행동력을 보여준 남자였다. 한 번도 그를 만나지 못했지만 자신이 미리 알아본 바로는 괴물 같은 사내임이 분명했다. 그리고 '교활한 뱀'이라고 불리는 남자였다.

그런 자를 속여 그의 아들을 빼돌리겠다고?

"CIA의 일인데 'CIA는 이 구출작전에서 빠진다'라⋯⋯."

피식 웃음이 샜다. 아마도 지금 미국은 저울질 중인 모양이었다. 어느 쪽이 완벽하게 정권을 잡을지 알 수 없으니 몸은 사려야겠고, 괜히 CIA가 개입해 지브릴의 아들을 빼돌렸다가 그가 정부군을 완벽하게 제압하고 예멘의 정권을 잡았을 땐 미국과의 외교에 문제가 된다. 자신의 아들을 빼돌린 CIA와 미국을 지브릴이 가만히 놔둘 리 없었다. 그렇다면 그가 정권을 잡았을 때 예멘은 미국의 적대국으로 돌아선다.

이란에서 있었던 일이 떠올랐다. 이란은 내전으로 정권이 뒤바뀌면서 나라 안의 CIA를 색출해 척살하려 했었다.

"그래서 당신이 나를 불렀군요."

하지만 그 아들을 빼돌린 게 용병 업체면 말이 달라진다. 아리아는 아이가 망명할 곳이 미국이라고 하지 않았다.

제삼국. 그 어딘가에서 누군가 아이를 기다리고 있다.

CIA가 짜놓은 판이었지만, 한 발 뒤로 빼놓고 진흙탕 속에는 용병들이 뛰어든다.

그 그럴싸한 시나리오에 레인이 고소를 금치 못했다.

"너를 위험하게 할 일은 없을 거야. 약속해."

"왜요?"

레인이 다짜고짜 물었다.

"왜 당신이 다시 이 진흙탕에 뛰어든 거죠?"

아리아에겐 아이들과 남편이 있었다. 지켜야 할 가정이 있었다. 케이시의 죽음을 보고 그것을 깨닫고 난 뒤 정보원 짓을 그만둔 그녀가 왜 다시 CIA를 위해 일하는지 레인은 알고 싶었다.

"내가 그녀의 주치의였으니까."

"그녀?"

"지금은 사망한 지브릴의 아내. 네가 만나야 할 사람이 있어, 레인. 그녀를 만나고 난 뒤에 네가 이 일을 하지 않겠다면 여기서 떠나도 좋아."

레인은 자신의 손등 위에 있는 아리아의 손이 가늘게 떨리는 걸 느꼈다.

"나는 더 이상 CIA를 믿지 않아. 그들을 위해 일하지만 그들을 위해서가 아냐. 그래서 너를 여기로 불렀어. 너를 믿고 있으니까."

그 말에서 알아차려야 했을까.

아리아가 앞으로 무슨 일을 할지, 어떤 결심을 하고 자신을 이곳으로 불렀는지. 그 마지막 말에서 알아차려야 했었다고 레인은 모든 일이 벌어지고 난 뒤 그 마지막 말을 생각하며 뒤늦게 후회했다.

푸른색의 칵테일 드레스에 높은 구두를 신고 거울을 바라본 레인이 인상을 찌푸렸다. 그러고 보니 이런 옷은 가브리엘 때문에 몇 번 입었었다. 설마 그가 없는 예멘에서 이런 옷을 입고 거울 앞에 설 줄은 꿈에도 몰랐다.

아리아는 오늘 지브릴이 여는 작은 파티가 있다고 했다. 반군이 반군으로 남지 않으려면 국제 정세에도 신경 써야 힌다며 벌써 외교에 혈안이 되어 있다고 들었다. 완벽하게 이 수도를 장악하기 위해선 예멘 내에서뿐만 아니라 주변국들과의 외교 또한 다져야 한다고 생각했는지, 규모는 작은 파티였지만 꽤나 많은 주변국들의 유명 인사들이 비밀리에 초청되었다고 했다.

레인이 오늘 만날 사람은 지브릴의 처형이었다. 지브릴의 아내가 죽고 난 뒤 미망인인 처형이 와서 대신 그의 아들을 돌봐주고 있다고 한다. 그녀와 의심 없이 이야기를 나눌 수 있고, 파티 때문에 바쁜 지브릴의 쓸 데 없는 관심과 물음이 레인에게 돌아오지 않을 거라 생각하며 아리아는 이 날을 계획했다.

이미 지브릴은 처형이 아이의 심리상담사를 고용했다는 사실을 통보받았다. 평소 같았으면 레인과 1:1로 면담을 했을 테지만 오늘은 중요한 파티가 있는 날이었다.

아리아와 같이 지브릴의 저택으로 들어온 레인은 곧장 파티가 있는 홀로 그녀와 함께 안내되었다. 팀원들은 아리아의 계획을 탐탁지 않아 했다. 급하게 한 위장이란 급하게 탄로 나기 마련이었으니까.

하지만 어떻게 보면 적절한 계획이기도 했다. 타깃이 지브릴의 아들이라면 그 아들이 살고 있는 저택의 구조 또한 알고 있어야 했기에 레인이 들어가 살펴보는 게 가장 좋았다. 몰래 침입하는 것도 아니고 공식적인 루트로 접근할 수 있다는데 굳이 꺼릴 건 없었다.

"네게는 푸른색이 잘 어울릴 줄 알았어."

자신이 고른 드레스가 퍽 마음에 드는 듯 니캅을 뒤집어쓰고 눈만 보이는 아리아가 눈꼬리를 접어가며 웃었다. 아리아의 종교가 기독교라 해도 일단은 이슬람에서 살아가고 있는 이슬람 여성이었기에 그녀는 함부로 종교를 드러낼 수도, 니캅을 벗을 수도 없었다. 드레스를 입을 수 있는 건 레인이 외국인이기에 가능했다.

"긴장할 것 없어."

그렇게 자신을 다독이는 아리아가 더 긴장한 것 같았다. 이렇게 작은 일에도 잔뜩 긴장하는 그녀가 어떻게 CIA의 정보원을 할 수 있었는지 레인은 아직도 이해되지 않았다.

"아리아."

"그래."

"난 이 의뢰를 맡을 거예요."

아리아는 지브릴의 처형을 만나고서 마음을 정해도 된다고 했지만 레인은 이미 마음을 정했다. 아리아가 자신을 이곳에 불렀을 때 그때 정했다.

"그러니 긴장할 것 없어요."

레인이 아리아의 어깨를 가볍게 어루만졌다.

파티가 열리는 홀이 멀지 않은 것은 음악 소리로 알 수 있었다. 듣기에도 예사롭지 않은 오케스트라 음악이 이 이슬람 문화권에선 퍽 어울리지 않았다. 하지만 음악의 선곡만으로 이곳이 누구를 위한 파티인지 알 수 있었다. 아마도 지브릴은 주변국들의 인정을 받기 위해 이 파티를 계획한 것이리라.

홀로 들어갔을 때 레인은 눈앞에 펼쳐진 풍경에 잠시 말을 잃었다. 니캅을 쓰고 있는 몇몇의 이슬람 여성을 제외한다면 자신을 포함한 전부가 외국인이었다. 정말로 비밀 외교라도 할 셈인가?

멋들어지게 슈트를 갖춰 입은 자들 중엔 익숙한 얼굴의 유명인도 꽤 보였다. 누군가는 중동의 석유재벌로 이름을 날리고 있었고, 이집트의 소문난 대부호도 있었다. 유럽권에서 넘어온 게 분명한 유럽인들도 꽤 많았다. 수없이 눈앞을 스치고 지나가는 금발머리의 그들을 보며 레인이 움찔 표정을 굳혔다.

이제는 금발만 봐도 가브리엘이 생각날 정도라니.

"이쪽으로."

반사적으로 이곳에 어떤 인사들이 모여 있는지 확인하고 있던 레인은 아리아가 잡아끄는 통에 그녀를 따라 구석으로 향했다. 꽤 커다란 홀에는 원형의 테이블들이 놓여 있었다. 화려한 니캅을 쓴 어떤 이슬람 여성의 앞에서 아리아가 멈췄다. 그리고 자연스럽게 눈인사를 하며 그녀가 앉아 있는 테이블에 레인을 앉혔다.

"반가워요."

자리에 먼저 앉아 있던 여자 쪽이 레인에게 인사했다. 드러난 짙은 쌍꺼풀이 있는 눈이, 그리고 숱 많은 새까만 속눈썹이, 그리고 목소리가 여자가 아직 앳되다는 것을 추측할 수 있었다.

"레인 크로포틉니다."

"누르라고 해요. 내 생각보다 더 어려 보이네요."

누르가 꼼꼼하게 레인을 살폈다. 이미 아리아로부터 그녀가 용병이라는 사실을 알고 있는 눈이었다. 조금은 미심쩍게 불신이 어려 있는 눈빛을 읽은 레인은 굳이 그걸 바로잡아 주지 않았다. 자신의 얼굴은 용병 일에 대한 신뢰를 주기엔 적합하지 못하다는 사실을 이미 잘 알고 있다.

"지브릴은?"

이 파티를 연 당사자가 보이지 않자 아리아가 조심스럽게 물었다.

"중요한 손님이 왔다고 그와 서재에 있어요."

아마도 서재로 통하는 문을 눈짓으로 가리키며 누르가 대답했다. 사람들은 저마다 아는 얼굴들과 이야기를 나누느라 이 구석진 자리로는 거의 시선을 주지 않았다. 이 작지 않은 홀이 작아 보일 정도로 사람들은 점점 늘어나고 있었다. 생각보다 지브릴의 영향력이 어떤지 확인하게 된 레인이 머릿속으로 생각을 정리했다.

지브릴이 정말로 아래에서 밀고 올라오려 하는 정부군을 제압하고 스스로 정부가 될지도 모른다는 생각이 들었다. 그를 단 한 번도 만나지 못했지만 그가 타국의 유명 인사들을 비밀리에 초대했고, 그 파티에 응해 이곳에 와 있는 인사들이 그의 영향력이 어떤지 느끼게 해주었다.

"아이는 언제 데려갈 건가요?"

아이 이야기를 꺼내는 누르의 눈이 순간 어둡게 가라앉는 것을 레인은 놓치지 않았다.

"아이는 이 사실을 인지하고 있나요?"

누르의 물음에 대답하지 않고 레인이 질문을 던졌다. 아이는 까다로운 상대였다. 만약 아버지와 떨어지길 바라지 않는다면 아이의 돌발행동에 모두가 목숨을 잃을 수도 있다.

"아직요."

예상했던 대로 누르가 고개를 저었다. 대답하는 그녀의 목소리 끝이 부들부들 떨렸다.

"하지만 곧 이야기할 거예요."

여덟 살이면 대충 말귀는 알아듣는 나이였다.

"왜 아이만 보내려는 거죠?"

"아리아가 이야기하지 않았나 보군요."

누르의 곧은 시선이 레인을 바라보았다.

"자궁암이에요. 내 동생도 3년 전에 자궁암으로 죽었는데 나도 얼마 남지 않았어요."

자신의 죽음을 말하는 목소리는 담담했다. 아마도 이미 오래전에 삶을 포기했다는 것을 알 수 있었다. 누르의 시선이 여전히 언제 나타날지 모르는, 이 자리에 없는 누군가를 분주히 찾고 있었다. 그것이 상대를 기다려서가 아닌, 상대를 두려워해서라는 걸 알아보는 건 어렵지 않았다.

레인의 시선이 자연히 누르의 시선이 향하는 곳으로 향했다.

굳게 닫힌 하얀 문 앞에는 두 명의 무장 경호원이 자리하고 있었다.

"그래서 결심할 수 있었죠."

"아이를 보내기로요?"

"네. 제 아비를 쏙 빼닮았거든요."

그 목소리는 참담했다. 니캅에 가려져 보이지 않았지만 레인은 누르의 얼굴이 일그러졌을 거라고 생각했다.

"그 아이를 제 아비에게서 빼돌리는 게 죽은 내 동생을 위한 최고의 복수라는 건 두 번째 이유로 해두죠."

"첫 번째 이유는요?"

누르와 아리아, 그리고 저의 시선이 천천히 열리기 시작한 반대편 문에서 떨어지지 않았을 때였다. 깔끔하게 머리를 빗어 넘기고 빳빳하게 주름 하나 없는 군복을 입은 날카로운 인상의 남자가 그 열린 문에서 천천히 모습을 드러내고 있었다.

"⋯⋯아이가 동물을 죽이기 시작했어요."

누르는 거기까지만 속삭이듯 재빠르게 말한 뒤 입을 다물었다. 더 이상의 대화를 할 수 없다는 것을 깨달은 레인이 그 말을 곱씹으며 침묵했다. 키는 183센티미터 정도 되었을까. 아랍인치고는 큰 편이었다. 남자는 제복이 맞춘 것처럼 잘 어울렸다. 한 올도 남김없이 빗어 넘긴 까만 머리칼에 짙은 피부색을 가지고 있었다. 천천히 자신의 파티를 돌아보던 남자의 눈이 레인과 마주쳤다.

쌍꺼풀 없이 가늘게 찢어진 검은 눈이 누구냐고 묻는 듯했다. 그 눈이 남자를 날카로운 인상으로 보이게 만들었다.

저자가 지브릴이군.

그걸 깨달았을 때 그가 문의 한쪽으로 비켜섰다.

그리고 그가 비켜선 그 틈으로 그보다 머리가 반쯤은 더 큰 사내가 슥 모습을 드러냈다.

홀 내부에 바람이 불 리도 없건만 살랑 하고 그 옅은 실버블론드의 머리칼이 흔들렸다. 지브릴의 짙은 색 피부에 확연히 대조되는 하얀 피부의 남자가 그의 등 뒤에서 모습을 드러냈다.

자신은 저런 머리칼을 가진 남자를 한 명 알고 있었다.

지브릴이 레인에게서 시선을 거두고 자신의 뒤에 나타난 남자에게 나직이 뭐라고 하는 것이 보였다. 그의 말을 옆에서 들은 남자가 살풋 인상을 찡그렸다. 뭔가 불쾌한 듯 고집스럽게 다물어진 입술에 찢어진 흉터가 남아 있었다.

그리고 그가 지브릴에게서 고개를 돌려 처음 지브릴이 홀에 나타나 그 안을 살폈던 것처럼, 무언가를 찾는 사람처럼 홀 안을 훑어보았다. 시선이 마주치는 건 시간 문제였을 뿐이다. 레인은 시선을 돌릴 생각도 하지 못했다.

왜 뉴욕에 있어야 할 남자가 지구의 반대편인 이곳에 있는 걸까?

"레인?"

굳은 것처럼 움직이지 않는 레인이 이상했는지 아리아가 뒤에서 부르는 소리가 들렸지만 레인의 시선은 가브리엘에게서 못이 박혀 움직이지 않았다.

붉은 입술이 긴 호선을 그리며 올라갔다. 한쪽 입꼬리만 비죽하고 올리는걸 보니 그의 기분이 그리 좋은 게 아닌 모양이었다.

"서머셋이야."

그리 멀지 않은 곳에서 레인처럼 그를 알아본 누군가가 탄식 섞인 말을 내뱉었다.

"서머셋의 탕아가 왜 이곳에 있는 거야?"

"누가 알아? 저 종잡을 수 없는 인간이 하는 짓을."

서머셋의 탕아라. 그의 별명은 몇 개가 있는 걸까. 레인이 이 비현실적인 상황에 실소를 금치 못했다.

자신을 발견한 가브리엘이 성큼 걸음을 내딛었을 때, 한 무리의 사람들이 그의 앞을 가로막았다.

아마도 반갑게 인사를 건네는 것 같은데 가브리엘은 대꾸조차 하지 않았다. 그저 짜증스러운 얼굴로 흘러내린 머리칼을 가볍게 뒤로 넘겼을 뿐이었다. 레인에게서 시선을 거둔 그가 자신의 앞을 가로막은 이 피라미들을 어떻게 처리할까 고민하는 것처럼 보였다.

짜증스러운 얼굴이라.

그가 자신의 앞에서 그런 얼굴을 한 적이 있었던가?

그와 헤어진 지 채 일주일이 지나지 않은 시점이었다. 그가 어떤 얼굴을 했더라. 항상 그린 듯한 웃는 얼굴로 내내 행동은 예의바르고 정중했었다. 사람들이 갑자기 한쪽으로 몰리자 홀에 남아 있던 사람들은 무슨 일인가 싶어 그곳을 기웃거렸다. 이제는 정말 사람들 속에 파묻힌 가브리엘을 보면서 레인은 겨우 몸을 돌릴 수 있었다.

"그렇게 충격적이야?"

아무래도 레인이 굳어 있었던 이유가 지브릴과 눈이 마주쳤기 때문이라 생각한 아리아가 걱정스럽게 물었다.

"아뇨. 아무래도 오늘은 날이 아닌 것 같아서요. 날짜를 다시 정하죠. 어차피 아이를 만나 얼굴을 익혀둬야 하니 심리치료를 명분으로⋯⋯."

갑자기 급한 마음이 들어서 레인이 빠르게 말을 이었지만 누르는 그녀를 보고 있지 않았다. 크게 뜨여진 눈이 자신의 뒤쪽을 향해 있다는 걸 알아차렸을 때, 누르의 마른 손가락이 들어 올려졌다.

어느 나라에서건 손가락질은 좋은 뜻이 아니었다. 누르가 그것을 잊을 정도로 레인의 위를 가리켰다. 그리고 왠지 뻣뻣하게 굳은 목덜미에 소름이 죽 끼쳤다. 어느샌가 음악은 멈춰 있었고, 누군가가 '저런 미친놈!' 하고 소리치는 것을 들은 것 같기도 했다.

뒤를 돌아보았을 때 왜 음악이 멈췄는지, 사람들의 얼굴이 경악으로 물들어 있는지 알 수 있었다. 안 그래도 190센티미터에 가까운 남자가 하얀 테이블 사이를 성큼성큼 징검다리라도 건너듯 뛰어 이곳으로 다가오고 있었다. 그를 귀찮게 하는 사람들을 피해 테이블 위로 올라간 순간 음악이 멈췄으리라. 그가 발을 내

딛고 있는 하얀 테이블보 위에는 검은 발자국이 낙인처럼 적나라하게 찍혀 있었다.

지척에 있는 테이블 위에서 가벼운 몸짓 하나만으로 자신이 있는 테이블 위로 뛰듯이 건너온 남자가 잠시 머리 위에서 내려다보는 게 느껴졌다. 항상 냉정하게 상황을 파악하던 레인은 일순간 머리가 멍해졌다.

이건 분명한 당황이었다. 가브리엘과 시선이 마주쳤을 때, 그가 이곳에 있다는 것이 비현실적으로 느껴졌었다. 곧이어 인파에 묻혀 그가 보이지 않게 되었을 때 역시 헛것을 봤다고 여겼다. 하지만 자신의 앞에 보이는 푸른색 옥스퍼드화는 헛것이 아니었음을 확인시켜 주었다.

차마 위를 올려다보지 못하고 있을 때, 머리 위로 하얀 손이 내려왔다. 그리고 손수 레인의 턱을 들어 올렸다. 테이블 위에서 반쯤 허리를 숙인 자세로 레인의 얼굴을 들어 올린 주인공이 무표정하지만 화가 난 게 분명한 얼굴로 입을 열었다.

"나 먹고 버린 거예요?"

아, 이런 미친놈.

누군가 했던 말을 레인이 곱씹으며 정신이 아득해지는 걸 느꼈다.

"설마, 아니죠?"

한쪽 눈썹을 찡그리며 확인사살을 하는 가브리엘의 그 목소리에 웃음이 터져 버렸다. 터져 버린 웃음을 애써 삼키려 했지만 잘 되지 않았다. 입술을 깨물며 가볍게 몸을 떠는 레인을 바라보는 그의 푸른색 눈동자가 나긋나긋하고 다정하게 휘어졌다.

그 눈을 마주보며 자신이 정말 눈앞의 남자와 함께 미친 건지도 모른다고 레인이 진지하게 생각했다.

15.

삶에서 아이의 죽음과 같이 비극적인 일은 없다.
원래의 일상으로 절대 돌아가지 않는다.

– 드와이트 아이젠하워

"내려와."

간신히 웃음을 멈춘 레인이 자신의 옆자리를 가리키며 말했다. 순순히 테이블에서 내려온 가브리엘이 언제 테이블 위를 걸어왔냐는 듯 얌전히 그녀가 가리킨 곳에 앉았다. 그리고 아무렇지도 않게 부드럽게 웃으며 통성명을 했다.

"가브리엘 서머셋입니다."

그 말을 듣고서야 누르가 손가락질하고 있던 떨리는 손을 간신히 제자리에 돌려놓았다.

딱—

누군가가 손가락을 부딪치자 멈췄던 오케스트라가 다시 연주되기 시작했다. 하지만 사람들의 시선이 떨어진 건 아니었다. 그러자 마치 시선에서 레인을 보호라도 하는 것처럼 가브리엘의 손바닥이 그녀의 얼굴을 감쌌다.

"식사는? 제대로 챙겨 먹은 거예요?"

마치 세상에 단둘만 있는 것처럼 그의 미소가, 시선이 다정하고 부드럽기 그지없었다.

조금 야윈 레인의 턱 선을 손가락이 스르륵 쓸고 지나갔다.

"말랐네."

작게 혀를 차며 그가 주위의 시선에 아랑곳하지 않고 레인 쪽으로 고개를 더 숙였다.

"이렇게 티가 나지 않았으면 조금 화날 뻔했어요. 내가 없어서 뭘 못 먹은 거죠?"

'답은 정해져 있어. 넌 말하기만 하면 돼'라는 얼굴로 가브리엘이 대답을 종용했다. 저 입을 언젠가 다물게 하겠다고 남모르게 다짐한 뒤 레인이 엉망이 된 파티장을 생각하며 머리를 굴렸다. 손님들을 맞느라 레인에게 신경 쓰지 못할 거라고 확언했던 아리아의 말이 무색하게 가브리엘의 뒤로 지브릴이 다가오는 게 보였다. 완벽하게 관심을 받아버렸다.

"내 파티를 엉망으로 만들 셈이야?"

그렇게 묻는 지브릴의 얼굴에는 불쾌한 기색이 없었다. 가브리엘이 지브릴과 친분이 있는 사이라는 증거였다. 누르가 말했던 중요한 손님이란 게 가브리엘인 모양이었다. 지브릴의 친근한 물음에도 가브리엘은 레인에게서 시선을 떼지 않았다. 마치 그녀가 어떻게 행동할지 예상하고 있는 사람처럼.

마른침이 넘어갔다.

지브릴이 레인의 맞은편에 앉아 있는 누르의 뒤에 가서 다정하게 섰다. 그의 손이 누르의 어깨 위에 올려졌다. 그녀 쪽에서 볼수 있는 누르의 눈동자가 테이블 위를 향했다. 숱 많은 검은 속눈썹이 누르의 눈동자 위에 드리워져 있었다. 떨리는 눈길을 감추기 위해 일부러 아래를 보는 걸까.

레인은 지브릴이 눈치채기 전에 누르에게서 시선을 자연스럽게 돌렸다.

"이쪽의 처음 보는 분은 누구실까."

웃음기 어린 목소리가 레인을 향했다. 흔들림 없는 시선으로 레인이 지브릴을 바라보았다. 감정 한 톨 파문이 일지 않게 마음을 단단히 다잡았다. 입은 웃고 있었지만 그의 눈빛은 날카로웠다. 그 물음에는 많은 것이 포함되어 있었다. 가브리엘이 없었다면 심리치료사라고 소개할 수 있었다. 하지만, 옆에는 어디로 튈지 모르는 시한폭탄이 버티고 있다.

"카림의 심리치료사예요."

대답을 한 것은 누르였다. 테이블을 보던 누르의 눈이 어느새 레인을 똑바로 쳐다보고 있었다.

"아아, 이분이 그……."

지브릴이 재미있다는 듯 매끈한 턱을 쓰다듬으며 레인을 응시했다. 보통의 아랍인들은 권위를 위해 수염을 기르지만 그의 턱은 수염의 흔적도 보이지 않았다.

"반갑습니다. 지브릴입니다."

그가 테이블을 돌아 레인의 앞으로 왔다. 지브릴이 악수의 의미로 오른손을 내밀었다. 레인이 천천히 자리에서 일어나 자신에게 악수를 청하는 상대를 마주했다.

……눈치챌까?

레인은 그와 악수를 나누기 껄끄러웠다. 아주 작은 것이었지만 자신에게 신경을 곤두세우고 있는 그가 눈치챌 수도 있었다. 아니, 이미 지브릴은 이 상황이 이상하다는 것을 알아차리고 있는지도 몰랐다. 레인의 손이 지브릴의 내밀어진 손을 마주 잡으려 했을 때 중간에서 그녀의 손을 낚아채는 다른 손이 있었다.

"내 앞에서 지금 외간 남자와 손을 잡는 거예요?"

아아, 그래. 이 남자가 있었지.

가브리엘이 어느새 가로챈 레인의 손을 자신의 손 안에 넣고 단단히 깍지를 꼈다.

"이런, 가브리엘."

지브릴이 허탈한 웃음을 지으며 내민 손을 거두었다. 주위의 시선에 신경 쓰지 않고 자신이 잡은 레인의 손을 입가로 가져간 가브리엘의 입술이 손끝을 스쳤다. 손가락 하나하나에 짧게 입을 맞춘 그가 속삭였다.

"내가 질투로 미치는 걸 보고 싶은 게 아니라면."

가브리엘이 보고 있는 상대는 레인이 아니었다. 그는 레인의 곁을 스쳐서 선 지브릴을 똑바로 바라보고 있었다.

"내 앞에서 다른 남자에게 닿지 말아요."

그건 지브릴에게 보내는 경고였다. 가브리엘의 목소리가 음울하게 가라앉았다. 그 목소리는 퍽 위험스러웠고 차가웠다.

"대답."

그의 입술이 손가락 아래 굳은살을 건드렸다.

보통의 심리치료사는 손가락에 굳은살을 갖고 있지 않다. 지브릴은 군인이었다. 레인은 그와 손을 잡는다면 그가 눈치챌지도 모른다는 생각을 했다. 자신이 처음 그레이의 손을 집고 평범한 사람이 아니라고 생각했던 것처럼. 그 생각을 고스란히 읽기라도 한 것처럼 가브리엘이 자신의 손을 그의 손 안으로 감췄다.

이 남자가 있어서.

"그래. 그럴게."

다행이라고 생각했다.

레인의 입에 달콤한 미소가 맺혔다. 잡힌 손가락을 움직여 자신에게 닿아 있는 남자의 입술을 간질였다. 자신의 정체가 발각될지도 모르는 이 심각한 상황에서 모든 계획을 어그러뜨리며 입장한 불청객을 보고 안심하게 되다니.

"세상에, 가브리엘."

그렇게 말하며 웃음을 터트리는 지브릴은 정말로 즐겁다는 듯 웃었다. 충분히 처음부터 불쾌할 만한 상황에 처했는데도, 이 자리는 그가 주최한 파티였는데도 대수롭지 않게 그를 무시한 가브리엘을 향한 한 톨의 불쾌함도 느낄 수 없었다. 오히려 그가 가브리엘에게 갖고 있는 감정은 대단한 호의였다.

"네가 여자에게 구애하는 모습을 볼 줄이야."

어깨까지 들썩이며 지브릴이 폭소했다.

"가브리엘을 사로잡으신 레이디, 이름이?"

미리 준비한 가명을 말하려고 했을 때 가브리엘이 대답했다.

"레인."

성을 빼고 레인이라는 이름 하나만을 던져둔 그가 여전히 사랑스럽다는 얼굴로 시선을 자신의 얼굴에서 떼지 않았다.

"아주 유능한 심리치료사지."

그렇죠? 라고 묻는 눈빛을 한 가브리엘의 입가에 그려진 미소가 좀 더 진해졌다.

"내 생각보다 굉장히 어려 보이는군요."

가브리엘은 레인을 심리치료사라고 확언했다. 지브릴의 시선이 앳되어 보이는 얼굴을 훑는 게 느껴졌다.

"뭐, 녀석의 결벽증을 고쳐줄 정도라면 정말 유능한 심리치료사겠군요."

"그래요. 아리아의 소개인데 유능하지 않을 리가 없잖아요."

누르가 얼른 말을 거들었다. 두 여자의 눈이 갑자기 나타나 판을 조각낸 가브리엘에 대한 의구심을 갖고 있었으나 그걸 풀어야 할 건 지금이 아니었다.

"그렇게 한 번 와달라고 초대를 했는데도 무시하더니. 여자를 찾으러 왔다고 불쑥 나타날 줄이야."

가브리엘은 그의 말을 귓등으로도 듣지 않고 오로지 레인에게 온 신경을 쏟고 있었다. 다시 그녀를 자리에 앉히고 그도 옆자리에 앉았다. 잡고 있는 손은 여전히 놓지 않은 채였다. 레인은 자신의 손바닥을 손가락으로 간질이고 있는 그 낮은 체온에 맞닿아 있다는 사실을 새삼 깨닫고 만다.

"저는 두 분의 관계를 짐작할 수가 없는데 알려주실 수 있나요?"

지브릴은 이 자리를 떠날 생각이 없어 보였다. 레인이 대화를 부드럽게 이으며 질문을 던졌다.

"SAS(Special Air Service)에서 잠깐 같이 있었거든요."

SAS는 영국의 테러대응조직 특공대였다. 세계 최초의 테러 진압 특공대이기도 하고, 가브리엘이 시리아에서 구출될 때 이 특공대가 영국에서 급파됐었다는 걸 레인이 기억해냈다. 한 손으로 턱을 괴고 지브릴이 뭐라고 말하든 관심 없단 표정으로 가브리엘이 눈조차 깜박이지 않고 레인을 응시했다.

"그럼 장군님도 SAS에 복무하셨던 건가요?"

"아아, 나야 그때는 예멘에서 일개 군인이었죠. 세계 최고의 특수부대라는 SAS에 견학 겸 파견을 나갔다가 만나게 됐어요. 가브리엘의 뒤를 졸졸 쫓는 그레이와도 그때 만났죠. 아, 그레이는 누군지 알고 있나요?"

그레이가 단순한 비서가 아닐 거란 생각은 했지만 가브리엘과 그가 군복무를 했다는 사실은 처음 듣는 레인의 시선이 묘해졌다.

"네, 알고 있어요."

레인이 대답했다. 그러자 가브리엘이 레인의 시선에 별 대수롭지 않은 일을 말하듯 한쪽 눈을 찡긋해 보이며 대꾸했다.

"아주 잠깐 있었어요."

"정말 잠깐 있었죠. 선발부터 2년이 걸리는 과정에서 그걸 견뎌놓고 가장 마지막 6주의 밀림생존훈련에서 이 지저분하고 더러운 곳에서 내키지 않는 사내새끼들과 뒹굴어야 되는 거냐며 나갔어요."

아직도 그때의 가브리엘을 생각하면 폭소한다고 말하는 지브릴이 다시 쿡쿡 웃었다.

가브리엘의 결벽증은 복무 중에도 유명했다. 12명이 쓰는 생활관을 혼자 독차지했고 훈련 이외에 누구와 몸을 닿는 것을 극도로 싫어했다. 그런 놈이 용케 훈련은 한다고, 도련님은 어쩔 수 없다고 비웃던 동기들은 우연히 훈련이 끝난 뒤 바디클렌저 두 통을 몸에 들이붓는 가브리엘을 보고 할 말을 잃었었다. 대체 왜 결벽증 환자가 병원이 아닌 SAS에 있는 거냐고 종종 항의가 들어왔을 정도였다. 잠깐 옷깃을 스쳤을 뿐인데 그 자리에서 군복 상의와 하의를 전부 탈의해 쓰레기통에 던져 넣었다는 일화까지 들었을 때였다.

"그럼 두 분은 어떻게 친해지게 된 건가요?"

지브릴의 말만 듣는다면 두 사람의 접점은 없는 거나 다름없었다. 이 자리를 떠나려 하지 않는 지브릴의 말에 적당히 맞장구를 쳐주며 레인이 물었다.

"이런 지루한 이야기가 듣고 싶어요?"

가만히 있던 가브리엘이 눈을 가늘게 뜨며 물었다. 자신의 이야기를 하고 있건만 거기에 일말의 관심도 없는 듯 내내 지루한 얼굴이었다.

"나의 도플갱어."

지브릴이 친근하게 가브리엘에게 말했다.

그 말을 듣는 순간 레인의 눈동자가 흔들렸다. 가브리엘이 자신에게 했던 말을 지브릴이 내뱉고 있었다. 다행히 지브릴은 가브리엘을 보고 있느라 흔들린 눈동자를 보지 못한 듯했다.

"고고하고 순결한 천사 가브리엘과 중동의 전사 지브릴이 민났다고 동료들이 붙여준 별명이죠."

그녀도 처음 지브릴의 이름을 듣고 가브리엘을 떠올렸다. 성서에 등장하는 가브리엘이라는 천사는 코란의 성서에도 등장한다. 처음 예언자 무하마드에게 가브리엘 천사가 내려와 말을 걸었던 그날 밤 코란이라는 이슬람의 성서가 계시되었다. 무하마드는 자신에게 계시를 내린 천사 가브리엘을 후에 지브릴이란 이름으로 코란에 기록했다.

"그래서 녀석에게 관심이 갔습니다. 같은 이름을 타고 났지만 나와는 전혀 다른 길을 걷고 있는 놈에게."

지브릴은 결국 자신을 부르는 비서로 인해 잠시 실례하겠다는 말을 남기며 자리를 떠났다. 지브릴이 떠나자 누르는 더 이상 그 자리에서 아무 말하지 않고 자리에서 일어났다. 가브리엘이 적인지 아군인지 판단이 안 되는 상황에서 현명한 선택이었다. 몸이 안 좋다는 이야기를 하며 그녀가 일어나자 조금 이따 보자고 이야기하며 주치의인 아리아도 함께 일어났다.

"내가 남긴 흔적 때문에 가린 거예요?"

그의 손가락이 레인이 목에 걸고 있는 초커에 가 있었다. 드레스도 교묘하게 어깨 부분을 감싸고 있어서 자세히 보지만 않는다면 그가 남긴 흔적들이 잘 보이지 않았다.

"네가 왜 여기에 있어?"

"당신이 여기 있으니까."

그의 손가락이 목에 걸린 초커를 벗겨냈다. 그리고 자신이 남긴 흔적을 훑었다.

"많이 옅어졌네."

"엘, 여긴 위험해."

"알아요. 내전 중인 나라가 다 그렇지."

"왜 여기에 온 거야?"

그렇게 물었으면서 이미 그 대답을 레인은 알고 있었다. 그래서 마음이 이상했다. 자신을 위해 지구의 반대편에서 날아온 남자. 이 판이 얼마나 더러운 판인 줄 모르고 망설임 없이 뛰어든 남자, 엘.

"나는 당신 아버지를 죽일 거예요."

확신에 찬 목소리에선 일말의 자비도 느껴지지 않았다.

"하지만 당신을 이용해선 아니야. 당신에게 내 소원을 말했을 때 나는 그렇게 결심했어요."

심장을 뭉툭한 것이 끊임없이 치댔다. 뜨거운 것이 입을 열면 그대로 토해질 것 같아서 레인은 잠시 침묵했다. 하지만 자신을 보고 있는 그 푸르게 빛나는 눈을 피하지는 않았다. 그 눈을 피한다면 그의 진심을 피하는 것과 같았기에.

"일어나요. 여긴 토할 것 같아."

애초에 떳떳하게 드러내놓고 파티에 참석한 사람들이 아니었다. 물밑으로 지브릴과 손을 잡기로 약속한 사람들. 가브리엘이 말하는 토할 것 같다는 의미가 그것임을 알았다. 망설임 없이 레인이 자리에서 일어나 가브리엘이 이끄는 대로 따라갔다.

자신의 손을 잡고 사람들 사이를 가르고 거침없이 움직이는 설음에 아무래도 좋다는 생각이 들었다. 지금 자신이 어디에 있는지, 무엇을 하려고 하는지 따위는 아무래도 상관없다는 생각이 일방적으로 머리를 휘저었다.

"당신은요?"

인적이 드문 저택의 복도를 걸어가다 문득 그가 걸음을 멈췄다. 그리고 한걸음 늦게 손목이 잡힌 채 끌려가고 있는 레인에게 이제 막 생각났다는 듯 고개를 돌려 물었다.

"뭘?"

"내가 당신 아버지를 죽이면 레인은 날 떠날 건가요?"

아무것도 거치지 않고 단도직입적으로 물어온다. 잠시의 망설임도 그 물음엔 느껴지지 않았다. 마치 일상이라도 묻는 것처럼 거침없고 여상한 어조였다.

"말했잖아."

레인은 그에게 잡혀 있지 않은 자유로운 손을 뻗었다. 그걸 기다리고 있었던 가브리엘의 얼굴이 그 손 위로 숙여졌다.

"네 악몽을 끝낼 수 있다면 나를 이용해도 좋다고."

내 체온 하나를 내밀었을 뿐인데 이렇게 온몸으로 부딪혀 오는 네가 가엾지 않을 리가.

이 말 한마디에 꽃처럼 피어나는 미소가 아름답지 않을 리가.

조나단 먼츠. 그는 죽을 것이다. 자신의 눈앞에서 맹목적인 시선을 보내오는 저 천사 같은 남자가 반드시 그를 죽이리라. 그럼에도 불구하고 레인은 가브리엘의 손을 놓을 수 없었다.

"우리 사이에 그럼 아무 일도 없는 거죠?"

"그래."

아무 일도 일어나지 않으리라.

그것이 아무 일도 아니란 게 아니란 걸 둘 다 알고 있었지만 이 순간만큼은 속고 싶었다.

그 마음을 아는 건지 그가 다시 앞장섰다. 이곳의 지리가 익숙한 듯 거침없는 걸음에 레인이 물었다.

"지금 어딜 가는 거야?"

"내 방으로요."

"이곳에 머물기로 했어?"

그 말에 빙그레 웃은 그가 이내 어느 방문 앞에 서서 그 안으로 레인을 밀어 넣었다. 암막커튼이 쳐진 방은 방문을 닫자 복도의 빛까지 차단되며 완벽하게 어두웠다.

"아마 당신도 이곳에 머물러야 될걸요."

표정까진 세세하게 보이지 않았지만 그가 어둠 속에서 자신을 응시하고 있다는 건 느낄 수 있었다.

"왜?"

"내가 당신의 신분을 보증했으니까."

가브리엘은 가명 대신 레인의 본명을 지브릴에게 이야기했다.

"레인이 언더커버도 아니고 가명이 익숙한 CIA도 아닌 이상 눈치 빠른 지브릴은 눈치챘을걸요."

그의 말은 일리 있었다. 만약 신경이 느슨해져 있을 때 가명으로 자신의 이름을 불렀는데 대답하지 못한다면 교활한 뱀이란 별명을 갖고 있는 지브릴은 눈치챌 것이다.

"나무를 숨기려면 숲에 숨겨야죠. 내가 레인이 심리치료사라는 걸 보증한 이상 당신의 뒷조사는 하지 않을 거예요."

"확실해?"

"뒷조사도 관심이 있어야 하는 거지. 그는 자신의 아들에게 별로 관심이 없거든요. 누가 아들의 심리를 치료하는지는 애초에 관심사도 아니었을 거야."

"네가 그걸 어떻게 알아?"

어둠 속에서 가브리엘이 조용히 웃는 기색이 느껴졌다. 표정을 볼 수 없다는 건 이래서 불편했다. 그 웃음에서 아무것도 짐작하지 못한 채 레인이 대답만 기다렸다.

"우리가 서로의 인생에 끼어들기 전에 어땠는지 기억나요?"

그가 말하는 것이 무엇을 뜻하는지 이해할 수 없었다. 레인은 아직 어둠에 익숙해지지 않았지만, 가브리엘은 익숙한 듯 그녀를 침대 위에 눕히며 그 위에 올라탔다.

"내 세계에는 나만. 당신의 세계에는 당신만."

위에서 덮치듯 자신의 몸 위로 체중을 실어오는 그의 어깨를 손을 뻗어 안았다.

"지브릴의 세계에는 오직 지브릴만. 그래서 놈이 나와 저가 도플갱어라고 하는 거예요."

비밀 이야기를 하듯 그가 레인의 귓가에 속삭였다. 등줄기를
타고 쭈뼛 소름이 돋았다.

세 명의 도플갱어.

"하지만 나는 당신을 찾았고, 당신의 세계에는 내가, 내 세계
엔 당신이 있죠."

물기를 머금은 입술이 목덜미를 부드럽게 빨았다.

"장담하건대 지브릴의 최대 관심사는 제 아들이 아니라 레인,
당신일 거예요. 저와 동류일 거라 여겼던 내가 푹 빠진 상대니
까."

그의 손이 왼쪽 옆구리에 있는 드레스의 지퍼를 손쉽게 내렸
다. 다시는 이 드레스를 입지 못하게 하려는 사람처럼 드레스로
도, 목걸이로도 가릴 수 없는 쇄골에 그가 이를 세웠다.

"훗!"

"그러고 보니 내가 아직 화내는 중이라고 이야기를 안 했나?"

덜 벗겨진 드레스 아래로 손을 집어넣은 가브리엘이 속삭였다.

"무슨……."

"나 좀 화났어요. 그러니까 가만히 있어."

얇은 팬티 위로 그가 손가락을 움직였다. 그의 손톱이 클리토
리스를 쿡 찌르면서 이내 팬티에 마찰될 정도로 문질렀다.

"엘!"

"나와 눈이 마주쳤을 때 당신이 내게로 달려올 줄 알았어."

가슴 윗부분을 세게 빨며 그가 으르렁거렸다.

"그건 사정이 있어서⋯⋯."

"당신에게 사정은 나 하나여야만 해."

진득하게 묻어 나온 가브리엘의 어조엔 일말의 자비심도 남아 있지 않았다. 그의 손가락이 팬티 위를 몇 번 문지르지도 않았건 만 이미 팬티는 흥건하게 젖었다.

"이렇게 젖어놓고 나를 떠날 생각을 했어?"

이제는 어둠에 눈이 꽤 익숙해졌다. 그가 허리를 세우고 손가 락에 묻은 것을 핥아 먹는 게 눈에 보일 정도로.

"네게 생각할 시간을 준 거야."

음험하게 빛나는 짙푸른 눈동자는 이미 아무것도 들리지 않는 것 같지만 레인이 필사적으로 변명했다.

"알아요. 그런데 그거 알아요?"

손가락의 뿌리까지 핥아먹고 자신이 익히 알고 있는 레인의 체 취를 맡은 가브리엘이 위험하게 웃었다.

"당신이 내 아이를 가졌을지도 모른다는 거."

"뭐?"

"피임, 안 했잖아요."

지퍼를 내리는 소리가 들리자 레인의 어깨가 움찔했다.

그래, 그와 피임을 따로 하지 않았다.

"내가 당신 안에 몇 번이나 쏟아냈는데 안 가진 게 이상하지."

왜 한 번도 생각해 보지 않았을까. 가임기를 계산하며 레인이 잠시 말이 없자 가브리엘이 상의마저 벗어버리곤 레인의 위로 다 시 올라탔다. 그의 손이 거추장스러운 팬티를 잡아당기자 천 조각이 힘없이 뜯겨져 나갔다.

허벅지에 그의 페니스가 문질러지는 느낌이 생경했다.

"으읏……."

반쯤 벗겨진 드레스 아래 드러난 가슴을 그가 한 입에 삼켰다. 이 끝으로 유두를 건드리고 혀로 감싸듯 깊게 빨아들였다. 그 가슴 아래 있는 심장을 삼키고 싶어 하는 움직임 같아서 레인이 상체를 뒤틀었다. 하지만 가브리엘이 그녀의 등 아래로 두 손을 넣고 단단히 끌어안고 있었다.

"내 아이를 가졌을지도 모르는 여자가."

그의 페니스가 쿡, 레인의 클리토리스 아래를 찔렀다. 꽃잎이 살짝 벌어지며 그의 페니스가 찌르고 빠지는 감각이 적나라하게 느껴졌다.

"이런 곳에 와 있으니."

또다시 그가 얕게 한 번 더 찌르고 들어왔다.

"내가 화가 안 나겠어요?"

"흐읍!"

그리고 단숨에 그가 젖어 있는 곳을 가르며 깊게 찔러 들어왔다. 빡빡한 내벽이 잔뜩 긴장해 그의 페니스를 쥐어짜는 느낌이 들었다. 레인이 저도 모르게 그가 더 안쪽으로 들어오도록 두 다리를 벌려 그의 허리를 감쌌다. 허벅지를 잡고 있는 그의 차가운 손과 다르게 자신의 내벽이 조이고 있는 그의 페니스는 남자의 모든 열을 품은 듯 뜨겁고 거침없었다.

"대답해."

"무…… 훗…… 흐읏!"

말이 제대로 나오지 않았다. 그가 허리를 움직일 때마다 자신의 몸을 꿰뚫고 들어오는 살덩이가 너무 벅차서 숨도 제대로 쉴 수 없었다. 자제할 수 없는 신음이 멋대로 교성처럼 입안을 맴돌다 밖으로 내뱉어졌다. 가브리엘이 오른손으로 레인의 머리 옆을 짚으며 다시 한 번 허리를 깊게 찔러 넣었다. 레인의 몸이 그 반동으로 인해 위로 밀리듯 올라가자 그가 얼굴을 내렸다.

코끝에 닿아있는 그의 얼굴이 이제는 확실하게 보였다.

"얼마나 나를 혼자 둘 셈이었어?"

"윽! 그런 거, 아냐."

"당신 안이 이렇게 좁고 뜨겁다는 걸 알려주고 떠나면……."

신음 소리와 섞여 잇새로 나오는 말이 레인을 미치게 만들었다. 아름다운 얼굴이 자신의 안에서 쾌감에 일그러지는 것을 보면서 잊고 있었던 가학성이 고개를 치밀 정도였다. 금욕을 맹세한 신부를 유혹해 치맛자락 안에 감춘 창부가 된 기분이었다.

"내가 안 미치고 배겨요?"

레인의 뺨에 입을 맞추며 그가 속삭였다.

그 한마디에 레인의 안이 더욱 꽉 가브리엘의 페니스를 조였다. 엉덩이 골 사이로 흐르는 것이 누구의 체액인지 이제는 알 수 없었다.

땀에 젖은 서로의 살이 부딪히는 소리가, 가장 은밀한 곳이 마찰되어 쿨쩍이며 질척이는 소리가 조용한 방 안을 돌고 돌아 서로의 귀에 들어왔다. 끈적하게 귓바퀴를 핥고 혀를 내밀어 귓불을 희롱하다 이내 움찔할 정도로 깨문 그가 중얼거렸다.

"당신에게서 내 냄새가 지워지지 않게 하려면 몇 번이나 해야 할까."

자신의 냄새가 이제는 전혀 묻어나지 않는 레인의 목덜미에 얼굴을 파묻은 가브리엘이 얼굴을 부볐다.

"……응……, 엘……."

가브리엘의 어깨를 잡고 있는 손에 힘이 들어가 손톱이 곧 그의 살을 파고들었다. 목덜미에 코를 박은 채 허리를 재빠르게 움직이는 그가 얄미워 더 꽉 잡자 그가 레인의 골반을 움켜잡았다. 엉덩이가 올라가고 두 다리도 무릎을 접은 채 자신의 가슴 가까이 붙인 레인이 곧이어 더욱 깊숙이 뿌리 끝까지 내부로 파고드는 가브리엘의 페니스를 느꼈다.

"하앙, 핫!"

그녀의 세운 무릎을 가브리엘이 두 손으로 감싼 채 허리를 움직였다. '퍽!' 하고 살덩이가 다시 깊게 안으로 치고 들어왔다.

그의 것에 달라붙어 있던 내벽이 움찔하는 것이 느껴졌다.

"……빼……."

레인의 말을 들었으면서 가브리엘은 허리를 멈추지 않았다. 레인의 그 말은 그가 파고드는 몸짓이 더 거칠고 빨라졌을 때 절정에 곧 이를 거란 걸 알면서 하는 잔혹한 말이었다.

"웃…… 이렇게 조이면서 빼라고요?"

말과는 다르게 행동하는 몸을 비웃으며 가브리엘이 물었다. 자신이 아이 이야기를 해서 그녀가 절정에서 몸을 사리는 것이 보였다. 다정한 손길이 레인의 볼을 쓰다듬고 그녀의 입술 위에 머물렀다.

그의 목덜미에서 흐른 땀 한 방울까지 보일 정도로 가까운 거리였다.

"몸을 사릴 거면 나를 안지 말았어야죠."

누가 누구를 안고 있는 건지, 레인이 멍해지는 정신을 가까스로 붙잡으며 갈라진 목소리로 신음을 삼켰다.

"나를 덮쳐서 이렇게 삼켜놓고."

그의 몸짓이 빨라졌다. 마찰이 심해질수록 거칠어지는 서로의 숨이 코앞에서 얽혔다.

"흐아…… 아……아아……!"

내부 깊숙이 뜨거운 것이 꾸역꾸역 밀려들어 오고 있었다. 순식간이었다. 뱃속이 뜨거워지는 감각이 무엇을 의미하는지 알고 있었다.

"그러니 피임은 꿈도 꾸지 마, 레인."

여운이 가시지 않은, 하지만 단호하고 냉정한 목소리로 가브리엘이 레인의 입술 위에 속삭였다. 열기에 젖어 있는 그의 눈동자 한쪽에 냉혹한 짐승의 모습이 보였다. 대꾸할 말도 생각나지 않아 지쳐서 그저 눈을 감자 그가 온몸으로 자신의 몸을 안아왔다.

"……무거워."

얼굴에 닿은 그의 어깨를 꽉 깨물며 레인이 말했다.

그렇게 말하자 천천히 그가 안에서 빠져 나갔다. 그러자 당연한 수순으로 울컥, 덩어리 채 엉덩이 골 아래로 흘러내리는 그의 체액이 느껴졌다.

"하……."

왜 피임 생각을 하지 못했을까.

"앞으로는……."

피임 이야기를 꺼내려 했을 때 가브리엘이 레인을 끌어안았다.

"이번 일이 마지막이잖아요."

"그래."

"그럼 앞으로 레인이 생각해 봐요. 아이에 대해서."

"엘."

"당신은 책임질 수 없었다면 나를 안아선 안 되는 거였어. 그 책임에는 아이도 포함되는 거예요."

말도 안 된다는 소리가 입 밖으로 튀어나올 뻔했다. 하지만 자신을 물끄러미 바라보는 얼굴이 문득 외로워 보여서 입술만 달싹였다.

가브리엘을 닮은 아이.

한 번도 생각해 본 적 없었다.

"아이."

저도 모르게 입 밖으로 꺼낸 말에 레인의 몸이 흠칫 굳었다. 그녀의 입에서 나온 아이라는 말에 가브리엘의 눈이 잠시 크게 뜨였다가 이내 부드럽게 휘어졌다.

"그래요, 아이."

그렇게 답하면서도 가브리엘 역시 자신의 입에서 나온 그 말을 스스로가 믿을 수 없었다. 하지만 스스로 믿지 못한다 해도 자신은 분명하게 레인과의 미래를 생각하고 있었다. 망설임 없이 악몽에서 자신을 구원하기 위해 레인이 온몸을 던져 그를 끌어안았을 때부터 그건 당연한 거였다.

그와 그녀의 미래에는 반드시 아이가 있어야 했다. 서로의 피를 반쪽씩 타고 태어난, 절대로 저버릴 수 없는 존재. 그런 것이 있다면 이 비틀린 세상이 제법 아름다워 보일 것 같다.

"생각해 본 적 없어."

생소한 얼굴로 레인이 대답했다.

생각해 본 적 없는 건 자신의 미래였을까, 아이였을까.

둘 다일지도 모른다. 불과 2주 전만 하더라도 존의 사무실에서 그가 결혼에 대해 일장연설을 할 때 회의적이었던 자신을 기억했다. 존 또한 레인과 결혼이란 것을 연관 짓지 못해 한참을 벙해 있지 않았던가.

하지만 가브리엘은 아이에 대해 이야기하고 있었다. 너무도 확연하게 아이가 있는 미래를.

"책임과 결과. 나와 당신은 서로를 책임져야 하고 우리는 이제 결과를 기다려야 할 때예요."

그래, 처음 만났을 때부터 가브리엘은 거침없었다. 그에 비해 자신은 모든 것을 너무 어렵게 생각할 때가 많았다. 그저 생각하는 대로 행동하는 가브리엘에게 맞춰서 따라가다 보니 그와 있을 때면 생각도, 망설임도 잊는다는 걸 깜박하고 있었다.

그저, 기분이 가는 대로 내뱉어도 괜찮을 것 같다는 생각이 들었다.

레인의 입술에 희미한 미소가 그려졌다.

"나는 이번이 마지막 임무가 될 거야."

그가 자신을 어떻게 찾아왔는지 짐작할 수 있었다. 그는 제너그의 최대 주주였으니까.

"지브릴의 아들. 그 아이를 국외로 빼돌리는 게 내 마지막 임무야."

"지브릴이 꽤 화를 내겠는데요."

짐작하건데 화를 내는 정도가 아니리라.

"아리아는 의사였던 내 어머니의 동료였어."

"그렇군요."

레인의 옆에 누워서 서로를 마주보며 가브리엘의 손이 그녀의 등을 천천히 도닥였다.

"내 어머니는 6년 전 이란 내전 당시 CIA로 오인 받아 고문 끝에 죽었어."

나는 왜 이 이야기를 가브리엘에게 하고 있는 걸까.

그가 아이 이야기를 꺼낸 순간 아무에게도 하지 못했던 이야기가 울컥울컥 목울대를 타고 흘러나왔다. 스스로의 이야기를 스스로도 말리지 못할 정도로.

"내 어머니는 무고한 자였어, 엘."

아리아가 거둔 케이시의 모습은 처참했다고 한다. 레인이 이란에 찾아왔을 땐 케이시의 장례가 끝난 뒤였다. 온몸의 뼈는 부러지다시피 했고, 손톱과 발톱은 모두 뽑혀 있었다. 사인은 폐를 찌른 갈비뼈로 인한 질식사라고 했다. 그대로 죽어가게 놔둔 것 같다고 떨리는 목소리로 아리아가 말했을 때 레인은 복수를 결심했다.

"그래서 고문관을 찾아내서 죽였어. 그 도중에 그의 여덟 살짜리 딸이 총격전에 휘말렸고."

자신의 어머니도 무고한 자였지만, 그 총격전에 휘말린 그 아이도 무고한 자였다.

"내가 정신을 차렸을 땐 그 아이를 안고 아리아에게 달려가던 중이었지."

제발 이 무고한 아이를 살려 달라고 세상의 모든 신에게 빌었다. 나의 복수에 너를 끌어들여서는 안 됐다. 아이가 제 아버지의 앞을 가로막는 순간, 그건 이미 복수가 아닌 참극이었다.

아리아는 결국 아이의 숨을 붙여 놓았고, 그 이름도 알 수 없는 어린 계집아이는 뇌사판정을 받았다.

"아이가 마지막으로 내지른 그 비명 소리가 날 죽을 때까지 따라다닐 거란 걸 깨달았어, 엘."

그러고 나서 체념은 빨랐다. 그것은 그의 악몽과 비슷했다. 이것이 자신의 죗값임을 깨달은 레인은 커피를 마시기 시작했다. 에스프레소 한 잔에 뜬눈으로 밤을 새고 그게 익숙해져 까무룩 잠이 오면 두 잔을, 그리고 세 잔을. 그렇게 늘려왔다.

잠들지 않고 시도 때도 없이 울리는 그 비명 소리를 듣는 것은 온전히 살아 있는 자신의 몫이었다.

생명유지장치를 떼지 못했고, 그것을 떼면 정말로 자신이 돌이킬 수 없는 괴물이 될까 봐 두려워했다. 자신이 용서를 빌어야 할 대상이 사라지면 사람이 아닌 끔찍한 것이 되어버릴까 봐.

그래서 미친 듯 돈을 벌었다. 군대에서 받는 월급으로는 충당할 수 없었다. 바로 군을 제대하고 제너그에 입사했다. 반쯤 머리가 날아간 사람처럼, 생명유지장치를 유지하는 데 드는 돈을 벌기 위해 위험한 일이어도 보수가 높으면 가장 먼저 자원했다. 온몸을 혹사시키고 목숨이 경각에 달려 있을 때마다 아이러니하게도 살아 있음을 느꼈다.

죽음이 언제라도 자신을 데려갈 수 있도록 스스로를 위험에 내던졌을 때, 자신을 이끌어줬던 것은 존이었다. 팀장은 팀원의 모든 일을 알아야 된다는 허울 좋은 명목을 내세우며 뒷조사를 했다고 말했다. 어떻게 된 영문인지는 잘 모르지만 네가 그렇게 죽어버리면 병원에 누워 있는 그 아이는 정말로 혼자가 되어버린다고 자신을 설득했다.

"이번 일이 끝나면 나는 그 아이의 생명유지장치를 뗄 거야."

그렇게 결심했다.

푸른 창공을 날아가는 매를 본 순간부터 지난 6년 동안 결심하지 못했던 일을 하기로 했다.

그 아이는 이미 창공을 날아갈 준비가 됐는데, 자신의 욕심으로 인해 날아갈 수 있는 기회조차 가로막고 있는 게 아닐까.

레인은 이제 지쳐 있었고, 그 아이를 놓아줄 이유가 필요했다.

"그렇다고 해서 당신에게 미래가 없다는 이야긴 아냐."

가브리엘이 고저 없는 목소리로 말했다.

이 남자도 존과 마찬가지로 자신의 뒷조사를 했다. 얼마나 정확하게 알고 있는지는 모르겠지만 아마도 짐작은 하고 있을 것이다 그저 자신이 입을 열 때까지 기다리고 있었을 뿐.

가브리엘이 여전히 다정한 손길로 도닥이며 조금 더 바싹 몸을 붙여왔다. 그가 빨아 부어오른 레인의 가슴이 그의 가슴에 짓눌려질 정도로 서로의 몸이 맞붙었다.

"당신의 세계에 나를 들여보내 줘요."

"안 그래도 넌 잠을 못 자는데 비명 소리를 듣게 할 순 없어."

레인이 피식 웃으며 고개를 저었다.

"나는 내 세계에서도 갈 곳이 없어요."

숨이 멎을 것 같았다. 갈 곳이 없다는 그 찢어질 것 같은 말이 너무도 담담하게 들려서.

"나를 들여보내 줘요. 내가 같이 들어줄게."

가슴은 찢어질 것 같은데 네 말은 왜 이토록 달콤하게 들리는지.

레인이 입술을 깨물었다. 입을 열면 그가 차마 내뱉지 못한 통곡이 터져 나올 것 같았다. 눈가도, 가슴도 시큰거려 견딜 수 없었다. 가브리엘의 입술이 파르르 떨리는 레인의 눈꼬리 위를 꾹 찍어 눌렀다.

"그래. 그러고 나서 생각해 보자."

너와 내 아이를.

16.

괴물은 존재한다. 유령 또한 존재한다.
그들은 우리 안에 살고 있고, 가끔 우리와 싸워 이긴다.

– 스티븐 킹

레인이 다시 아리아를 만난 것은 그로부터 두 시간이 더 지난
뒤였다. 단둘이서 인적이 드문 곳에서 만나 대화를 하면 눈에 띌
거라 여겨 정원으로 장소를 옮겼다. 가브리엘이 드레스를 입어도
보이는 곳에 자국을 남겨놨기에 입을 옷이 없어 곤란하던 찰나
그레이가 기다렸단 듯 활동하기 편한 옷들을 가지고 문을 두드렸
다.

단 두 시간 만에 드레스를 벗어던지고 얇은 베이지색 면바지에
티셔츠, 그리고 카디건을 걸쳐 입고 나온 자신을 아리아는 묘한
눈으로 바라보았다.

"누르가 불안해하고 있어."

"어쩔 수 없죠. 저도 그가 갑자기 끼어들 거라곤 생각 못 했으

니까."

"그는 누구니?"

레인의 눈은 꽤 넓은 정원을 무장한 채 돌아다니고 있는 군인
들을 좇고 있었다. 어차피 저택 내부에 있어서 외부와는 단절된
곳이었다. 이곳은 도주로로 쓸 수 없다. 그런 정보를 머릿속에 넣
고 있을 때 그가 누구냐고 물은 아리아의 질문이 뒤늦게 인식됐
다.

"옆에 있고 싶은 사람이오."

연인 사이라는 다정한 말은 나오지 않았다. 문득 생각한 연인
이라는 말에 낯이 간지러워졌다.

"의외구나."

하지만 아리아는 레인이 그 남자를 향해 웃음을 터뜨렸을 때
를 생각하곤 납득했다. 이럴 때 어쩔 수 없이 케이시를 생각하고
말았다. 정말로 자신의 아이가 사람을 대하는 감정이 서투르다
는 것을 걱정했던 그녀가 이 자리에 있었다면 어땠을까?

"누르와 이야기를 해봤는데 내일 당장 네가 카림을 만났으면
좋겠다고 해."

"그래요."

아이와는 낯을 익혀둬야 했다. 아이를 설득하는 일은 누르가
한다고 했으니 레인은 최대한 빠른 루트를 수배해 아이를 안전하
게 국외로 도피시킬 계획을 짜야 했다.

미간을 좁힌 채 뭔가를 생각하는 레인의 뺨 위로 따뜻한 체온
이 느껴졌다.

"다행이야."

"뭐가요?"

"나는 네가 여전히 6년 전과 같은 모습이면 나 스스로를 용서할 수 없을 것 같았거든."

"나는 당신의 면죄부가 아니에요."

"호호― 안단다. 나를 세상에서 용서할 수 있는 사람은 케이시뿐이지."

지난 6년 동안 자신에게 어떤 연락도 하지 않았던 아리아였다. 그것이 그녀를 잊어서가 아니라 보기가 괴로워서라는 걸 레인은 누구보다 절실하게 알고 있었다.

"아뇨. 당신이 원망스러웠다면 끝까지 입을 다물고 있지 않았겠죠."

왜, 이 여자는 아직도 과거 속에 살고 있는 걸까? 과거 속에 사는 사람은 이제는 더는 그만 만나고 싶은데 왜 아직도 과거가 멀쩡하게 살아 있는 사람의 생명을 잡아먹으려 드는 걸까?

"이 세상에, 아니 천국에 있을 케이시라도 당신을 원망할 사람은 아무도 없어요."

"아아…… 레인, 나는 거기서 가만히 있었으면 안 됐어. 이미 국외로 대피 중인 CIA가 그녀를 신경 쓰지 않을 걸 알고 있으면서도 무서워서 한 발자국도 움직이지 못했단다. 케이시가, 그녀가, 나는, 나라면, 나는……."

한순간에 무너지듯 자신에게 몸을 기대오는 아리아의 작은 몸을 감싸 안으며 레인이 속삭였다.

"이 일을 다 망칠 셈이에요?"

"아니. 그래선 안 되지."

애써 고통을 억누르며 케이시가 레인의 품에서 떨어졌다. 등허리를 꼿꼿이 세우고 이내 속눈썹에 묻은 눈물을 털어냈다. 레인이 주변을 경계하며 누군가 자신들을 주의 깊게 보고 있는 게 아닌지 살펴봤다.

"누르가 아파서 너에게 신경 쓰지 못할 거라며 내게 이 저택 안에 머물 곳을 마련해 주라고 하더군."

"지브릴이요?"

가브리엘의 예상이 맞았다. 호텔에서 자신을 기다리고 있을 팀원들을 떠올리며 레인은 당분간 그곳으로 돌아갈 수 없을 거라 생각했다.

"그래. 네가 필요한 게 있다면 모두 내가 해결하라는 말도 했지."

"팀원들이 호텔에 있어요. 나는 당분간 나갈 수 없으니 아리아가 그들에게 대기하라고 말을 전해줘요."

애초에 그 호텔을 지목한 것은 아리아였다. 그녀가 고개를 끄덕였다.

"그도 우리 계획을 알고 있는 거니?"

"도움이 될 거예요. 그가 지브릴의 관심을 돌릴 수도 있을 테고."

"그와 지브릴이 너무 친근하던데……."

"걱정하지 말아요, 아리아. 절대 우리 일에 해가 될 사람은 아니에요."

도움이 되면 됐지.

아직도 방금까지 자신을 안고 있었던 그의 체온이 생각났다. 왜인지 더 몸이 시린 것 같아서 레인이 카디건의 단추를 끝까지 잠갔다.

"여기 더 있는 것도 안 좋을 것 같군요."

"그래. 난 내일 다시 들어와야겠어. 네게 내일 카림을 소개해 줄게. 너는 그 남자의 오른쪽 방을 쓰면 돼."

카림의 이름을 말하는 아리아의 눈빛이 다정해졌다. 누르와는 정반대의 눈빛이었다. 숨길 수 없는 애정이 묻어나오는, 마치 어머니의 눈빛을 하고선 아리아가 등을 돌렸다.

"아리아."

정원의 어둠 속으로 사라지려는 모습에 이상한 위화감이 들어 레인이 그녀의 이름을 불렀다.

"그래."

새카만 니캅으로 몸을 감싸고, 보이는 것이라곤 하얀 손과 눈 뿐이었다. 마치 어둠에 녹아들어 있는 사람처럼.

"괜찮은 거죠?"

그 말을 내뱉고 스스로가 멍청한 질문이라고 생각했다. 여기 서 괜찮은 사람이 어디 있단 말인가. 레인의 입가에 자조적인 미소가 그려진 것을 본 아리아의 눈빛이 웃는 사람처럼 가늘어졌다.

"나는 언제나 괜찮아."

정원의 너머로 사라지는 아리아의 뒤로 저 멀리 구시가지의 불빛들이 보였다. 절벽에 세워진 저택. 이곳에 들어오면 정문이 아닌 이상 출입을 할 수 없다. 이 천년의 도시, 사나는 전체가 천해의 요새나 다름없었다. 특히 지브릴의 궁전 같은 저택은.

가브리엘의 손을 잡고 걸었을 때는 미처 느끼지 못했지만, 이 저택은 중세의 유럽을 생각나게 했다. 지브릴의 개인적인 취향인지 바닥에 깔린 폭신한 카펫을 밟으며 걸음을 옮겼다. 복도의 천장에는 커다란 샹들리에가, 벽에는 누가 그린지도 모를 미술 작품들이 주욱 걸려 있었다. 그림들만 본다면 미술관에라도 온 것 같은 기분이라 레인의 걸음이 조금 느려졌다.

"아, 여기 계셨군요."

어린 소년이 한 손에는 칼을 들고, 한 손에는 누군가의 잘린 목을 들고 있는 그림이었다. 소년의 등 뒤로 새까만 암흑이, 그리고 그 속에서 눈을 내리깔고 잘린 머리를 내려다보는 소년의 표정이 적나라해서 레인은 저도 모르게 걸음을 멈췄다. 소년과 그가 들고 있는 잘린 머리를 번갈아 보던 레인은 이상한 익숙함에 고개를 갸웃했다.

"카라바조의 '골리앗의 머리를 들고 있는 다윗'입니다."

친절을 가장한 목소리가 불쑥 등 뒤에서 들렸다. 갑작스러운 목소리에 당황하지 않은 채 레인이 고개를 돌려 상대를 바라보았다. 두 명의 군인과 그의 비서로 보이는 남자 하나, 그리고 자신에게 말을 건 장본인이 지척에서 다가오고 있었다.

"장군님."

"지브릴이라고 불러주세요."

그가 매끈한 얼굴로 웃으면서 레인의 옆에 와 섰다. 지브릴이 레인이 보고 있던 그림으로 시선을 돌리자 레인 또한 다시 그림으로 시선을 돌릴 수밖에 없었다.

"원래 그의 이름은 미켈란젤로 카라바조인데, 미켈란젤로가 너무 유명해서 그를 카라바조라고 부르기 시작했다고 하더군요."

그림에 대한 지식은 전무하다시피 한 레인은 '골리앗의 머리를 들고 있는 다윗'이라는 설명을 듣고서야 이 그림이 이해가 됐다. 왜 소년이 칼과 사람의 머리를 들고 있는 것인지.

"재미있는 그림이죠?"

"글쎄요. 전 그림에 대해 잘 몰라서. 하지만 이상한 그림이란 건 알겠어요."

레인의 말에 그가 낮게 웃었다.

"재미있고 이상한 그림이죠. 다윗은 카라바조의 어릴 때 모습이고, 골리앗은 살인자가 된 그의 모습을 투영하고 있는 것이니까요."

골리앗의 머리를 자른 소년의 얼굴에서 기쁨이나 환희는 보이지 않았다. 오히려 소년은 깊은 동정과 연민의 얼굴을 하고 있었다. 레인이 지브릴의 설명을 듣고서야 익숙함의 정체를 알아차렸다. 그래, 다윗과 골리앗의 얼굴이 닮아 있었다.

"다윗이 골리앗을 물리치고 예수가 사탄을 물리쳤듯 겸손함으로 교만함을 무찔러야 한다."

지브릴이 그림 속 다윗이 들고 있는 커다란 칼에 새겨져 있는 라틴어를 읽었다.

"당시에 살인자인 자신을 유일하게 사면해줄 수 있는 교황에게 바치는 용서의 그림이죠. 물론 중간에 그림을 도난당하면서 찾기 위해 로마까지 걸어가다가 말라리아에 걸려 죽었지만요."

처음에 재미있다는 웃음에서 곧이어 그 어조는 비난과 비웃음으로 바뀌었다.

"그림에 대해 조예가 깊네요, 장군님."

"옛날부터 독재자들은 모두 예술품에 깊은 조예가 있었죠."

본인 입으로 독재자란 말을 하는 것을 들으니 아이러니했다. 본인 스스로가 너무 잘 알고 있는 것 같아서 실소가 터져 나오려는 걸 레인이 가까스로 참았다.

"정권을 완전히 잡는다면 독재자가 되실 건가요?"

"이야기가 그렇게 됩니까?"

그 무디지만 날카로운 질문을 유연히 넘기며 지브릴이 사람 좋아 보이는 미소를 지었다. 사람이 좋아 보이다니. 그 웃음 속에 어떤 칼끝이 숨겨져 있을 줄 알고.

"모두가 사실상 예멘의 정부군은 수도를 탈환하지 못하는 한 다시 일어서기 힘들 거라고 하던데요. 그럼 장군님이 예멘의 새로운 정부를 수립하게 되시는 게 아닌가요?"

"생각보다 내 나라에 관심이 많군요, 레인."

"아무리 친한 지인의 부탁이라고 하지만, 내전 중인 나라에 오는데 이 정도도 알아보지 않았을까 봐요?"

서로가 웃으면서 대수롭지 않게 예멘의 정세를 들먹였다. 이 정도야 파티에서도 흔하게 나왔던 말이기에 오히려 말하기가 쉬웠다. 다른 이야기를 하면서 자신을 노출시키는 것보다야 예멘의 현재 시국을 들먹이는 게 이야기가 더 편했다.

"그럼 나는요? 나에 대해선 얼마나 알아봤습니까, 레인?"

아아, 화제를 바꾸는 재주까지 능란한 남자였나.

"글쎄요. 바깥에서 얻을 수 있는 정보는 한정적이라서요. 아리아는 장군님이 젊고 유능하다고 했죠. 그리고 파티에서 처음 뵀을 때도 생각보다 훨씬 젊어서 예상 외였어요."

지브릴은 그가 말한 것처럼 예멘의 군인 출신이었다. 일개 군인이 10여 년 만에 쿠데타를 일으켜 정부를 몰아내고 스스로 장군의 자리에 앉아 반군들의 수장이 되었다.

"저런. 지브릴이라고 부르라니까요."

자신을 엘이라고 불러달라는 가브리엘의 모습과 일순간 그의 모습이 겹쳐 보였다. 도플갱어란 이야기를 듣고 그를 봐서 더 그렇게 보이는지도 몰랐다.

"그건 차차 고치도록 할게요."

레인이 거북스러운 마음을 감추고 희미하게 웃어 보이며 대꾸했다. 그리고 자연스럽게 그가 에스코트를 하자 복도를 함께 걸었다. 뒤늦게 발견한 사실이지만 복도에 걸려 있는 대부분의 그림들은 성경, 혹은 전쟁이나 종교에 관련된 그림들이었다. 이 남자의 종교적 취향에 대해 고민하던 찰나에 그가 말했다.

"원하는 그림이 있으면 이야기해요. 가브리엘과의 결혼 선물로 기꺼이 선물하죠."

"아직 날짜도 잡기 전이라서요."

"내 아들의 심리치료가 끝나면 돌아가서 영국에서 결혼을 하기로 했다던데요?"

대체 가브리엘은 어디까지 이 남자에게 말해놓은 걸까. 레인이 그냥 웃으면서 고개를 끄덕였다.

"그는 맨해튼의 고서점에서 당신을 처음 보고 한눈에 반했다고 하던데."

"설마, 그런 거짓말을 믿으시는 건 아니겠죠?"

자신을 떠보려는 듯한 지브릴에게 부드럽게 웃으며 레인이 고개를 저었다. 가브리엘이 한눈에 반해 누군가를 곁에 둘 만큼 허술한 사람이 아니라는 걸 알고 있는 레인은 이 질문에 숨겨진 의도를 알아챘다.

"그럼 어떻게 그를 사로잡은 거죠?"

대화는 내내 보통의 연인 사이를 묻듯 다정했다. 하지만 레인은 그의 검은 눈동자 속에 감추려 하지 않은 흥미를 읽고선 거짓말은 소용없다는 사실을 깨달았다. 자신이 무슨 말을 하든 그는 믿지 않으리라.

지브릴과 레인은 가브리엘이라는 남자에 대해 너무 잘 알고 있었다.

"내가 세 번째 도플갱어예요, 장군님."

레인이 자신을 내려다보는 지브릴을 향해 턱을 조금 들어올렸다. 시선은 너무 도전적이지 않게, 어조는 단호하지만 부드럽게.

나무를 숨기려면 숲에 숨기라는 가브리엘의 이야기처럼.

"호오?"

지브릴의 시선이 좀 더 노골적으로 변했다. 대체 네 어디가 도 플갱어라는 것인지 샅샅이 스캔하듯 훑어보는 시선이 은밀해졌다.

"농담이에요."

레인이 지브릴의 앞에서 웃음을 터트리며 입가를 가렸다.

"두 분이 너무 친밀해 보여서요."

"하."

진심인지 거짓인지 가려낼 수 없을 정도로 농담을 섞자 지브릴이 곧 허탈한 웃음을 지었다. 그녀의 말에 대번에 날카롭게 레인을 샅샅이 훑어본 자신이 스스로도 어이가 없다는 듯한 웃음이었다.

"이런 상황에서 대범하시군요, 레인."

그의 말에 아무도 그에게 감히 농담을 던지지 못한다는 걸 깨달은 레인이 잘 모르겠다는 얼굴로 웃었다.

"저는 좀 질투가 심해서요. 엘에게 장군님에 대해 아무것도 듣지 못해서 좀 심술이 났을 뿐이에요."

"그러는 레인도 가브리엘에게 이곳에 온다는 이야기도 없이 온 것 아닙니까? 이곳에 오겠다고 이야기를 했으면 가브리엘이 내 이야기도 했을 텐데요."

여전히 자신을 떠보고 있었다. 파티장에서 그를 만났을 때 놀란 자신의 얼굴에서 유추해낸 것이 분명했다.

"사실 이곳으로 오면서 그와 헤어지려는 생각을 하고 있었거든요."

"왜요?"

"저보다는 장군님께서 더 그를 잘 아실 것 같은데요. 그는 무척이나 비밀스럽고 알 수 없는 사람이잖아요."

레인이 한 발 물러났다. 여전히 가브리엘을 가장 잘 알고 있는 사람은 당신이라는 뉘앙스를 풍기면서. 그는 가브리엘에게 대단한 호의를 갖고 있었다. 그리고 왜인지는 알 수 없는데 그의 말투나 행동에서는 자신을 경계하는 빛이 어른거렸다. 그저 느낌일뿐이었지만.

완전한 경계는 아니었다. 비슷한 것을 찾자면, 그래. 그건 질투에 가까운 감정이었다. 자신의 도플갱어를 채간 상대에 대한 알 수 없는 경계심과 질투.

그 사실을 알 수 있었던 건 우습게도 자신 또한 지브릴에게 똑같은 감정을 느낀다는 사실 때문이었다. 자신이 알지 못하는 가브리엘을 알고 있는 그에 대한, 표현하지 못한 경계심이 가장 강하게 일었다.

아마도 그가 레인처럼 확실하게 이 사실을 인지하고 있다면, 이 대화의 이상한 점을 알아차릴 것이다. 하지만 그런 기색은 아직 없었다.

"그렇죠. 그는 절대 손에 넣을 수도 없고, 잡을 수도 없는 남자죠."

그것이 아쉽다는 듯 지브릴이 한쪽 입꼬리를 올렸다.

무슨 연적을 대하는 기분과 비슷한 것을 느끼며 레인 또한 마음을 감추고 고개를 끄덕이며 마주 웃었다.

"그럼 저는 이만. 오랜만에 만난 친구와 밤새 회포를 풀기로 해서요. 이해해 주시겠죠?"

"그럼요."

레인은 자신의 방문 앞까지 에스코트해 준 그에게 가볍게 고개를 숙여보였다. 그리고 지브릴이 바로 옆에 있는 가브리엘의 방으로 사라지는 것을 보며 자신의 방으로 들어왔다.

탁—

등 뒤로 문을 닫자마자 식은땀 한 줄이 목덜미를 타고 주르륵 흘렀다. 빳빳하게 날이 선 종이에 손가락을 베인 것 같은, 그런 오싹하고 선득한 기분이었다.

방 안의 불을 모두 켜고 레인이 잠시 그 가운데 오도카니 서 있었다. 손끝이 저릿했다. 말을 한마디 할 때마다 온 신경을 쏟아야 하는 상대를 만나는 건 분명 유쾌하지 않았다. 다시는 그와 말을 섞고 싶지 않았지만 자신이 이곳에 머무는 동안은 이런 만남이 몇 번 있을 거라 생각됐다.

똑똑.

바깥에서 들리는 노크 소리에 잠시 대답하지 말까 싶다가 이내 문을 열었다.

"오랜만입니다, 레인 씨."

아까 갈아입을 옷을 전해 받으면서 잠깐 얼굴을 본 게 전부인 그레이가 문 밖에 서 있었다. 슬쩍 옆을 보자 가브리엘의 방 앞쪽에 대기하고 있는 지브릴의 경호원들과 비서가 보였다. 레인은 그들의 눈치를 한번 살폈다.

"오랜만이에요, 그레이 씨."

"들어가도 되겠습니까?"

레인이 문 옆으로 비켜서자 그레이가 들어와 문을 닫았다. 그에게서 희미한 술 냄새가 났다.

"이야기 중에 지브릴이 레인 씨와 이 앞까지 같이 왔다는 이야기가 나와서 들렀습니다."

누가 보냈는지 굳이 듣지 않아도 알 것 같았다. 그레이가 들어와 핏기 없는 레인의 얼굴을 보곤 씁쓸하게 웃었다.

"확실히 지브릴이 혼자 상대하긴 벅차죠."

"그에 대해 아는 대로 말해 봐요."

"글쎄요. 저보단 각하께서 잘 아실 겁니다."

그레이가 침대 옆 테이블 의자에 피곤한 몸을 늘어트렸다. 굳이 주지 않아도 알아서 테이블 위에 있는 생수를 따 벌컥 들이마시고 목을 죄고 있는 넥타이를 반쯤 풀어헤쳤다.

"처음부터 지브릴이 관심 있었던 건 자신과 이름이 같은 '가브리엘'이었으니까요."

"그때의 두 사람은 어땠죠?"

"두 사람이라고 할 것도 없이. 각하는 지금보다는 덜 다듬어졌었고, 더 위험하셨죠. 그게 퍽 마음에 들었던 모양입니다. 물론 지브릴 쪽에서요."

'우리 각하는 지브릴을 별로 안 좋아합니다. 사실 사람을 별로

안 좋아해요.'

그레이가 덧붙였다.

"여긴 정말 나 때문에 온 건가요?"

"네. 사실 레인 씨가 예멘으로 간다는 것은 만나기 전부터 알고 있었습니다. 처음엔 물론 따라올 생각이 없었지만, 각하께서 레인 씨를 무척 마음에 들어 하고 난 뒤엔 그 덕분에 제가 좀 바빠졌죠."

그레이가 조금 우울하게 중얼거렸다. 그가 정말로 바빴다고 토로하며 조금 흐트러진 머리칼을 버릇처럼 단정하게 뒤로 넘겼다.

"처음엔 예멘에서의 임무라 사실 지브릴의 도움을 받을까 했죠. 대가가 비싸긴 했지만. 하지만 의뢰인인 아리아 다비드에 대해 조사하다 보니 이상해지더군요. 결국 지브릴의 도움을 받을 수 있는 일은 아니라는 걸 아까 각하께 들었습니다만."

그래, 확실히 자신의 아이를 납치해 제삼국으로 도피시킬 건데 그 아이의 아버지에게 도와달라고 하는 건 누가 봐도 이상했다.

"뭐, 그래도 지브릴을 이용할 수 있는 건 사실이라 여기까지 왔지만요."

그레이가 남아 있는 생수를 다시 입에 털어 넣으며 첨언했다. 잠시 생각에 잠겨 있는 레인을 보며 그가 넉넉한 웃음을 지으며 물었다.

"설마 여기까지 각하가 뒤따라 올 줄 몰랐다고 하시는 건 아니겠죠?"

그가 모시는 가브리엘은 굉장히 집요하고 추적에 능한 자였다. 아마 레인은 가브리엘이 얼마나 집요해질 수 있는지 알지 못할 거라 그레이는 생각했다.

"아뇨. 알고 있었어요. 하지만 이렇게 빨리, 이런 방법으로 올 줄은 몰랐지만."

가브리엘이 제 생부를 찾아내고 그에게 어떻게 해서든 죗값을 받아낸 뒤 자신을 찾아오리란 건 알고 있었다. 만약 그때까지 자신이 예멘에 있다면 어쩌면 그가 이곳으로 올지도 모른다고 생각했었다.

"지금 당장 중요한 게 뭔지 확실히 아시는 분이죠."

그레이는 정말로 이 연애를 지지했다. 아니, 애초에 그가 걱정하던 것은 연애 따위가 아니었다. 이 복수가 끝나고 난 뒤 망가지지 않으리란 보장이 없는 가브리엘을 항상 생각해왔던 그였다. 온 힘을 다해 살아온 절반의 시간을 넘게 복수를 다짐한 그가 만약 복수할 대상들이 완전히 이 세상에서 사라진다면 견딜 수 있을까? 그레이는 그게 가장 궁금했다.

만약 복수를 한 뒤 가브리엘이 완전히 망가져 버린다면?

그런 가정을 몇 번이나 되풀이했는지 모른다. 삶에 대한 애착이 희미한 그가 망가진다면 어떤 방식이 될지 보지 않아도 알 수 있었다. 그 상황에서 나타난 한줄기 빛과 같은 존재가 레인이었다.

그레이는 어떤 식으로든, 어떤 방법을 써서라도 레인을 붙잡아 두고 싶었다.

타인에 대해 호기심도 애정도 보이지 않던 가브리엘이 열과 정성을 쏟고 있는 여자였다. 그거면 충분했다. 레인의 생부에 대한 일은 그 다음 문제였다. 복수를 뒤로 하고 예멘까지 바로 날아온 가브리엘이니, 지금은 그의 복수와 그녀의 생부에 대한 일을 잠시 잊어도 좋으리라.

"지브릴은 그가 결벽증이 있다고 하더군요."

"아아, 보통은 그렇게 알고 있죠."

결벽증이라면 결벽증이었지만 가브리엘이 싫어하는 건 좀 달랐다. 아주 오랜 시간 동안 가브리엘을 봐왔던 그레이만이 알고 있었다.

"정확히는 사람의 체온을 못견뎌하는 겁니다."

"체온이요?"

"옛날에 지브릴을 처음 만났을 때야 가장 심할 때였으니 걱정하지 않으셔도 됩니다. 지금은 잘 견디고 계시니까요."

"지금은 괜찮은 게 아니라 견디고 있는 거니 문제죠."

레인이 날카롭게 허점을 찔렀다. 가브리엘의 이야기가 나오자 그레이는 그녀의 분위기가 날카로워졌다는 걸 알아챘다.

"레인 씨는 정말로 괜찮은 걸 겁니다. 저는 각하가 사람의 체온을 끔찍이도 싫어하는 분이라 평생 여자를 만나지 못할 줄 알았거든요."

"왜 싫어하는 건가요?"

그 물음에 그레이가 막 대답하려는 찰나였다.

좌아아앙—

뭔가가 산산이 부서지는 소리가 났고, 그레이와 레인의 눈이 허공에서 부딪쳤다. 이건 유리창이 깨지는 소리였다. 그것도 바로 지척이었다. 바로 문 밖으로 뛰쳐나간 레인과 덩그러니 그 자리에 남겨진 그레이가 머리를 긁적였다.

"내 이럴 줄 알았지."

둘이 만나기만 하면 꼭 이런 일이 있기에 별로 놀랍지도 않았다. 보지 않아도 가브리엘의 방 안이 어떤 상황일지 짐작이 가는 그레이가 천천히 자리에서 일어나 레인이 열어놓고 간 문 쪽으로 걸어갔다.

뛰쳐나간 레인은 차마 방에 들어가지 못하고 있는 지브릴의 비서를 제치고 가브리엘의 방문을 열었다. 그리고 그 안에서 보이는 광경에 할 말을 잃고 말았다. 양주 몇 병이 테이블 위를 구르고 있었고 가브리엘이 소파에 등을 기대고 다리를 꼬고 있었다. 그리고 맞은편에서 별로 다를 바 없는 자세로 지브릴이 빙그레 웃고 있었다.

둘 모두 그 자리에 얌전히 앉아 있었지만 레인이 잘못 들은 게 아니란 증거로 지브릴이 등지고 있는 창문은 산산조각으로 깨져 있었다.

"그래서요?"

레인 쪽으로 시선도 주지 않은 채 가브리엘이 차가운 목소리로 지브릴에게 물었다.

"너답지 않게 왜 흥분을 하지? 그저 재미있을 것 같은 사람이라고만 한 건데."

지브릴의 시선이 힐끗 레인을 향했다. 레인은 그가 자신을 이용해 가브리엘을 도발했다는 것을 알아차렸다. 재미있을 것 같은 사람은 아마 그녀를 지칭하는 말이리라. 그렇다면 잔을 던져 창문을 깨트린 건 가브리엘이라는 소리였다.

레인이 테이블로 한 발자국 다가서려 했을 때 가브리엘이 더 빨랐다.

우아한 몸짓으로 자리에서 일어난 그가 그리 작지 않은 테이블을 훌쩍 넘어 그대로 지브릴이 앉아 있는 소파를 걷어찼다. 소파가 기우뚱하며 뒤로 넘어갔지만 지브릴의 몸은 함께 넘어가지 않았다.

어느새 지브릴의 멱살을 단단히 틀어잡은 가브리엘 때문이었다.

넘어간 소파와 함께 반쯤 뒤로 누운 자세로 상체만 가브리엘 쪽으로 끌어당겨진 지브릴이 픽 웃었다.

"엘."

레인의 부름에도 가브리엘은 뒤를 돌아보지 않았다.

"불과 100년 전만 해도 이런 일이 벌어졌을 땐 결투라는 정당한 제도가 있었죠."

그가 지브릴의 멱살을 잡은 것도 모자라 한 뼘 앞에 있는 유리창에 그의 목을 가까이 가져다 댔다. 미처 깨지지 않은 유리의 날카로운 부분이 지브릴의 목에 가까이 닿았다. 이대로 가브리엘이 지브릴의 멱살을 놓는다면 그의 목이 꿰뚫릴 위기였다.

열린 문으로 상황을 본 지브릴의 군인들이 방으로 들어와 총을 빼들었다.

"그랬으면 좀 더 내가 당한 이 모욕을 되갚아주기 쉬웠을 텐데 말이에요."

가브리엘이 차갑게 지브릴을 내려다보았다. 감정이 느껴지지 않아 더 소름 돋는 목소리였다. 이대로 지브릴의 멱살을 놓아도 상관없다는 무심함마저 돌고 있어서 레인이 소리쳤다.

"엘! 그만해!"

"모욕을 줄 생각은 아니었어. 진정해, 가브리엘."

지브릴이 여전히 빙글대며 대꾸했다.

"그래요? 네 신의 교리에는 남의 것을 탐하지 말라는 말이 쓰여 있지 않나 봐?"

"겨우 여자 하나 때문에 설마 이러는 거야?"

"이봐요, 너랑 내가 그 정도로 친근한 사이는 아닌 것 같은데요. 대체 내가 몇 번이나 너를 참고 봐줘야 그 입을 좀 다물겠어요?"

정말로 지브릴의 군인들이 발포라도 할 것 같자 레인이 나서려 했을 때, 그레이가 거침없이 들어오더니 가브리엘의 손에서 지브릴의 멱살을 풀어냈다. 그레이가 나서는 걸 딱히 내치지 않고 물러난 가브리엘이 그제야 등을 돌려 레인에게 걸어왔다.

쿵—

"……그레이. 너 일부러……."

"죄송합니다, 지브릴. 지난번보다 살이 좀 더 찐 것 같습니다? 무거워서 그만 손을 놓쳤군요."

온통 유리 투성이인 바닥에 지브릴을 내팽개친 그레이가 진심으로 유감이라는 얼굴로 어깨를 으쓱하며 심심한 사과를 전했다.

"젠장."

일어나면서 손바닥에 유리 몇 개가 박힌 지브릴이 고개를 흔들면서 다시 킬킬댔다. 그리고 총을 겨누고 있는 자신의 수하들을 손짓 하나로 내보냈다. 들어왔던 문까지 다시 닫고 조용히 물러나는 그들을 신경도 쓰지 않은 채 가브리엘이 레인을 자신이 앉았던 소파 위에 앉혔다.

"별일 아니에요."

가브리엘의 손가락이 지브릴에게 닿았던 곳을 소독하기라도 하듯 레인의 손가락 사이로 엉켜왔다.

"부인이 없는 난 서러워서 살겠나."

지브릴이 끝까지 빈정거렸다. 하지만 이번에는 가브리엘이 눈 하나 깜짝하지 않았다. 이미 그의 온 신경은 레인에게 쏠려 있었다.

"술은 마실 만큼 마신 것 같으니 이제 돌아가시죠."

"오랜만에 만나서 밤새 마시려 했는데."

"적어도 이슬람교도의 탈을 쓰고 있는 중이라면 교리를 지키려는 시늉이라도 좀 하세요."

그레이가 마지못해 충고했다. 애초에 가브리엘과 지브릴은 신을 믿지 않는다는 것까지 닮았지만 지브릴은 일단 정치적인 이유로 이슬람교를 믿는 척하고 있었다.

"종교재판에 회부해. 애초에 술고래가 이슬람교도라니."

진심으로 그랬으면 좋겠다는 감정을 담아 가브리엘이 말하자 지브릴이 기가 막힌 표정으로 그를 보았다.

"신을 믿지 않는 네가 그 다 낡아빠진 십자가 목걸이를 걸고 다니는 것보단 내가 나을 것 같은데."

"자자, 이제 회포는 다음에 푸는 걸로 하죠."

가브리엘이 미간을 살짝 찌푸리자 그레이가 황급히 지브릴의 등의 떠밀었다.

순순히 떠밀려 나가면서 끝까지 레인에게 다음에 보자고 인사하는 지브릴의 뻔뻔함에 가브리엘이 테이블에 있는 잔을 문가로 집어 던졌다.

가브리엘이 이토록 누군가에게 열을 내는 모습을 처음 봤기에 레인의 시선에 의아함이 어렸다. 하지만 지브릴이 나가자 방 안의 분위기가 뒤바뀌었다.

"레인이 이렇게 올까 봐 그레이를 보내놓은 거였는데."

"제가 말릴 새도 없이 뛰쳐나가셔서."

그러고 보니 그레이는 놀란 기색이 전혀 없는 것이 이런 일에 익숙한 것처럼 보였다.

"적당히 맞춰주는 거라."

가브리엘이 레인의 볼을 툭 건들며 말했다. 방금까지 화내던 사람이라곤 볼 수 없었다.

"지브릴은 각하께 호감을 갖고 있으니까요. 타인을 대하는 것과는 엄연히 다르게 대해야 다루기가 좀 수월해지는 상대거든요."

가브리엘은 모든 사람에게 거리를 두고 모든 사람에게 친절한 가면을 뒤집어쓰고 있다. 그것을 지브릴도 안다. 하지만 지브릴에게만은 아니었다. 그에게 짜증을 내고 화를 내는 섯은 모두 계산된 결과였다.

"놈만 교활한 줄 알았어요?"

가브리엘이 눈꼬리를 예쁘게 접으며 물었다.

"난 더 교활한데."

"그런 것 같아."

레인은 처음 보는 가브리엘의 모습에 당황했지만 이유가 있을 거라 여겼다. 이 방에 들어와 두 사람의 대치를 보고 당황했던 감정은 만들어 낸 게 아니었다. 지브릴의 눈에도 보였으리라. 가브리엘의 이런 행동을 이끌어낼 수 있는 자는 자신뿐이라는 우월감을 그가 가졌을지도 모른다.

"이건 무슨 남자랑 연적도 아니고."

레인이 혼잣말로 중얼거린 것을 들었는지 가브리엘의 얼굴이 보기 좋게 일그러졌다.

"무슨 생각을 하는 거예요?"

"아냐."

그레이가 레인의 생각을 짐작하곤 등을 돌려 끅끅댔다.

"인상 펴."

레인은 가브리엘의 일그러진 얼굴의 주름을 하나하나 손가락으로 눌렀다. 그의 구겨진 얼굴을 보고 있자니 슬며시 자신도 웃음이 나왔다.

"웃을 일이 아니에요. 놈은 정말 적으로 돌리면 골치 아파진단 말이에요."

"나 때문에 지브릴과 척을 질 텐데?"

"알아요. 그걸 생각 안 하고 여길 왔을까 봐."

별 대수롭지 않게 가브리엘이 대답했다. 그가 손을 내밀자 온더락 잔에 얼음과 위스키를 재빨리 채운 것을 그레이가 넘겨주었다.

"그래도 괜찮아?"

어쨌든 그와는 오랜 인연을 이어온 가브리엘이었다. 일단은 자신 혼자만 이 일에 끼어들고 싶었지만 지브릴은 어떻게 해서든 후에 그녀가 그의 아들을 빼돌린 사실을 알아낼 테고 그럼 가브리엘에게 화살이 날아오리란 건 자명했다.

"괜찮지 않으면?"

느른한 미소를 지으며 가브리엘이 물었다.

"넌……."

"그만."

가브리엘은 진한 위스키 맛이 나는 입술로 레인의 입술 위를 덮쳤다.

"위험하니 나보고 발을 빼라느니 이런 말 하면 정말 화가 날 것 같으니까. 쉿."

술을 얼마나 마셨는지 입술 위에 입술을 대고 말하는 그에게서 혹하고 술 냄새가 풍겨왔다.

레인이 그의 말대로 얌전히 입을 다물자 눈앞에 있는 눈꼬리가 또다시 반달로 휘어졌다.

"나 좀 취했는데."

"알아."

"나 좀 재워줄래요?"

분명한 뜻을 담고 은밀하게 속삭이는 목소리에 취기가 옮아온 건지 스친 입술이 뜨거워졌다. 그리고 누가 먼저랄 것도 없이 맞닿은 입술을 벌렸다.

"……저는 투명인간입니까?"

그레이가 한숨을 내쉬었다. 서로 입술이 맞물린 채로 그 목소리를 들은 둘 모두 쿡, 웃음을 터트렸다.

"끝까지 하실 거면 레인님의 방에 가서 하시죠. 여긴 개판이란 말입니다."

옆에서 입을 맞추든 말든 대수롭지 않게 여기며 그레이는 방 안 꼴을 둘러보다가 고개를 저었다. 뭐든지 처음은 불타오르는 거라고 혼잣말로 중얼거리며 그가 레인과 가브리엘을 방에서 쫓아냈다. 손에 든 온더락 잔을 끝까지 놓지 않고 가브리엘이 레인의 손에 이끌려 그녀의 방 안으로 들어왔다.

"주정뱅이."

"그래서 싫어요?"

레인은 문에 기대서 호박색 양주를 끝까지 들이켠 그의 눈가가 붉어져 있는 걸 발견했다.

"이 주정뱅이를 정말 어떻게 하지."

정말로 그가 취했을지도 모른다고 생각했다. 똑같은 말을 물어보며 그가 레인 쪽으로 좀 더 허리를 숙였다. 가만히 선 그녀의 귓불을 살짝 깨물며 이번에는 좀 더 낮은 목소리로 뜨거운 숨결을 더해 물어왔다.

"그래서 싫냐고."

붉어진 눈가가 유혹하는 것처럼 보인다고 생각했을 때였다. 귓불을 물고 물어오던 입술이 볼로 옮겨졌다.

"아니."

레인의 대답에 그의 두 손이 그녀가 움직이지 못하도록 어깨를 꽉 잡아왔다. 볼에 머물렀던 입술이 입꼬리로 좀 더 내려왔고 이내 다시 입술이 겹쳐졌다. 아랫입술을 빨다가 그녀가 입술을 열자 혀가 들어왔다. 질척거리는 타액이 섞여 레인의 턱을 타고 목덜미로 흘렀다.

치열을 더듬고 서툰 혀를 낚아채 깊게 빨아들였다. 그리고 이내 자신의 몸으로 바싹 그녀의 몸을 끌어안고 붙인 그가 더 깊게 입을 맞춰왔다. 허리가 반쯤 꺾인 채 혀뿌리까지 뽑힐 정도로 부딪쳐오는 가브리엘의 등을 레인이 껴안았다.

필사적으로 서로에게서 떨어지지 않기 위해 달라붙었다. 아주 잠깐이라도 손을 놓는다면 서로가 이대로 사라져 버릴 것 같았다.

"훗……."

누구의 신음 소리인지도, 떼어진 입술에서 이어진 타액이 누구의 것인지도 모른 채 잠시 입술을 떼고 숨을 골랐다.

"아파?"

"아니."

붉어진 눈가가 꼭 울어서 짓무른 것 같아 레인이 엄지손가락으로 쓸며 묻자 그가 대답했다. 그리고 이내 그가 레인을 다시 꽉 끌어안고 그녀의 어깨에 얼굴을 묻었다. 하나도 남김없이 먹어치우기라도 하려는 듯 그가 낮게 목울음을 내며 목덜미를 꽉 깨물었다.

맹수를 길들이는 기분으로 레인이 통증에 몸을 잠깐 떨다가 이내 가브리엘의 머리칼을 쓸었다.

"먹고 싶어."

그가 박아 넣은 이 사이로 팔딱팔딱 뛰는 자신의 경동맥이 느껴졌다. 조금 더 이를 박아 넣는다면 정말로 물어 뜯겨 죽을지도 모른다. 자신의 생명이 온전히 가브리엘의 지배하에 있다는 느낌에 묘한 흥분감으로 몸이 떨렸다. 조금 더 물어뜯어 줬으면 하는 열망과 이대로 그와 함께 사라져 버리고 싶은 이상한 감각이 공존했다.

"먹어치워도 돼요?"

일일이 허락을 구하는 그의 말에 레인이 낮게 웃었다.

"안 돼."

"정말?"

여전히 이를 목덜미에 박아 넣은 채로 그가 다시 되물었다.

아아, 이대로 그냥 허락을 해줄까. 그가 볼 수 없는 레인의 얼굴이 꿈결을 헤매는 사람처럼 아득해졌다. 한순간의 유혹을 참지 못하고 남김없이 먹어치우라고 대답할 뻔했다.

"아, 달다."

안 된다는 말에 결국 목덜미를 핥으며 그가 만족스럽게 중얼거렸다. 고작 사람의 몸이 달 리 없다. 그것을 알고 있으면서도 그가 핥는 그 소리가, 감각이 몸의 세포 하나하나를 깨웠다. 가브리엘이 레인의 목덜미부터 시작해서 귀 뒤까지 길게 핥아 올리며 귓바퀴를 혀로 돌렸다.

"엘……."

타액과 섞여 끈적해진 그의 숨결이 귓속에 훅 끼쳤다.

차가운 손가락이 저가 끌어안고 있는 레인의 등허리를 타고 올라갔다. 경추부터 시작해서 천천히 손가락 하나가 엉덩이 골까지 쓸어내렸다. 이따금 손톱으로 등줄기를 쿡 찌르자 레인의 몸이 가브리엘의 품 안에서 움찔거렸다.

발가벗겨진 몸 위로 얇은 뱀 수십 마리가 지나가는 기분이었다. 뱀의 비늘이 몸의 솜털을 모조리 긁고 건드리고 간질이는 것 같았다.

"간지러워."

입 밖으로 내뱉고도 이게 정말 간지러운 기분인지 헷갈렸다.

레인의 말에는 아랑곳하지 않고 가브리엘이 그녀의 카디건과 티셔츠를 한 번에 벗겼다. 브래지어 위로 적당히 솟아오른 가슴 윗부분을 덥석 깨물다가 이내 부드럽게 빨았다. 불과 몇 시간 전에 그에게 희롱당했던 가슴이 아려왔다. 하지만 분명히 쾌락도 그 내면에 잠재되어 있었다.

뱃속 깊은 곳이 은근하게 달아올랐다.

"흐읏."

분명히 처음엔 그가 허리를 숙이고 있었지만 어느새 무릎을 꿇고 레인의 바지를 벗기고 있었다.

"……재워달라며."

레인의 오목하게 들어간 배에 입을 맞추면서 가브리엘이 그녀를 올려다보았다. 여전히 붉어진 눈가가 마음에 걸렸다.

"이 안에 들어가서 자고 싶은데."

그의 엄지손가락이 팬티 위로 클리토리스를 문질렀다. 표정 하나 변하지 않고 뻔뻔하게 눈을 빛내며 말하는 모습에 할 말을 잃었다. 그 틈을 타 가브리엘이 그녀의 팬티를 벗겼다. 그리고 검은 수풀 속에 얼굴을 묻었다.

"벌려봐."

"무슨……."

가브리엘이 다리를 반 강제로 벌려서 한쪽 다리를 자신의 어깨 위에 올려놓았다. 그리고 그를 밀어내려는 레인의 허리를 뒤로 밀어냈다. 아까까지 가브리엘이 등을 기대고 있었던 문에 허리가 닿았다. 그리고 보기 좋게 벌려진 다리 틈 사이를 매끄러운 혀가 파고들었다.

"흡!"

손끝으로 클리토리스를 문질렀던 감각이 선연하건만 그 부분을 혀로 핥자 레인의 손가락이 그의 머리칼 속으로 파고들었다. 벗어날 곳이 없었다. 클리토리스 아래로 느껴지는 그 뜨겁고 매끄러운 감각에 가브리엘의 어깨에 한쪽 다리만 걸치고 있던 레인은 그 다리에 힘을 줬다. 벗어나고 싶으면서도 몸은 쾌락을 선사해 주는 그를 가까이 끌어당기고 있었다.

어깨에 올려진 레인의 다리에 힘이 들어가는 것을 깨달은 가브리엘이 얼굴을 더 깊숙이 묻었다. 클리토리스 바로 아래 있는 구멍을 찾기란 쉬웠다. 그의 입술이 꽃잎을 한번 쭉 빨아들이고 이내 혀가 질 사이를 가르며 들어갔다.

"내 정액 맛이 나."

그 말에 레인의 얼굴이 확 붉어졌다. 천천히 페니스를 집어넣는 것처럼 혀를 집어넣었다 빼면서 정작 그곳에서 입을 떼지는 않고 그가 말했다. 꽃잎 사이로 다문 입술이 느껴졌고 이어서 그 갈라진 입술에서 나온 긴 혀가 어떻게든 더 깊숙이 안으로 들어오려고 넘실댔다.

혀의 돌기 하나까지 내벽을 자극했다.

"여기 깊숙이 남아 있던 정액이 이제 흐르나 봐."

"흐읏…… 거기에 입…… 대고 말하지 마."

그의 숨결이 귀에 닿을 때만 오싹한 게 아니었다.

자신의 비부에 입을 대고 말할 때마다 그 감각은 섬뜩하게 기어 올라왔다. 뱃속까지 소름이 돋는 기분이었다.

"먹어 볼래요?"

고개를 든 그가 혀를 내밀었다. 아래서부터 길게 이어진 은빛의 실이 그의 혀까지 이어져 있었다. 그 외설적인 모습에 레인이 저도 모르게 고개를 숙였다. 입술이 서로 닿을 듯 말듯 하자 저도 모르게 마른침이 넘어갔다. 눈엔 오로지 여전히 혀를 내밀고 레인이 다가오기를 순순히 기다리는 그의 모습만 들어왔다.

결국 그의 어깨 위에 걸쳐진 다리를 더욱 바짝 조이고 난 뒤에야 겨우 입술 위에 닿을 수 있었다.

혀를 내밀어 그의 혀를 핥았다.

그가 말하는 정액 맛이 어떤 것인지 알 수 없었다. 아무런 맛도 느껴지지 않았다. 다만 자신의 안에 들어갔다 나온 그 혀의 돌기가 주는 감가만 느낄 수 있었다.

츄웁…….

맞닿았던 혀가 떨어지며 음란하고 습한 소리가 방 안을 맴돌았다.

서로가 닿아 있는 채로 잠시 호흡을 골랐다. 그제야 벗고 있는 것은 혼자라는 걸 깨달았다. 목 끝까지 잠긴 드레스셔츠의 단정함이 보이자 레인의 손이 그것을 잡아 뜯었다. 단추가 뜯어지는 소리와 함께 가브리엘의 맨살이 공기 중에 드러났다.

셔츠를 벗겨낸 레인이 이 끝으로 얇은 쪽을 물고 그것을 힘을 줘 찢어냈다. 여전히 무릎을 꿇고 가만히 자신이 하는 것을 바라보는 가브리엘의 눈이 음험하게 빛났다.

"손."

여전히 이 사이로 그의 셔츠 자락을 물고 레인이 짧게 말하자 그가 두 손을 눈앞에 가져다 댔다. 마치 벌을 받는 얌전한 학생 같은 얼굴의 그를 내려다보며 찢어낸 셔츠로 두 손을 결박했다.

"아프면 말해."

그 말을 남기고 그가 자신을 밀었던 것처럼 레인이 그의 가슴을 뒤로 밀었다. 푹신한 카펫 위로 누운 그의 몸 위로 그녀가 올라탔다. 이미 벗겨져 있는, 질척하게 젖어 있는 클리토리스를 그의 배 위로 슬슬 문질렀다.

자신의 애액이 그의 배를 적시는 미끌미끌한 감각이 열기를 더했다.

눈앞에 펼쳐진 하얀 나신에, 두 손이 결박당한 채 자신을 보고 있는 푸른 눈빛에 왈칵 문질러지는 여성이 뜨거워졌다.

"나를 굶겨 죽일 셈이야?"

낮고 거친 목소리로 가브리엘이 물었다.

그의 위에 올라탄 채로 레인이 여전히, 느리게 그의 배 위에 자신의 몸을 위아래로 천천히 문지르며 웃었다. 그의 배꼽 위로 클리토리스가 비벼지는 느낌에 절로 고개가 뒤로 꺾였다.

"레인."

그가 탁하게 으르렁거렸다. 묶여 있는 손이 다가오자 레인이 그의 손을 붙잡아서 머리 위로 올렸다.

"쉬……."

입술 위에서 달래듯 레인이 한숨을 불어 넣자 가브리엘이 그 입술을 집어 삼킬 듯 굴었다.

"브래지어 내려 봐."

반쯤 드러난 가슴을 탐욕스럽게 바라보던 그의 말에 레인이 한쪽 어깨끈만 느슨하게 내렸다. 묶여 있는 그를 보고 있자니 얼마 전 일이 떠올라 짧게 웃자 그가 한쪽 눈썹을 찡그렸다.

"내게 이런 취향이 있는 줄 몰랐는데."

레인은 손가락 끝으로 그의 묶인 손목을 만지작거렸다. 숨결에 따라 붉은 입술 사이로 보였다 사라지는 혀끝에 가브리엘은 타는 듯한 갈증을 느꼈다.

"그래요? 그럼 어디 마음대로 해봐."

그녀의 말에 가브리엘이 도전적으로 웃었다. 어디, 한번 마음대로 굴어보라는 듯 그가 몸의 힘을 풀자 바짝 긴장하고 있던 단단한 아랫배가 부드럽게 오르락내리락했다. 레인의 입술이 가브리엘의 목덜미에서 점점 아래로 내려갔다.

자신의 가슴을 빨았던 것을 기억해내며 그의 가슴을 아이처럼 달려들어 빨았다.

"하아……."

내리깐 눈으로 자신의 가슴을 핥고 빨고 있는 레인을 가느다랗게 뜬 눈으로 쳐다보는 것만으로 이미 일어난 아랫도리가 뻣뻣하게 당겨왔다.

"……사람의 체온이 싫다면서."

"싫어하는 게 아니라 끔찍한 것에 가깝죠. 거기 세게, 더 세게 빨아."

그가 말한 가슴 옆 겨드랑이 부분의 연한 살을 레인이 강하게 흡입했다. 검붉은 자국이 보란 듯 남겨졌다. 이전에 그녀가 남겼던 자국들은 이제 연한 노란색 멍이 되어 거의 보이지 않았다.

"나는?"

다른 사람의 체온이 그에게 어떻든 상관없었다. 그레이는 레인은 괜찮을 거라 했지만 가브리엘의 입으로 직접 듣고 싶었다.

"내 결벽증이 당신에게도 적용될까 봐?"

레인의 마음을 바로 알아차리고 가브리엘이 느른한 미소를 입가에 머금었다. 마치 사냥감을 앞둔 포식자처럼.

"너는 뜨거워, 레인."

언젠가 그가 그 말을 한 적 있었다. 농담처럼, 혹은 진담처럼. 자신은 뭐라고 답했더라.

"당신이 뜨거워서 좋아."

그래. 그의 말에 자신은 그의 손을 붙잡고 이렇게 말했었다.

"넌 차가워서 좋아."

뜨거운 나와 차가운 네가 만나면 보통 사람의 체온이 되는 걸까.

너는 차가운 너와 닿는 보통 사람의 온기가 마치 생명이 빠져나가 식고 있는 시신의 마지막 체온 같아서 끔찍해하는 걸까.

내 속에 스스로도 다스리지 못해 끓는 열이, 서늘한 너와 섞여 보통의 체온이 될 수 있다는 게 다행이다.

원하는 것을 들은 레인이 눈을 감은 채로 웃었다. 그녀와 마주 웃으며 가브리엘이 혀로 마른 입술을 핥았다.

"좀 더 아래."

그가 요구하는 게 짐승의 목소리처럼 들렸다. 레인의 엉덩이가 주춤주춤 아래로 내려가자 단전에 피가 몰렸다. 여전히 그녀가 애액을 쏟으며 그의 배 위를 유영하고 있었다.

그리고 레인은 그의 바지 버클을 풀고 브리프까지 한 번에 내리자마자 튕기듯 올라온 굵고 단단한 페니스를 두 손 가득 쥐었다. 한 손에 쥐기엔 벅찬 크기였다.

"삼켜봐."

그것을 손에 쥐고 부드럽게 쓰다듬는 레인에게 가브리엘이 요구했다. 그의 눈이 진짜 네가 할 수 있냐고 묻고 있었다. 선단의 끝에서 번들거리는 쿠퍼액이 흐르듯 넘치고 있었다. 살짝 혀를 내밀어 그것을 핥자 가브리엘이 목울음을 냈다.

레인은 입에 다 담기도 벅찬 그것을 선단부터 천천히 혀로 감싸며 삼켰다.

"흐읍……."

그의 목에서 쇄골로 이어지는 라인이 예뻤다. 두 손을 위로 들어 올린 채 숨을 내쉴 때마다 쇄골이 가늘게 떨리는 것을 보며 레인이 목구멍 깊숙이 그의 페니스를 넣었다. 두 손으로 음낭을 쥐고 부드럽게 굴리며 눈으로는 그의 반응을 살펴보았다. 잡아먹을 것 같은 눈으로 자신을 내려다보는 가브리엘의 얼굴을 보며 또다시 아래가 뜨거워졌다.

타액과 쿠퍼액이 뒤섞여 정처 없이 입가로 흘러내렸다. 그의 페니스를 입에서 빼내고 레인이 번들거리는 입술을 열었다.

"핥아줘."

"이리와. 좀 더 위로."

아마도 그가 내려다보는 자신은 웃고 있는지도 모르겠다고 생각하며 레인이 남자의 입술을 찾았다. 목마른 사람처럼 정신없이 그녀가 내려준 입술에 달려들어 흘러내린 타액을 핥고 입속에 남아 있는 제 잔재를 빨아먹었다. 좀 더 달콤한 것을 달라는 그의 몸짓에 레인이 천천히 그의 페니스에 맞추어 엉덩이를 내렸다.

묵직한 것이 젖어 있는 꽃잎을 벌리고 그 사이 구멍을 찾아 비집고 들어오기 시작했다.

충분히 흘러내리는 애액으로 인해 부드럽고 빠르게 그의 페니스를 집어 삼키며 점점 그의 허벅지에 엉덩이가 닿을락 말락했다.

"뿌리 끝까지 넣어야죠. 어서."

그가 잇새로 나직이 말했다. 더 이상 자신의 인내심을 시험하지 말라는 듯이.

레인이 그의 위로 완전히 주저앉았을 때 동시에 서로의 입에서 만족스런 울음이 터졌다.

그리고 곧장 그가 엉덩이를 위로 퉁겼다. 레인의 작은 몸이 들썩하면서 잠깐 페니스가 반쯤 빠져나갔다가 이내 곧장 뿌리 끝까지 박혔다.

"미안해요. 내 인내심이 별로 길지 못해서."

눈꼬리를 접어보이며 다정한 목소리로 사과한 가브리엘이 이내 손목의 천을 이로 찢어발겼다. 이럴 거 같아서 단단히 감았는데도 레인이 찢었던 것보다 더 쉽게 찢겨 나간 천 조각이 그의 가슴 위로 흩어졌다.

커다란 손이 레인의 골반을 휘어잡았다.

"반칙이야."

"장단에 맞춰주고 싶었는데 너무 귀엽게 굴어서."

가브리엘이 낮게 웃으면서 대꾸했다. 그리고 레인의 허리를 들어 올렸다가 자신의 페니스를 다시 박아 넣었다.

퍽!

골반 끝부터 징하고 묵지근한 통증이 일었다.

그의 페니스가 온몸을 꿰뚫을 듯 치고 올라올 때마다 레인의 입에서 교성이 터졌다.

"흐앗! 훗, 으……엘!"

"왜 이렇게 젖었어요?"

"하응……."

레인은 가브리엘의 배에 두 손을 짚고 옆으로 쓰러지지 않기 위해 안간힘을 쓰며 저도 모르게 그의 리듬에 맞춰 엉덩이를 흔들었다. 가장 깊숙이 들어오면서 확실하게 그의 맨살에 클리토리스까지 부딪히는 생경한 감각에 레인의 얼굴이 붉어졌다.

"이 안에 남아 있는 정액은 내가 전부 빨아먹었는데."

그가 입맛을 다시며 입을 열었다. 입을 다물고 있으면 금욕적으로 보이는 저 붉은 입술에서 무슨 음란한 말이 나올지 레인의 몸이 잔뜩 긴장했다. 그것을 느꼈는지 가브리엘이 손등으로 그녀의 옆구리를 쓸자 움찔하며 내벽을 치고 들어오는 페니스를 꽉 물었다.

"내 걸 빨면서 흥분했어?"

그럼 이렇게 젖어 있는 게 이해가 가지. 가브리엘이 거칠게 웃었다. 이미 레인을 안으면서 술기운 따위는 잊은 지 오래였다. 더 깊숙이, 더 오래 달콤한 몸을 맛보기 위해 그는 누구보다 맑은 정신을 유지하고 있었다.

"흐읏, 훗……."

손을 올려 흔들리는 젖가슴을 쥐고 유두를 꼬집자 레인의 허리가 뒤로 휘었다. 그리고 이내 그의 허벅지를 두 손으로 붙잡고 페니스를 집어삼켰다.

"내가……."

몇 번을 이 작은 몸에 욕망을 쏟아내도, 하얀 몸에 흔적을 남기고 붉은 꽃잎을 유린해도 갈증이 일었다.

"이 허벅지를 타고 내 정액이 흐르는 게 가장 예쁘다고 이야기했었나?"

가브리엘이 레인의 허벅지를 손자국이 남도록 꽉 쥐었다. 그리고 다시 한 번 깊숙이 자신을 끝까지 박아 넣으며 자신의 체액을 남김없이 레인의 안으로 쏟았다. 몸을 길게 떨며 그의 허벅지를 잡은 채로 뒤로 넘어가는 레인의 허리를 잡아 자신의 가슴에 기대게 했다.

쿨쩍거리며 아직도 단단해져 있는 페니스를 품고 있는 레인의 내부가 부드럽게 수축하고 있었다.

식어 버린 체액이 다리 사이를 타고 흐르는 감각에 레인이 몸을 움츠렸다.

"그렇게 자꾸 오물거리지 마."

다시 그녀의 안에서 단단해지는 페니스를 느끼며 가브리엘이

즐겁게 경고했다. 그가 느릿하게 자신과 레인이 이어진 부분을
어루만졌다.

그들 뒤로 까마득한 새벽이 어스름 찾아오고 있었다.

17.

악마는 보통 평범한 모습이다. 우리와 함께 잠을 자며,
우리와 함께 밥을 먹는다. 항상 사람이 악마이다.

– W.H.오든

머리카락이 볼을 간질였다. 정신은 깨어 있었지만 쉽사리 눈
을 뜨지 못했다. 지금이 몇 시인지, 얼마의 시간이 지났는지도
알 수 없었다. 하루에 섹스는 한 번만 하는 게 가장 알맞은 것 같
다는 생각이나 하면서 레인이 베개에 얼굴을 푹 묻었다.

하지만 볼을 간질이는 머리카락의 감촉이 그대로이자 그제야
느릿하게 눈을 떴다. 그리고 바로 코앞에서 자신을 마주보고 있
는 가브리엘을 발견하곤 다시 눈을 감았다.

"굿모닝ㅡ."

한 치 앞에서 숨소리조차 죽인 채 자신의 얼굴을 마주 보고 있
는 그가 낮은 목소리로 아침을 알렸다.

"……아침이긴 한 거야?"

엉망으로 갈라진 목소리가 정말 제 목소리인가 싶을 정도로 참담하게 새어 나왔다.

"아직 점심 전이니 아침이긴 하죠."

그 이상한 논리에 레인이 결국 눈을 떴다.

"아리아는?"

"아까 왔다가 당신이 자고 있다고 하니까 오후에 다시 오겠다고 했어요."

잠기운이라곤 남아 있지 않은 깨끗한 푸른 눈이었다. 레인이 제 얼굴 앞에 있는 그의 눈을 엄지손가락으로 쓸자 곧이어 볼 전체를 비벼왔다.

"좋은 아침, 엘."

느른한 포식자의 얼굴을 하고선 그가 기분 좋게 웃었다.

"오늘 뭐해요?"

"낮엔 아리아와 함께 카림이라는 아이를 볼 거야."

그러고 나서 딱히 할 일은 없었다.

"그럼 저녁에 나랑 놀아요."

가브리엘이 레인의 목덜미를 부드럽게 어루만졌다.

"오늘은 무리야."

매일 그와 이런 밤을 보낸다면 몸이 견뎌내지 못하리라. 레인이 고개를 젓자 그의 눈동자 색이 좀 더 짙어졌다. 그리고 은밀하게 웃으면서 속삭였다.

"밖에 나가서 데이트를 하자는 이야기였는데. 엉큼하시네요."

순식간에 엉큼한 사람이 된 레인이 혀를 찼다.

"그럼 오늘부터 네 방에서 자."

"레인은 아쉬울 거 하나 없다?"

목덜미를 쓰다듬던 손이 어느새 등허리를 천천히 쓸고 있었다. 그의 손가락 끝이 솜털을 건드는 느낌에 오싹하고 소름이 끼쳤다.

"섹스를 한 번도 안 한 사람은 있어도 한 번만 한 사람은 없어요. 나를 발정시켜 놓고 이러면 곤란해요."

마치 발정기가 찾아온 늑대처럼 구는 그의 태도에 레인이 슬그머니 몸을 뒤로 뺐다.

"곤란하긴 무슨. 엉큼하다고 한 사람이 누군데?"

"그거야 레인이 오늘은 무리라고 딱 잘라 말하니까 그렇죠."

레인이 몸을 뺀 만큼 그가 상체를 쭉 빼서 다가왔다. 또다시 뒤로 빠지자 이번에는 침대 가장자리라 조금만 더 기울면 몸이 떨어질 것 같았다.

"……하루에 한 번."

그 이상 하면 정말 이번 임무에 차질이 생길 거 같다고 생각하며 레인이 타협점을 찾았다.

"싸는 거 기준으로?"

정말 딱 미치겠다고 레인은 생각했다. 저렇게 해맑은 얼굴로 음란한 말을 아무렇지도 않게 뱉는 멘탈이 어떻게 보면 부러웠다. 말을 하는 건 가브리엘인데 왜 자신이 부끄러워지는지 도통 그 이유를 알 수 없었다.

단둘만 알몸으로 마주하고 있는 상황에서 상대를 부끄럽게 한다는 것은 정말 대단한 재주였다.

"……그래."

어차피 말한다고 해서 들을 이도 아니었다.

이 상황을 벗어나자 싶어 레인이 고개를 끄덕이자 가브리엘이 의미심장한 얼굴로 웃었다.

인형처럼 깜박이는 은빛이 도는 속눈썹이 너무 예뻐서 레인이 그 끝을 살짝 손을 내밀어 건드렸다.

"안 싸기만 하면 몇 번이고 파고들어도 상관없다는 거죠?"

제발 해맑은 얼굴로 그런 말 하지 말란 말이야.

무릎 꿇고 빌고 싶은 기분이었다. 그래, 처음 만났을 땐 그의 입에 재갈을 물리고 싶었다.

"아침부터 이런 주제로 대화를 하기엔 적절하지 않은 거 같은 데."

"아침에 해야 해요. 저녁엔 내 이성이 날아가니까. 이제 손만 잡는 것만으론 만족할 수 없거든요."

그의 눈에 농담기는 보이지 않았다.

"계속 당신 안으로 파고들어서 한시도 떨어지고 싶지 않아. 그렇게 계속 이어져 있으면 좋겠다고 생각하고 있어서."

이어져 있지 않다면 머리끝부터 발끝까지 아작아작 씹어 삼키고 싶다는 얼굴이었다. 어느새 그의 목소리는 서늘하고 건조해져 있었다. 다정하던 눈동자는 사라지고 새파란 광기와 음습한 욕망이 대신 그 자리를 메웠다.

"무서워요? 내가 정말 당신을 어떻게 할까 봐?"

정말 어떻게 할 거 같은 눈으로 그렇게 물으면 뭐라고 대답해야 한단 말인가.

레인이 잠시 숨을 골랐다. 마음 한구석에 희미한 열망이 움트고 있었다. 오로지 맹목적으로 자신을 따르는, 오로지 저만이 길들일 수 있는 맹수의 목줄을 잡고 있다면 이런 기분일까?

물러나던 레인이 돌연 가브리엘의 코앞에 얼굴을 들이댔다.

"아니. 내가 널 어떻게 할까 봐. 그게 무서워."

길들여지고 있는 건 자신일지도 모른다. 그것을 알아차리자 정말로 무서워졌다. 어떻게 자신이 살아온 평생보다 가브리엘과 함께 했던 고작 일주일 남짓한 시간에 완벽하게 길들여졌는지.

"나도 무섭고, 당신도 무섭고. 우린 겁쟁이네요."

그러기엔 둘 다 심하게 겁이 없지만.

가브리엘이 레인의 말을 듣고서야 아이처럼 웃었다. 어떻게 이렇게 순결해 보이는지, 아무것도 모르겠다는, 순진무구해 보이는 그 얼굴 위에 레인이 살짝 입을 맞췄다.

"슬슬 일어나야겠어."

"레인."

"응?"

"오늘 카림을 만난다고 했죠?"

가브리엘이 일어나는 레인을 앞에 두고 침대 헤드에 상체를 기대며 말했다. 어느샌가 소파 위에 가지런히 놓여 있는 새 옷을 집어 들고 욕실로 가며 레인이 고개를 끄덕였다.

"그 아이, 굉장히 영리해요."

"본 적 있어?"

"그 애가 어릴 때 몇 번."

느릿하게 손가락을 톡톡 침대 헤드를 건드리며 그가 대수롭지 않게 말했다.

"어린애가 영리해 봤자."

"지브릴을 쏙 빼닮았거든요. 겉모습도, 속도."

어린 지브릴이라고 생각하면 될까. 레인이 지브릴의 모습을 떠올렸다.

"그 애가 어떤 행동을 하든지 당신이 지브릴에게 해야 될 말은 하나예요."

그저 아리아가 시키는 대로 입을 열려고 했었기에 가브리엘의 말에 레인이 귀를 기울였다.

"아주 잔악하고 영악한 아이라고 하세요. 아이에게 감정이 느껴지지 않는다고. 소시오패스 정도가 좋겠네요. 놈도 소시오패스니까."

뭔가를 이미 알고 있는 것 같은 가브리엘은 이제 욕실로 들어가 보라는 듯 손을 휘 저어 보였다.

"내가 그렇게 말하지 않으면?"

"당신은 그렇게 말하게 될 거예요. 그래야만 해요."

"왜?"

"그래야 지브릴이 아주 만족할 테니까요."

속을 알 수 없는 깊어 보이는 미소가 위험스레 빛났다. 순간 못이 박힌 듯 자리에서 움직일 수 없었다. 가브리엘의 모습이, 위험한 미소가 지나치게 퇴폐적이라, 그가 덮고 있는 시트가 지나치게 하얘서 그 모습이 이질적으로 보였다.

"내 말대로 해요."

그 말에는 상대를 찍어 누르는 위압감이 숨겨져 있었다. 천 개의 얼굴을 가진 천사가 부드럽게 레인을 종용했다.

"대답."

"……아리아와 의논해 볼게."

"고집은."

가브리엘이 달콤하게 웃으며 천천히 스러지듯 눈을 감았다.

아리아를 만난 것은 점심이 훌쩍 지났을 때였다. 나른한 오후였다. 오후 1시부터 3시까지는 까트 씹는 시간이라고 해서 모든 관공서나 상점들이 문을 닫는다고 했다. 아니나 다를까. 아리아를 따라가며 근무를 서고 있는 와중에 느슨하게 풀어져 까트 잎을 씹느라 한쪽 볼이 볼록한 군인들을 여럿 볼 수 있었다.

"까트 때문에 예멘 경제가 말이 아냐. 차 한 잔에 20리알(약 100원), 밥 한 그릇에 170리알(약 1,000원)도 안 하는데 남자들이 하루에 씹는 까트잎 값이 밥값의 3~4배니 가계가 돌아갈 수가 없지."

마약으로 분류된 잎을 대다수가 아무렇지 않게 씹어대는 나라를 레인은 이해할 수가 없었다. 씹는다고 당장에 환각이 보이고 하는 건 아니었지만 예멘 사람들은 이 까트라는 잎사귀가 마음을 안정시켜 준다고 믿었다. 하루도 빠짐없이, 까트 씹는 시간까지 정해놓고 그걸 위해 관공서와 모든 상점들까지 문을 닫는다는 걸 보면 마약이 맞긴 맞았다. 하루라도 그걸 씹지 않고선 살 수 없다는 거였으니까.

"심지어 까트 때문에 커피 농사를 접고 까트 농사를 시작하는 사람들이 늘고 있어서 이대로 계속되면 나라의 큰 문제라고 했어. 실제로 까트 소비를 따라가지 못해 가정을 부양할 수 없게 된 남자들이 요새 이슈거든. 그래서 그 대책을 마련하자고 모인 그 회의에 참석한 대부분이 까트를 씹으면서 회의를 했다는 거야."

그 말만 들어도 레인은 아리아가 까트를 얼마나 혐오하는지 알 수 있었다.

차라리 이 시간에 방문한 것이 다행이라고 여기며 그녀가 저택의 별채 같은 곳으로 레인을 데려갔다. 어제 그녀와 만났던 정원을 가로질러 가장 깊숙한 곳으로 가자 있는 줄 몰랐던, 절벽의 한쪽에 작은 별채가 보였다.

방 세 개가 전부인 이곳은 누르와 카림, 단둘만이 머물고 있다고 했다.

별채 앞에 서서 레인은 잠시 고개를 갸웃했다.

오늘 아리아를 만났을 때부터 느껴졌던 미묘한 어긋남. 하지만 그건 아리아가 카림의 방 문 앞에 서서 좀 떨어져 있는 레인에게 왜 그러고 있느냐고 묻는 순간 뒤로 하게 됐다.

"카림, 아리아야. 들어가도 되겠니?"

"……응."

방문을 노크하며 아리아가 묻자 앳된 목소리가 문 너머에서 희미하게 들렸다.

그리고 허락된 방문을 연 순간 훅하고 피비린내가 끼쳤다.

방 안엔 목과 몸이 분리된 토끼와 짓이겨져 죽은 두 마리의 카나리아가 있었다. 문과 마주보는 창문이 열려 있어서 거기서 들어온 바람이 냄새를 실어다 준 게 틀림없었다. 죽인 지 오래된 듯 이미 피는 거의 양탄자 위에 말라붙어 있었다.

카우치 위에서 책을 읽고 있던 카림이 아리아와 레인이 들어오는 것을 보고 이내 자리에서 일어났다.

"안녕. 당신이 아리아가 데려온 심리치료사야?"

아이는 까만 고수머리에 까만 눈동자를 가지고 있었다. 아직 햇볕에 덜 탄 부드러운 밀빛 피부의 소년은 또래보다는 조금 작은 키로 반갑게 인사를 했다. 아마도 지브릴의 어린 시절 모습일 듯한 그와 똑 닮은 모습에 레인은 그제서야 누르와 가브리엘의 말이 이해가 갔다.

좀 더 세월이 지난다면 날카로워질 눈동자가 아직은 동그랗게 뜬 채 레인의 소개를 기다리는 것이 보였다.

외국인인 레인을 대하며 꽤 유창한 영어로 자연스럽게 말하는 걸 보니 가브리엘의 말대로 영리한 아이였다.

"안녕, 카림. 난 레인이야."

무릎을 꿇고 아이와 눈높이를 맞췄다. 마치 아이와 그녀 사이에 있는 동물의 시체는 보이지 않는 것처럼 굴었다.

"나 동양인은 처음 봐."

"엄밀히 말하면 동양인은 아니야. 난 혼혈이거든."

"정말?"

혼혈이란 증거를 찾기라도 할 것처럼 카림의 검은 눈동자가 호기심으로 반짝였다. 이리저리 레인을 뜯어보다가 문득 레인의 뒤에 선 아리아와 시선을 마주친 카림이 천천히 그녀에게서 물러났다.

"카림."

"응, 아리아."

"무얼 보고 있었니?"

아리아가 다정한 목소리로 물었다. 카림이 씩 웃으며 자신이 있던 자리로 걸어가 책을 펼쳐 제목을 그녀에게 보였다.

—거미 여인의 키스

여덟 살의 어린 아이가 보기엔 난해한 소설이었다. 이미 막바지인 듯 남은 책의 두께는 상당히 얇았다.

"어때?"

"어떨 것 같아?"

아리아의 질문에 카림이 도리어 아리아에게 되물었다. 이런 상황이 익숙한 듯 아리아가 잠시 고민하더니 대답했다.

"다른 건 모르겠지만 네 아버지가 좋아하진 않겠지."

"응. 그러라고 보는 거니까."

〈거미 여인의 키스〉는 미성년자 성추행범으로 감옥에 들어온 게이 몰리나가 상부로부터 달콤한 가석방 제의를 받고 독재국가에서 게릴라 활동을 하다 잡혀온 정치범 발렌틴의 배후를 캐내려 의도적으로 접근하는 소설이었다.

분명 독재자나 다름없이 예멘의 수도를 정복하고 있는 지브릴이 기꺼이 여길 소설은 아니었다. 그걸 알고 있는 카림의 눈동자가 생기 있게 빛났다.

"무슨 내용이야?"

이미 내용을 알고 있지만 짐짓 모르는 척 레인이 물었다.

"내용을 말하면 재미없잖아. 빌려줄게."

단호하게 고개를 저으며 거의 다 읽었으니 기다리란 손짓을 한 카림이 이내 다시 얼마 남지 않은 책으로 고개를 숙였다.

"심리치료란 건 어떻게 하는 거야?"

손으로 책장을 넘기며 여전히 시선은 책을 향한 채 심상하게 카림이 물었다.

"심리 치료를 하려면 먼저 네 상태를 알아야 해."

"그럼 정말 말 그대로 내 마음을 치료해 주는 거야?"

그게 굉장히 흥미롭다는 듯 책에서 눈을 떼고 또렷한 눈망울로 카림이 레인을 바라보았다.

"나는 도와주는 거야. 치료가 될지는 네 마음에 달렸지."

"쳇. 별거 아니잖아."

레인의 무심하기까지 한 대답에 작게 불만을 토해내며 카림은 다시 책으로 시선을 돌렸다.

"아리아, 다음엔 강아지가 갖고 싶어."

아리아는 익숙한 태도로 방의 한쪽에 있던 바구니에 동물의 사체를 넣었다. 굳이 일하는 사람들을 시키지 않고 그녀가 직접 정리했다.

"……그래."

"토끼는 제 주인도 못 알아본단 말야."

작은 입술이 삐죽거렸다. 제 주인도 못 알아봐서 저렇게 토끼가 목과 머리가 분리돼서 죽어 있는 걸까?

"널 따르면?"

레인이 물었다. 사체를 치우는 아리아를 지나쳐 카림에게 다가가자 인상을 찌푸린 카림이 고개를 갸웃했다.

"날 따르면 죽이지 않을 거냐고 묻는 거야?"

"아니. 어차피 죽일 거 널 따르냐, 안 따르냐가 중요하냐고 묻는 거야."

"이것도 치료하는 그런 건가? 치료를 벌써 시작했어?"

"그냥 궁금해서 묻는 거야."

"흐응."

작은 콧소리를 흘리며 카림이 방을 치우고 있는 아리아를 힐끔 바라봤다. 뒤에 있는 아리아가 그 시선을 느꼈는지는 모르겠지만, 카림은 곧 레인을 올려다보았다.

"이만 한 크기에 손가락으로 툭 쳐도 죽을 것처럼 약한 게 맹목적으로 나 하나만 쫓는 거야."

자신의 작은 주먹을 들어 보이며 카림이 말했다.

"내가 아니면 죽어버릴 것처럼 귀찮을 정도로 뒤만 졸졸졸."

입가에 꿀이라도 바른 것처럼 달달한 미소가 아이의 입술 위에 천진하게 그려졌다. 정말 저런 얼굴로 아무렇지도 않게 동물들을 죽였던 걸까. 그 천진한 얼굴 뒤로는 어떤 것도 느껴지지 않았다. 그저 웃는 얼굴은 딱 그 나이 또래의 아이처럼 보였다.

"똑같이 죽일 거면 이왕이면 날 따르는 쪽이 좋잖아. 토끼는 멍청해서 자꾸 구석으로 도망만 가서 짜증났단 말야."

갑자기 언제 웃었냐는 듯 표정이 사라지고 짜증스러운 얼굴로 뒤바뀌었다. 그리고 마지막 장을 휘리릭 읽고 책을 레인에게 건넸다.

"자."

빨리 안 받고 뭐하냐는 얼굴로 그가 책을 한 번 흔들었다.

"어땠니?"

"시시해."

"몰리나가 죽는 게?"

그 말에 레인이 이미 이 책을 봤으면서 자기를 떠봤다는 걸 알아차린 카림이 손가락을 쫙 폈다. 그러자 책이 레인의 발등 위로 떨어졌다. 그렇게 두껍지 않은 책이라 아프진 않았지만 꽤 둔탁한 소리가 울렸다.

"카림."

그것을 보고 있었는지 아리아가 꽤 엄한 목소리로 카림의 이름을 불렀다.

"나를 떠보려고 하지 마."

아이 같지 않은 꽤 날카로운 눈빛으로 카림이 경고했다. 마치 가시를 잔뜩 세운 고슴도치 같았다. 그리고 그 순간, 레인이 방

안을 천천히 다시 훑어봤다. 아이의 방치고 지나치게 단조로웠다. 침대 하나와 창가에 있는 카우치와 테이블이 다였다.

레인이 귀불을 만지작거렸다.

뭔가 놓치고 있는 게 있는 것 같았다.

"레인. 오늘은 여기까지 하자. 인사만 하러 온 거니까."

아리아가 카림과 그녀 사이에 끼어들었다.

"카림의 방이 좀 이상한데요."

레인이 궁금한 것을 그대로 물었다.

"내 방이 뭐가 어때서?"

카림은 분명 누르에게서 키워지고 있었다. 그녀가 아무리 카림을 탐탁찮게 생각한다고 해도 이토록 휑한 방 안은 설명되지 않았다. 마치 이 아이는 이곳에 방치된 것 같았다. 분명히 아버지인 지브릴이 있었고 이모인 누르가 있었지만, 카림은 혼자였다.

"이건 아이의 방이 아냐."

"난 아이가 아냐."

"누가 봐도 아이인 주제에."

레인이 카림의 말을 비웃었다. 어차피 자신은 진짜 심리치료사도 아니었다.

"이모는 나를 싫어해. 나 때문에 엄마가 죽었다고 여기는 사람이니까."

카림의 뒷말엔 '그러니까 내게 신경을 쓰지 않아도 어쩔 수 없어'란 말이 생략된 것 같았다.

"네 아버지는?"

"글쎄."

카림이 고개를 갸웃했다. 마치 거기에 대해서는 한 번도 생각해보지 않았다는 얼굴로. 아리아의 손이 카림의 머리 위를 쓰다듬었다. 그 손길을 얌전히 받으며 카림의 굳은 얼굴이 스르르 풀어졌다.

"생각해보지 않아서 모르겠는데."

의외의 대답이 나왔다. 머리를 만져주는 게 퍽 기분 좋은 모양인지 카림이 빙그레 웃었다.

"그럼 생각해 봐."

레인은 과연 카림이 지브릴을 어떻게 평가할지 궁금해졌다.

오늘은 정말 여기까지 하는 게 좋을 거라 생각하고 방을 나가려는 레인에게 카림이 생각났다는 듯 말했다.

"아, 다른 건 모르겠고 아버지는 내 롤모델이야."

레인이 나가려던 걸음을 멈추고 카림을 돌아보았다. 아이의 얼굴엔 의미심장한 미소가 머물고 있었다. 카림은 떨어진 책을 주워 테이블 위에 올려놓곤 낮잠이라도 자려는 듯 카우치 위에 몸을 말고 누웠다.

"그를 존경하는구나."

"응. 정말로 존경해. 그래서……."

뒷말은 잘 들리지 않았다. 카림의 머리에 쿠션을 받쳐주는 아리아가 그에게 뭐라고 작게 속삭이자 숨결처럼 그 말은 잦아들었다.

방으로 돌아가기 위해서는 다윗의 그림이 있는 복도를 지나야 가능했다. 어김없이 그곳을 걷고 있는데 익숙한 그림 앞에 선 남자의 모습이 보였다. 이번에는 수행비서나 경호를 하는 군인들이 보이지 않았다. 편한 이슬람 전통 복식인 위아래가 합쳐진 하얀색 디스다샤를 입고 뒷짐을 진 채 그림을 보고 있는 남자는 지브릴이었다.

"여기서 또 뵙네요."

레인은 모른 척하고 지나가고 싶은 마음이 굴뚝같았지만 이 복도를 지나면서 저 남자를 모른 체할 자신이 없었다. 못마땅한 기색을 감추고 레인이 먼저 입을 열었다.

"아아, 당신이 올 때가 된 것 같아서 기다리고 있었습니다."

넌지시 네가 여길 지나야 방에 갈 수 있다는 걸 알고 있단 뉘앙스가 풍겼다. 새삼스러울 것도 없었기에 레인이 웃어 보였다. 새삼 카림을 보고 그를 다시 보니 부자가 닮았다는 사실을 알 수 있었다. 부드럽게 굽이치는 짧은 까만 머리가 카림의 작은 머리를 생각나게 했다.

"제게 사람을 보내 오라고 하면 될 일을 직접 기다리시다니."

"그건 핑계고, 사실 하루에 한 번은 이 그림을 보러 오거든요."

그가 턱으로 카라바조의 그림을 가리켰다.

"그래서 당신이 이 그림 앞에 서 있었을 때 운명이라고 생각했죠."

"아쉽지만 전 이슬람교로 개종할 생각이 없어서."

외국인 부인을 들일 때는 반드시 이슬람교로 개종해야 한다는 코란을 상기시키며 레인이 부드럽게 그 농담을 받아쳤다.

"하하, 가브리엘의 상대를 빼앗을 수야 없죠."

그렇게 말하면서 그가 다시 카라바조의 그림으로 시선을 돌렸다. 다윗의 얼굴만을 뚫어지게 바라보는 그의 입술 끝에는 조소가 맺혀 있었다. 그가 무슨 생각을 하는지 그림을 보면 알 것 같아서 레인의 시선도 덩달아 그림으로 향했다.

"카림은 어떻습니까?"

아직 아리아와 이야기를 나눠보지 못했다. 그러자 가브리엘이 해준 이야기가 머릿속을 스쳤다. 과연 아이의 아버지에게 그의 아들이 소시오패스라는 이야기를 꺼내는 게 잘하는 짓일까?

"똑똑하고 영리한 아이더군요."

"그것뿐?"

"오늘은 인사만 한 것뿐이라 자세히는 모르겠어요."

"내 아내였던 세드라와 결혼한 건 오로지 그녀의 핏줄 때문이었어요. 나는 혈통이 좋지 못했고, 그녀의 혈통은 꽤 괜찮았거든요."

마치 종마를 고르듯 그가 무심하게 혈통 이야기를 꺼냈다. 결혼이라는 것 자체가 그에겐 비즈니스에 불과했던 것이다.

"내가 왜 다시 재혼을 하지 않는지 아십니까?"

"아뇨."

여전히 서로가 그림에서 눈을 떼지 않고 대화를 이어갔다. 다윗의 죄책감과 연민에 찬 눈이 두 사람의 대화를 이어주고 있는 기분이었다.

"그녀처럼 동정심과 연약한 연민으로 가득 찬 여자가 내 아이의 어머니가 될까 봐요. 결혼할 당시엔 혈통만 봤는데 문득 그런 생각이 들더군요. 이런 여자의 뱃속에서 내 아이가 나온다면 나약해 빠진 아이가 나올지도 모른다는 그런 생각."

레인은 동요하지 않았다. 이 남자에게 자신의 당혹스러움을 한 톨도 알리고 싶지 않았다. 온 신경은 지브릴의 말을 곱씹으면서 시선은 그림에서 떼지 않았다. 천천히 숨을 고르면서 자신이 해야 될 말을 머릿속으로 정리했다.

"카림은 장군님을 닮았어요."

"그래서 다행이라고 생각합니다. 첫 번째 아이가 나를 닮아서."

만약 첫 번째 아이가 당신을 닮지 않았다면 어떻게 하려고 했냐는 물음은 목울대 너머로 삼켰다. 입안이 버석거렸다. 거친 모래를 씹고 있는 것처럼 껄끄러웠다.

"그런데 가끔 모르겠단 말이죠."

그림에서 눈을 뗀 지브릴이 이제는 그림을 보는 것처럼 자신을 바라보고 있었다. 옆으로 그의 시선이 칼날처럼 내려와 꽂혔다. 레인이 아무렇지도 않은 얼굴로 이제야 시선을 느꼈다는 듯 자연스럽게 고개를 돌려 지브릴을 올려다보았다.

"그 아이가 나를 닮았는지 제 어미를 닮았는지."

교활한 눈이 가느스름하게 접혔다. 뒷목이 뻣뻣해져 왔다.

"무슨 말씀이신지 모르겠네요."

"그걸 알아보러 당신을 부른 겁니다, 레인."

지브릴의 손이 문득 발갛게 부어오른 레인의 귓불을 발견하고 자연스럽게 내려왔다. 그것을 피하지 않고 가만히 레인이 있었다.

그는 설사 아들의 심리상태에 문제가 있다 치더라도 그걸 반길 작자였다. 처음부터 누르가 동물을 숙이는 카림을 위해서 심리치료사를 불러야 된다고 강력하게 주장한 말을 한 귀로 듣고 흘렸을지도 몰랐다. 그가 알고 싶은 것은 카림의 심리 따위가 아니었다.

서로 전혀 다른 의도를 갖고 자신을 부른 두 사람 중의 한 사람을 레인이 미묘한 눈으로 쳐다봤다.

지브릴의 손이 다정하게 레인의 귓불을 건드렸다.

"여기, 부었네요."

"버릇이라서요."

"무슨 심리 상태가 되면 이런 버릇이 나오죠?"

문득 그가 아내가 죽고 난 뒤 누르를 부른 이유도 그녀가 절대 카림을 사랑으로 돌봐줄 사람이 아니라서라는 걸 깨달았다.

아이의 아버지는 철저하게 아이를 고립시키고 있었다.

"생각할 것이 있을 때 버릇처럼 만져요."

"이렇게 부어오르도록?"

그리고 별안간 그의 얼굴이 가까워진다 싶었더니 뒤로 물러날 새도 없이 입술이 귓불을 스쳤다. 뜨거운 혀가 순식간에 귓불을 핥고 주인에게로 돌아갔다.

"무슨 짓이죠?"

레인은 한 손으로 그를 탁 밀어내며 짐짓 놀란 척했다.

"지금 당장 약이 없으니 일단은 침을 발라뒀어요."

"불쾌하네요, 장군님."

"저런. 다음부터는 조심하죠. 제가 상처에 예민한 편이라."

지브릴이 아무 일도 없었다는 것처럼 능숙하게 받아쳤다. 불쾌함을 핑계로 이때쯤 빠져도 될 것 같다는 생각이 들어 레인이 자신의 방 쪽으로 그를 지나쳐 가려 했다. 하지만 지브릴이 레인의 손목을 붙잡아 뒤돌아 세웠다.

"다음에도 여기서 뵙죠."

"밀회라도 하자는 건가요?"

그 말에 지브릴이 웃음을 터트렸다.

"그저 같이 그림을 감상하고 싶을 뿐이에요. 밀회라면 밀회죠."

저 후회로 가득 찬, 교황에게 용서를 구하는 저 절박한 얼굴을. 지브릴이 웃으면서 다윗의 얼굴을 조롱했다.

"별로 그 생각에 동조하고 싶지 않네요."

"제가 미술 작품을 좋아하는 이유는 가끔 이렇게 말도 안 되는 후회를 그린 작품들이 있기 때문이에요. 세상에, 살인 한 번에 이런 얼굴이라니."

가장 재미있는 광대를 보기라도 한 것처럼 지브릴은 폭소에 가까운 웃음을 터뜨렸다.

"카라바조에겐 살인 한 번이 백 명을 살해한 것과 마찬가지였나 보죠."

"백 명을 살해한 나는 아무렇지도 않은데요?"

레인의 대답에 지브릴이 웃음을 지우며 되물었다.

"사실은 카라바조는 교황에게 용서를 받기 위해 그럴싸한 그림을 그린 게 아닐까요. 사실은 전혀 양심의 가책 따윈 느끼지 않았는데."

그에게 잡혀 있는 손목이 뜨끔했다. 도전적인 얼굴로 카라바조의 그림을 올려다보는 그의 얼굴과 어조는 확신에 차 있었다. 그는 정말로 카라바조가 진심을 담아 이런 그림을 그렸다는 걸 믿고 싶어 하지 않는 얼굴이었다.

"나는 카라바조가 그렇게 후회와 연민에 찬 사람이 아니라는 그 증거를 찾는 중이에요. 그러니까 당신도 카림이 제 어미를 닮지 않았다는 증거를 찾아 내게로 와요."

내게로 오라는 말이 은밀하게 들렸다.

"증거를 찾으면요?"

"카림은 순조롭게 내 왕국을 물려받겠죠."

카림.

그 말의 의도를 깨달은 레인이 신음처럼 아이의 이름을 삼켰다.

지브릴은 확고한 얼굴이었다. 그 얼굴은 만일 카림이 제 어미를 단 하나라도 닮았다면 인정사정없이 잘라낼 거라 경고하고 있었다.

"동물을 죽이는 건 증거가 되지 못해요."

이번에는 그가 먼저 자리를 뜨며 부드럽게 속삭였다.

저벅거리는 발소리가 들리지 않게 될 때쯤에야 레인이 잡혔던 손을 신경질적으로 거칠게 문질렀다.

18.

세상은 고통으로 가득 차 있지만
그 고통을 극복하려는 일로도 가득 차 있다.
- 헬렌 켈러

    사나의 밤은 쌀쌀했다. 낮에는 그래도 기온이 제법 높더니 고산지대라 그런지 밤은 사막보다 더하면 더했지 덜하지 않았다. 쉬고 싶다는 자신을 억지로 올드사나로 끌고 나온 가브리엘은 예멘의 전통 음식으로 배를 채우고 대낮처럼 환한 밤거리를 손을 잡고 이끌었다.

    그의 밝은 머리칼 색과 아름다운 얼굴은 이곳에서도 마찬가지인지 모두가 그를 힐끗거렸다. 심지어는 어린아이들이 발치까지 다가와서 그를 빤히 바라보고 가기도 했다. 깡통에 든 달달한 짜이를 쭉 들이켜며 남들 시선 따위는 아랑곳하지 않은 채 가브리엘이 레인을 이끌고 가판으로 향했다.

    생필품부터 시작해서 각종 장신구까지 즐비하게 늘어서 있는 곳을 유심히 살펴본 그가 레인에게 물었다.

"이 과자 맛있을까요?"

척 보기에도 불량식품 같은 걸 들어 올리며 진지하게 고민 중인 가브리엘의 미간이 살짝 파여 있었다. 젤리 같아 보이는 것에 딱 봐도 설탕이 덕지덕지 묻어 있는 것을 본 레인이 고개를 저었다.

"레인은 단 걸 싫어하니까."

하지만 가브리엘은 기어이 그 과자 하나를 샀고 곧이어 레인의 손을 잡고 다시 걸었다.

"아……."

막을 틈도 없이 그의 엄지손가락과 함께 달달한 설탕덩어리 젤리가 입술을 가르고 들어왔다. 혀가 얼얼할 정도로 단맛이었다. 손가락이 아직도 빠져 나가지 않아 뱉어낼 수도 없어서 레인이 엉거주춤 입안에 젤리를 담고 불만스레 그를 쳐다봤다.

정말 이럴 때 보면 영락없는 열 살 먹은 애였다.

"이래서 지브릴도 싫고 그 아들도 싫었는데."

"왜?"

"그들을 만나고 레인이 내내 딴 생각이잖아요."

손가락을 빼낸 가브리엘이 젤리를 뱉으려는 레인에게 짐짓 엄하게 경고했다.

"뱉으면 또 먹일 거예요. 이번엔 입술로."

가브리엘이 손가락을 자신의 입안에 넣은 것만으로도 주변의 분위기가 흉흉해지는데 공공장소에서 입술이 맞닿으면 어떻게 될지 머리가 지끈 아파왔다. 레인이 대충 젤리를 씹어 삼키자 그가 만족스러운 얼굴로 웃었다.

"이상해."

"뭐가요?"

"양쪽에서 줄다리기를 하는 기분이야."

가브리엘은 다시 젤리 하나를 손에 들고 이번엔 이걸 어떻게 먹일까 고민하는 얼굴이었다. 그에게서 한 발 물러났으나 손을 잡고 있어서 헛수고에 불과했다. 그저 더 이상 시선을 끌기 싫어 얌전히 주는 젤리를 한 번 더 받아먹었다.

"아무것도 생각하지 마요. 그냥 적당히 줄을 타다가 카림만 데리고 여길 빠져나가면 된다고 생각해요."

가브리엘의 말이 맞았다.

그의 말처럼 레인의 머리도 그렇게만 하라고 말하고 있었다. 하지만 이 기묘한, 전신을 휩쓸고 있는 위화감의 정체가 뭘까. 자신이 뭘 놓치고 있는 건지 레인은 알 수 없었다. 이런 건 확실하지 않으면 후에 뒤탈이 나기 마련이다.

"카림을 만나고 난 뒤엔 당신 기분이 이럴 것 같아서 내가 밤 데이트를 제안한 건데."

가브리엘이 작게 혀를 차며 레인의 입술에 묻은 설탕가루를 떼어냈다.

"우리 데이트 시간은 아주 짧아요. 그러니까 나한테만 집중해 주면 안 돼요?"

그런 예쁘고 애절한 얼굴을 가까이 들이대며 그런 말을 하면 마음이 약해진다. 자신을 보며 찬란하게 빛나는 푸른 눈동자엔 분명한 애정이 깃들어 있었다. 레인이 어설프게 웃자 가브리엘이 허락의 뜻이란 걸 알았는지 다시 손을 잡고 걸음을 옮기기 시작했다.

이 밤의 서늘한 기온보다 자신의 손을 잡고 있는 손바닥이 더 서늘해 마음이 움칫거린다.

「살람.」

가브리엘이 까트를 씹고 있는 예멘 남자들에게 가서 인사를 건넸다. 외지인인 자신들을 반기는 얼굴에선 저어함이 보이지 않았다. 오히려 길바닥에 같이 앉자며 엉덩이를 조금씩 움직여 자신과 가브리엘이 앉을 수 있는 자리를 만들어 주었다.

방금 만든 따끈한 차에 설탕을 듬뿍 넣어 건네는 것을 얼떨결에 받아 들었다.

먹지 않는 것도 예의가 아니란 생각에 레인이 한 모금 입에 넣자 약간 씁쓸하고 달달한 맛이 뜨끈하게 퍼졌다. 그들이 봉지에서 꺼내 씹고 있는 까트를 한 주먹 집어 레인에게 건넸다. 남자들 중 한 명과 아랍어로 뭐라고 이야기를 나누고 있던 가브리엘이 그걸 보고 중간에서 막았다.

"각성효과가 있어서 이걸 씹으면 밤새 잠을 못 이룰걸요."

그가 레인에게 까트 잎을 건넨 남자에게 부드럽게 거절을 표시하자 그가 웃으면서 다시 잎을 봉지 안에 집어넣었다. 레인과 가브리엘이 예멘의 남자들 사이에 앉아 있자 어디선가 아이들이 우르르 몰려와 그들을 둘러쌌다. 네댓 살 먹은 것 같은 여자아이가 자신에게 까트를 건넸던 남자의 품 안에 안겼다. 그러면서도 연신 레인과 가브리엘을 번갈아 쳐다보는 눈에는 호기심이 가득해 보였다.

레인이 웃어 보이자 아이도 배시시 웃더니 제 아버지의 품 안에 얼굴을 푹 묻어버린다.

뜨거운 차를 거의 다 마실 때쯤 가브리엘과 이야기하던 남자가 웃으면서 자리에서 일어났다.

"어디 가는 거야?"

레인의 물음에 가브리엘이 빙그레 웃기만 했다. 그리고 먼저 앞서 가던 예멘 사내가 손짓을 하며 그들을 불렀다. 영문도 모른 채 자신에게 손을 흔드는 여자아이에게 마주 손을 흔들어 주곤 가브리엘을 따라 골목을 걸었다.

앞서 걸으면서 종종 그들이 잘 따라오고 있는지 뒤를 살피는 사내는 이내 어느 집 앞에서 걸음을 멈췄다.

올드사나에서 흔히 볼 수 있는 6층 건물이었다. 이런 집들이 다닥다닥 세워져 있는 곳이 바로 마천루라 불리는, 2,000년 전 성경에도 나올 정도의 역사를 자랑하는 살아 있는 문화재 올드사나였다. 겉으로 볼 수밖에 없을 거라 여겼는데 사내는 흔쾌히 그들을 데리고 집 안으로 들어갔다.

"이 커다란 집에 오로지 한 가구만 살고 있어요. 집 한 채에 한 가구."

2층으로 올라가는 계단을 밟으며 가브리엘이 설명했다. 사내는 계속해서 그들을 가장 높은 층으로 이끌었다. 여자들과 아이들이 쓰는 방을 지나치자 호기심 어린 시선이 뒤를 따라오는 게 느껴졌다. 6층까지 단숨에 올라가자 사내가 가브리엘에게 뭐라 말을 하며 곧 그들이 올라왔던 계단으로 내려갔다.

탁 트인 곳에서 바람이 불어왔다. 다닥다닥 집들이 붙어 있는 골목에서는 이런 바람을 느끼지 못했다. 바람에 날리는 머리칼을 레인이 정리하며 눈가가 시큰해 눈을 감았다. 생각보다 바람이 거셌다.

"눈 떠봐요."

레인이 인상을 찌푸리며 가늘게 눈을 떴다.

"아……."

올드사나 전체가 빛나고 있었다. 총천연색으로 물들어 어른거렸다. 레인이 저도 모르게 건물에서 몸을 길게 빼고 그 거리를 내려다보았다. 6천여 채의 올드사나의 마천루가 살아서 움직이고 있는 광경에 일순간 넋이 나갔다.

"아름답죠?"

가브리엘이 웃으면서 물었다.

"이게 가능해?"

목이 콱 막혀서 겨우 그 말만 꺼냈다. 마치 빛으로만 이루어져 있는 몽환적인 세계에 자신이 침범한 기분이었다. 가브리엘이 뒤에서 레인의 허리를 끌어안으며 그녀와 같은 곳을 보았다.

"아라비안나이트의 실제 모델이 올드사나예요."

신시가지에서 인위적으로 빛나는 화려한 불빛들을 올드사나의 마천루들의 창문이 그대로 반사하고 있었다. 이들의 창문은 한결

같이 색색의 스테인드글라스였다. 그 글라스들이 도시의 불빛을 받아 제 색을 뽐내며 올드사나 전체를 아라비안나이트로 만들었다.

편리한 생활을 추구하는 신시가지까지도 결국엔 올드사나의 밤을 빛내주기 위한 도구일 뿐이었다.

빛나는 골목 사이사이를 지나는, 전통 복장을 입은 채 잠비야를 찬 남자들이 정말로 이곳이 동떨어진 세계라는 걸 말해주었다.

"어쩌면 다시는 못 올 곳이니까 레인에게 꼭 보여주고 싶었어요."

가브리엘의 어조는 낮았다. 어쩌면 그리움을 담고 있는 것 같기도 했다.

"천 년의 시간이 왜 이곳에서 멈췄는지. 왜 이곳일 수밖에 없는지."

알 것 같았다.

이토록 아름다운 곳이 여행제한국가라니. 레인이 고개를 저었다. 간간이 불법 루트를 통해 예멘의 수도 사나에 기어이 들어오는 거리의 여행자들이 이해가 되는 순간이었다.

"불꽃놀이보다 더 아름답죠?"

그래, 마치 이건 불꽃놀이 같았다. 꺼지지 않는 불꽃 위에서 하염없이 이것을 바라보고 있는 기분이었다. 타오르자마자 금방 사그라지는 불꽃이 아닌, 영원히 사라지지 않을 불꽃. 이 시간이면 어김없이 밤새도록 매일매일 타오르는 그런 불꽃.

레인은 자신을 뒤에서 안고 있는 가브리엘의 가슴에 머리를 기댔다. 그의 심장이 고요하고도 낮게 뛰는 게 느껴졌다.

"고마워."

왜 그와 있으면 고민하던 일들이 아무것도 아닌 것처럼 느껴지는 걸까?

"여길 잊지 말아요. 머리에 계속 기억해 둬요."

지브릴이 살아 있는 한 다시는 이곳에 오지 못할 거란 걸 그가 암시하고 있었다. 그리고 가브리엘이 그의 입으로 말하지 않아도 이곳을 아끼고 사랑하고 있다는 것도 알 수 있었다. 앞으로 이 남자는 자신으로 인해 다시는 이곳에 걸음하지 못하리라.

"그래도 나는 네가 필요해."

네가 다시는 이곳의 시간이 멈춘 마천루들을 보지 못한다 하더라도.

레인이 이기적인 속마음을 내비쳤다. 그녀를 안은 가브리엘의 손에 힘이 들어갔다.

"그 한마디면 됐어. 나는 당신과 같이 시간이 멈춘 지금을 기억할 거야. 여기를 떠올릴 때면 항상 당신 생각이 나겠지."

그의 말에는 우리는 언제까지나 이곳에 서서 다른 세상을 내려다볼 거라는 뜻이 담겨 있었다.

그가 잊지 말라고 한 것이 오색의 빛 무리에 뒤섞여 발광하고 있는 올드사나가 아니라 이 멈춘 시간 속에 섞여든, 우리들이라는 것을.

레인이 떨리는 눈꺼풀을 꼭 감고 저를 감싼 가브리엘의 팔의 단단함을, 지금을, 불어오는 바람 냄새를, 그리고 그의 심장 소리를, 내뱉는 숨소리를, 잊지 않도록 단단히 되새겼다.

얇은 눈꺼풀 사이로 여전히 오색의 빛이 새어들고 있었다.

손바닥으로 이마에 그늘을 드리웠다. 이래봤자 이 지글지글한 열기가 가시는 게 아니란 걸 알았지만 이렇게라도 하지 않으면 성말 쪄 죽을 것 같았다. 레인이 하는 걸 가만히 쳐다보던 카림이 흥, 코웃음 치는 게 옆에서 들려왔다. 보통 어린 아이는 체온이 높다는데 덥지도 않은 건지 그 자리에 가만히 있는 게 여간 참을성이 강한 게 아니었다.

서로 말없이 대치한 지 벌써 한 시간이었다. 휑하기 그지없는 카림의 방에서 아이를 밖으로 데리고 나온 건 충동적이었다. 아무 말하지 않고 빤히 레인을 쳐다보다 순순히 끌려 나온 아이는 이내 그녀가 갈 곳이 없다는 것을 알아차리자 제자리에 붙박이처럼 붙어 움직이지 않았다.

신시가지와 구시가지를 잇는 도로 위에 서서 레인은 꽤 난감해졌다.

오늘따라 최고 온도를 기록했다는 사나는 고지대에도 불구하고 사막 못지않게 이글이글 뜨거웠다. 콧속으로 훅 들어오는 뜨거운 바람을 다시 내뿜으며 레인이 조막만한 까만 머리를 내려다봤다.

"나는 말이지."

카림을 데리고 나온 건 잘한 일이라고 생각한다. 어차피 지브릴의 저택은 난공불락의 요새나 다름없었다. 그곳에서 아이를 빼돌린다면 자신은 물론이고 몇 안 데려온 팀원들 전부 거꾸로 성벽에 매달려 총살당하리라. 차라리 심리치료란 명분으로 아이를 밖으로 자연스럽게 데리고 나와 빼돌리는 게 나았다.

실제로 카림을 데리고 나오자 뒤를 쫓는 기척들이 느껴졌다. 굳이 자신들의 정체를 감추지 않는 걸 보니 대놓고 붙은 미행이었다. 경호가 목적이라지만 감시에 가까웠다.

"별로 아이에게 친절한 편이 아냐."

레인이 억지 미소를 지어보였다. 그런 그녀를 힐끗 올려다본 카림이 고소를 머금었다. 여덟 살 난 어린아이의 입에 머금어진 고소는 뒷목을 붙잡게 하기 충분했다.

"이것도 치료의 일환이야?"

그렇게 묻는 카림의 얼굴엔 '나는 네가 심리치료사가 아니란 걸 알고 있다'고 쓰여 있었다.

이렇게 되면 이야기가 빠르겠다 싶어서 레인이 카림을 번쩍 안아 들었다. 아무리 카림이 또래 아이들보다는 작은 편이라지만 그래도 어지간히 큰 남자아이였다. 안아 든 순간 약간의 후회가 밀려왔지만 얼굴에 드러내지 않고 바로 지나가는 택시를 잡아 세웠다.

그리고 카림이 발버둥치기 직전에 아이를 뒷좌석에 밀어 넣고 자신도 올라탔다.

목적지 따위는 없었으므로 말이 통하지 않아 손짓발짓으로 그냥 근처를 한 바퀴 돌아달라는 모션을 취해 보이자 기사가 '노 프

라블럼!'을 외치며 차를 출발시켰다. 그리고 백미러로 계속 카림과 동양인인 자신을 쳐다보며 관계를 추측하려 했다. 아마 최악의 경우엔 이슬람 아이를 납치한 동양 여자로 보일 수도 있다고 생각해 카림의 옆구리를 찔렀다.

"카림, 웃어."

"이젠 협박을 해?"

카림이 인상을 찡그리며 레인이 찔렀던 옆구리를 손으로 감쌌다.

"아예 비명 질러줘?"

도리어 레인을 협박하며 카림이 표정을 굳혔다. 진짜 비명을 지를 태세라 차에서 내려야 하나 싶었지만 에어컨이 너무 시원했다. 에라 모르겠다는 심정으로 레인이 시트에 몸을 기댔을 때 카림의 관자놀이에 맺혀 있는 땀방울들을 발견하고 피식 웃었다.

"너도 덥잖아. 땀 좀 식히고 싸우든가."

그 송알송알 맺힌 땀을 레인이 손등으로 닦아주자 카림이 그 손을 탁 쳐냈다. 어차피 이런 반응이 올 거란 걸 알고 있어서 그저 창밖으로 시선을 돌렸을 때 작은 목소리가 들렸다.

"가브리엘이랑 어떤 사이야?"

그러고 보니 가브리엘도 카림을 만난 적 있다고 이야기했었다.

"네가 알아서 뭐하게?"

"그와 함께 침대를 쓰는 사이야?"

어린 게 못 하는 말이 없구나 싶어 레인이 기가 차 웃었다. 알거 다 안다는 눈으로 그런 레인을 또렷하게 응시하는 검은 눈이 일렁였다.

"그럼?"

이 어이없는 대화의 끝이 궁금해진 레인이 도전적으로 물었다. 어차피 자신이 심리치료사가 아니란 걸 알고 있는 카림에게 굳이 친절한 가면을 쓰고 싶지 않았다. 그리고 지금까지 어린 아이를 대면할 일이 없었던 레인에게 카림은 퍽 이상한 아이였다. 이런 아이를 다루는 법을 그녀는 알지 못했다.

"흐응―."

카림은 레인의 호전적인 대답에 그저 길게 콧소리만 냈을 뿐이었다.

마치 그 콧소리는 '그럴 줄 알았어'라고 말하는 듯했다.

"그를 좋아하는구나?"

그냥 나오는 말 아무거나 던지자 카림이 고개를 갸웃하더니 새삼 깨달은 것처럼 대답했다.

"그런 것 같아."

"왜?"

"영리한 척 머리를 굴려봤자 고작 애새끼라고 했거든."

작은 이가 갈리는 소리를 들은 건 착각일까. 그건 좋아하게 만들 만한 것이 아닌 거 같은데, 레인이 입을 열려는 찰나 카림이 해맑은 미소를 보여주었다. 그러자 레인의 손가락이 카림의 이마에 딱밤을 때렸다.

"어디서 약을 팔아."

그것은 해맑은 척하는 미소였다. 레인은 가브리엘의 얼굴을 보면서 미소에도 다양한 종류가 있다는 걸 알았다. 지금 카림은 가브리엘의 흉내를 내고 있었다. 그것이 기분 나빠진 레인은 버릇 고치게 한 대 더 때릴까 잠시 고민했다.

"넌 아직 엘을 따라가려면 백 년은 일러."

"백 년 뒤엔 누구라도 죽어."

카림이 불퉁한 어조로 대꾸하곤 딕을 핀 채 창밖으로 시선을 향했다. 벌써 같은 곳을 두 번째 도는 중이었다. 이제 어느 정도 땀이 가셨다 싶어서 레인이 택시를 올드사나 앞에서 세웠다. 뒤따라오던 차량 몇 대가 멀지 않은 곳에서 서는 것을 보았다.

"지루해. 내 방에서 책을 보는 게 더 나았을 텐데."

"시늉이라도 해야 하잖아."

"정말 뻔뻔하군. 아무리 내가 아니란 걸 안다지만 감출 생각도 안 하다니."

레인이 어깨를 으쓱했다.

오늘은 시장을 좀 둘러볼 참이었다. 올드사나 안에 있는 커다란 소금시장은 아리아를 만나기 위해 입구에 한 번 가봤을 뿐이었다. 그 시장이 얼마나 큰지, 옆으로 빠질 수 있는 길은 몇 개나 있는지 퇴로 확보차 알아볼 참이었다.

이미 레인의 머릿속에선 구시가지에서 카림을 빼돌려야겠다는 확고한 생각이 자리 잡고 있었다. 가브리엘과 함께 이 커다란 마천루들을 위에서 내려다 봤을 때부터 한 생각이었다. 수백, 수천 개의 어지러운 골목들. 이 골목들의 청사진을 구할 수 있다면야 더할 나위 없이 좋겠지만 아쉬운 대로 직접 겪어봐야 했다.

어느 골목이 어디로 통하는지. 어느 누구에게도 들키지 않고 올드사나를 조용히 빠져나갈 수 있는 방법.

신시가지는 너무 발달되어 있었다. 도로는 넓고 골목은 단순했다. 그런 곳은 도망을 칠 때 유리하지 않다.

"아."

뭔가 떠오른 레인이 걸음을 멈추고 카림을 내려다봤다.

"아리아에게 이미 이야기를 들었다면 떠날 때 말썽부리지 않을 거지?"

아이는 변수다. 아이가 난동을 피운다면 어떻게 해야 할지 경우의 수는 수없이 많다. 쥐죽은 듯 빠져나가야 하는 작전에서 아이의 변덕 하나가 전체의 생명을 좌지우지할 수 있기에 레인이 카림의 앞에 허리를 숙이고 입고 있는 옷이 흐트러진 걸 바로 잡아주는 척하며 낮은 목소리로 물었다. 혹시라도 그들 곁을 스쳐 지나가는 사람들에게 들리지 않게.

"그렇다고 대답하면 당장 떠날 수 있어?"

고개를 조금 치켜들고 레인과 눈을 마주한 카림이 당돌하게 물어왔다. 천천히 카림의 손을 잡고 걸음을 옮기며 대답했다.

"아니. 아마 내 팀원 전부 죽을걸. 어디서 적당한 타이밍에 널 빼내야 할지 생각 중이야. 난 여기 지리를 아직 모르니까."

시장은 항상 번잡하다. 아직 시장 입구에 다다르지도 않았건만 그곳으로 향하는 수많은 사람들에게 어깨가 치였다.

"시시하네."

그 말에 카림의 손을 잡고 있는 레인의 팔에 힘이 들어갔다.

카림이 눈살을 찌푸리며 잡힌 손을 빼내려 했다.

"카림. 너를 빼내기 위해 아리아와 내 팀원들은 목숨을 걸었어. 그건 시시한 일이 아냐."

"살아 있는 건 언젠가 죽어."

"그래. 하지만 너 때문에 죽는다면 꿈자리가 뒤숭숭할걸."

"난 꿈 따위 안 꿔."

"앞으로 일어날 일은 장담하는 게 아니란다."

레인이 손바닥이 카림의 고수머리 위로 툭 떨어졌다. 그러는 사이 번잡한 시장 안으로 들어섰다. 저마다 가지고 온 물건들을 천 하나를 바닥에 깔고 그 위에 올려놓고 팔고 있었다. 까트를 파는 상점이 제일 많았고 고기부터 시작해서 동물과 생선, 과일 등도 있었다. 처음엔 이곳이 소금시장으로 시작해서 '소금시장'이라고 불렸다지만 현대에 이르러선 모든 물건을 잡다하게 팔았다. 레인이 시장에서 바로 통하는 골목길 몇 군데를 유심히 살폈다.

적당히 주변 물건들을 구경하는 척하고 있을 때 카림의 걸음이 멈췄다. 작은 동물들을 파는 곳이었다. 그곳엔 태어난 지 얼마 안 된 강아지부터 시작해 토끼나 햄스터, 앵무새 등 다양한 동물들이 있었다.

곧이어 카림은 다른 곳으로 걸음을 옮겼지만 레인이 그를 붙들고 물었다.

"왜? 동물을 보니까 죽이고 싶어?"

레인은 그 질문을 던진 스스로에게 고소를 머금었다. 하지만 돌려서 말하는 법 따위 알지 못했다. 그저 확인하고 싶었다.

레인의 직구에 카림이 당황하지 않고 싸늘하게 대꾸했다.

"작은 동물을 죽이는 건 너무 시시해. 그저 이렇게만 힘을 줘도 죽어버리거든."

카림이 두 손을 들어 무언가의 목을 비틀어 보이는 시늉을 했다.

"그게 재미있어?"

"아니, 재미없어. 말했잖아. 너무 쉽게 죽는다고."

그 순간 돌연 카림의 눈빛이 변했다. 그가 레인에게 허리를 숙여보란 손짓을 했다. 레인이 순순히 허리를 숙이자 카림이 어린아이다운 미소를 지으며 말했다.

"사람은 달라? 개나 고양이보단 죽이기 까다로워?"

"너……."

"레인은 죽여본 적 있을 거 아냐. 용병이라면서. 어떤 느낌이야? 하지만 역시 여기를 그어버리면 동물과 다를 바가 없겠지?"

작은 손가락이 스산하게 레인의 목덜미를 손톱으로 가볍게 가르고 지나갔다. 마치 방 안에서 목이 분리돼 죽은 토끼를 기억하라는 행동이었다. 레인의 얼굴에서 미소가 사라졌다.

"지브릴에게 묻지 그래?"

"내게 처음 짐승의 생명을 끊는 방법을 알려준 건 아버지야. 사람의 생명을 끊는 것도 마찬가지라고 했는데 그 느낌을 알 수 있어야지."

정말로 알 수 없다는 얼굴을 하고선 카림이 고개를 갸웃했다. 동공은 일정했다. 더 이상 일렁이지도 않았고, 말 그대로 호기심만 담고 있었다.

그건 그냥 충동적이었다. 레인이 동물을 파는 상점에 가서 햄스터 한 마리의 값을 치렀다. 그리고 그 손 안에서 바르작대는 햄스터를 영문을 모르겠는 얼굴로 선 카림의 손바닥 위에 올려놓았다.

"내가 널 데리고 이 나라를 떠날 때까지 죽이지 마."

"내가 왜 그래야 하는데?"

"이 햄스터 죽이면 너 안 데리고 갈 거야."

"이미 아리아와 계약했잖아."

"알 게 뭐야."

레인이 대수롭지 않게 대답했다.

이 아이가 살인에 대해서 말하는 것이 심상치 않다는 걸 알고 있다. 이건 여덟 살짜리 아이의 입에서 나올 말이 아니었다. 가브리엘은 이 아이가 소시오패스라고 말했다. 정말 그럴지도 모른다. 본인 또한 레인이 자신을 어떻게 생각하든 상관없다는 식으로 더 잔인하게 파고들고 있었다.

"이렇게 작은 건 내가 굳이 안 죽여도, 잠자다 몸만 뒤척여도 깔려 죽어."

"그럼 몸을 뒤척이지 말든지."

짧게 일침하자 카림의 눈동자에 짜증이 스몄다. 불만스러운 손길로 주머니에 햄스터를 넣는 것까지 보고 레인이 다시 시장 안을 살폈다.

해가 떨어질 때쯤 카림을 데리고 들어온 레인은 그를 방안으로 돌려보내고 자신의 방으로 돌아가고 있었다. 거기서 가브리엘을 만난 건 우연이었다. 좀 떨어진 곳이라 가브리엘은 자신을 알아차리지 못했지만 그의 실버블론드 머리칼이 지는 석양에 반짝이는 것을 멀리서 보는 것만으로 그라는 걸 알 수 있었다.

연회가 끝난 지 얼마 안 된 시점에서 이 저택의 대부분의 방들은 손님방으로 쓰이고 있다고 그레이가 언질을 주었었다. 이곳에선 이슬람 문화권의 나라라고 볼 수 없을 정도로 흔하게 외국인들과 부딪쳤다. 지금도 마찬가지인 듯했다. 늘씬한 붉은 머리의 미녀가 친근하게 가브리엘에게 말을 걸고 있었다. 그냥 그 자리를 지나칠까 하는 순간 발걸음이 저도 모르게 자신을 등지고 있는 가브리엘에게 좀 더 다가갔다.

"진짜 애인을 데려온 거야? 난 그때 배탈 나서 파티에 참석 못했단 말이야. 굉장했다며?"

그 말에 가브리엘이 낮게 웃느라 그의 어깨가 가볍게 떨리는 게 보였다. 달콤하고 부드럽기 이루 말할 수 없는 목소리로 그가 대답했다.

"애인이라뇨. 그럴 리가."

"그렇지? 갑자기 애인이라니. 내가 그렇게 데이트하자고 할 땐들은 척도 안 하더니."

튜브형 짧은 미니 드레스를 입고 있는 여자가 가브리엘에게 좀 더 허리를 숙여 보이며 말을 붙였다. 레인은 제 눈에도 명백하게 보이는 그 유혹에 어떻게 할까 잠시 고민했다. 누가 봐도 풍만해 보이는 가슴이 그리 멀지 않은 곳에서도 똑똑히 보였다.

"오죽하면 네가 비서랑 그렇고 그런 사이라는 소문이 났겠어."

그러는 여자의 시선이 힐끗 레인에게 닿았다. 가브리엘의 상대는 동양인이라고 들었는데 딱 봐도 지금 쳐다보고 있는 것이 그 상대라는 것을 귀신같은 눈치로 알아차린 그녀가 붉은 입술을 치켜 올렸다.

"그래요? 그런 소문이 있었습니까?"

재미있다는 어투로 가브리엘이 키들댔다. 그의 얼굴이 부드럽게 풀어진 것을 확인한 붉은 머리의 미녀, 로제가 가브리엘에게 바싹 몸을 붙여왔다. 그리고 그의 팔에 자신의 가슴을 은근히 문지른 순간이었다.

퍼억—

가브리엘이 망설임 없이 여자의 목덜미를 한 손에 쥐고 단단한 벽으로 밀어붙였다. 그대로 벽에 얼굴을 강하게 부딪친 로제가 너무 놀라 짧은 비명을 내질렀다.

"내가 먼저 이렇게 손을 내밀기 전엔 닿지 마세요."

언제 웃었냐는 듯 칼날처럼 싸늘하게 가라앉은 목소리엔 장난스러움조차 찾을 수 없었다.

"놔, 놔줘!"

겁을 집어먹은 로제가 크게 외쳤다. 지금까지 가끔 은밀한 파티에 초대됐던 가브리엘 서머셋 공작은 항상 부드럽게 웃고 있었지만 그에게 파트너가 있었던 적은 한 번도 없었다. 그래서 뒤로 게이라는 소문이 돌았고, 로제도 저 얼굴이 아깝다고 생각하며 몇 번 추파를 던지다 반응 없는 그에게 포기했었다. 하지만 그의 애인이 작고 볼 것 하나 없는 동양인이란 말을 파티에 참석했던 아버지에게 전해 듣자마자 그의 비서인 그레이에게 쫓아가 진짜냐고 물었다.

"우리 아버지가 누군 줄 알고!"

로제의 아버지는 동유럽권에서 악명을 떨치는 로비스트이자 무기상이었다.

"크라울 베네스트 씨 말인가요? 그가 블랙마켓에서 거래 대금 지불 날짜를 두 번이나 미룬 건 알고 있죠."

어떻게 그걸 이 남자가 알고 있는 건지 로제는 괴물이라도 본 양 얼굴이 하얗게 질렸다. 그건 직접 이 바닥에 있는 사람이 아니라면 알 수 없는 사실이었다. 대체 영국의 공작이란 직위를 갖고 있는 남자가 어떻게 블랙마켓을 알고 있는 건지. 아버지가 항상 가브리엘에게 예의를 갖춰 대한다는 걸 알고 있었지만 그건 영국의 공작이란 직위에 있기 때문이라고 생각했다. 어쨌든 친해 두면 나쁜 상대가 아니었으니까.

"그 바닥에서 두 번도 용한 거죠. 세 번째엔 크라울의 할아버지가 와도 돌이킬 수 없어. 네 아버지를 진창에 처박고 싶은 게 아니라면 그 젖 좀 치워."

젖이라니. 그의 단어 선택에 레인의 머리가 아찔해졌다. 그래도 보통 사람의 앞에선 제법 신사 흉내를 낸다고 생각했는데 여자가 가슴 좀 보여준 것 가지고 저런 반응이라니.

레인이 작게 웃음을 삼켰다.

저런 반응이 정상적인 반응이 아니라는 걸 안다. 하지만 그래도 마음속에서 부드럽고 따뜻한 것이 꾸물대며 움직였다. 그리고 왠지 눈가가 따가웠다. 그저 지나가는 여자가 무심코 던진 말에 제 새끼를 보호하는 고슴도치처럼 온몸의 털을 바짝 세우고 진심으로 살기를 드러낼 만큼 자신을 위하는 존재가 있다는 것이.

그걸 깨달은 순간 손바닥으로 눈가를 세게 눌렀다.

"그리고 그녀는 애인 따위가 아니에요. 서머셋 공작 부인이 될 여자죠. 경외를 표하세요."

가브리엘이 마지막 말을 짓씹듯 내던지고 뒤에 있는 레인에게 고개를 돌렸다. 당신이 내 전방에 들어오면 그게 어디에 있든 알 수 있다고 말하는 시선이었다. 만년설처럼 얼어붙었던 푸른 눈이 레인의 검은 눈동자를 만나자 점차 사람의 온기를 찾아갔다.

결국 레인이 참지 못하고 한달음에 가브리엘에게 달려가 그에게 손을 뻗었다.

이 남자가 손을 내밀지 않아도, 그가 허락하지 않아도 그를 마음대로 만질 수 있는 것은 자신뿐이었다.

뛰듯이 그의 품안으로 들어온 레인이 그의 볼을 두 손으로 잡고 자신에게로 끌어 내렸다.

실크처럼 흐트러지는 가느다란 머리카락이 그의 볼 위로, 자신의 얼굴 위로 흩어져 내렸을 때 있는 힘을 다해 입을 맞췄다. 순순히 자신에게로 끌려오며 입술을 여는 남자가 기꺼웠다. 로제를 밀어붙였던 손이 이내 세상에 더없이 소중한 것을 감싸듯 레인을 번쩍 안아 올렸다. 이내 눈높이가 같아졌다.

언제나 타인의 시선을 신경 쓰던 레인이 사방이 탁 트인 곳에서 갑자기 달려와 입을 맞추자 가브리엘의 눈동자가 조금 커졌지만 이내 부드럽게 휘어졌다. 그녀는 그의 숨 한 톨이라도 새어나가는 게 싫다는 얼굴을 하고선 열정적으로 입을 맞췄다. 목마른 그녀에게 자신의 타액을 넘겨주고 음란하게 혀가 엉켰다. 깊게 혀를 빨아 자신의 혀로 옭아매려는 서툰 키스에 그가 낮게 목울음을 내며 웃었다.

서로의 입술을 흔적도 없이 잡아먹을 것처럼 한껏, 양껏 자신의 타액을 넘겨주고 서로의 타액을 빨아들였다. 머리끝부터 발끝까지 아작아작 씹어 삼키고 싶다는 음험한 생각을 하며 가브리엘이 레인의 아랫입술을 짓씹었다.

"흣……."

붉은 피가 혀끝에 느껴지자 젖을 빠는 아이처럼 매섭게 그 입술을 빨았다.

"이, 이, 이, 비서 따위가 감히 나를 엿먹여!"

로제가 날카로운 비명을 지르며 어느새 그들 곁에 가까이 다가와 있는 그레이에게 달려들었다. 입술에서 떨어지지 않으려는 가브리엘의 얼굴을 그제야 밀어낸 레인이 옆의 사태에 시선을 돌리려 하자 가브리엘이 한 손으로 그녀의 목덜미를 잡고 자신에게 고정했다.

그가 허리를 숙이지도 않았건만 시선이 같은 걸 이제야 깨달은 레인이 피식 웃었다. 자신의 허리를 그의 다른 손이 단단하게 감싸 들어 올려 엉덩이를 받치고 있었다. 그리고 어느새 로제가 얼굴을 박았던 벽에 등이 기대어져 있었다. 그리고 자신의 다리는 너무도 자연스럽게 가브리엘의 허리에 둘러졌다.

"그러게 비서 따위에게 그런 걸 묻는 게 아니죠, 로제 아가씨."

제 주인을 꼭 닮은 그레이의 입술이 보지 않아도 빈정거림을 잔뜩 달고 있다는 것을 깨달은 레인이 또다시 웃었다. 입술이 움직이자 여전히 잡아먹을 것 같은 눈을 한 가브리엘의 시선이 흉포해졌다.

이러다간 정말 늑대 한 마리를 여기에 풀어놓게 될지도 모른다고 생각하며 레인이 그의 어깨를 밀었다.

"내려줘."

정신이 들고 보니 민망하기 그지없는 자세였다.

그가 흥분해 벽에 자신을 밀어붙이고 다리를 허리에 감게 해 그대로 안으려 든다는 것을 이미 경험으로 알고 있는 레인이었다.

"이상한 생각했어요?"

성적인 의미를 담은 게 분명한 질척이는 목소리가 녹아든 사탕처럼 끈적하게 입술 위에 달라붙었다.

"보는 눈이 많아."

가브리엘의 등 뒤로 막 산책을 나왔다가 이 모습을 보고 기겁한 유럽인 노부부가 방향을 바꾸는 게 보였다.

"보는 눈이 없으면?"

체리처럼 새빨간 혀가 레인의 볼을 핥았다. 레인의 몸이 움찔하자 가브리엘이 그새 단단해진 자신의 하체를 그녀의 복부에 비볐다.

"······방으로 가."

"그럴 시간 없어요. 너무 세웠더니 당겨서 아파."

발정 난 늑대에게 오직 보이는 것은 제 짝인 암컷뿐인 모양이었다. 정말 탁 트인 이곳에서 할 것 같다는 위기감이 들어 레인이 근처 가까워 보이는 방을 손가락으로 가리켰다. 여기서 자신이 한마디라도 한다면 그가 더 엇나간다는 것을 알고 있었다.

"그럼 저기로 들어가자."

레인을 안은 채로 그녀의 볼에, 입술에, 목덜미에 버드키스를 날리며 가브리엘이 빠른 걸음으로 가장 가까운 방문을 열어젖혔다.

공교롭게도 그곳은 차마 저택의 벽에 걸리지 못한 그림들을 모아 놓은 곳인 듯했다. 매일 청소를 하는 것처럼 깔끔했지만 수십 점의 그림들이 걸릴 곳을 찾지 못하고 벽 여기 저기 기대 세워져 있었다.

"미친놈이네요."

가브리엘이 보기 드물게 욕설을 내뱉었다.

그 말에 레인이 고개를 끄덕이며 동의했다. 대부분이 남녀의 성관계를 나타내는 그림들이었다. 그리고 그 그림들의 한가운데 동그란 원형의 침대가 하나 있었다. 수십 개의 쿠션들이 놓여 있고 시트는 깨끗했다. 그제야 이 방의 용도를 깨달았다. 짧은 순간 그 침대에 뉘여진 레인이 반쯤 상체를 일으키자 가브리엘이 자신의 상의를 벗어 던지며 레인의 배 위로 올라탔다.

"나 안 씻었는데."

"잘됐네요. 식사를 너무 싱겁게 해서 소금이 필요했는데."

가브리엘이 아랑곳하지 않고 레인의 티셔츠를 들어 올리며 혀로 길게 브래지어 위의 가슴골을 핥았다. 자신의 목덜미에 얼굴을 묻은 그의 머리칼에서 향긋한 향이 났다. 씻은 지 얼마 되지 않은 게 분명했다.

레인은 땀을 흘렸던 자신을 기억하며 그를 밀어내려 했지만 가브리엘이 그녀의 두 손을 한 손으로 잡고 머리 위에서 압박했다.

"묶이고 싶지 않으면 가만히 있어요."

부드러운 목소리였지만 진심이라는 건 충분히 알 수 있었다. 브래지어를 풀어 드러난 작은 가슴을 그가 입술 끝으로 부드럽게 굴렸다. 가브리엘의 혀가 닿자 단단해진 유두가 그의 입술 위에 비벼졌다.

"나를 버려두고 놀다 오니 좋았어요?"

그래서 이렇게 심술이 난 거였구나. 레인이 어느새 풀린 손을 들어 자신의 바지를 벗기는 그를 도와 버클을 풀었다.

"일하고 온 거야."

입을 여는 레인의 입술을 가르고 손가락 두 개가 들어왔다.

"내가 얼마나 외로웠는데."

그의 두 눈이 풀죽은 강아지처럼 축 처지는 게 보였다. 자신의 위에서 페니스를 끝까지 세우고 그런 표정을 해봤자 넘어갈 리 없었다. 하지만 풀어진 미소가 입 끝에 걸렸는지 가브리엘이 사랑스럽게 마주 웃었다.

"그래서 이렇게 왔잖아."

아아, 이 사랑스러운 미소를 보라지.

결국 자신의 심장을 괴물이 기어이 먹어치우려 이를 세운 듯했다. 그가 분명 자신을 내려다보며 달콤하게 웃고 있었는데 날카로운 칼날이 심장을 흔적도 없이 조각조각 내는 기분이 들었다. 레인이 그 존재하지 않는 고통에 저도 모르게 입 안에 있는 가브리엘의 손가락을 깨물었다.

"울지 마."

가브리엘의 입술이 눈가로 내려왔다.

그제야 자신의 얼굴을 흠뻑 적시며 떨어지는 것이 눈물이라는 걸 알았다. 너무 고통스러워서, 차라리 심장을 떼어 내고 싶어서 레인이 스스로의 가슴을 손톱을 세워 할퀴자 가브리엘이 그녀의 손목을 붙잡았다.

"엘, 엘……."

"난 여기 있어. 너를 안고 있잖아."

레인이 그제야 손에서 힘을 풀자 가브리엘이 다시 입술로, 혀로 레인의 흐른 눈물을 닦아 주었다. 상처 입은 짐승을 핥는 그 행위가 왜 이렇게 필사적이고 안타까운지.

"흐윽……."

그래, 나는 네가, 그리고 내가 안타깝다.

우리의 세상에 우리만 있는 게 안타까워 견딜 수가 없다. 너는 고작 나 하나로 만족한다는 게 가슴이 시려 견딜 수가 없다. 이

맹목적이고 아름다운 남자가 가장 무서운 악몽 속에서 뒹굴어야한다는 것에 구역질이 치밀었다.

"조나단을 죽여. 조나단을 죽여, 엘!"

제발 그가 원래 속했던 빛나는 세계로 갈 수 있기를.

나와 함께 가라앉을 늪이 아니라 메마른 땅이더라도 단단하게 두 발로 딛고 설, 그 찬란한 세계로.

그가 매일 기도하는 신께서 눈앞의 이 남자를 불쌍히 여기사 보듬어 안아주길.

"걱정 말아요. 그를 반드시 죽일 거니까."

"그를 죽여."

내 아버지를 죽여. 그래서 너는 벗어나. 그래도 악몽이 너를 찾아오면, 무서워도 모르는 척 등 뒤에 괴물을 두고 눈을 감아버려.

"그를 죽여."

수천 갈래로 갈라진 목소리가 자신의 것이 아닌 듯 끔찍하게 튀어나왔다. 끓어 오르는 화를 누르지 못하고 내지른 화기 가득한 목소리에 가브리엘이 낮게 웃음을 터뜨리며 속삭였다.

"그럼 눈물을 그칠래?"

대답 대신 그를 꽉 끌어안았다. 자신에게 얌전히 안겨오는 그의 차가운 몸을. 정신없이 입술이 다시 겹쳐지고 그가 아까 깨물었던 아랫입술을 잘근 깨물었다. 톡, 상처가 다시 터지는 느낌에 레인이 움찔했다.

"네가 원하는 건 뭐든 할게."

세상을 발아래 가져다준다는 말이 과연 이 말만큼 달콤할까.

가브리엘의 말에 기꺼운 마음으로 레인이 눈물이 그렁한 눈으로 고개를 끄덕였다.

"하지만 거기엔 네가 곁에 있어야 돼. 그럼 난 뭐든지 해."

그가 레인의 가슴을 깊게 빨았다. 음률이 고른 음악처럼 손가락이 피아노를 연주하듯 레인의 오목한 배를 지나 배꼽 언저리를 빙글거리며 돌아다녔다. 그리고 이내 레인의 팬티 속으로 손이 들어왔다.

툭―

가슴 위로 떨어지는 물방울 하나가 만년설의 얼음조각 같았다.

믿을 수 없었다. 자신의 위로 툭툭 떨어지기 시작하는 그의 눈물이. 그 눈물을 마주하자 레인의 눈물이 거짓말처럼 멎었다.

"훗!"

팬티를 벗겨낸 그가 자신의 페니스를 레인의 아직 젖지 않은 여성 속으로 밀어 넣었다.

벅찰 정도로 빡빡하게 밀고 들어오는 부피감을 느끼며 레인이 입술을 깨물었다. 시트 자락을 말아 쥐며 참아냈다.

자신의 아픔을 고스란히 그도 느끼고 있는지 그가 미간을 찌푸린 채 더 깊게 몸을 묻었다.

레인은 그를 밀어내지 않고 오히려 다리를 더 벌려 그가 수월하게 들어올 수 있게 도왔다. 이제는 그 얼음조각이 자신의 얼굴 위로 떨어져 내렸다.

네 눈물은 네 고독 안에서 얼마나 얼어 있었던 건지.

"울지 마."

그가 자신에게 했던 말을 그대로 돌려주었다.

자신의 심장을 찢어놨던 그 칼날이 가브리엘의 심장을 도륙하고 있는 건 아닌지 걱정이 됐다. 그가 천천히 허리를 움직이기 시작했다. 그의 것을 기억하고 있는 몸이 젖어들었다. 자신의 안으로 깊게 들어온 페니스가 순식간에 빠져나가며 다시 텅 빈 속을 꽉 채워주는 그 순간이 좋았다.

"하아…… 하앗…… 엘, 엘……."

"음란해요. 이렇게 희열에 가득 찬 얼굴로 나를 올려다보다니."

나른하게 풀어진 푸른 눈에서는 여전히 눈물이 뚝뚝 떨어졌다. 하지만 그의 눈가는 붉어지지도 않았다. 눈 한 번 깜박이지 않았는데도 그저 땀방울처럼 떨어져 내렸다. 그 기묘한 광경에 레인이 자신의 얼굴 위를 손등으로 닦아냈다.

"아래도, 위도, 잔뜩 부어선."

아래라는 말을 하면서 그가 한 번 더 거세게 몸을 묻어왔다. 위는 저가 물어뜯어 놓은 입술을 말하는 듯 뜨거운 시선이 입술 위에서 느껴졌다.

"미치겠단 말야. 당신이 너무 뜨거워서. 나를 위해 뜨겁게 달아올라 있는 것 같아서."

잇새로 거칠게 내뱉은 가브리엘이 레인의 핏방울 맺힌 입술을 다시 욕심냈다.

"하."

레인의 입술을 맛본 그가 짧게 웃었다. 그의 시선이 자신의 머리맡에 있다는 것을 알아차린 그녀가 뭐라 입을 열기도 전에 등 뒤로 커다란 손이 들어와 순식간에 몸이 반쯤 일으켜졌다. 그리고 침대에 앉은 가브리엘이 레인을 등 돌려 자신의 허벅지 위에 앉혔다.

레인의 등과 가브리엘의 가슴이 맞닿은 채로 그가 봤던 것을 보았다.

퍽!

두 손에 가득 들어오는 그녀의 작은 엉덩이 사이를 그의 페니스가 거칠게 파고들었다.

"보여?"

목덜미에 입술을 부비며 그가 물었다. 고작 목덜미였건만 등줄기 전체가 오싹해 레인이 안에 들어와 있는 가브리엘의 페니스를 단단히 죄었다.

"힘 빼. 당장이라도 싸고 싶은 걸 참고 있으니까."

음탕하게 '하루에 한 번, 싸는 거 기준. 잊었어?'라고 가브리엘이 놀리듯 뒷말을 이었다.

"흐응, 훗…… 너야말로 너무 세게……."

"그럼 천천히 넣어줘?"

골반을 잡고 레인을 가볍게 들어 올린 가브리엘이 선단의 끝부터 젖어 있는 여성 속으로 천천히 삽입했다. 그건 또 다른 느낌이었다. 그가 빠르게 쳐올릴 때보다 발끝이 바짝 오므라들 정도로 안달이 났다.

"제발."

결국 레인의 입에서 항복의 말이 터져 나오자 가브리엘이 배부른 늑대처럼 웃었다. 그리고 그 순간 골반을 쥔 손을 강하게 아래로 내리자 겨우 선단 끝만 들어왔던 페니스가 완전히 레인을 꿰뚫었다.

레인의 눈이 크게 뜨였다. 그리고 가브리엘이 보라고 한 것이 똑똑히 보였다. 침대의 머리맡 아래 있는 것은 어느 동양화였다. 새카만 흑발을 가진 동양 여자가 알몸으로 가련하게 울고 있는 그림이었다. 허벅지 아래 얇은 옷자락이 덮였지만 드러난 알몸을 가려주지는 못했다. 오히려 그 천 조각 하나가 여자를 더 아슬아슬해 보이게 했다.

"이걸 보면서 지브릴이 여기서 자위를 했을 거란 말이죠."

자신에게 몸을 묻어오는 열정적인 몸짓과는 달리 그렇게 말하는 가브리엘의 목소리는 서늘했다.

"레인을 보면서 저 그림 속 여자를 떠올렸을 거란 말이지."

동양인은 너희들 눈에 다 똑같아 보이는 것뿐이란 변명이 나오지 않았다. 머리 길이만 다른 것 빼곤 정말 저 그림이 자신을 닮은 것도 같아 보여서.

"그만, 엘……."

가브리엘의 손이 레인의 가슴 위로 올라왔다. 엄지손가락이 유두를 문지르자 레인의 허리가 작게 뒤로 휘어졌다. 그가 더 이상 움직이지 않자 허벅지에 힘을 줘서 스스로 엉덩이를 움직였다.

자신의 어깨에 얼굴을 묻고 이를 세우는 그는 여전히 물기에
젖어 있었다.

"내가 그렇게 맛있어요? 스스로 이렇게 엉덩이를 흔들 만큼?"

가슴을 움켜쥔 손이 겨드랑이의 가장 연한 살을 어루만졌다.
간지러움에 레인이 반쯤 고개를 돌리자 그것을 놓치지 않고 턱을
잡아챈 그가 입술을 부딪쳐 왔다.

"대답."

반드시 대답을 들을 기세로 그가 무섭게 물어왔다. 레인이 입
술을 맞댄 채로 속삭였다.

"맛있어. 달콤해서 죽을 것 같아."

아직도 얼음조각을 속눈썹 끝에 매단 채로 가브리엘이 해사하
게 웃었다. 그가 레인의 어깨를 밀어 자신의 아래 엎드리게 하곤
그 위를 덮치듯 감쌌다. 뒤로 가장 깊숙하게 그의 페니스를 받아
들였다. 가브리엘이 내뱉는 신음소리가 자신의 신음과 뒤섞였다.

저녁 기도 시간을 알리는 뮈아젠 소리가 저택 전체에 울려 퍼
졌다. 그것이 마치 그를 집어삼키지 못한 밤이 울부짖는 소리 같
았다.

녹진하게 늘어진 레인의 몸을 감싸 안은 가브리엘이 그녀의 이
마에 입을 맞췄다. 그만하라는 듯 레인의 손이 그의 얼굴을 밀어
내자 썰물처럼 다시 밀려와 쪽 소리와 함께 그가 키들댔다.

"오늘은 얼마나 재미있게 놀았어요?"

귀 끝을 이를 세워 물면서 묻는 말에 레인이 고개를 흔들었다.

"소금시장을 구경했어."

"카림은 어때요?"

카림. 그 아이를 떠올리자 갑자기 또다시 담배가 떠올랐다. 가브리엘은 담배를 피우지 않으니 그레이를 만나면 한 대 얻어야겠다고 생각하며 레인이 쿠션에 얼굴을 묻었다.

"카림에게 햄스터를 사줬어."

"그 애 강아지 좋아해요."

"그걸 네가 어떻게 알아?"

"갖고 싶어 해서 내가 사줬거든요. 사주자마자 지브릴이 죽였지만."

그 말에 레인이 상체를 벌떡 일으켰다. 그녀의 귀를 지분거리고 있던 가브리엘이 그 덕에 떨어져 나갔다. 뭔가 잡힐 듯하면서 잡히지 않는 것이 일순간 실체를 드러낸 것 같았다.

"왜?"

"내가 보는 앞에서 동물을 죽이는 법을 알려줬죠."

지브릴이 동물을 죽이는 법을 가르쳐줬다는 카림의 말이 생각났다. 그게 가브리엘이 사 준 강아지였다니 기가 막힐 일이었다. 레인이 짧게 고소를 머금었다.

"그래서?"

"카림은 가만히 있었어요. 지브릴이 강아지의 숨통을 단번에 끊는 걸 눈 한번 깜박이지 않고 보고 있었죠. 사자의 새끼는 사자일 수밖에."

레인의 어깨에서 시트가 흘러내리자 그걸 다시 덮어 주며 가브리엘이 고저 없는 목소리로 말을 이었다.

"지브릴은 안전핀이 뽑힌 수류탄 같은 놈이랄까. 똑같이 안전핀이 뽑혔어도 난 이 손 안에 얌전히 쥐어져 있는 거고, 놈은 바닥에 던져져 있다고 해야 하나. 이해해요?"

레인의 손바닥을 말아 쥐며 이해하냐고 묻는 그에게 고개를 끄덕였다.

"……놈은 카림을 통제하고 싶어 하는구나."

가브리엘의 말대로 사자의 새끼는 사자다. 아이는 눈 깜짝할 사이에 클 거고 아버지를 위협하는 존재가 되리라. 제 아비를 닮았다면 흉포한 맹수였다. 그 맹수를 완벽하게 통제해 자신의 아래에서 제 입맛대로 부리는 것을 즐기는 최악의 사디스트이자 소시오패스였다.

"놈은 굴러다니는 수류탄이에요."

언제 터질지 모르는 아슬아슬한.

"아들뿐만 아니라 이 나라를 통제하고 싶어 하죠. 정부군은 남쪽에서 다시 수도를 탈환하기 위해 고전 중이라지만 결국엔 지브릴이 정권을 잡을 거예요."

"그가 정권을 잡으면 독재자가 될 거야. 중동의 수많은 실패한 나라들 중 하나가 되는 거라고."

그 독재가 수십 년 이어지리라. 그리고 예멘은 그 햇수만큼 퇴보할 게 분명하다. 왜 자신이 상관도 없는 이런 나라가 퇴보하는 것에 관심을 갖는지 모르겠지만 하나는 알 것 같았다.

"카림은."

단순히 아이 하나를 빼돌리는 작전이 아니었다. 레인은 그제야 자신이 얼마나 커다랗게 짜인 판에 발을 디뎠는지 알 수 있었다. 등줄기에서부터 소름이 올라왔다. 부들부들 떨리는 몸을 가브리엘이 꽉 껴안았다. 카림의 이름을 반사적으로 내뱉었을 때 사정없이 떨리는 목소리가 레인의 상태를 대변했다.

　"희망이죠. 예멘의."

　가브리엘이 레인이 못다 한 말을 마무리했다.

　"독재자의 아들이 다시 독재를 펼치지 않을 거라 확신해?"

　가브리엘이 낮게 웃었다.

　"태어날 때부터 왕이 될 자질이 보이는 이들이 있죠. 지브릴이 그렇고, 카림이 그래요. 보통의 사람과는 다르죠. 지브릴은 여러 가지 일을 겪으며 저만을 아는 지독한 소시오패스가 됐고, 카림은 아직 어려요. 겪어야 될 일이 아직 많죠. 아이의 가치관은 바뀔 수 있는 거예요. 그걸 죽은 아이의 어머니가 훌륭히 해냈어요."

　눈앞의 남자는 언제부터 이런 생각을 해왔던 걸까?

　"이 판에 엘, 너도 있는 거야?"

　"아뇨."

　그가 단호하게 고개를 저었다.

　"그런데 나도 같은 생각을 했으니까 알 수 있는 거예요. 아마 아리아라는 여자가 아니었다면 내가 언젠가 카림을 빼돌렸을걸요."

　그래. 그는 지금 카림에게까지 신경 쓸 여유가 없었다. 가브리엘 또한 자신의 복수를 행하고 있는 남자였다.

"잠깐만."

레인이 가브리엘의 입을 막았다. 머릿속으로 생각이 정리되었다. 지브릴은 카림의 생모를 나약한 여자라고 칭했다. 가브리엘은 그 생모가 아이의 가치관을 바꿨다고 말했다. 여기서 자신이 놓치고 있는 게 있었다.

"빌어먹을!"

레인이 욕설을 내뱉었다. 벌떡 일어난 그녀가 침대 여기저기에 흩어진 옷가지를 급하게 주워 입었다. 그 모습을 보면서 가브리엘이 곤란한 표정으로 웃었다.

"엘, 당신은 알고 있었지?"

"당신은 똑똑한 여자니까 금방 알아챌 거라 생각했어요. 내가 말하기엔 미묘한 문제라서."

"……나는 모르는 척하고 싶었던 거 아닐까."

문득 레인이 혼잣말처럼 중얼거렸다. 퍼즐은 맞추기 쉬웠다. 다만 자신이 그 추악한 이면을 알고 싶어 하지 않았기 때문이다. 애써 느꼈던 위화감을 잊으려 고개를 털었다. 다른 방향으로 생각했다.

자신에게 사람을 죽이는 기분에 대해 물어본 카림에게 저도 모르게 '이 애는 동물을 죽이는 아이니까'라고 생각하고 편견을 뒤집어 씌웠다.

"누구나 받아들이기 힘든 건 토해내요. 레인은 토해내진 않았잖아."

마치 수많은 세월을 살아온 자나 할 법한 말을 입에 담은 가브리엘이 몸을 일으켰다. 마른세수를 한 레인이 먼저 그림으로 둘러싸인 그 방을 빠져나왔다.

19.

인간이 절망하는 곳에는 어떠한 신도 살 수 없다.
－ 괴테

방문을 열고 나오자마자 레인의 얼굴에서 표정이 사라졌다. 흔들리지 않는 걸음으로 허리를 꼿꼿이 세웠다. 혹시라도 마주칠 지브릴이나 그의 수하들에게 흐트러진 모습을 들키고 싶지 않았다.

"레인 씨."

방에서 얼마 떨어지지 않은 곳에 서서 한가롭게 담배를 태우던 그레이가 레인을 보자 장초를 휴대용 재떨이에 비벼 끄는 것이 보였다.

"아까 로제 양 때문에 불쾌하셨다면 사과드립니다."

그렇게 말하는 그레이의 입술이 심술궂게 비죽 올라가 있었다. 정말 가브리엘이 애인이 생긴 거냐고, 볼품없는 동양 여자가 분명하냐고 달려와 묻는 로제에게 그게 왜 궁금하냐고 물었다가 비서 따위라는 말을 들었던 그레이였다.

가브리엘이 의외로 적극적인 여성에게 약하니 열심히 들이대서 유혹해 보라고 속으로 심술궂은 미소를 흘리며 조언을 해준 그레이는 사태가 이렇게 될 줄 알고 있었다.

"그게 누구죠?"

"……그 빨간 머리……."

그레이는 레인이 무심한 성격이란 걸 다시 한 번 깨달으며 아까의 기억을 일깨웠다.

"아아……."

레인이 생각났다는 듯 고개를 끄덕이며 손을 내밀었다.

"담배 한 대만 주세요."

"하하하…… 전 레인 씨가 담배를 달라고 하면 좀 무섭습니다."

그녀가 지난번에 담배를 달라고 했을 땐 피투성이가 됐었다. 쓸데없는 우연이겠지만 순간 담배를 줄까 말까 고민할 정도였다. 이내 스스로 생각해도 어이가 없는지 고개를 한번 저은 그레이가 순순히 담배 한 대를 꺼냈다.

담배를 입에 물고 그레이가 불을 붙여주자 깊게 한 모금 빨아들인 레인이 길게 연기를 내뱉었다. 그리고 그대로 담배를 손가락 사이에 끼운 채 한 대가 다 타들어 가도록 가만히 그 자리에 서 있었다.

"무슨 고민이라도?"

"지금 몇 시죠?"

"9시가 조금 넘었습니다만."

카림을 찾아가려 했건만 생각보다 늦은 시간에 레인이 잠시 고민했다. 가브리엘과 저 방에 들어갈 땐 석양이 지고 있었다. 세 시간이 넘도록 그 안에 있었다니.

"몇 시에 저 방에 들어가셨냐면……."

"그만."

"농담입니다."

그레이가 짓궂게 씩 웃었다.

담뱃재가 길게 타들어가다 기어이 뚝 부러졌다. 손가락 사이에 열기가 느껴지자 레인이 담배를 놓아버렸다. 단 한 모금밖에 빨지 않은 담배가 결국 재가 되어 대리석 바닥 위에 뒹굴었다. 그리고 때마침 가브리엘이 방에서 나왔다.

"아니 왜 따로 나오십니까?"

이번엔 가브리엘을 놀릴 셈인지 그레이가 빙글대며 물었다.

"기분 나쁜 그림이 안에 있어서."

굳이 물어보지 않아도 그 동양 여자가 그려져 있는 그림이 갈기갈기 찢겼음을 짐작한 레인이 피식 웃었다.

"그래도 주인이 있는 그림을 망가뜨려?"

"물어주죠."

죽어도 안 망가뜨렸다곤 말하지 않는 가브리엘이 쿨하게 답했다.

"무슨 그림이기에……."

궁금해진 그레이가 그들이 정사를 막 마치고 나온 방으로 들어가려 하자 가브리엘이 그를 벽으로 밀쳤다. 가브리엘보다도 큰 그레이가 손쉽게 벽에 밀쳐지며 가브리엘의 두 팔 사이에 갇혔다.

"보고 싶어?"

"……아뇨."

가브리엘이 두 팔 사이에 가둔 그레이를 빤히 올려다보며 묻자 그는 그 눈길을 슬며시 피하며 대답했다. 보고 싶다고 말했다간 가만두지 않겠다는 경고를 오랜 경험으로 알고 있는 노련한 비서다웠다.

"다행이다. 방금 두 눈이 새 생명을 얻었어."

가브리엘이 다정하게 그레이의 어깨를 토닥여 주었다. 하지만 그가 내뱉은 말은 살벌하기 그지없었다.

"하, 이번에도 무사히 넘어간 제 생존 본능에 건배를."

그레이가 아무렇지도 않게 웃으며 허공의 잔에 대고 건배하는 모션을 취해 보였다. 하지만 한편으로는 어떤 그림이었냐고 꼭 레인에게 물어볼 거란 전의를 불태웠다. 한 걸음 떨어진 곳에서 그런 두 사람을 보며 레인이 아까 로제가 했던 말을 떠올렸다.

"둘이 잘 어울려."

그렇게 내뱉는 레인은 진심이었다. 그런 소문이 돌 만도 했다. 고의성 다분한 미소지만 그레이를 향해 지어보인, 그레이 한정으로 위험스러운 그 미소가 한 걸음 떨어져서 보는 레인의 눈에는 퍽 다정하고 달콤해 보였다.

"내가 게이가 아니란 걸 또 몸으로 확인하고 싶은 거예요?"

붉은 혀를 내밀며 입맛을 다신 가브리엘이 레인에게 몸을 돌려 물었다.

"아니. 사양할게. 세 시간이면 충분한 것 같아."

레인이 정색하며 고개를 저었다. 그리고 이내 이런 유치한 말장난에 진지하게 답하고 있는 자신을 발견하곤 진심으로 웃어버렸다. 분명 저 방을 걸어 나오기 전까지만 해도 심각하기 그지없는 상황이었는데 결국엔 마음이 풀어져 버리고 만다.

밤은 늦었다.

"어딜 가시려던 것 아니었습니까?"

"아아…… 카림의 방에. 내일 갈 거예요."

충동적으로 나오긴 했지만 일단은 오늘 밤에 카림에게 물어볼 말을 천천히 정리할 생각이었다.

"하긴. 누군가를 방문하기엔 좀 늦은 시간이죠. 아참, 레인 씨. 아리아 씨가 누르 씨의 몸 상태가 악화되어 당분간 저택에 머물게 됐다고 전해 달라 하셨습니다."

"별채에 머문다던가요?"

"네."

별채에는 방이 세 개밖에 없었다. 그 방 중 하나에서 머물 아리아를 생각하며 레인이 고개를 끄덕였다. 날이 밝으면 아리아부터 만나고 카림을 찾아가야겠다고 마음을 굳혔다. 다시 그냥 버린 담배 생각이 나서 레인이 아쉽게 대리석 바닥을 쳐다봤다.

"그레이."

그런 레인을 물끄러미 보던 가브리엘이 그레이를 불렀다.

"네. 금연하겠습니다."

더 이상 가브리엘이 가타부타 하기 전에 그레이가 그의 의중을 알아채고 눈물을 머금고 재빨리 대답했다.

이번에는 손가락이 새 생명을 얻었다. 그레이가 다시 한 번 보이지 않는 허공의 잔에 대고 건배를 했다.

새벽녘에 갑자기 눈이 떠졌다. 레인이 커튼을 걷자 어슴푸레한 하늘이 곧 밝아져 올 것을 암시했다. 5시가 조금 안 된 시각. 여전히 누군가를 찾아가기엔 이르다. 레인이 창문을 열자 싸늘한 바람이 새벽의 냄새를 몰고 온몸을 휘감았다.

"아리아를 봐야겠어."

레인의 말에 침대에 나른하게 누워 있던 가브리엘이 고개를 끄덕였다.

"오늘부터 며칠간 자리를 비울 거예요."

레인이 아직 깜깜한 정원을 보다가 그에게 시선을 돌렸다.

"무슨 일이 있는 거야?"

그가 자신의 곁을 떠날 리 없다. 그걸 어느새 기정사실로 받아들이고 있는 스스로에게 어설픈 웃음이 나왔다. 가브리엘의 푸른 눈동자가 딱 지금의 새벽과 같은 빛을 띠었다.

"아뇨. 아무 일도 없어요. 그냥 하려던 일이 좀 꼬여서."

"그럼 돌아오지 마."

가브리엘이 레인의 말에 턱을 괴고 미소 지었다. 골반 아래쪽에 아슬아슬하게 걸쳐져 있는 시트가, 한쪽 무릎을 세우고 거기에 팔을 올리고 턱을 괴고 있는 모습이 지독하게 아름다워 보였다.

"레인, 이리 와요."

그가 웃고 있지만 웃음기 없는 목소리로 말했다.

새벽의 바람이 너무도 차가워 가운을 여민 레인이 다시 침대로 걸어갔다.

가브리엘이 두 팔을 벌려 레인의 허리를 꽉 껴안았다. 그리고 말랑말랑한 그녀의 가슴에 얼굴을 비비며 체향을 담뿍 들이마셨다.

"내가 당신을 존중해 주는 건 이렇게 내 품 안에 있을 때만이야."

부드러운 미소를 띠고 있지만 목소리에는 섬뜩한 칼날이 날카롭게 서 있었다. 그의 어떤 부분을 건드렸구나 깨달을 정도로 레인은 이런 목소리를 내는 그가 낯설었다.

"나를 떼어놓으려면 차라리 죽어, 레인."

가슴에서 얼굴을 살짝 뗀 채 시선을 올리는 가브리엘의 눈동자가 목소리만큼 선득했다. 그 눈은 그녀가 죽기 직전까지 절대 그를 떼어내지 못할 거라 경고하고 있었다. 그의 머릿속에 있는 음습한 생각 중 하나를 엿본 기분이었다.

"엘. 내게는 팀이 있고 내가 이끌어야 할 작전이 있어. 너까지 신경 쓰지 못해. 그러니까……."

"이성적인 소리는 집어치워요."

정곡을 찌르는 그 때문에 레인이 입을 다물었다. 어차피 이런 소리를 한다 한들 그의 귀에 들리지 않을 거란 걸 짐작했다.

"내가 돌아올 때까지 여기에서 얌전히 기다려요."

최후통첩을 내리는 것처럼 그의 목소리에 단호함이 깃들었다.

"엘! 돌아오지 마. 위험한 작전도 아냐. 그저 아이 하나를 빼돌리는 거야. CIA에게 아이를 인도하면 끝인 작전이야."

이건 그녀도 물러설 수 없었다.

"그럼 왜 이렇게 필사적으로 나를 떼어놓으려 하는 건데?"

레인이 말문이 막혔다. 저도 모르게 그를 설득하려 말이 길어졌다. 그걸 눈치챈 가브리엘이 차갑게 조소했다.

"도대체 넌 어떻게 하고 싶은 거야."

"그냥 날 달고 다녀. 절대 떼어놓지 마. 나 없이 아무것도 하지 마. 사실 내가 없으면 레인이 숨도 쉬지 않았으면 좋겠어."

진심으로 그랬으면 좋겠다는 얼굴로 날카롭게 웃는 가브리엘을 보고 한숨이 튀어나왔다. 항상 장난 같은 말을 내뱉지만 이 남자가 정말로 장난으로 하는 말은 없었다. 한 마디 한 마디가 온통 진심인 남자.

레인이 자신을 끌어안고 있는 가브리엘의 머리칼을 가만히 쓸었다.

"그래, 그렇게."

레인이 마음과는 전혀 다른 말을 했다. 가브리엘이 오기 전에 일을 끝내는 수밖에 없다. 그가 이 땅을 다시 밟아 악의에 찬 지브릴의 표적이 되기 전에 이곳을 떠나야 한다.

자신을 쳐다보는 그 푸른 눈이 낯설었다. 대답을 듣고 다정하게 휘어졌지만, 평소와는 확연히 다른 그 낯선 눈동자를 잠시 마주하다 레인이 옷을 갈아입고 도망치듯 빠른 걸음으로 방을 나섰다.

방을 나와 온몸으로 새벽의 기운을 받으면서야 그에게 짧은 작별의 말을 하지 않았다는 것을 깨달았지만 왠지 그 방으로 다시 돌아갈 수 없었다.

한발 떨어져서 보는 별채는 빛이라곤 한 점도 없었다. 별채는 불이 전부 꺼진 채, 아무도 없는 곳처럼 을씨년스러워 보이기도 했다. 레인이 별채의 가장 안쪽에 있는 카림의 방을 한 번 보다가 이내 중간에 있는 방의 문을 두드렸다. 누르의 방은 오른쪽 끝이라고 했으니 이 중간의 방을 아리아가 쓰고 있으리라.

몇 번 두드렸지만 인기척이 들리지 않았다.

계속 별채 바깥을 서성이다 경비병의 눈에 이른 새벽부터 띄어 지브릴의 귀에 들어갈까 봐 레인이 대답 없는 방 안으로 일단 들어섰다.

방 안에 있는 침대는 누가 쓴 흔적도 없이 깨끗했다.

어쩌면 아리아가 처음부터 이 방에 없었는지도 모르겠다는 생각을 했을 때 레인이 움직였다. 누르가 아프다고 했으니 그녀의 방에 있을지도 모른다고 이성은 생각했지만 본능은 그 방이 아니라고 말했다.

망설임도 없었다. 노크도 하지 않았다.

성큼 밖으로 나간 레인이 카림의 방문을 열어젖혔다.

공기 중에 진득한 피 냄새가 났다. 생명의 온기가 빠져나가 공중에 머무른 듯 콧속을 파고드는 공기가 미적지근했다. 정면으로 보이는 창문은 첫날과 다르게 꽉 닫혀 있었다. 하지만 그 창문 사이로 이제는 완연하게 떠오르기 시작하는 해가 보였다.

카림은 하얀색 잠옷을 입고 카우치에 앉아 있었다.

가장 먼저 자신과 눈이 마주친 건 카림이었다.

그리고 카림의 발치에 무릎을 꿇고 어깨를 떨고 있는 것은 익숙한 인영이었다. 니캅조차 벗어던진 채 검은 머리칼이 산발이 되어 흐트러져 있었다. 살짝 드러난 손등의 핏줄이 툭툭 불거져 있는 걸로 보아 그녀가 있는 힘껏 뭔가를 쥐고 있다는 걸 알 수 있었다.

"아리아."

레인이 문 앞에 선 채로 자신에게 등 돌리고 있는 그녀의 이름을 불렀다.

아리아의 앞에 앉아 있던 카림이 레인을 발견하고 잔악하게 웃었다. 그리고 작은 손이 부들부들 떨리는 아리아의 어깨를 톡톡 쳤다.

"우리의 비밀이 들통 났어, 아리아."

아리아는 뒤돌아보지 않았다. 그저 손에 쥐고 있던 것을 힘없이 놓쳤을 뿐이었다. 그녀의 무릎 아래로 생명이 끊어진 강아지의 사체가 툭 떨어졌다. 길게 혀를 빼고 죽어 있는 강아지를 레인이 내려다보았다. 그리고 방문을 닫았다.

"내게 할 말이 있을 텐데요."

나를 봐요, 아리아.

레인이 마음속으로 그녀에게 말을 걸었다. 하지만 아리아는 그 말에 응답하지 않았다. 카림이 카우치에서 내려와 바닥을 밟자 발치까지 늘어져 있는 하얀 잠옷의 끝부분이 붉게 젖었다. 그리고 그 주변에 목이 잘린 고양이의 시체가 있는 것이 그제야 보였다.

"아리아는 좀 충격을 받은 것 같아."

맨발을 적시는 핏물엔 아랑곳하지 않고 걸어온 카림이 레인의 앞에서 그녀를 대변했다.

처음 느꼈던 미묘한 위화감. 그것은 냄새였다. 검은 니캅을 온몸을 두른 아리아에게서 왜 피 냄새가 났을까? 그리고 처음 카림을 만났을 때, 그의 방에서 잔혹하게 죽어 있는 동물들을 발견했을 때에도 비슷한 느낌을 받았다.

이미 본능은 알고 있었다. 아리아에게서 나는 피 냄새가 이 방 안에서 나는 것과 똑같다는 것을.

"비밀로 해달라고 했거든. 누구에게나 비밀이었지만 레인에게는 특히."

카림의 눈이 자신의 표정을 하나도 놓치지 않고 관찰하는 것이 느껴졌다. 마치 '넌 이 진실에 어떤 표정을 지을 거야?'라고 말하는 것 같았다.

"당신에겐 정말로 이런 모습을 들키고 싶지 않았던 모양이야, 아리아는."

가엾다는 듯 카림이 혀를 찼다.

"시끄러워."

아이의 어른인 척하는 그 말투가 듣기 싫어 레인이 무표정한 얼굴로 대꾸하자 흥미가 떨어졌는지 흥, 콧방귀를 뀌었다.

"⋯⋯레인."

다 쉬어터진 목소리였지만 레인은 저를 부르는 목소리를 알아들었다. 지금 레인의 신경은 온통 그녀에게 쏠려 있었으니까. 식은땀에 흠뻑 젖은 얼굴로 아리아가 비스듬히 고개를 돌려 레인을 쳐다봤다. 일어날 힘도 없는 건지 그 자리에 여전히 무릎을 꿇은 채로.

커다랗게 쌍꺼풀진 검은 눈동자에서 굵은 눈물방울이 뚝뚝 강아지의 사체 위로 떨어졌다.

"케이시가 죽었을 때도 당신은 똑같이 울었어요."

어머니의 죽음 앞에서도 정작 자신은 눈물 한 방울 나질 않았다. 사실 가슴이 턱 막혀서 그때의 기억은 잘 나지 않았다.

"그러니 내게 변명해 봐요, 아리아. 왜 당신이 여기서 이러고 있는 건지."

"⋯⋯카림의 어머니인 세드라는 다정하고 착한 여자였어. 마치 네 엄마 같았지. 그녀를 만나서 나는 이곳에서 진심으로 뿌리를 내릴 수 있었어. 케이시를 잃고 나는 엉망진창이었으니까."

6년 전에 봤던 그녀의 얼굴은 지금과 확연히 달랐다. 지금까지 보낸 세월이 마치 고통뿐이었던 듯 엉망으로 망가지고 나이든 아리아의 얼굴은 여전히 일그러져 있었다.

"세드라에게 걱정이 있다면 단 하나. 이 아이, 작고 가엾은 이 아이."

아리아가 자신의 곁에 선 카림에게 손을 내밀었다. 피투성이 손을 보고도 아무렇지도 않게 아리아에게 다가가서 가만히 안긴 카림이 그녀의 품에서 눈을 감았다.

"지브릴의 잔인한 성정을 닮을까 봐 나와 그녀가 얼마나 노력했는지 너는 모를 기야, 레인. 짐작도 못할 거야. 이 아이에게 사랑을 알려주는 게 얼마나 힘든 일인지. 세드라는 자궁암이었지만 초기였어. 수술로 끝낼 수 있는 단계였어. 그런 그녀를 지브릴은 최고의 의료진에게 맡기겠다고 혼자 호주로 보냈지."

어린 갓난아기를 재우듯 아리아가 카림의 등허리를 도닥였다.

"세드라는 결국 싸늘한 시신으로 예멘으로 되돌아왔어. 수술 중 쇼크라고? 웃기지 말라고 해. 제 아들을 나약하게 만드는 그녀를 제거한 거야, 지브릴이! 세드라가 제 아들을 빼돌리려고 계획한 걸 알고 그녀를 죽인 거라고!"

비통한 목소리로 아리아가 절규했다.

"그래서요? 당신은 지금 뭘 하고 있는 거죠?"

"안 돼. 이 아이는 안 돼. 살인하는 기분을 알아선 안 돼."

비뚤어진 건 자신뿐만이 아니었다. 6년 전 케이시의 죽음은 자신도, 아리아도 모두 비틀어 놓았다.

불현듯 자신에게 동물은 이유가 될 수 없다고 이야기했던 지브릴이 떠올랐다.

이 판은 그녀가 짠 것도, 아리아가 짠 것도 아니었다. 지브릴, 그가 자신이 눈치챈 것을 지금껏 모르고 있을 리가 없다.

195

레인의 혼란스러운 눈이 아리아에게 얌전히 안겨 있는 카림을 향했다. 누르는 이 아이가 동생의 생명을 빼앗아간 제 아비를 쏙 닮았다고 원망하고 있었다. 카림을 사랑하는 사람은 아리아 외에 남지 않았다.

"지브릴은 널 고립시키려 하는 거지?"

눈앞의 영특한 아이는 제 아비의 생각을 알고 있었으리라.

카림이 천진하게 웃었다.

"내게는 아리아밖에 남지 않았어. 그녀가 죽으면 여기엔 나와 아버지밖에 남지 않는 거야."

그렇게 되면 카림은 지브릴에게 길들여진다. 오로지 그가 하는 것만을 보고 그에게서 모든 것을 배우고 가치관이 다시 형성될 것이다.

"그럼 나는 아버지처럼 돼."

"네 롤모델이라면서."

"응. 절대 그렇게는 되지 말아야지. 그렇게 생각하고 있어."

"왜?"

"엄마가 그랬거든. 나는 아버지와 다르다고. 누군가를 사랑할 줄 아는 사람이라고."

사랑이라는 말을 내뱉는 카림의 표정이 묘했다. 마치 그 단어의 의미를 모르겠다는 얼굴이었다.

"너를 지키려는 아리아를 사랑해?"

"아니."

대답은 바로 나왔다. 여전히 사랑이라는 단어에 한쪽 눈썹을 살며시 찌푸리는 것을 보니 그 말은 진심이었다.

"하지만 그녀가 나를 사랑하는 건 알아."

아무렇지도 않게 피투성이인 아리아의 손등을 문지르며 카림이 그녀의 눈물을 무감하게 바라보았다. 카림은 타인의 감정에 동화하는 능력은 현저히 떨어지지만, 타인이 자신을 어떻게 생각하는지는 확실하게 알고 있었다.

"너는 어떻게 하고 싶어?"

그 말에 카림의 눈동자가 조금 커졌다. 마치 자신에게 이런 질문을 던진 사람은 레인이 처음이라는 듯 그녀를 바라보며 고개를 갸웃거렸다.

"네가 지브릴 곁에 남고 싶다면 남아."

"나에게도 선택권이 있어?"

"아리아도, 나도. 너를 위해 준비된 사람들이야."

"카림."

카림이 생각에 빠진 채 입을 다물자 불안해진 아리아가 그의 이름을 불렀다.

"그럼 내가 누군가를 죽이기 전에 나를 데리고 도망쳐 줘."

겨우 여덟 살 먹은 아이의 입에서 나오기엔 무시무시한 말이었다.

"그래. 여길 나가자."

아마도 아이가 무서워하는 것은 누군가를 죽이는 것이 아니라 누군가를 죽여 놓고 스스로가 아무것도 느끼지 못하는 것이리라. 지브릴이 자신 외의 생명은 그저 수단에 불과한 도구로 여기는 것처럼.

"우리는 외줄을 타는 중이야."

돌연 카림이 아리아를 껴안고 레인을 똑바로 올려다보았다. 작은 손이 절대 놓을 수 없다는듯 아리아의 목덜미를 꽉 껴안고 있었다.

"한 명만 구할 수 있어."

"아니. 난 너랑 아리아 모두 데리고 이 나라를 떠날 거야."

처음부터 아리아는 제거될 대상이었다. 카림이 이곳을 떠난다면 지브릴에게 그녀를 살려둘 이유는 아무것도 없었다. 그녀를 지금까지 살려둔 이유는 단 하나. 자신의 아들이 겪을 첫 살인이 의미 있기를 바라서였다. 그 아들이 자신에게 완전하게 종속되기를. 그래서 그녀를 가장 처참하고 참담하게 죽이는 것으로 다시는 제 곁을 떠날 생각을 하지 못하게 경고하려 하는 것이다.

여기는 궁지다. 벼랑이었다. 아리아는 벼랑에 몰린 쥐다. 이를 드러낼 수도 없이 그대로 밀쳐 떨어져 죽게 될 제물이었다.

지브릴은 처음부터 아리아가 데려온 자신을 믿지 않았으리라.

같이 벼랑으로 밀어 떨어뜨려야 될 존재로 보였을까? 거기에 가브리엘이 끼어들었으니 지브릴이 짜놓은 판이 이상하게 돌아가기 시작했다. 지브릴은 가브리엘을 마음에 들어 한다. 그와 척을 지고 싶지는 않으리라.

그렇다면…….

"아리아, 일어나요."

이제 더 이상 동물을 죽이는 것으로 눈속임할 수는 없다. 그는 충분히 속아줬다. 오히려 아리아의 행동이 지브릴을 더 화나게 했을지도 모른다.

"당신 남편은? 아이들은 지금 어디에 있지?"

"이집트에…… 그곳에서 학회가 있어서."

불행 중 다행이었다.

"당장 남편에게 연락해서 돌아오지 말라고 전해요."

그리고 가브리엘이 자리를 비운 순간을 그가 놓칠 리 없었다. 생각보다 더 시간이 얼마 남지 않았다.

"카림, 종이랑 펜."

카림이 테이블의 서랍에서 종이와 펜을 꺼냈다.

거기에 소금시장의 대략적인 약도를 생각한 그대로 그려낸 레인이 아리아를 흔들었다.

"소금시장 입구에서 열한 번째 오른쪽 골목. 그 골목 입구에 샛노란 표지판이 있어요. 내일 정오에 그곳에서 아이를 빼돌릴 거예요."

아리아가 떨리는 입술을 사려 물고 고개를 끄덕였다. 그 검은 눈이 일순간 광기에 휩싸인 기분이 들었다.

"당신도 같이 가는 거야. 내일 그곳으로 나와요."

끌어들일 사람은 얼마든지 끌어들이라 지브릴이 말하고 있는 것 같았다. 네가 누구를 끌어들이든 똑같이 벼랑에서 밀어주겠다는 경고. 아리아가 지금까지 살아 있을 수 있던 이유는 실제로 카림을 데리고 도망친 적이 없어서였다. 카림과 자신, 그리고 아리아가 사라지는 순간부터가 싸움의 시작이었다.

이미 지브릴은 모든 준비를 끝마친 상태다. 덫을 놓아두고 도망가기만을 학수고대하고 있는 자였다. 아리아가 자신을 사랑하는 건 확실하게 안다는 이 아이의 손으로 아리아를 죽이게 할 자였다.

머리가 지끈거렸다.

어떻게 하면 이 판을 엎을 수 있을까?

20.

악을 보고 벌하지 않는 사람은 악을 행하도록 지시한 것과 같다.

– 레오나르도 다 빈치

레인은 방으로 돌아오자마자 외출 준비를 시작했다. 가브리엘
은 이미 없었다. 싸늘해진 침구만이 그가 떠났다는 사실을 알려
주었다. 레인은 테이블 위에 있는 휴대폰을 집어 들고 클레이에
게 문자를 보냈다.

〈7-1〉

팀 내 암호였다. 꼬리가 붙었을 수도 있으니 주변을 다시 정찰
하라는 뜻이었다. 아리아도 일단은 CIA의 정보원이었던 과거를
가지고 있기에 꼬리를 떼는 법이야 배웠겠지만 지브릴을 생각하
면 한 번 더 확인하는 것이 좋았다.

클레이의 답장이 오기를 기다리며 레인이 가브리엘이 누웠던 침대 위에 몸을 뉘였다. 정자세로 누워 눈을 감고 내쉬었던 숨을 멈췄다. 머릿속으로 소금시장이 펼쳐졌다. 카림의 손을 잡고 그곳으로 뛰어들었고, 노란색 표지판을 발견했을 때 오른쪽으로 몸을 꺾었다.

어느 한 건물의 옥상에서 스나이퍼인 리가 대기하고 있고, 레인이 골목으로 빠지자마자 블락이 카림을 안아들고 안쪽으로 뛰기 시작한다. 조이와 자신이 백업을 위해 남고 클레이와 페이크가 아리아와 함께 뒤로 빠진다.

시뮬레이션처럼 상황이 머릿속에 떠올랐다. 두어 가지 변수를 거기에 더 대입해 보면서 레인이 참았던 숨을 몰아쉬었다. 그러자 머릿속의 영상들은 깔끔하게 지워지고 눈앞은 현실로 돌변했다.

얼굴이 붉어진 채로 숨만 몰아쉬고 천장을 멍하니 보고 있다가 다시 눈을 감았다.

아이는 완벽하게 빼돌릴 수 있다. 아리아는 카림을 위해 다시 CIA와 손을 잡는다. 팀의 임무는 사우디아라비아로 통하는 국경을 넘자마자 거기에 있는 CIA에게 카림의 신병을 인도하는 것.

숨을 멈춘 레인의 머릿속에 이번에는 예멘의 전도가 떠올랐다. 남과 북으로 확연하게 나뉘어 있는 예멘. 그리고 북쪽에 위치한 지금 자신이 있는 곳, 수도 사나. 카림을 빼돌리자마자 봉쇄될 도시다. 하루 만에 이렇게 큰 수도를 완벽히 봉쇄하기란 힘들다. 어느 곳도 완벽한 봉쇄란 있을 수 없다. 게다가 병력의 대부분이 남쪽의 정부군을 상대한다고 치면 봉쇄 효과는 미미하다.

북쪽.

카림을 데리고 북쪽으로 빠진다. 국경까지만 가면 임무는 끝난다.

레인의 손가락이 허공에 자신이 펼쳐놓은 상상 속의 지도에서 북쪽을 지그시 눌렀다.

머리가 베개 위에서 모로 살짝 기울어졌다. 레인은 여전히 숨을 내뱉지 않은 채 자신이 열어놓은 지도를 물끄러미 바라보았다.

이렇게 쉬운 일이었던가? 이렇게 간단한 일을 그저 지브릴이란 인물 하나를 알았을 뿐인데 꼬아서 생각할 수밖에 없었던 건가? 레인의 눈빛이 가늘어졌다. 물론 사우디의 국경까지 가는 게 힘들지 않은 건 아니다. 뒤에서 지브릴이 보낸 추적대가 당연히 쫓아올 테니 목숨을 걸게 된다.

"하아…… 그래도 너무 단순한데."

레인이 다시 참았던 숨을 내뱉었다. 그러자 눈앞에 시뮬레이션처럼 펼쳐져 있던 지도가 흔적도 없이 사라졌다.

"경우의 수."

아무것도 없는 허공을 손가락으로 톡톡 두드렸다.

그리고 그 순간 핸드폰의 진동이 울렸다.

〈432〉

〈433〉

꼬리도 없고 주변은 조용하다는 의미였다. 레인은 휴대폰 화면을 노려봤다. 꼬리가 붙지 않아 팀이 노출되지 않은 건 다행이었지만 뒤이어 온 숫자가 마음에 걸렸다.

433. 접선 요망.

그렇지 않아도 오늘 팀을 만나러 가려 했기에 레인이 시계를 한 번 보고 몸을 일으켰다.

똑똑.

일정한 간격을 두고 정중히 두드리는 소리에 잠시 시선이 문가로 향했다.

"네."

반사적으로 몸이 바짝 긴장했다. 저 평연한 노크 소리가 가브리엘도, 그레이도 아니라는 예상이 들었기 때문이다. 아직 머릿속이 정리되지 않았다. 레인이 잔상들을 털어내듯 자신의 머리칼을 거칠게 쓸어 넘겼다. 이런 머리를 가지고 대화를 해봐야 약점만 드러내는 꼴이다.

"좀 일찍 일어나신 것 같아서 이른 시간에 실례를 무릅쓰고 찾아왔습니다."

수하에게 별채에 자신이 들어갔다는 보고를 받은 게 분명했다. 레인이 방문 앞에 모습을 드러낸 지브릴을 보면서 고개를 까닥였다.

"괜찮습니다."

레인이 소파를 권하자 지브릴이 자리에 앉았다. 그의 맞은편에 앉으면서 레인이 푹신한 등받이에 몸을 기댔다. 괜히 꼿꼿이 허리를 세울 필요 없었다.

"가브리엘이 자리를 비우면서 제게 레인 씨를 부탁해서요."

"괜히 번거롭게 해드리는 것 같네요."

둘 다 선선히 웃고 있었지만 눈빛만은 날카로웠다. 레인은 이것이 진정한 탐색전이라는 것을 깨달았다. 둘 사이를 중재해 줄 가브리엘이 자리를 비운 순간 지브릴은 그 틈을 놓치지 않고 자신을 관찰하려 했다. 그녀가 어떤 사람인지 파악하려는 듯.

"번거롭다뇨. 가브리엘의 연인이 아리아와 친구라. 그건 제 예상에 없던 일이라 당신이 좀 신기했거든요. 이렇게 단둘만의 자리를 만들 수 있어서 재미있게 생각합니다."

천천히 기다란 다리를 꼬며 지브릴이 무릎 위에 두 손을 깍지 껴 올려놓았다. 그가 입가에 은은히 머금고 있는 미소에서는 아무것도 알아낼 수 없었다.

"저도 아리아와 가브리엘의 공통분모로 장군님이 들어가는 게 재미있다고 생각하던 참이었습니다."

도발은 어차피 저쪽에서 먼저 걸어왔다. 아랍인 특유의 구릿빛 피부에 미소를 짓고 있지만 상대방을 주시하는 날카로운 눈매 위로 낙타 같은 풍성한 검은 속눈썹이 드리워져 있었다. 그래서 시종일관 눈빛을 읽기가 어려웠다. 그것을 의도하는 건지 지브릴이 더욱 가늘게 눈을 떴다.

"레인 씨와는 좋은 인연이 될 수 있었을 텐데요. 공통분모가 같아서. 거기다 가브리엘의 여자만 아니라면 더더욱."

"전 개종할 생각은 없어서 아쉽게 됐군요."

성적인 뉘앙스를 풍기는 말에 레인이 농담처럼 웃으면서 고개를 저었다.

"개종하지 않아도 된다면?"

"애인의 친구와 사귀는 취미는 더더욱 없어서요."

"아쉽군요."

지브릴은 진심으로 아쉽다는 얼굴을 했다. 모르는 사람이 본다면 정말 레인에게 마음이 있었던가 하고 생각할 만큼.

"제가 카림의 어머니가 될 자격이 충분한가 보죠?"

테이블 위에 있는 커피포트에서 제 몫의 커피만 잔에 따르며 레인이 심상하게 물었다. 눈은 커피 잔을 향하고 있었지만 온몸의 신경은 날카롭게 지브릴을 주시하고 있었다.

"가브리엘이 본 사람이라면 정확하겠지요."

"탐이 나는 아이더군요. 아주 착하고 사랑스러워요."

레인의 손가락이 컵의 동그란 부분을 천천히 원을 그려 문질렀다. 부러 카림을 사랑스러운 아이라고 흘리며 그 아비의 대답을 기다렸다.

"더 사랑스러운 아이가 될 겁니다."

마치 자애로운 아버지의 미소 같은 것이 그의 입가에 머물렀다. 하지만 레인은 속지 않았다. 정말 아버지라면 이런 일을 꾸밀 리 없다. 이런 거대한 제단을 만들어 제물을 바치려 들 리 없다.

"가브리엘도 그렇지 않습니까?"

찻잔을 들어 올리던 레인의 손이 멈칫했다. 이제는 만면에 웃음을 띠고 레인의 반응을 살피던 지브릴이 지독히 낮은 목소리로 말을 이었다.

"어릴 때의 트라우마가 지금의 그를 낳은 거죠. 그에 비해서 내가 하려는 일은 아주 작은 겁니다. 수천의 목숨을 제물로 삼을 수는 없으니 가브리엘 때보다는 훨씬 안온한 처사죠."

머릿속이 새하얗게 표백된다. 레인은 지금 그가 하는 말이 무엇인지 그 의미를 잠시 생각하지 못할 정도로 동요했다. 여기서 별다른 표정을 보여서는 안 된다는 걸 아는데도 저를 향한 그의 미소가 독을 품고 있어서 레인은 쩍쩍 메마른 입술에 억지로 커피를 한 모금 머금었다.

식히지 않은 뜨거운 커피가 식도를 내려가는 느낌에 정신이 번쩍 들었다.

"영리한 아이들은 어릴 때 만들어지는 거랍니다, 레인 크로포트 씨."

가브리엘은, 그리고 자신은 그에게 풀네임을 알려준 적 없다. 하지만 지브릴에게서 흘러나온 풀네임을 듣고 레인은 그가 자신의 정체를 알고 있음을 확신했다. 역시 이런 가면은 필요 없었나 싶어 레인이 간신히 입술 끝에 머물고 있는 미소를 지웠다.

"엘의 일은 사고였습니다."

"아주 멋진 사고였죠."

그 사고는 그를 고립되게 만들었다. 아름다운 남자가 사신이 되어 떠돌게 만들었다. 스스로를 용서하지 못한 채 가장 편안해야 될 밤에 잠들지 못하게 만들었다. 그것을 모두 지켜본 레인은 낮게 이를 갈았다.

"그래서? 카림을 그렇게 만들겠다는 겁니까?"

"그저 아버지가 아들을 교육하는 것뿐입니다. 소중한 것을 만들면 반드시 짓이겨진다는 것을 알려주는 거죠. 그 아이에게 필요한 건 애정이 아니라 냉철한 판단력과 추진력뿐입니다, 레인씨."

"그렇군요."

찻잔을 다시 테이블 위로 올려놓았다. 여전히 머릿속은 하얗게 제 색을 찾지 못했다. 하지만 입 밖으로 흘러나온 음성은 스스로 놀랄 정도로 차분했다.

"앞으로도 당신은 계속 카림에게 애정을 가진 자가 나타나면 그걸 부수겠군요."

"굳이 그걸 알아야 할 필요도 없는 아이에게 애정이라는 것을 깨우쳐 주려 하는 사람들을 치워줄 뿐이에요."

레인이 고개를 끄덕였다.

이건 경고였다. 끼어든다면 너도 같이 치워 버리겠다는.

"가브리엘이 돌아왔을 때 당신에게 사고가 생겼단 소식을 전하는 건 나로서도 매우 가슴 아픈 일이라."

"그렇다면 당신이 가장 치우고 싶은 상대는 나군요."

그 말에 지브릴이 허를 찔렸다는 듯 웃음을 터뜨렸다. 그는 자신의 아들을 가브리엘처럼 만들길 원하고 있었다. 가브리엘에게 어떠한 감정을 끌어내는 상대인 그녀가 눈엣가시이리라.

"이야기가 그렇게 됩니까?"

갑자기 돌연 웃음기를 지우고 그가 물었다.

"나를 죽이면 가브리엘은 당신 손을 놓을 겁니다, 장군님."

"그는 절대 내 손을 놓지 못해요. 그에게 중동 지역의 정보를 물어다준 게 누구라고 생각합니까? 시리아의 사건의 전말을 알 수 있게 내 친구들을 동원하고……"

"가브리엘은 은혜를 잊지 않는다. 그만큼 그에게 받아먹었으면 생색은 그만 내시죠."

레인이 요트에서 아랍왕자가 했던 그 말을 떠올리며 냉정하게 말했다. 반쯤은 모험이었다. 그 말이 사실이라면 가브리엘은 지브릴이 물어왔던 정보의 질에 따라 넘치도록 충분히 그 대가를 지불했을 것이다.

레인의 말에 지브릴의 한쪽 눈썹이 불쾌한 듯 올라갔다.

"장담 하나 하죠. 당신은 반드시 내 아들을 데리고 제 발로 나를 찾아올 겁니다."

그 말을 끝으로 지브릴이 자리에서 일어났다. 그의 얼굴은 이미 모든 덫을 놓고 사냥감이 걸려들기만을 기다리는 사냥꾼의 얼굴이었다.

"가브리엘에게 도움을 청할 생각이라면 관둬요. 그의 어머니가 위독해서 당분간 돌아오기 힘들 테니까."

그저 하는 일이 잘 안됐다고만 하고 떠난 가브리엘의 어머니가 위독하다는 사실을 지브릴을 통해 들었다. 그렇다면 그가 이런 상황에 자리를 비운 게 이해됐다. 레인이 쓴웃음을 삼켰다.

"내가 만약 카림을 데리고 도망치면……."

이 남자를 여기서 죽일까.

그가 마치 자신의 생각을 알아챈 것 같았다. 자신을 쳐다보는 눈빛에서 감추지 않은 분명한 살의가 읽혔다. 알아챈 게 아니라 서로 같은 생각을 했다. 이 자리에서 그냥 서로를 없애는 게 낫지 않을까, 그런 위험한 생각을.

"도망치면?"

그가 소파 등받이에 깊게 몸을 묻었다. 노곤한 듯 고개를 뒤틀며 반쯤 고개를 기울고 레인을 바라보았다.

"당신은 그 아이 인생에 다시는 개입하지 않겠다고 맹세하세요."

"재미있군요. 그보다 더 재미있는 건 우리가 방금 같은 생각을 했다는 거지만."

레인 역시 이 남자가 생각하는 걸 조금은 알 것 같았다.

"레인 씨, 나는 당장 당신의 목을 비틀어 죽일 수 있는데. 당신은?"

그 말을 듣고 레인이 피식 웃었다. 이 남자를 죽일 수 없는 이유는 거기에 있었다. 자신이 무슨 짓을 해도 죽일 수 없는 남자다. 직접 손을 섞어 보지 않아도 어마어마한 힘의 차이가 느껴졌다. 전면전으로는 전혀 승산이 없다.

"전면전에는 제가 약해서요."

레인은 자신이 선천적으로 몸집이 작고 근력이 약하다는 사실

을 알고 있었다. 그래서 처음부터 자신이 배웠던 기술은 기습시
에나 쓰일 기술들이었다. 기습을 허용할 남자도 아니었고, 눈앞
의 남자는 절대 이기지 못한다.

"아쉽군요."

먼저 덤벼들기를 내심 기대했다는 듯 지브릴이 입맛을 다셨다.

그걸 보면서 레인은 문득 생각하고 말았다. 결국 자신은 이 남
자와 동류라는 것을.

결과를 위해서 아리아를 희생시키려는 남자와 카림을 빼돌리
기 위해서 그 아버지를 죽이려는 자신. 눈앞의 상대가 방해가 되
자 제거하려는 생각을 스스럼없이 한 스스로에게 쓴웃음이 나왔
다.

만약 정말로 이 남자를 제압할 자신이 있었다면 칼을 들고 그
의 목을 내리 그었으리라.

심장 뒤편에 잠자고 있던 괴물이 흉포한 마음을 읽고 눈을 떠
그르렁거리며 우는 것이 느껴졌다. 레인이 이제는 식어버린 커피
의 마지막을 들이켰다.

"하지만 다른 면에서는 기대하고 있습니다."

짓밟힌 발아래서 얼마나 버둥거릴지 기대하는 눈빛을 한 채 지
브릴이 천천히 몸을 일으켰다.

"기대에 부응하도록 노력하죠."

레인이 그 말에 더 이상 웃지 않는 얼굴로 싸늘히 답했다.

간판도 없는 허름한 호텔 앞에 도착해서야 레인이 얼굴을 가리

고 있던 니캅을 벗어던졌다. 자신이 밖으로 나오자마자 따라붙는 꼬리가 느껴졌지만 떼기 어려울 정돈 아니었다. 시장에서 급하게 산 니캅을 입고 여자들 무리로 파고들자 꼬리는 쉽게 떨어졌다.

"여어─."

레인이 방으로 올라가 문을 열자마자 침대 위에 누워 까트 잎을 씹던 블락이 한 손을 들어 보였다. 테이블에서 노트북으로 뭔가를 하고 있던 클레이가 레인을 힐끗 보고 다시 심각한 얼굴로 타자를 치는 걸 보니 본부와 연락 중인 것 같았다.

"다른 애들은?"

"조이는 방에서 자고 페이크는 근처를 둘러보겠다고 나갔어. 리는 씻고 있고."

물소리가 들리는 욕실을 턱짓으로 가리키며 블락이 다시 까트 잎을 한 주먹 입안에 넣었다. 한쪽 볼이 불룩해지도록 끊임없이 씹는 걸 보니 그 며칠 사이 예멘 사람이 다 돼 보였다.

"그거 마약인 건 알고 하는 거지?"

"근데 중독성은 없대."

그러면서 다시 한 주먹 입에 가져다 넣는 것을 보며 레인이 픽 웃었다. 환각이나 환청이 들리는 심각한 부류는 아니었다. 국제 마약법상 마약으로 분류된다고 해도 블락의 말대로 중독성은 미미했다. 예멘 사람들은 마음을 안정시켜 준다는 이유로 저걸 매일 입에 달고 있다지만 사실 그것만으로 중독성이 증명된 거나 다름없었다. 중독성이 없다고 말하면서 입에 가져다 대는 블락만 봐도 알 수 있었다.

"그만해. 다음 달에 있는 약물검사에서 걸려서 회사 잘리기 전에."

"헐. 이것도 걸려?"

"안 걸린다는 보장이 없지."

레인의 말에 블락이 입안에 든 까트 잎을 퉤퉤 뱉어냈다. 무기력하게 까트만 씹고 있다가 갑자기 벌떡 일어나 까트 봉지 위로 그걸 다시 뱉어내는 모습이 퍽 웃겼다.

"근데 다음 달에 약물검사 있는 건 어떻게 알았어?"

보통 약물검사는 불시에 하기에 시기를 알 수 없었다.

"내가 회사 나가기 전에 너 콕 찍어서 약했다고 검사 해보라고 할 거거든. 그럼 다음 달에 검사 들어가지 않을까."

"레인!"

울 것 같은 얼굴로 블락이 소리치자 노트북을 닫은 클레이가 쿠션을 그에게 던졌다.

"덩치는 커다래서 곰도 때려잡을 것처럼 생긴 놈이 겨우 약물검사에 울상은."

"너 같으면 직장에서 잘린다는 데 진정하겠어?"

가끔 여성스러운 구석이 있는 블락이 계집애들처럼 팔짱을 끼고 클레이를 노려봤다. 그 순간 낡은 욕실 문을 열고 타월 하나만 하체에 휘감고 리가 나타났다.

"왔어?"

머리에 남은 물기를 손바닥으로 탈탈 털어 바닥에 뚝뚝 물 자국을 남기며 그가 생수 통을 집어 들었다. 목이 말랐는지 꿀꺽꿀꺽 한 통을 다 비운 리가 레인에게 이리 오라는 듯 손짓해 보인다.

"어이쿠, 안 본 사이에 키가 이만큼 컸네."

부러 자신의 머리를 꾹 누르고 난 뒤 리가 장난스럽게 말했다.

"손 치워."

"안 치우면?"

"……군대 다시 갈래?"

그 말에 리의 표정이 굳어졌다. 한국 남자가 필수로 가야 한다는 군대의 끔찍함에 대해 리가 술만 먹으면 떠들었기에 그가 군대라면 얼마나 지긋지긋해 하는지 모두가 알고 있었다. 레인이 아무렇지도 않게 그걸 쿡 찔렀다.

"너 감히 내 약점을……."

"그러니까 어디에 손을 올리는 거야."

아직 신발을 벗지 않은 레인의 발이 무자비하게 리의 맨다리를 쳐올리자 그가 허리를 푹 수그렸다. 그에 헐렁하게 걸쳐져 있던 타월이 바닥에 떨어졌지만 아무도 거기엔 눈길도 주지 않았다. 어차피 몇 년 동안 뒹굴며 볼 꼴 못 볼 꼴 다 본 사이였다.

"존은 뭐래?"

레인이 클레이에게 물었다.

"그것 때문에 오라고 한 건데. 오늘까지 연락이 없으면 내가 직접 너한테 연락하려고 했지."

"왜?"

"존은 일단 대기하라는 말만 해서."

레인의 표정이 싹 굳어졌다.

의뢰인은 아리아였다. 아니, 정확히 말해선 아리아의 뒤엔 CIA가 있다. 그쪽에서 자금을 대고 의뢰를 한 게 분명했다. 지금쯤이면 국경에서 만나자는 정확한 지점이 통보됐어야 하는 게 맞다. 그런데 대기하라니?

"그럴 시간 없어. 내일 아이를 빼돌릴 거야."

"뭐?"

"시간이 없어. 내일 소금시장에서 아이와 아리아를 빼돌린다."

이미 며칠 동안 구시가지를 돌아다니면서 대략적인 지도를 그려놓았던 리가 테이블 위에 지도를 펼치자 레인이 손으로 한 곳을 가리켰다.

"왜 이렇게 급해? 무슨 일이야?"

레인이 이상하게 서두르자 클레이가 대번에 상황을 파악하고 물었다. 하지만 레인은 대답을 미룬 채 리를 보았다.

"리, 첫 번째 도피로는?"

"여기서 30분 떨어진 구시가지 외곽에 이제는 안 쓰는 소금 저장고가 하나 있어."

"두 번째는?"

"거기가 발각될 경우 남서쪽으로 6㎞ 지점에 이제는 아무도 가지 않는 오래된 유적지."

고개를 끄덕였다. 지도에 삼각형을 그려 조인해야 될 지점을 표시하고 레인이 생각에 잠겼다. 보통은 세 번째 도피 지점까지 생각하지만 아무래도 폐쇄된 이곳에서 도움을 얻기란 쉽지 않았고 시간이 없었다.

"접선 시간도, 장소도 확실하지 않은 상태에서 아이를 빼돌려서 어쩔 건데?"

클레이가 침착한 목소리로 이 작전의 가장 커다란 허점을 짚었다.

"……조이를 불러와. 페이크도 돌아오라고 전해."

지브릴이 여유로울 수 있던 이유. 팀에 돌아오자 그 이유가 뭔지 확실해졌다. 머릿속으로 수십 번 도주로를 그려도 탐탁찮았던 이유를 찾았다.

팀원들이 모두 모이는 데 30분이 채 걸리지 않았다.

"내일 내가 이 작전에 들어가 아이를 빼돌리면 위에서 철수 명령이 내려올 거야."

물론 그 명령에는 '아이는 두고'라는 단서가 붙겠지만. 이건 거의 확실했다.

"뭐?"

가장 먼저 소리친 건 블랙이었다.

이미 지브릴과 CIA가 음지에서 손을 잡은 게 분명했다. 아니, 정확히는 지브릴과 미국이지만. 곧 정권을 잡을 게 확실시된 지브릴의 비위를 거스를 일을 CIA가 할 리 없다. 더군다나 지브릴이 정권을 잡고 미국을 지지하겠다는 확실한 표현을 했다면 미국 측에서 굳이 아이를 빼돌리는 모험을 할 필요가 없었다. 지금까지 CIA가 어중간한 입장만 보여주며 지브릴의 아이를 보험으로 여겨 제삼자인 자신들을 통해 빼돌리려 했던 것도 그가 그러한 입장 표현을 해주지 않았기 때문이었으니까.

중동 모든 국가의 정세에 관여하고 싶어 하는 미국은 예멘에서는 지브릴과 손을 잡을 수밖에 없었다. 정부군은 사우디가 지지하고 있어서 파고들 틈이 없었다.

"돌아가고 싶은 사람은 여기서 빠져도 좋아. 처음부터 말했다시피 이건 내 개인적인 일이야."

레인의 말을 듣고 자리에서 일어나는 사람은 아무도 없었다.

"그럼 어떻게 할 거야? CIA 측에서 제삼국으로 망명을 도와주지 않으면 이 아이는 갈 곳이 없는데."

영원히 아이를 데리고 도망자 신세가 될 수는 없다.

지브릴의 최대의 적은 남쪽에서 치고 올라오는 정부군이었다. 그렇다고 정부군에게 카림을 넘길 수는 없다. CIA의 중재 없이 이 아이를 안전하게 받아줄 제삼국을 찾아봐야 했다.

레인의 입가에 비릿한 미소가 감돌았다.

제 발로 카림을 데리고 자신에게 올 거라고 장담했던 지브릴의 말은 이걸 암시했던 건가.

아무리 발버둥 쳐도 너희들은 갈 곳이 없을 거라던 경고를 떠올리며 오랜만에 몸속의 피가 끓어올랐다.

이렇게 화가 난 적이 언제였는지 까마득했다.

그가 가브리엘의 어린 시절의 트라우마를 아무렇지도 않게 자신의 아들에게 적용시키려던 모습을 봤을 때부터 레인은 이미 제정신이 아닌지도 몰랐다. 그 말을 내뱉은 순간 지브릴은 더 이상 카림의 아버지가 아니었다.

"방법은 생길 거야."

레인이 웃음을 삼켰다.

가브리엘이, 그 남자가 자신을 혼자 둘 리 없다. 이런 곳에서 고립시킬 리 없다. 무슨 일이 있어도 어떤 짓을 해서라도 빼내줄 것이다. 어떤 식으로라도 그녀가 여기에서 빠져나갈 수 있는 방법을 전해줄 남자였다. 그가 없으면 숨도 쉬지 않았으면 좋겠다고 말하던 남자를 어느새 레인은 믿고 있었다. 그래서 이 작전이 성공으로 끝날 것을 믿어 의심치 않았다.

이곳이 지브릴의 말대로 돌아가는 그의 홈그라운드라면, 가브리엘은 자신의 홈(home)이고 자신은 가브리엘의 홈이다. 아무리 밖으로 나돌아도 결국엔 돌아갈 곳이었다.

"레인?"

갑자기 웃음을 삼키는 레인을 클레이와 동료들이 이상하다는 듯 보았다. 결국 참지 못하고 레인이 흐느끼는 듯한 웃음을 터뜨렸다.

불과 몇 시간 전까지 그에게 돌아오지 말라고 소리쳤었다. 하지만 이제는 그가 돌아오기를 기다린다. 사람 마음이라는 게 이리도 간사한 것을.

자신의 아들을 가브리엘처럼 만들겠다는 그 끔찍한 말을 들은 순간부터 레인은 수단과 방법을 가려서는 안 된다는 것을 깨달았다. 자신이 여기서 이용할 수 있는 유일한 수단은 가브리엘뿐이었다.

자신은 가브리엘의 홈이다. 결국에 가브리엘은 돌아온다. 만약 레인이 돌아갈 상황이 못돼 이곳에 고립되면 그가 홈을 찾아 돌아올 것이다. 이 명백한 사실을 깨달은 그녀가 웃으면서 입술을 깨물었다.

　뜨끔한 느낌과 함께 입안에 비릿한 맛이 확 퍼졌다.

　가브리엘이 돌아온다면, 그렇다면 그가 자신이 있는 이곳을 홈그라운드로 만들어 주리라.

21.

나는 마음속으로 복수의 날을 정하였다.
내 구원의 해가 온 것이다.

– 이사야 63:4

하루는 빠르게 지나갔다. 세부적인 탈출 방안을 논의하고 다시 한 번 일이 벌어질 현장을 답습했을 뿐인데 해는 금방 기울었다. 레인은 지브릴의 저택에 아무렇지 않게 돌아와서도 내내 잠을 이루지 못했다. 결국 새벽이 밝아오는 것을 보며 욕실로 들어간 레인이 뜨거운 물줄기에 몸을 맡겼다.

가브리엘에게 하나밖에 남지 않은 혈육인 어머니가 위독하단 소리에 그가 떠났다. 어떤 마음으로 떠났을까. 어쩌면 그가 돌아오는 시간이 늦어질지도 모른다. 그때까지 레인은 버텨내야 했다. 문득 전화를 하고 싶어도 그의 번호조차 모른다는 사실을 깨닫자 모든 게 환영이 아니었나 하는 생각이 들었다.

지쳐 있던 자신이 만들어낸 환영 같은 게 아니었을까.

그러다가 거울을 보고 깨달았다. 그가 절대 환영이 아니라는 사실을. 자신의 몸에 여실히 남아 있는 흔적들이 결코 허상이 머물렀던 게 아니라는 걸 알려줬다.

"엘."

레인은 뿌연 거울을 보고 몸에 남은 흔적을 그리듯 쓸었다.

"환영이 이렇게 자국을 남길 리가 없지."

마치 짐승에게 뜯어 먹힌 흔적 같았다. 온몸에 검붉은 멍이 사라지지 않고 자리 잡고 있었다. 이 멍이 희미해질 때 쯤 그가 나타나 다시 온몸에 새겨주었다. 이번에도 이 흔적이 사라지기 전에 그를 다시 만나기를 원했다.

예멘에서 마지막이 될지도 모르는 샤워를 마치고 레인이 욕실에서 나왔을 때 카림이 방 안에 있었다. 보통 아이처럼 얇은 긴 팔 셔츠에 청바지를 입은 가벼운 차림이었다.

"왜 벌써 왔어?"

"그 흔적들은 다 뭐야?"

대답대신 타월만 두른 레인의 목과 어깨에 난 검붉은 자국들을 물끄러미 바라보며 카림이 물었다.

"지금 성교육을 해달라고?"

무심한 얼굴로 레인이 묻자 농담이 안 통한다는 얼굴로 카림이 고개를 저었다.

"옷 입어. 나가자."

"가져갈 건?"

"없어. 아무것도."

카림이 보는 데서 천천히 옷을 갈아입은 레인이 가볍게 몸을 풀었다. 뜨거운 물로 풀어진 몸이 간단한 스트레칭만으로 약간의 긴장 상태를 유지한다. 유리조각에 꽤 깊게 베였던 발바닥을 단단한 바닥 위에 버릇처럼 굴렸다.

"아파?"

"아니. 통증은 없는데 뛰었을 땐 잘 모르겠네."

상처는 거의 아물어 걸어도 통증은 느껴지지 않았다. 별 무리가 없을 거라 판단하고 레인이 대충 옷을 갖춰 입었다.

"총은?"

무기라곤 아무것도 없는 레인에게 카림이 물었다.

"너…… 저택 들어올 때마다 몸수색하는데 총을 가지고 있을 리가 있냐."

"아아…… 그런데 왜 정오야? 밤에 움직이는 게 더 낫지 않아?"

"그때 까트 사러 사람들이 제일 많이 시장에 오니까."

이 나라 사람들에게 까트는 필수다. 오후 1시부터 3시까지 까트 씹는 시간으로 모든 관공서와 대다수의 상가들이 문을 닫을 정도였다. 그 덕에 까트를 파는 상점이 즐비한 소금시장에 사람들이 가장 많이 몰리는 시간은 12시부터였다. 까트 씹는 시간의 바로 전. 사람들에 섞여 빠져나가려면 그 시간대가 가장 좋았다.

미처 생각하지 못했던 사실인 듯 카림의 눈이 조금 크게 뜨였다.

"레인은 용병이라고 했지?"

"응."

"용병이 머리도 쓰는 직업이라곤 생각 못했는데."

그가 알고 있는 용병의 이미지가 대충 어떤 이미지인지 알고 있는 레인이 카림의 머리를 헝클어트렸다.

"그럼, 나갈까?"

근처 산책이라도 하러 가자는 어투로 레인이 손을 내밀었다. 카림이 잠시 눈을 감았다. 두렵지 않을 리 없었다. 전혀 모르는 낯선 세계로 가는데 표현하지 않는다고 해서 두렵지 않은 건 아니다.

"나는 여기로 돌아올 거야."

카림은 스스로에게 다짐하듯 그 말을 내뱉고 레인의 손을 맞잡았다. 카림에게서 무엇도 읽을 수 없었지만 자신을 붙잡은 작은 손바닥이 땀에 축축이 젖어 있는 것은 알 수 있었다. 구름 낀 아침 해가 막 예멘을 비추기 시작할 때 저택에서 나온 레인은 아무렇지도 않은 얼굴로 태연하게 지브릴의 비서가 준비해 준 차에 카림과 올라탔다.

"일찍 나가시네요."

인사처럼 건넨 비서의 말에 대답 없이 고개만 끄덕였다. 운전기사에게 천천히 사나 시내를 한 바퀴 돌아달라고 했다. 카림이 여전히 레인의 손을 잡은 채 바깥으로 시선을 고정했다. 눈도 깜박이지 않고 고요히 아침의 정적에서 깨어나는 도시를 바라보았다.

정처 없이 그렇게 도시 곳곳을 바라보다가 이내 다시 구시가지로 차가 들어섰을 때 레인이 멈춰달라고 외쳤다. 차가 멈추자마자 뒤따르던 경호 차량들도 멈추는 것이 백미러로 보였다.

"그러고 보니 넌 보지 못했겠구나."

"뭘?"

"마천루의 야경을."

차에서 내린 카림이 구시가지의 마천루들을 올려다보았다. 그리고 이내 작은 손이 마천루의 벽을 짚었다. 그 수천 년 세월의 숨결을 찰나라도 느끼려는 사람처럼 고르게 호흡했다.

"상관없어."

아무 일도 없었다는 듯 손을 떼고 카림이 레인을 잡아끌었다. 뒤따르는 십 수 명의 기척이 느껴졌다. 저번과 비교해서 경호원들은 많아지지도, 적어지지도 않았다. 지브릴의 자만이 그 기척에서 느껴졌다. 자신을 잡고 있는 손을 이끌고 제 아비의 앞에 다시 갈 수 있을 리가 없다.

카림과 할 일 없이 시장 근처를 돌아다니다가 호브스를 파는 곳을 발견한 레인이 그걸 두 개 주문하곤 깡통에 담아주는 수프에 밀빵을 푹 찍어 한입 가득 입 안에 넣었다.

"……아침부터 그게 들어가?"

"너도 먹어둬."

카림이 뭐라고 더 말하기도 전에 수프에 적신 밀빵 한 조각을 작은 입에 욱여넣었다.

"아, 진짜!"

짜증을 버럭 내면서도 뱉지 않고 우물거리며 삼키는 걸 보며 레인이 다시 빵을 입으로 가져갔다.

"이런 게 입에 맞아?"

"아니. 맛없어."

"내 입에도 최악인데 맛있을 리가 없지, 그럼!"

생각 외로 미식가처럼 말하는 카림이 입을 벌렸을 때 기회다 싶어 한 조각을 더 입에 넣었다.

"안 먹는다고."

"먹어둬. 아마 오늘 제대로 먹는 마지막 식사일걸. 힘이 없으면 뛰지도 못해."

"그렇다고 이런 맛없는 걸 먹으라고?"

"빵도 수프도 따뜻한 게 어디야. 먹을 수 있을 때 먹어둬. 이제 사흘 내내 말린 육포만 먹을 거야."

"뭐? 그게 진짜야?"

"아마도."

답지 않게 음식에 대해 심각한 표정을 짓는 걸 보니 정말 걱정하는 모양이었다. 그 모습은 왠지 그 나이 또래의 아이처럼 보여서 레인이 손가락으로 카림의 이마 위를 퉁겼다.

"그러니까 많이 먹어."

그렇게 말했지만 사실 정말 맛이 없어도 너무 없었다. 식당을 잘못 골랐다고 속으로 생각하며 레인이 슬쩍 나머지 호브스를 카림의 앞에 밀어두었다. 그녀의 말을 듣고 더 이상 툴툴대지 않고 얌전히 남은 호브스를 전부 먹은 카림이 입술에 남은 빵가루를 손등으로 훔쳤다.

마지막 여유를 즐기기 위해 둘이 짜이를 하나씩 손에 들고 좁은 골목에 서서 열 걸음쯤 떨어져 있는 경호원들을 마주보았다.

그 열 걸음 사이에 슬슬 점심으로 넘어가는 시간이라 수많은 사람들이 느릿하게 오갔다. 흔치 않은 동양인인 레인을 보는 시선들은 한결같았다. 시계를 보니 12시에 가까운 시각이었다. 사람들의 수는 점점 늘어났다. 이제는 골목을 막고 선 레인의 어깨가 치일 정도였다.

하나같이 까트를 사기 위해 소금시장으로 향하는 사람들이었다.

"슬슬 갈까."

카림이 마지막 짜이를 마시고 빈 깡통을 대충 골목 근처에 세워뒀다. 맞잡은 아이의 손은 여전히 식은땀에 젖어 있었다.

"괜찮아. 아무도 다치지 않을 거야."

주문처럼 레인이 그 말을 외웠다. 오늘따라 짙고 낮게 낀 구름에 들어간 해는 좀처럼 바깥으로 나오지 않았다.

또다시 우르르 골목 안쪽에서 나온 남자들이 어깨를 치고 소금시장 쪽으로 빠지는 순간 레인과 카림도 움직이기 시작했다. 남자들 사이를 작은 몸집으로 파고들었다. 저마다 까트를 사느라 여기저기서 큰 소리들이 오갔다. 서로 더 질 좋은 잎을 차지하기 위해 흥정이 저마다 한창이었다.

까트 상점들은 대부분 바깥에 있었다. 안쪽으로 들어갈수록 여성용품들을 파는 곳이라 한적해졌다. 뒤를 돌아보자 남자들 사이를 가르고 경호원들이 이쪽으로 오기 위해 애쓰는 것이 보였다.

카림이 주머니에서 햄스터를 꺼내 잘 있는지 확인하는 순간 잠시 숨을 골랐다.

"아직 살아 있네?"

사람들의 틈바구니에 끼어 잘못되지는 않았나 살피던 카림이 불퉁한 목소리로 대답했다.

"죽으면 안 데려간다며."

다시 주머니에 넣고 걸음을 옮겼다.

약속대로 아리아는 12시 정각에 노란 표지판이 있는 골목 입구에서 레인과 카림을 기다리고 있었다.

"계획이 변경됐어요. 우린 북쪽으로 가지 않아요, 아리아."

그녀를 스쳐 골목 안으로 들어가며 레인이 낮게 속삭였다.

"그래. CIA가 카림을 그냥 놔두라고 하더구나."

아리아가 자신을 스쳐가는 카림의 머리칼을 바람처럼 쓸며 대답했다. 골목 안으로 들어섰는데 자신의 뒤를 따르는 기척은 카림 외에는 찾을 수 없었다. 레인이 뒤를 돌아보자 아리아는 여전히 골목의 초입에 서 있었다.

그 순간 구름 속에 감춰졌던 해가 모습을 드러냈다.

완벽한 역광이었다. 아리아가 어떤 눈으로 자신을 보고 있는지 보이지 않았다. 레인이 눈살을 찌푸렸다. 시야가 순식간에 흐려졌다.

"내가 모든 걸 망쳤어, 레인."

"아리아, 이리 와요."

곧 경호원들이 모습을 드러내리라. 레인이 몇 걸음 떨어져 있는 그녀에게 손짓했다.

그녀의 잘못이 아니었다. 그저 지브릴이 훨씬 더 끔찍한 남자라는 걸 미처 읽지 못했을 뿐이다. 아리아가 한 잘못이라곤 자신이 한때 몸담았던 CIA를 다시 한 번 믿은 것뿐. 아니, 그건 잘못이라고 할 수도 없었다. 그건 그녀의 인성이었으니까. 나약하고 여린 여자.

"이리 와요."

레인이 침착하게 다시 한 번 말했다.

그리고 잠시 나타났던 해가 다시 구름 뒤로 숨었다. 그리고 레인은 똑똑히 볼 수 있었다. 그 새벽녘 자신이 봤던 광기(狂氣)를.

검은 눈동자가 위험스럽게 번들거렸다. 아리아가 보고 있는 것은 레인이 아니었다. 아무것도 없는 허공 어딘가를 노려보는 눈동자에 삶에 대한 생기는 느껴지지 않았다. 그저 끝 간 데 없는 분노와 복수만이 남아 있을 뿐이었다.

그것은 산 자의 눈이 아니었다.

"너를 보고 싶었어. 너를 보고 다시 한 번 속죄를…… 내 마지막은 네가 봐야 하지 않겠니."

니캅에 가려져 보이지 않는데도 알 수 있었다. 지금 아리아가 웃고 있다는 것을. 그걸 깨달은 순간 레인이 손바닥으로 카림의 눈을 가렸다.

"보지 마."

손바닥 사이로 카림이 눈을 감는 것이 느껴졌다. 그 새벽, 둘 중 하나를 선택해야 한다는 카림의 말이 이런 의미였던가. 자신이 간과했던 아리아의 광기가 결국 폭발할 수밖에 없었던 건가.

죄책감이 결국 아리아를 집어삼켰다.

"아리아!"

레인이 다시 한 번 손을 내밀었다. 그 손이 보이지 않는 듯 아리아가 오히려 한 발 물러났다. 그리고 경호원들이 들이닥쳤다. 골목 안으로 막 들어오는 경호원들의 거친 몸짓에 아리아가 쓰러지는 것이 보였고 레인이 이를 악물었다.

"블락!"

레인의 외침에 모퉁이에서 튀어나온 블락이 번개처럼 카림을 낚아채 어깨 위에 턱 올렸다. 그리고 레인에게 건벨트를 건네고 자신이 나왔던 골목으로 금세 사라졌다. 블락이 사라지자 경호원들이 눈짓으로 그 뒤를 쫓으려 하는 걸 레인이 막아섰다.

여기서 무기를 꺼내는 순간 총격전이 시작된다. 경호원들의 뒤로 무슨 일인지 기웃거리는 사람들이 보였다. 레인이 그대로 몸을 돌려 블락의 뒤를 쫓기 시작했다. 타닥거리는 소리와 함께 뒤를 바짝 쫓는 걸음 소리들이 들렸다.

그들보다 한 걸음 더 먼저 골목 안으로 숨어들어간 레인이 조용히 숨을 골랐다.

가만히 귀를 기울이자 다급하게 뛰어오는 발자국 소리가 점점 가까워져왔다. 바닥에 반쯤 주저앉은 상태로 건벨트에서 글록17을 꺼냈다. 뛰어오는 걸음 소리가 귓가의 솜털을 간질였을 때였다.

레인의 손이 남자의 바지 벨트를 잡아당기는 것과 동시에 총구가 남자의 배를 향했다.

탕! 탕!

복부를 세게 얻어맞은 것처럼 파르락 떨며 무너지는 남자의 손에서 권총이 발치 아래로 툭 떨어졌다. 그런 남자를 무심히 스쳐 레인의 총구가 다음 타깃을 향했다.

탕!

이미 숨이 끊어져 자신의 어깨에 반쯤 걸쳐진 남자의 몸이 몸에 박혀든 총알의 반동으로 인해 움찔거리는 게 느껴졌다. 뜨끈한 피가 가슴과 앞섶을 온통 적셨다. 경호원 중 누군가 쏜 총알이 그녀를 가리고 있는 남자의 몸에 몇 방 박혔다.

잠시의 총성이 멎자 레인이 어깨의 죽은 남자를 떨쳐내고 다시 골목 안으로 몸을 숨겼다.

탕! 탕! 탕!

몸을 숨기고 있는 골목의 오래된 회반죽 벽이 총탄으로 인해 날카로운 돌조각으로 변해 사방으로 튀었다. 그것에 뺨을 긁힌 레인이 점점 다가오는 총소리를 들으며 클레이와 접선하기 위해 움직였다. 이미 총소리를 듣고 근처에 경계를 서던 군인들이 모여들 것까지 계산한 움직임이었다.

거미줄처럼 어지럽게 이어진 골목길을 달렸다. 골목길 구석구석에 그들만 아는 표식이 남아 있어서 어렵지는 않았다. 뒤에서 쫓아오는 소리들이 잦아지는 게 느껴졌다. 골목이 늘어날수록 쫓는 자들은 나누어지기 마련이다.

"꺅!"

집에서 바깥으로 나오던 무슬림 여인이 피투성이인 레인을 보고 비명을 질렀다. 그리고 이내 그녀의 손에 들린 권총을 보고 더 크게 목소리를 높였다. 살려달라고 말하는 여자에게 한쪽 손가락을 입술로 들어 올렸으나 이미 그녀의 집안에서 우당탕거리며 누군가 내려오는 소리가 났다.

작게 혀를 찬 레인이 그 자리를 벗어나려는 순간이었다. 근처에 군인들이 있었는지 비명소리를 듣고 바로 나타난 그들과 정면으로 맞닥트렸다.

"리!"

그들이 일제히 들고 있던 기관총을 집어든 순간 레인이 아직도 주저앉아 있는 여인을 그녀가 나온 곳으로 밀어 넣으면서 함께 몸을 숙였다. 그리고 이곳 어느 옥상에서 이 상황을 전부 파악하고 있을 이의 이름을 불렀다.

타타타탕!

분당 백여 발 가까이 토해내는 기관총의 총구에서 불이 뿜어질 때였다.

픽— 픽— 픽—

총소리는 금방 끊어졌다. 바깥이 조용한 걸 확인하자 여인의 남편으로 보이는 자가 손에 몽둥이를 들고 있다가 발을 헛디디고는 계단에서 굴렀다. 레인이 여인이 무사한 걸 확인하고 바깥으로 나가자 세 명의 군인들이 정확히 총알이 이마에 명중된 채 죽어 있었다.

리의 위치는 레인도 알 수 없었다. 총소리가 거의 들리지 않은 걸 보니 소음기를 장착한 게 분명했다. 그가 백업을 위해 자신을 따라다닌다는 것을 다시 한 번 깨달은 레인이 그곳을 벗어났다.

부러 시장에서는 소음기를 끼지 않았다. 총소리를 듣고 사람들이 도망가길 원했기에.

이제는 인적이 드문 곳까지 왔으니 소음기를 껴야 된다는 것을 깨닫고 건벨트를 뒤적였지만 도망가면서 소음기가 떨어진 건지 보이지 않았다.

"레인!"

중간 지점에서 만난 클레이가 먼저 레인을 발견했다. 커다란 키에 니캅을 쓰고 있던 그녀가 레인을 보자마자 손에 들고 있던 다른 니캅을 뒤집어 씌웠다.

"다친 거야?"

"아니. 내 피 아냐."

커다란 포대 같은 니캅을 뒤집어쓰고 접선 장소로 걸음을 옮겼다. 최대한 아무렇지 않은 척 걸으며 대화를 나누었다. 이내 기관총을 든 군인들과 뒤를 쫓아온 경호원들이 뭐라고 이야기를 하며 곁을 스쳐 지나갔다.

"블락이 간 쪽인가?"

"……아무래도 어린아이를 그 덩치 큰 놈이 들고 가는데 눈에 안 띌 리가."

서로를 바라보고 고개를 끄덕인 레인과 클레이가 군인들의 뒤를 따랐다.

「거기!」

아무래도 클레이의 키가 너무 컸다. 180센티미터가 넘는 그녀가 니캅을 쓰고 있으니 수상한 사람으로 찍혔다. 총을 든 군인 두 명이 가까이 다가왔다.

뒤쪽에서 다가오는 기척을 느낀 레인이 클레이에게 눈짓을 했다. 그러자 클레이가 소음기가 장착된 권총을 앞에 오는 두 명에게 쐈다. 그와 동시에 레인이 클레이와 등을 맞대며 뒤로 돌았다.

"젠장."

짧은 욕설을 내뱉었다.

네 명. 수가 너무 많다. 앞에서 쓰러지는 동료들을 보고 레인과 마주보고 있는 군인들이 기관총을 들었을 때 주변에는 엄폐물이 아무것도 없었다.

탕! 탕!

레인이 쏜 총알이 각각 두 명의 복부와 가슴을 맞추었다. 나머지 둘은 이미 장전을 마친 상태였다. 군인들의 숫자가 예상보다 많았다. 클레이가 뒤를 돌아보기도 전에 총알받이가 되리라.

픽! 픽!

눈앞에서 사람의 머리가 날아가고 피가 튀었다.

"어……?"

다행히 아직 리가 블락의 뒤를 따라가지 않은 모양이었다. 클레이와 접선을 하고 난 뒤엔 리는 바로 블락의 뒤를 따르기로 되어 있었는데 한 발 늦은 게 분명했다.

"누구야?"

그때 건물 위를 쳐다보던 클레이가 레인의 어깨를 두드리며 물었다. 그녀의 반응에 레인의 시선이 그곳으로 향했다. 구시가지의 마천루는 6~7층 건물들이었다. 그 위에 한 남자가 서 있었다. 어깨에 라이플을 메고 마천루의 창틀을 발판 삼아 가볍게 내려오는 몸짓이 아슬아슬했다. 그가 잡고 있는 창틀에서 손가락이 미끄러지기만 해도 바로 아래로 추락이었다.

거침없이 창틀을 잡고 단 세 번의 움직임 만에 가볍게 레인 앞에 뛰어내린 그는 착지마저 조용했다. 마치 육식동물이 사냥을 할 때처럼 날렵하고 조용한 움직임이었다.

이런 몸을 가진 남자를 알고 있었다.

그가 자신의 머리꼭지를 내려다보는 시선은 싸늘했다. 그래서 올려다볼 수 없었다. 레인은 가볍게 호흡하고 있는 그의 가슴만 마치 시간이 멈춘 것처럼 쳐다봤다. 그저 그가 눈앞에 나타났을 뿐인데 움직일 수 없었다.

"레인? 왜 그래?"

클레이가 주변을 경계하며 물었다. 일단은 자신들을 도와줬으니 적은 아닐 테지만, 갑작스런 남자의 등장이 당황스럽지 않은 것은 아니었다.

"아무것도 아냐."

결국 그의 얼굴을 쳐다보지 못하고 레인이 등을 돌렸다. 처음 만났던 그 순간부터 매번 자신에게 먼저 말을 걸어왔던 그도 입을 열지 않았다. 자신을 뒤따르는 조용한 움직임을 느끼며 레인이 지금 상황에 집중했다.

앞쪽에서 한 무리의 사람들이 뛰어오는 소리가 들렸다. 레인이 방향을 틀려고 했지만 가브리엘이 더 빨랐다. 그가 앞으로 나서더니 골목을 돌아 나오는 첫 번째 남자를 그대로 넓은 면의 라이플의 건스톡으로 후려쳤다.

퍽 소리와 함께 나뒹군 군인의 가슴을 한쪽 발로 밟고 순식간에 손에서 빙글 돌아간 라이플이 아래를 겨눴다.

픽—

소음기가 장착된 라이플에서 바람 빠지는 소리가 나며 총알이 쓰러진 군인의 머리를 관통했다.

"······나 라이플 저렇게 쏘는 사람 처음 봐."

클레이가 저도 모르게 중얼거린 소리는 레인이 하고 싶은 말이었다. 저격소총인 라이플은 기본 길이만 1미터가 넘었다. 그걸 손 안에서 자유자재로 돌리며 어느새 또 두 번째로 나타난 군인에게 가브리엘이 건스톡을 휘둘렀다.

똑같은 방법으로 두 명의 군인을 죽였을 때 그가 움직여도 괜찮다는 고갯짓을 했다.

푸르스름한 기운이 감도는 그 시선과 눈이 마주쳤을 때 레인은 아무 말도 할 수 없었다. 완벽하게 타인을 바라보는 시선은 무감하게 그녀를 스쳤다.

첫 번째 도피처인 소금저장고는 옛날에 구시가지에 생긴 시장이 왜 소금시장이라 불렸는지 이해가 될 정도로 컸다. 이제는 쓰지 않는 창고들이 구시가지 뒤편 여기저기에 버려져 있었다. 커다란 창고들만 수십여 채였고, 작은 저장고까지 합하면 백여 채가 넘었다. 작은 유령 도시같은 느낌이었다.

무사히 그곳에 도착해 먼저 온 팀원들과 조우한 레인은 뒤따라 들어온 가브리엘에게 붙는 호기심 어린 시선을 느낄 수 있었다.

"누구야?"

"조이랑 페이크는?"

"저쪽 창고에. 모여 있으면 안 될 것 같아서."

작게 난 창문 틈으로 보이는 창고 하나를 블락이 가리켰다. 그러면서 가브리엘을 힐끗 바라보며 누군지 알려달라는 표정을 짓는다.

"누군데? 응?"

"내……."

레인이 입을 열자 모두의 시선이 쏠렸다. 하지만 그녀의 시선은 한쪽 벽에 등을 기대고 가만히 앉아 있는 가브리엘을 향해 있었다.

"애인."

"응?"

"뭐라고? 내가 삼십대 후반에 막 들어서서 가는귀가 먹었나 봐."

클레이가 잘못 들었다는 듯 되물었다. 블락은 투박한 손가락으로 귀를 후비적거리며 나이 탓을 했다. 리 혼자만 배낭을 뒤적여 생수 한 통을 꺼내 레인에게 던졌다.

"애인 맞나 보네. 그렇게 든든한 애인이야?"

"왜?"

"여기 거울이 없네."

리가 지금 레인이 짓고 있는 표정을 보여줄 수 없는 게 아쉽다는 듯 혀를 찼다.

"엄청 안도한 표정이야."

"맞다. 안도. 우리 어머니가 항상 성당에 갈 때마다 짓는 그런 표정."

클레이와 블락이 맞장구를 쳤다.

"우리는 맞은편 창고에 가 있을게."

"어차피 여기도 곧 수색에 들어갈 거야. 해가 저물고 이동한다."

구시가지와 너무 가까운 도피처는 빨리 뜨는 게 좋다. 레인의 말에 고개를 끄덕인 팀원들이 궁금한 게 백 개는 있지만 일단 둘의 분위기가 이상해 빠져주겠단 식으로 잠든 카림을 챙겨 창고를 벗어났다.

배낭을 뒤져서 깨끗한 옷 중에 하나를 찢었다. 거기에 물을 묻혀서 가브리엘에게 다가갔다. 그가 단거리에서 총을 쏠 때 튄 핏자국 몇 개가 얼굴에 묻어 있는 것이 못내 신경이 쓰이던 참이었다.

가브리엘은 벽에 머리를 기댄 채 눈을 뜨지 않았다.

오늘따라 더 창백해 보이는 뺨에 대고 천을 문질렀다.

"어머니가 위독하시다면서."

그 말에 눈꺼풀이 올라가며 푸른 눈동자가 나타났다. 그는 여

238 시리아의 늑대

전히 무감한 눈을 갖고 레인을 또렷하게 응시했다.

"내 어머니는 1년에 두세 번은 입원해요. 내 전화 한 통에 입, 퇴원을 반복하시죠."

그게 그저 쇼였다고 그가 말했다.

"그럼 왜……."

"내가 빠져야 놈이 움직일 테니까."

그는 그저 언제 터질지 모르는 풍선에 바늘을 집어넣었을 뿐이다.

그로서도 모험이었다. 레인을 놔두고 움직이기로 한 것은. 레인이 이 임무를 포기하지 않는 한 지브릴은 그녀의 목숨을 쥐고 있는 거나 마찬가지였다.

"아리아를 죽이고 당신을 손에 넣고 제안을 했겠죠. 내가 거절하지 못할 제안을."

레인이 카림을 납치하려 했다는 것을 들먹이며 어마어마한 대가를 요구할 게 뻔했다.

"왜 내게 말하지 않았어?"

"내가 말린다고 당신이 이 임무를 그만둘 것 같지 않아서."

가브리엘의 말이 맞았다. 그가 치러야 할 대가에 대해 레인에게 말했다 해도 멈출 수 없었으리라.

"그렇다면 내가 할 일은 단 하나."

그의 눈이 음울하게 가라앉았다. 손을 뻗어 레인의 상처 난 볼을 건드렸다.

"수단과 방법을 가리지 않고 당신의 팀을 안전하게 이 나라에서 빼내는 것."

지브릴이 원하는 대가는 얼마든지 줄 수 있다. 하지만 그가 레인의 목숨 줄을 손에 쥐고 흔드는 것은 용납할 수 없다. 그 누구라도 그녀의 생명을 감히 함부로 자신의 앞에서 흔드는 것을 두고 볼 리가.

가브리엘이 사납게 이를 드러냈다.

"감히 당신의 목숨을 담보로 나를 휘두르려 했으니 나는 그 아들을 인질로 데리고 갈 거예요."

자신이 자리를 비우면 레인이 바로 움직일 것을 알고 있었다.

그가 예상했던 시간보다 하루, 이틀쯤 빠르긴 했지만 그녀는 결국 먼저 움직이는 걸 택했다.

"엘."

주문 같은 그 말에 가브리엘이 결국 무너졌다. 서늘한 얼굴이 허물어지고 그녀가 위험한 상황에 처할 때마다 치밀어 올랐던 냉철한 분노는 가슴에 갈무리된다.

"다시 불러봐."

"엘."

"그래."

피투성이 연인을 가브리엘이 가슴에 품었다.

"내가 직접 가서 처리해야 할 일인데 그레이가 가 있어요."

검은 머리칼에 얼굴을 묻고 담뿍 숨을 내쉬어도 맡을 수 있는 건 비릿한 타인의 피 냄새뿐이었지만 온기로 충분했다. 자신을 보통의 온기로 만들어주는 것만으로 레인은 그에게 완벽했다.

"내 유능한 비서가 얼마나 일을 잘 처리하는지 기다려 보는 수밖에."

머리는 그가 직접 움직여야 된다고 말했다. 그레이를 이곳에 남겨놔도 충분히 레인을 서포트했을 것이다. 그레이가 설득해야 될 상대는 까다로운 이였다. 일개 비서의 말에 휘둘릴 사람이 아니다. 그것을 알고 있음에도 가브리엘은 그레이를 보냈다.

확률은 절반으로 떨어졌는데 불안하지 않았다. 백프로의 확률이 아니면 절대 먼저 움직이지 않는 가브리엘은 분명히 가만히 있지 않을 자신의 연인에게 안절부절못해 이곳에 남는 걸 선택했다.

목울대 깊숙한 곳에서 낮은 침음이 새어 나왔다.

"알리의 신에게 기도라도 해볼까요?"

"아니. 이기적인 내 기도는 신도 들어주지 않을 것 같아."

레인이 담담하게 가브리엘에게 안겨 말했다. 궁지에 몰리자 무조건 자신을 구하러 올 이 남자를 떠올렸다. 지브릴에게 호기롭게 외쳤던 것도 모두 이 남자가 있기에 가능했다. 어린 카림에게서 어쩌면 가브리엘을 투영해 봤기에. 그 아이가 가브리엘처럼 자라는 것을 원하지 않았다.

"인간의 기도는 모두 이기(利己)에서 시작되는 거야."

가브리엘이 달콤하게 레인의 귀에 속삭였다.

22.

집단에 의해 압도당하는 걸 막기 위해 개인은 항상 투쟁해야만 했다.

– 니체

입안에서 겉도는 육포 조각은 질기기 이루 말할 수 없었다. 두 번째 도피처로 옮긴 지 이틀이 지난 시점이었다. 이제는 아무도 찾지 않는 버려진 유적지에서 침낭을 가져다 두고 노숙을 했다. 밤에는 기온이 더 뚝 떨어져 면역력이 약한 카림은 감기에 걸려 코를 훌쩍였다.

"어디서 육포라고 개떡 같은 걸 사와선."

먹다가 이가 나갈 뻔했다고 결국 손에 든 육포를 내던진 조이가 블락을 노려봤다. 바가지를 쓰고 비상식량으로 육포를 사놓았던 당사자인 블락이 그 시선을 슬그머니 흘리며 이제는 껌같이 질겅거리는 육포 조각을 씹었다.

"너나 많이 처먹어라."

"뭐? 처먹어? 저게 진짜 하늘같은 선배에게."

"꼴랑 이틀 먼저 입사한 게 선배 같은 소리 하고 있네."

블락의 선배 발언에 조이가 코웃음을 쳤을 때 바깥 상황을 살피고 페이크가 돌아왔다.

하루에 서너 번씩 페이크는 밖으로 나가 상황을 보고 왔다. 아직은 아무 일도 일어나지 않은 것 같다고 했다. 수도 바깥의 경계는 좀 더 강화돼 아직은 빠져나가기 힘들 것 같다고. 하지만 수도 내부에선 일체의 수색도 일어나지 않았다. 카림을 되찾으려는 시도는 없었다. 마치 그저 우리에 가둬놓기만 하려는 듯이.

"레인, 네가 알아보라는 거 말인데."

페이크가 목소리를 낮췄지만 얼마 떨어지지 않은 곳 침낭에서 웅크리고 있던 카림이 몸을 돌아앉았다.

"아리아라는 여자인지는 모르겠지만, 오늘 밤에 부정(不貞)을 저지른 여자가 공개 처형될 거라고 사람들이 사람들이 내내 그 얘기로 수군거리더라고."

레인은 아무 말도 하지 않았다. 부정을 저지른 여자는 아리아였다. 지브릴은 이슬람 세계에서 가장 추악한 방법으로 그녀를 내모는 걸 택했다. 위장이라 해도 일단은 그녀 또한 이슬람 세계에 속한 여자였으니까.

"결국은 나만 살아남게 됐어."

대수롭지 않은 사실을 이야기하듯 덤덤하게 카림이 입을 열었다. 그 목소리가 이미 이런 일을 예상하고 있었다는 듯 소름끼칠 정도로 고요하고 고저 없었다. 레인은 묵묵한 얼굴로 자신을 마주하고 있는 카림을 보았지만 그의 생각을 아무것도 읽어낼 수 없었다.

레인이 자리에서 일어났다. 곧 해가 저무는 시간이었다. 지브릴은 어딘가에서 분명하게 아리아가 처형되는 장면을 카림과 자신에게 보여주고 싶어 했다. 그래서 이제껏 뒤를 쫓지 않은 것이다.

도망가도 결국엔 그가 원하는 대로 될 것이란 사실을 똑똑히 알려주려는 의도가 읽혔다.

"나도 갈래."

카림이 따라 일어났다.

"아니. 네가 정말 아리아가 죽는 걸 보면 지브릴의 뜻대로 되는 거야. 내가 그걸 두고 볼 거라고 생각해?"

"안 돼. 이 아이는 안 돼. 살인하는 기분을 알아선 안 돼."

절규하던 아리아의 음성이 들렸다.

"그건 마치 살인하는 기분일 거야."

레인은 조금도 흔들리지 않는 자신의 목소리가 스스로도 생소했다.

이런 기분을 알고 있었다. 어머니, 케이시가 죽었을 때 아리아는 그녀를 살해한 기분을 느꼈을 것이다. 엉망이었던 케이시의 시신을 거둔 것은 아리아와 그녀의 남편이었다. 그때 그 시신을 보고 아리아는 무슨 생각을 했던 걸까?

케이시를 난도질한 것은 살기 위한 욕구에 충실했던, 겁먹었던 스스로라고 생각했던 걸까?

"너는 그걸 알아선 안 돼."

레인은 아리아가 했던 말을 그대로 카림에게 말했다. 보지 않는다고 해서 느낄 수 없는 게 아니다. 아마도 이 아이는 평생 제 어미와 아리아의 죽음을 등에 메고 다닐 게 분명했다. 결국에는 지브릴의 말 대로였다.

"그럼 작별 인사를 전해줘."

축축하게 젖은 카림의 손이 레인의 손 위에 겹쳐졌다.

"내가 누구의 대신이었는지는 모르겠지만."

감정이 결여돼 있다고 생각했던 아이의 밤하늘빛 같은 눈동자 속에서 어떠한 것이 산산이 조각난 것을 레인이 내려다보았다.

"아리아가 나를 사랑한 것을 나는 분명하게 알고 있다고."

그리고 미련을 잘라내듯 카림이 레인의 손을 놓았다. 아무렇지도 않은 얼굴을 하고선 다시 자신의 자리로 돌아가 침낭에 몸을 웅크리고 눈을 감았다. 클레이가 아무 말도 하지 않고 아이의 목 부근까지 침낭의 지퍼를 올려주었다.

"엘."

그를 돌아보지 않고 부르자 자신의 등 뒤에서 자리에서 일어나는 기척이 느껴졌다.

"네가 필요해."

레인은 등 뒤로 손을 내밀었다. 잠시의 기다림도 없이 그 손을 단단하게 맞잡는 차갑고 커다란 손을 느끼며 레인은 다시 한 번

안도했다.

타흐릴 광장에 도착했을 때는 이미 수많은 인파가 몰려 있었다. 그곳은 거대한 소리의 집합체 같았다. 알아들을 수 없는 목소리로 목에 핏대를 세우며 누군가를 규탄하고 비난하고 분노에 차 소리치는 사람들로 가득했다. 니캅을 뒤집어쓰고 남자들의 뒤편에 서 있던 여자들은 저마다 불안하게 떨거나 경멸의 빛을 띠고 있었다. 수많은 사람들이 내뿜는 후끈한 열기가 그 뒤편, 건물의 그늘에 몸을 감추고 있는 레인에게도 그대로 느껴질 정도였다.

그토록 무기력해 보이고 순박해 보이던 사람들이 한순간에 짐승의 탈을 뒤집어쓴 것처럼 소리를 질러댔다. 어떻게 보면 요란스러운 축제 같아 보이기도 했다. 도시의 불이란 불은 전부 타흐릴 광장에 모여서 빛나고 있는 것 같았다. 눈이 부실 정도의 진홍빛 빛무리들이 광장을 대낮처럼 밝게 비추었다.

그리고 그 광장의 한가운데에 높은 목조 지지대가 만들어져 있었다. 키가 작은 레인이 까치발을 하고 보지 않아도 될 정도로 높았다.

고대의 신들에게 제물을 바치던 제단이 저렇게 높았을까?

"우오오오오오―!"

성난 고함소리가 귓가를 찢었다. 공기를 날카롭게 가르고 대기를 진동하게 만든다. 인파의 한쪽 끝에서 시작된 그 커다란 고함소리가 파도를 타듯 전체로 번져갔다. 수많은 사람들이 서로를 밀치고 멀찍이 길을 트기 시작했다.

수십 명의 군인들이 니캅조차 쓰지 못한 한 여자를 끌고 목조건물 앞으로 향했다.

이슬람의 여자가 니캅을 쓰지 못했다는 것은 이 수많은 사람들 앞에서 벌거벗겨진 거나 다름없다는 의미였다. 푸석푸석한 검은 머리칼이 정처 없이 흔들리는 것만이 레인의 눈에 보였다. 언뜻언뜻 드러난 몸의 살결이 시커멓게 죽어 있는 것이 보였다. 고문의 흔적이었다.

목조건물의 앞에서 끌려온 여자가 그때서야 고개를 들고 멍하니 위를 올려다봤다. 새카맣게 멍들고 부어 눈조차 제대로 뜨지 못하는 얼굴을 멀리서도 알아볼 수 있었다.

아리아였다.

퍽!

누군가 그녀에게 돌을 던지기 시작했다. 주먹만 한 돌이 그녀의 머리를 치고 드러난 어깨를 치고 정강이에 부딪쳐 떨어졌다. 이미 얼굴 위에 말라붙어 있던 핏자국 위로 새로운 피가 주르륵 흘러내렸다.

「더러운 계집!」

「가문의 수치다! 저런 계집은 죽여야 해!」

그들이 뭐라고 소리치는지 알아들을 수 없는 것을 레인은 다행이라고 생각했다. 한쪽 다리가 풀려 계속해서 주저앉으려는 아리아의 양 어깨를 단단히 쥐고 있는 군인들이 그녀를 질질 끌고 그 목조건물 위로 올라가기 시작했다.

그리고 그제야 보였다. 그 단순한 건물의 끝에 걸려 있는 밧줄이.

끌려 올라가는 도중에도 계속해서 돌과 쓰레기가 날아들었다. 아리아가 비명을 지르고 있는지는 사람들의 성난 소리에 묻혀 들리지 않았다.

「이 여자는 남편이 부재중인 틈을 타 외간 남자와 통정을 저질러 남편과 아이들의 얼굴에 먹칠을 하고 그 가문을 수치스럽게 만들었다. 죽어 마땅한 여자다.」

아리아의 목에 밧줄을 건 군인이 군중들을 향해 소리치자 거기에 열광하는 함성 소리가 잇따라 들렸다.

그리고 나서 깨닫고 만다. 자신은 정말 지브릴을 이길 수 없음을.

이것은 거대한 축제였다. 정부군이든 반군이든 상관도 관심도 없이 무기력하게 끌려다니는 군중에게 제물을 던져놓고 그들을 단숨에 하나로 통합시키고 사로잡아 버린다. 저들도 미처 깨닫지 못하는 공통의 적이 생겼을 때의 소름끼치는 결속력을 겨우 제물 하나로 확인시킨다.

이것이 독재자가 다스리는 방식이었고, 그의 정치였다.

눈조차 깜박일 수 없었다. 레인은 그 일련의 과정들을 숨 막히게 지켜보았다. 아비규환이 따로 없었다. 이구동성으로 어서 빨리 아리아의 생명을 끊으라 외치는 것을 레인이 어둠 속에서 바라보았다.

밧줄을 목에 걸고 수많은 돌팔매질을 당하면서 고개를 든 아리아의 얼굴은 평온해 보였다.

입술 끝이 올라가 있었다.

"아리아."

레인이 저도 모르게 그녀의 이름을 입에 올렸다.

마치 순교자처럼 그녀는 이 악의에 찬 말들이 아무것도 들리지 않는다는 듯 죽음을 기다리고 있었다. 아주 오랫동안 그것을 예비해 온 사람처럼. 번들거리는 눈동자는 여전히 광기에 사로잡혀 있었다.

"결국 괴물이 그녀를 잡아먹었네요."

어둠 속에서 불쑥 튀어나온 손이 레인의 허리를 감싸 안았다. 가브리엘이 덩굴처럼 레인의 몸을 옥죄였다. 허리를 숙인 그가 니캅을 뒤집어쓰고 있는 레인의 귓불을 천과 함께 깨물었다.

"당신 안에 있는 괴물은 잘 눌러둬요. 내가 절대 당신이 먹히게 놔두지 않아."

어둠 속에 있는 괴물이 제 이야길 하는 거냐며 고개를 번쩍 치켜들었다. 가브리엘의 말처럼 치켜든 괴물의 머리를 다시 찍어 눌렀다. 6년 전부터 자신의 가슴에 살게 된 이 괴물의 이름은 뭘까?

죄책감이라기엔 더 끔찍하고 음험하고 위험한 것이었다.

아마도 이 일이 끝나고 이름도 모르는 여자 아이의 생명유지장치를 제거한 뒤 자신 또한 아리아처럼 심장의 뒤에 있는 괴물을 자유롭게 풀어놓았으리라. 아리아는 지금. 자신은 조금 더 뒤. 시기의 차이만 있을 뿐 결국 언젠가는……

"윽."

그 생각을 알고 있다는 듯 가브리엘의 이가 귓불을 짓씹었다.

"6년 전에 내게 미안하다고 울부짖는 아리아에게 괜찮다고 말해줬어야 했을까?"

용서를 빌 사람은 자신이 아니라고 여겼다. 그녀가 용서를 빌어야 할 상대인 어머니는 이미 죽었다. 하지만 만약 자신이 그 용서를 받아주었다면 아리아의 가슴에 괴물이 자라나는 일은 없었을지도 모른다.

"난 그걸 간과했어. 그녀가 심약하고 나약한 사람이라는 걸."

어느샌가 죄의 무게라는 게 생겨났다. 그것을 단죄할 자는 아무도 남지 않았건만.

죄의 무게. 그 저울질은 누가 하는가.

"맞아요. 레인은 그걸 간과했지. 하지만 당신이 모두를 신경 쓸 필요는 없잖아. 스스로가 그 무게에 짓눌린 거야."

아리아의 남편도, 그녀의 아이들도 아리아의 죄의 무게를 감당할 수 없었다. 스스로조차 감당할 수 없는 것을 어느 누가 감당해낼 수 있을 리가.

처음부터 아리아는 알고 있었을 거라는 생각이 들었다. 자신의 최후는 아마 케이시와 똑같을 거란 걸.

"아리아는 지금 나에게 이걸 보여주는 게 속죄라고 생각하는 걸까?"

이것을 보여주기 위해 자신을 이곳으로 불렀다. 이성적인 판단을 할 수 없을 정도로 나약해지고 광기에 먹히면서 아리아는 얼마나 고독했을까?

레인이 자신을 끌어안고 있는 가브리엘의 팔을 두 손을 교차해 힘껏 안았다.

"나는 내 방식이, 레인은 레인의 방식이, 아리아는 그녀만의 방식이 있는 거예요. 속죄란 건 형태가 없는 애매한 거거든."

"오오오오오오!"

이번에는 한층 더 높은 고음으로 함성 소리가 울렸다. 목에 줄을 매단 아리아의 옆으로 지브릴이 사람들의 환호를 받으며 우뚝 섰다. 부드러운 미소를 지으며 한 손을 들고 그 환호에 답하는 여유로운 모습이었다.

그 환호 소리에 머리가 아득해졌다. 방금까지 원성과 분노에 가득 찼던 함성이 순식간에 뒤바뀌는 순간이었다.

마치…….

"지옥이 있다면 이런 모습일까?"

레인이 말을 마치기 무섭게 지브릴의 손이 단호하게 아래로 내려갔다.

탕!

레인은 발판 지지대가 떨어지는 그 소리가 마치 총성과 닮았다는 생각이 들었다. 아리아의 몸뚱이가 힘없이 바닥으로 떨어지며 동시에 공중에 머물렀다. 밧줄이 거세게 그녀의 목을 조이고 있었다.

두 발이 마지막 생명을 불태우듯 온 힘을 다해 버둥댄다.

그 모습을 보고 사람들이 악의에 찬 조소를 보낸다.

"장담하죠. 정말 지옥이 있다면 여기보다 훨씬 아늑한 곳일 거야."

여전히 귓가에 속삭이는 가브리엘의 목소리는 낮고 달콤했으며, 씁쓸했다.

"여기가……."

레인은 말을 잇지 못했다. 시브릴을 향해 열광적으로 손을 흔들며 그를 열렬히 환영하는 그 수많은 비쩍 마른 팔들이 지옥도의 한 장면처럼 보였다.

"여기가 지옥이에요. 사실 우린 태어나길 지옥에서 태어난 거야."

그의 목소리에 진한 웃음기가 묻어 있었다. 그리고 아리아의 숨이 완전히 끊어지기 전에 가브리엘이 레인을 돌려세웠다. 불길로 이글거리는 지옥을 보고 있던 레인의 눈이 이제는 그 지옥 한가운데 서 있는 찬연한 천사를 향했다.

"이렇게 악마들이 만들어지는 거예요."

그의 미칠 듯이 다디단 목소리만이 이 아귀 같은 함성 소리를 잠재울 수 있었다.

레인의 시선이 초연하게 지어진 그의 미소를 향했다. 어둠에서도 빛나는 푸른 눈동자는 그런 레인의 시선을 좇고 있었다.

"죽여줄까요?"

그가 말하는 상대가 지브릴임을 안다.

"……아니."

더 이상 견딜 자신이 없어. 저런 악마를 상대해야 된다면 너는 얼마나 더 추락해야 되는 걸까.

레인이 가브리엘을 끌어안았다. 미처 빛이 닿지 않는 어둠 속에서 얇은 천 조각이 전부인 그의 등에 손톱을 박아 넣고 떨어지지 않을 듯 엉겼다.

"좀 더 매달려 봐요."

그는 마주 안아주지 않았다. 온전히 레인이 저에게 매달리게 두었다. 마치 커다란 고름덩어리를 끌어안고 있는 기분이었다. 결코 터지지 않고 그 속에서 썩어 문드러지는 그런 끔찍한 덩어리를.

"컥……컥……."

레인이 헛구역질을 했다. 목구멍에 걸린 걸 토해내고 싶었다. 그가 부드럽게 레인의 니캅을 벗겼다. 가브리엘의 앞섶에 입가에서 흘러나온 침이 엉망으로 고였다.

"쉬…… 쉬…… 괜찮아. 괜찮아."

가브리엘의 손이 레인의 등을 도닥거렸다. 토해내는 것은 얼마든지 받아 먹어줄 용의가 있었다. 그녀가 토해내려는 것이 가브리엘 자신이 아니라면 그는 관대해질 수 있었다.

끝까지 레인을 안아주지는 않은 채 그녀의 등을 두드리며 그가 그 자리를 지켰다. 자신에게 온전하게 매달려오는 무게를 감당하면서.

어느새 입 끝에 걸려 있던, 레인에게 보여주던 미소는 흔적도 없이 사라졌다. 새카만 어둠 속에서 군중을 돌아보고 있는 지브릴을 마주보는 가브리엘의 얼굴은 마치 거울을 보는 것처럼 냉담했다.

광란 같던 밤이 서서히 마지막을 향해 가고 있었다.

하지만 아침은 끝내 오지 않았다.

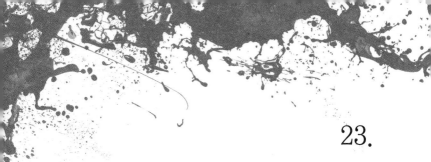

23.

어둠이 짙을수록 빛은 가까이 있다.

                                     - 유대속담

그 밤 이후부터 군인들이 움직이기 시작했다. 페이크는 군인들이 북쪽으로 움직이기 시작한 것 같다고 정보를 물어왔다. 그 말을 듣고 레인이 가장 먼저 떠올린 사람은 아리아였다. 북쪽으로 가지 못한다는 것을 알고 있는 아리아.

모진 고문 끝에 그녀가 내뱉은 것은 이미 CIA와 틀어졌다 해도 상대적으로 방비가 허술한 북쪽의 국경을 노리고 떠날 것이란 거짓 정보였으리라.

이게, 아리아가 남아서 기어이 제 생목숨을 버린 이유였다. 한 명쯤은 고문에 못 이겨 자백을 하는 역할이 필요하다고 여겨서였을까. 지브릴은 그런 걸로 속을 남자가 아니었는데 아리아는 그 희박한 확률에 목숨을 걸었다.

이 나라에서 무사히 탈출할 수 있게 도와주겠다는 말은 그녀의 목숨을 담보로 한 말인 모양이었다.

"우린 어디로 가야 돼?"

조이가 카림의 햄스터를 손등 위에 올려놓고 데리고 놀며 물었다.

흙먼지가 잔뜩 낀 바닥에 내려놓은 지도를 레인이 물끄러미 보고 있었다. 그녀의 눈이 클레이가 보살피고 있는 카림을 향했다. 어제 저녁부터 앓고 있다고 했다. 일단 의무병을 담당하고 있는 조이가 갖고 있는 비상약으로 해열제를 먹였다지만 별로 차도가 없었다.

"국경을 넘어야지."

결국 선택은 북쪽밖에 없는 건가. 동쪽의 국경을 넘으면 오만이다. 하지만 동쪽은 알카에다가 포진해 있어서 국경을 넘기가 불가능에 가까웠다.

정부군이 있는 남쪽.

레인이 다시 끙끙 앓고 있는 카림을 바라보았다. 남쪽의 정부군엔 어떤 연줄도 없다. 그곳도 몸을 숨길 수야 있지만 도피하기엔 사방이 막혔다. 위로는 지브릴, 동쪽으론 알카에다. 그나마 제일 안전한 곳은 남쪽의 정부군인데 과연 카림의 정체가 밝혀진다면 그곳이 안전할진 확신할 수 없었다. 완벽한 고립이었다.

지도를 보던 레인이 불현듯 소리쳤다.

"해상은? 지금 예멘의 해상 통치권은 누구에게 있지?"

"정부군이 해군을 통솔하고 있었는데 지금 시국에 해상까지 신경 쓸 리가."

대답은 자신의 곁에 있는 가브리엘에게서 나왔다. 마치 그녀가 물어보길 기다렸다는 듯 막힘없는 대답이었다. 레인의 눈이 뭔가를 기다리고 있는 가브리엘을 향했다.

"가장 가까운 항구로 간다."

"어자피 그럼 남쪽으로 내려가야겠군."

리가 지도를 보며 고개를 끄덕였다. 해로가 걱정되는 유일한 것은 소말리아를 마주보고 있어서였다. 예멘의 해상이 엉망인 걸 소말리아의 해적들이 놓칠 리 없었다. 레인이 무엇을 걱정하는지 알고 있는 리 또한 절로 얼굴이 굳어졌다.

"어쩔 수 없지. 일단 나랑 페이크는 차를 구해올게."

괜찮을 거란 의미로 리가 레인의 어깨를 툭툭 두드렸다. 레인이 지도에서 얼굴을 들지 않고 귓불을 잡아당기며 손톱으로 누르고 있을 때였다. 그녀의 허리를 잡아당겨 껴안은 가브리엘이 말했다.

"아직은 움직이지 마요."

"무슨 생각을 하고 있는 거야?"

"우리가 움직이면 놈도 움직여요."

"그렇겠지."

군대를 움직인 것만 봐도 알 수 있었다. 아리아의 죽음을 보고 난 뒤에도 결국 카림을 데리고 돌아오지 않자 보란 듯이 지브릴이 움직였다. 지금까지 너희들을 찾지 않고 봐주는 것은 이제 끝났다는 경고였다.

"조금만 더."

그 말을 하면서 가브리엘이 뭔가를 가늠하듯 하늘을 바라보았다.

어둑해지기 시작한 하늘은 그저 고요하기만 했다. 아무 일도 일어나지 않았던 것처럼. 일어나지 않을 것처럼.

"더 이상 시간이 없어."

레인이 고개를 저었다. 더 이상의 대피로도 없는 가운데 여기 더 있다가는 발각될 확률만 높아진다. 어떻게든 움직여야 하는 상황이었다. 설사 지브릴이 뒤를 쫓는다 해도 어쩔 수 없었다.

"그렇군요."

그걸 모르지 않는 가브리엘이 레인의 말에 조용히 읊조렸다. 그리고 이내 아무렇지도 않은 얼굴로 씩 웃었다. 그 웃음이 어떤 의미인지 생각할 겨를도 없이 레인이 땅바닥에 바짝 엎드렸다.

멀리서부터 엔진 소리가 점점 가까워져 오고 있었다. 그저 도시 근처를 지나는 차량 소리라고 여겼건만 땅에 귀를 기울이자 확연히 가까워지는 소리였다.

"클레이, 조이. 무기 챙겨. 블랙, 네가 카림을 맡아."

차를 구하겠다고 밖으로 나간 리나 페이크가 저 소리를 알아차리고 다시 돌아오길 바라는 수밖에 없었다. 서둘러 자리를 정리하고 최대한 흔적을 지웠다. 어두운 유적지 속으로 숨어들며 레인은 그 차량들이 이곳을 그냥 지나가길 바랐다.

그런 바람 따위는 신이 들어주고 싶지 않은지 여러 대의 지프 차가 가까운 곳에 정차하는 소리가 선명하게 들렸다. 레인이 눈을 가늘게 뜨고 어둠 속을 노려보았다.

"여기 있습니까?"

단조로운 목소리가 어둠을 갈랐다.

레인이 반사적으로 자신의 뒤에 블락이 안고 있는 카림을 바라보았다. 아직 의식이 없는지 지브릴의 목소리를 듣고도 아이가 반응하지 않는 것을 보고 안도의 한숨을 내쉬었다.

"이제는 아무도 오지 않는 오래된 유적지라. 좋은 선택입니다."

어디서부터 꼬리가 밟혔던 걸까. 레인이 건벨트에서 천천히 글록을 꺼내 손에 쥐었다. 그런 레인의 손 위에 손을 얹은 가브리엘이 고개를 저었다.

"아리아는 끝까지 북쪽이라 우겼지만, 아시다시피 제가 의심이 좀 많은 성격이라서요."

저벅저벅.

그가 걸음을 떼고 유유자적하게 유적지 안을 걸어 다니는 소리가 들렸다. 자잘한 자갈들이 그가 지금 어디를 걷고 있는지 소리로 말해줬다.

"설마 내 아들을 정부군 손에 넘겨 죽일 생각이 아니라면 남쪽도 아닐 테고, 그렇다고 해서 이미 경비가 강화된 북쪽 국경으로 가는 건 자살행위죠. 혹시, 알카에다와 손을 잡았습니까?"

마지막 말엔 농담을 던지며 지브릴이 웃었다.

발자국 소리가 점점 가까워졌다. 그가 데려온 군인들은 움직이지 않았다. 하지만 지브릴의 손짓 하나에 이 유적지가 벌집이 되리란 건 자명했다. 레인의 얼굴 옆 벽을 짚고 있는 가브리엘의 하얀 손가락이 마치 음률을 타듯 부드럽게 움직였다. 어떠한 떨림도 없는 그 손이 레인의 얼굴 위를 바람과 함께 부드럽게 스쳤다.

카림의 목숨과 팀원들의 목숨.

선택의 순간이 다가왔다.

투두두두두두두—

헬기의 로터 소리가 가까이에서 들렸다. 하인드 공격 헬기 두 대가 라이트를 비추며 다가오는 것이 보였다. 이곳이 꽤 넓은 유적지임을 감안해 공중에서 움직임을 찾아낼 생각이었다.

"공격 헬기라니. 진짜 죽일 생각인가."

클레이가 이를 갈았다. 레인의 생각을 읽은 건지 블락이 보기 드물게 진지한 얼굴로 고개를 저었다.

"애 스스로 제 아비를 떠날 생각을 했다면 이유가 있겠지."

그렇게 말하며 품 안의 카림을 블락이 더 꽉 끌어안았다. 한 손에는 기관총을 들고 싸우자는 뜻을 밝혔다.

"우리는 너를 믿고 있어. 항상 최선을 찾아내잖아."

조이가 그 옆에서 웃으면서 속삭였다.

아무리 지금까지 어떤 임무에서도 탈출 방안만큼은 기막히게 모색해 팀원들 전체가 살아 돌아오는 데 레인의 활약이 컸다 하더라도 지금 같은 상황은 아니었다. 뒤를 받쳐줄 백업 팀도 없고 앞에는 전투헬기 두 대가 있다.

가브리엘만은 아무 말도 하지 않고 여전히 그녀의 볼에 손을 대고 조용히 응시하고 있었다. 어둠 속에서 새파란 눈동자가 선득하게 빛났다. 곧 사냥감을 물어뜯을 준비가 된 맹수처럼 레인의 입술을 보고 있었다.

그녀의 입술이 열리면 언제라도 날뛸 수 있게 준비된 것처럼.

레인이 숨을 멈췄다. 머릿속의 생각도 멈췄다. 이 상황에서 최선은 하나였다.

하지만 쉽게 입이 떨어지지 않았다. 카림을 주고 이곳을 빠져나가는 게 최선이라는 것을 알지만 아이를 넘길 수 없었다. 그런 레인의 마음을 알고 있다는 듯 가브리엘이 그녀의 어깨를 지그시 내리눌렀다.

"내가 당신을 찾는다면 거래는 없는 겁니다."

지브릴의 말을 끝으로 하인드의 로터가 돌아가는 소리가 위협적으로 울렸다. 그리고 그 로터 소리의 뒤로 다른 소리가 끼어든 것을 알아차리는 건 어렵지 않았다. 레인이 반사적으로 하늘을 올려다보았다. 이미 자신의 팀원들도 전부 하늘을 보고 있었다.

북쪽에서 빠르게 날아오는 수십 대의 점이 보였다.

위이이이이잉—

가까이 올수록 진동과 굉음을 초속으로 흘리며 그들의 머리 위를 지나가는 것은 F—15 전투기들이었다.

머리 위를 스쳐 지나가는 그 전투기들을 보며 레인은 기회가 찾아왔다는 것을 깨달았다.

"짐승은 짐승이 상대해야 하는 법이죠."

자신을 믿고 기다려준 레인의 목덜미, 맥박이 뛰는 그곳에 입을 맞춘 가브리엘이 자리에서 일어났다. 육식동물이 기지개를 켜듯 나른하고 조용한 움직임이었다.

그 말이 끝나기 무섭게 사나의 동쪽에서 붉은 불길이 치솟았다.

공습의 시작이었다.

「장군님! 공항이 폭격을 받고 있다고 합니다!」

어디론가 전화를 걸던 지브릴의 비서가 그에게 외쳤다. 지브릴의 눈은 이제 유적지가 아닌, 불꽃이 타오르고 있는 검은 도시 저 너머를 바라보고 있었다. 그의 입가가 비뚤어지게 올라갔다.

이런 짓을 할 사람을 하나 알고 있었다.

"가브리엘!"

그가 영국으로 떠나지 않았다는 사실을 지브릴은 그제야 알 수 있었다. 여기에서 왠지 그의 흔적이 묻어 나왔다.

"적의 적은 아군이야. 그렇지?"

그렇게 말하며 가브리엘이 어둠 속에서 걸어 나왔다.

F—15는 사우디아라비아의 전투기였다. 수도를 빼앗기고 반년 넘게 작은 교전 이외에는 사우디가 개입하지 않았다. 정부군을 지원하고 있음에도 이렇다 할 움직임은 보이고 있지 않았기에 사실상 이 폭격은 말이 되지 않았다.

"사우디는 이 내전에 발을 들일 자격이 없어!"

"이란도 마찬가지지."

가브리엘이 싸늘하게 대꾸했다. 아무리 사우디가 옆 나라인 예멘의 정부군을 지원한다 해도 이렇게 대대적인 공습을 감행할 수 있을 리 없었다. 일단 목표는 일반 시민들이 살고 있는 수도의 공습은 아니었다. 처음부터 타깃은 사나의 국제공항이었다.

정부군이 사우디와 손을 잡고 반정부군인 지브릴은 이란과 손을 잡았다. 그가 사나의 국제공항을 통해 이란에게 무기를 조달받는다는 걸 가브리엘은 알고 있었다. 이란에서는 구호물자를 보내는 거라고 우길 테지만 지나가는 개도 믿지 않을 변명이었다.

사우디의 최대 적은 이란이다. 이건 더 이상 한 나라의 땅따먹기 따위가 아니었다. 그 나라 너머의 두 강대국의 기 싸움이었다.

가브리엘이 그레이를 시켜서 한 일은 사우디의 공습에 명분을 주는 거였다.

지브릴이 미국의 제의를 저울질하며 대답을 미뤘던 것도 거기에 있었다. 처음 손을 잡은 이란과 적당한 타협을 거치지 못했기 때문이다. 하지만 이제는 타협점을 찾았는지 다른 한 손으로는 슬며시 미국의 손을 잡았다.

"이럴 시간이 있나?"

「장군님! 명령을!」

멀리서 희미하게 미사일이 떨어지는 굉음이 들려왔다. 가브리엘의 눈이 지브릴의 뒤에 떡하니 버티고 있는 하인드 공격 헬기를 향했다.

"정부군이 곧 밀고 올라올 거야."

그의 말이 맞았다. 그저 한 번의 폭격으로 끝날 리 없었다. 이번 기회를 틈타 국제공항을 정부군이 손에 넣으리라. 가브리엘의 도발에 지브릴이 그를 노려보았다. 검은 눈에서 불꽃이 일었다. 더 이상 아들은 그의 안중에 없었다.

「장군님!」

지금 반군의 최대통수권자인 지브릴의 명령이 있어야 수도의 군인들이 움직일 수 있었다. 비서가 울상을 짓고 다시 한 번 지브릴을 불렀다.

「비상소집해. 지금 움직일 수 있는 병력을 둘로 나눠서 한쪽은 수도로, 한쪽은 공항으로 간다.」

결국 지브릴이 등을 돌렸다. 그는 단 한 번도 이성을 잃지 않았다. 돌아서는 그에게서 카림에 대한 어떤 미련도 보이지 않았다. 비서가 열어주는 차에 몸을 실은 그가 차창을 열고는 마지막으로 가브리엘을 보았다.

"가브리엘, 나는 너를 좋아해서 언젠가 꼭 겨뤄보고 싶긴 했지. 이런 식은 아니었지만."

아리아를 죽였을 때처럼 지브릴이 손짓을 했다. 그의 손이 아래로 떨어지는 것을 보았을 때 레인이 가브리엘의 옆에 가 섰다. 공중에 가만히 떠 있던 하인드 헬기 두 대가 천천히 저공비행을 시작하는 것이 보였다.

헬기가 향하는 곳은 공항이 아니었다. 바로 자신과 가브리엘을 노리고 있었다.

「카림은 어떻게 할까요?」

「여기서 살아남으면 데려와.」

비서의 물음에 지브릴이 고민 없이 대답했다.

공격 헬기가 한 번 공격을 시작하면 그 지역은 초토화나 다름 없게 된다. 아이가 살아남을 수 있는 환경이 아니었다.

그 아랍어를 알아들은 가브리엘이 날 선 웃음을 지었다. 데려온 군인들과 공격 헬기 두 대를 남기고 지브릴을 태운 차가 빠르게 유적지를 벗어났다.

탕!

위쪽에서 들린 총성은 헬기 쪽을 향해 있었다.

레인은 그 총성으로 리가 무사히 돌아왔음을 깨달았다. 남아 있는 지브릴의 비서는 빨리 이 상황을 종결시키고 싶었는지 헬기에만 공격 명령을 내려놓고 공격에 휩쓸리지 않기 위해 군인들을 뒤로 물렸다. 레인이 가브리엘을 끌고 일단 유적지의 벽을 방패로 삼았다.

탕!

다시 한 번 총소리가 들렸다.

리의 시도는 가상했지만 소용없는 짓이었다. 하인드는 30㎜의 방탄이 가능한 헬기다. 50구경 대물저격총이 아니라면 저 방탄을 뚫을 수 없었다.

"흩어져. 하인드가 공격하기 시작하면 카림을 안고 뒤로 뛰어. 가장 안전해 보이는 장소를 찾아. 조이, 엄호해."

조이와 블락이 고개를 끄덕였다. 카림이 떨어지지 않게 그를 등에 메고 침낭 째로 벨트를 이용해 꽉 묶었다. 그리고 헬기의 로터 소리가 가까워지고 블락이 사격 범위를 벗어나려 뛰려 했을 때였다.

쿠아아아아앙!

눈앞에서 화염이 폭발하듯 터졌다. 가브리엘이 레인을 끌어안으며 쏟아지는 파편을 피해 몸을 웅크렸다. 귀가 먹먹했고 한순간 밝은 빛에 노출되어 눈 앞이 컴컴했다. 설마 그저 평범한 라이플 하나로 정말 리가 헬기를 박살내기라도 한 걸까.

"아……."

클레이가 침음을 삼키는 소리가 들렸다.

그리고 얼핏 돌아온 시야로 하늘을 바라보았을 때 왠지 모를 전율에 레인의 등허리가 오싹했다.

로터 소리조차 죽인 채 조용히 공중을 선회하고 있는 헬기는 AH─64D 아파치 공격 헬기였다.

누구도, 심지어 하인드 헬기조차 자신들의 위에 아파치가 소리 없이 선회 중인 것을 알지 못했다. 어떤 소리도 없었다. 아파치의 가장 무서운 점이 그거였다. 저소음 로터를 사용해 사면에 있으면 소리도, 존재도 느껴지지 않아 적들은 공격 헬기가 자신을 노리는지조차 알지 못한다. 그리고 그 상태에서 적외선 열추적 미사일로 타깃을 제거한다.

얼마 전 아프간에서 탈레반을 제거할 때 아파치가 내려다보는데도 탈레반들이 머리 위 헬기의 존재를 모르고 유유히 걷다가 기관포를 쏘니 그제야 도망갔다는 말을 들은 적이 있다. 아파치는 소리 없는 죽음의 사자나 다름없었다.

하인드는 지형추적비행으로 인해 지면에 바짝 붙어 있는 상태였고, 아파치는 그 위에 있었다. 서둘러 남은 하인드 하나가 황급히 공중으로 올라가려 할 때였다.

콰아앙!

처음 하인드가 격파됐을 땐 무슨 일이 일어난 건지 정확히 보이지 않았지만 아파치를 보고 나서야 정확히 보였다.

아파치에서 스팅어 미사일이 발사됐다. 폭죽놀이라도 하는 듯 순식간에 남은 한 대의 헬기가 공중에서 파편이 뇌어 떨어져 내렸다. 그리고 지형추적비행을 시작한 아파치 헬기가 가까이 다가왔을 때에서야 조종석이 보였다.

앞에 있는 조종사가 씩 웃으면서 한 손을 흔들어 보였다.

"……눈 마주치지 마. 눈 마주치지 마."

분명 아군이 확실했건만 블락이 꼼짝없이 얼어서 고개를 푹 숙이고 주문처럼 그 말만 외웠다.

분당 625발을 쏟아낼 수 있는 아파치에 달린 체인건이 조종사의 시선이 향하는 곳을 철컥 조준하는 것이 레인의 눈에도 보였다. 부사수의 헬멧과 연동되어 있어 부사수의 눈이 가는대로 체인건이 조준되게 설계된 시스템이다. 가장 군 생활을 오래했던 블락이 아파치의 무서움을 제일 잘 알고 있었다.

"난 30㎜ 체인건이 날 조준하는 모습 따위 살아생전 보고 싶지 않아."

하인드 헬기 앞에서도 보이지 않았던 약한 모습을 보이는 블락의 목소리가 떨리는 것이 느껴져 레인이 상황을 잊고 낮게 웃음을 터트렸다. 그렇게 눈인사를 하고 건너간 아파치의 체인건이 불을 뿜기 시작했다.

투두두두두두두!

지나가는 자리 그대로 땅이 파이며 군인들이 타고 왔던 차를 완전히 박살냈다. 그 체인건에 맞은 군인들의 몸이 형체도 없이 찢겨져 사라졌다.

그리고 나선 마무리는 너희들이 하라는 뜻일까, 아파치는 유유히 가던 길 그대로 공습이 일어나는 곳으로 떠났다.

그리고 우왕좌왕하는 그때를 놓치지 않았다.

"클레이! 엄호해!"

탕! 탕! 타타탕!

어둠 속에서 불을 뿜는 총구가 보였다. 빛이라곤 격추된 헬기가 떨어져 불타고 있는 게 다였다. 아파치가 지나가면서 엉망이 되어버린 유적지엔 인공적인 빛은 아무것도 없었다. 쓰러져서 신음하는 부상자와 서둘러 엄폐물로 몸을 가리고 아무것도 보이지 않는 어둠에 대고 총을 쏘는 소리만 들려왔다.

그 어둠을 틈타 가브리엘은 어디로 갔는지 보이지 않았다.

"큿!"

건너편에서 레인이 움직일 때마다 엄호하고 있는 클레이가 어깨를 감쌌다.

"조이!"

의무병인 조이의 이름을 부르자 그가 날렵하게 다가왔다. 조이에게 클레이를 맡기고 점점 더 거리를 좁혔다.

여전히 자신들이 처음 숨었던 곳에 총질을 하고 있는 군인들의 우회로 돌아간 레인이 부서진 지프의 뒤에 있는 군인 둘에게 총격을 가했다.

탕! 탕!

언제까지 서로 엄폐물 뒤에 숨어 있어서는 끝나지 않는 싸움이 될 뿐이었다.

여분의 탄창으로 갈아 끼우며 방금까지 군인들이 숨어 있던 곳에서 잠시 숨을 골랐다.

탕!

머리 위를 스치고 지나간 총알이 사람의 살을 푹 뚫고 들어갔다. 그리고 자신의 위로 저격을 당한 군인 하나가 고꾸라졌다.

스코프로 보고 있을 리에게 고개를 한번 끄덕여 보이곤 레인이 다시 움직였다.

스걱—

옆의 엄폐물로 레인이 가볍게 넘어갔을 때 보이는 것은 세 번째 군인의 목을 긋는 가브리엘의 모습이었다. 무표정한 얼굴로 군용 나이프에 묻은 피를 털어내는 모습이 지독하게 건조해 보였다.

갑자기 나타난 인기척에 적으로 여기고 나이프를 순식간에 반대로 잡고 그대로 찌르려는 그를 겨우 상체를 숙여 피했다. 사락 거리며 머리카락 몇 올이 잘게 잘렸다.

"……레인?"

메마른 시선에 순식간에 온기가 담겼다. 그리고 자신이 무슨 짓을 했는지 깨달은 가브리엘의 미간이 찌푸려졌다.

"이럴 땐 내 옆에 다가오지 말아요."

그리고 레인의 손에 들린 글록을 보고 고개를 저었다. 입술 위에 한 손가락을 가져다 대고 나이프를 들어 올려 보인다. 그 말뜻을 알아들은 레인이 글록을 건벨트에 다시 넣고 그와 같은 군용 나이프를 발목에서 꺼내들었다.

어쨌든 가까운 곳에서 총을 난사하면 눈에 띄기 마련이다.

"우어어어어— 다 덤벼!"

반대쪽에서 기관총이 불을 뿜었다. 목소리를 들어보니 리와 함께 있어야 할 페이크가 분명했다. 언제 군인들의 기관총을 슬쩍했는지 두 개를 각각 한 손에 들고 무차별적으로 난사하고 있었다. 아마도 이쪽에서 처리하고 있는 자신들을 의식해 시선을 끄는 역할을 해내는 듯했다.

꽤 커다란 트럭의 너머에서 예닐곱 개의 총구가 불꽃을 발했다.

투두두두두두—

다시 한 번 헬기 소리가 총 소리와 뒤섞여 울렸다.

멀지 않은 곳에서 로프를 내리고 지상 가까이 착륙하려는 수송 헬기가 보였다.

"후퇴해!"

레인이 있는 힘을 다해 소리쳤다. 헬기가 온 이상 군인들을 상대할 필요는 없었다. 가브리엘과 시선을 교환해 수송 헬기 쪽으로 몸을 틀려는 찰나 레인의 몸이 바짝 긴장했다. 살기어린 시선이 정확하게 느껴졌다.

동물적인 감각으로 그녀가 가브리엘의 앞으로 뛰어들었다.

타앙!

멀지 않은 곳에서 시신처럼 위장하고 누워있던 지브릴의 비서
가 총을 들고 선 것이 보였다.

허리춤이 불에 데인 듯 뜨끔했다.

「이쪽이다!」

비서가 외치는 말에 십 수 명의 군인들이 트럭 너머에서 쏟아
져 나왔다.

"……어……."

다리에 힘이 풀려 주르륵 미끄러지려는 레인의 몸을 가브리엘
이 받쳐 안았다. 레인은 그를 온 힘을 다해 밀어냈다. 순식간에
바지를 적시고 바닥으로 피가 빠져나가는 감각은 마치 생명이 빠
져나가는 것처럼 선득하게 느껴졌다.

"……뛰어. 뛰어, 엘!"

겨우 튀어나온 끔찍하게 갈라진 목소리가 그를 밀어냈다.

가브리엘은 석상마냥 그 자리에서 움직이지 않았다. 등 뒤로
다가오는 군인들의 기척이 느껴지건만 그는 못 들을 걸 들은 사
람처럼 고개를 모로 기울이고 레인의 입술만 바라보고 있었다.

그녀가 그를 밀어내려 뻗은 손으로 가브리엘의 손이 느릿하게
다가왔다.

마치 그 손을 잡으려는 사람처럼.

"뛰어, 엘!"

레인이 다시 그를 거칠게 밀어냈다. 그 반동으로 마침 그 뒤에
있던 부서진 지프 너머로 그의 몸이 밀려 사라졌다. 옆구리를 타

고 흐르는 피를 두 손으로 막은 채 레인이 그제야 뒤를 돌아보았다.

"당장 카림을 데리고 오라고 해."

이미 충격으로 칼은 놓쳤고 반사적으로 허리춤을 뒤적여 글록을 찾았으나 총알이 건벨트를 뚫었는지 건벨트마저 서너 걸음 앞에 떨어져 있었다. 비서가 레인에게 총을 들이댔다.

피식 웃으며 레인이 고개를 저었다. 옆구리를 틀어막고 있던 손을 길게 늘어뜨렸다. 그 작은 움직임에도 꿀렁거리며 피가 새어 나오는 느낌이 섬뜩했다. 하나둘씩 무사히 수송 헬기에 오르는 팀원들의 모습이 보였다.

"후……."

그제야 안도의 한숨이 흘렀다.

"그만 포기하지 그래?"

레인이 씁쓸하게 물었다. 담배 한 대가 절실했다. 이제는 그레이도 금연을 하게 돼 담배는 구할 수 없겠다는 쓸데없는 생각이 들었다. 갑자기 한숨을 내쉬다가 희미하게 웃는 레인이 이해가 안되는지 지브릴의 비서가 총구를 더 바짝 들이댔다.

총구가 미간을 정확히 찌르자 가뜩이나 힘도 빠지는데 무릎까지 꿇고 싶은 기분이었다.

탕!

그때 레인과 비서의 발치에 총알이 박혔다. 마른 땅을 뚫고 움푹 파인 총알이 스나이퍼의 존재를 여실히 알려줬다.

"리! 후퇴해!"

레인이 겨우 기운을 짜내 외쳤지만 대답은 들려오지 않았다. 이 시야가 불분명한 곳에서 저격을 하는 게 얼마나 위험천만한 일인지 알고 있었다. 멀지 않은 곳에서 수송 헬기가 일으키는 흙모래 바람이 시야를 흐리게 만들었다. 그렇지 않았으면 진즉에 자신의 앞에 있는 저 비서의 얼굴이 날아갔을 텐데.

어떻게든 자신을 살리기 위해 백업하려 하는 리에게 다시 외쳤다.

"리!"

대답 대신 또다시 총알이 얼마 떨어지지 않은 바닥에 박혔다.

레인의 머리에 총구를 가져다 댄 비서 외에 다른 군인들은 스나이퍼의 존재를 알게 되자 빠르게 엄폐물을 찾아 숨어들었다.

"빌어먹을!"

비서의 눈에 갈등이 어린 게 보였다. 레인의 손이 천천히 바지의 뒷주머니로 향했다. 그가 자신의 눈과 수송 헬기를 번갈아 쳐다보는 사이였다.

손가락 사이로 너클을 끼우고는 레인은 힘을 다해 그의 복부와 가슴 사이를 후려쳤다.

빠각—

갈비뼈 아래 제대로 들어간 주먹에 그가 휘청거렸다. 그 틈에 미간을 노리고 있던 기관총의 총구를 왼쪽 손바닥으로 올려치자 하늘을 향해 총알이 발사됐다.

타앙!

하지만 끝까지 기관총을 놓치지 않은 근성에 혀를 차는 순간 건스톡이 레인의 얼굴 위로 날아들었다.

빡!

귀 뒤를 그대로 얻어맞은 레인의 상체가 고꾸라졌다.

좀 더 힘이 남아 있었다면 더 세게 주먹을 휘둘러서 갈비뼈를 날려 버릴 수 있었는데. 그 순간에도 이런 아쉬움이 남았다. 그가 한 손으로 레인의 멱살을 잡고 들어 올렸다.

"그 손 놔."

철컥—

장전되는 소리와 함께 모래 바람을 뚫고 가브리엘이 모습을 드러냈다.

자신의 멱살을 잡고 있는 비서로 인해 뒤를 돌아보지 못했지만, 분명 가브리엘의 목소리였다.

탕!

군인들이 엄폐물 뒤에서 움직이려 하자 또다시 리의 지원사격이 날아왔다.

"움직이지 마!"

한 손으로 멱살을 잡고 다른 손으로 기관총의 총구를 레인의 턱 밑에 가져다 대며 비서가 외쳤다. 허수아비처럼 몸이 흔드는 대로 움직였다. 온몸의 뼈가 녹진녹진해져서 녹아 없어진 것 같았다.

"빌어먹을! 젠장!"

지브릴의 비서가 엉망이 된 상황을 견디지 못하고 욕설을 내뱉었다. 레인을 방패처럼 제 몸 가까이로 끌어 올려 가브리엘의 총구에서 스스로를 지키려는 노력은 가상해 보였다.

"……나를 두고 갈 생각이었어요?"

등 뒤에서 들려온 목소리가 나긋하게 물었다. 레인은 그의 표정을 볼 수 없었지만 아마 버림받은 맹수의 얼굴을 하고 있지 않을까 생각했다.

"아니. 최선을 다해 발악 중이었어."

그가 없었다면 아마도 자신은 그저 팀원들을 탈출시켰다는 데 안도해 모든 걸 포기하고 널브러졌을지도 모른다.

"당신이 자살하는 꼴 따위는 내가 못 본다고 했을 텐데."

이건 로미오와 줄리엣이 아니었다. 그리고 자신의 옆구리를 관통한 총알은 생명이 위독할 정도는 아니었다. 레인이 힘없이 눈을 감으며 어쩔 수 없이 등 뒤의 남자를 생각했다. 자신의 세계로 들여보내 달라는 남자가, 그의 세계에서도 갈 곳이 없다는 남자가 등 뒤에 있었다.

그의 세계를 본 적 있었다.

아무리 소리치고 울부짖고 절규해도 메아리조차 돌아올 것 같지 않은 그 끝 간 데 없는 광야를 목도했다.

지금 당장이라도 이 틈을 비집고 총알이 날아온대도 두렵지 않았다.

그저, 나는 네가, 그리고 내가 가여워서 견딜 수가 없다. 혹시라도 내가 잘못돼 남겨질 네가 가엾고, 그렇다면 너를 두고 눈을 감아야 할 내가 가엾다.

너의 남은 인생이 너에게 더 이상 가혹하지 않기만을 바라는 내가 있다. 무슨 짓을 해도 너의 광야는 그곳에서 여전히 너를 외로이 고립시킬 거라는 걸 알고 있어서 유일하게 그것이 두렵다.

"……살려줘."

레인이 지브릴의 비서를 똑바로 바라보며 내뱉었다.

"그럼 카림을 데리고 오라고 해!"

그가 앵무새처럼 같은 말을 반복했다. 그는 금방이라도 떠날 것 같은 수송기를 초조하게 번갈아 바라보고 있었다. 그의 손가락이 방아쇠에 반쯤 걸쳐졌다. 이제는 눈앞의 남자도, 자신도 한계였다.

"너에게 한 말이 아냐."

내가 살려달라고 이야기한 사람은.

레인의 그 말이 끝나기 무섭게 총성이 울렸다.

탕!

어깨를 관통한 총알에 레인의 몸이 크게 흔들렸다. 그리고 그 총알이 비서의 목을 정확히 꿰뚫은 것이 보였다.

"거기 있어."

저벅거리는 걸음 소리가 들리자 레인이 말했다. 비서가 죽고, 관통당한 어깨를 감싸 쥐며 레인이 풀린 다리로 비틀거리며 겨우 일어났다. 그리고 뒤를 돌아보았다.

자신의 어깨를 관통시킨 라이플을 들고 있는 가브리엘의 모습이 보였다. 기껏 그를 떼어놨더니 라이플을 찾아 가지고 온 모양이었다.

스나이퍼 때문에 숨었던 군인들은 결국 그들을 지휘하던 지브릴의 비서가 죽자 서둘러 철수했다.

턱 끝까지 차오르는 숨을 몰아쉬며 한 발, 한 발, 그에게 내디뎠다. 중간에 한 번 다리에 힘이 풀려 주저앉았지만 가브리엘은 끝까지 레인이 일어나기를 기다렸다. 일렁이는 푸른 눈동자가 어둠 속에서 자신을 밝혀주는 등대의 불빛처럼 보였다. 조난당했다가 그 등대를 보고 겨우 노를 저어 갈 곳의 방향을 잡은 조난자처럼 레인이 다시 일어나 걸었다.

고작해야 여덟 걸음 남짓이었다.

"엘."

한 걸음을 남겨두고 그를 겨우 마주 볼 수 있었다. 가브리엘은 대답하지 않았다. 그가 자신의 부름에 대답이 없었던 적은 처음이었다. 하지만 상관없었다. 레인이 웃으면서 그를 끌어안아 지친 몸을 기댔다.

"내가 왔어."

너의 광야로.

그 말을 마치기 무섭게 가브리엘이 레인의 몸을 안아 올렸다. 그제야 그가 숨을 쉬고 있지 않다는 것을 깨달았다. 자신이 걸어오는 그 짧지만 긴 시간 내내 그가 숨을 멈추고 지켜보고 있었다. 그 작은 호흡 하나로 레인이 그에게 걸어오는 도중 쓸려 넘어질까 싶어서.

"항상 알리가 마지막으로 내뱉었던 말이 궁금했지."

가브리엘이 레인을 안고 수송기로 걸어가며 중얼거렸다. 너무 작은 목소리라 레인이 끊어지려는 의식을 겨우 붙잡지 않으면 들을 수 없는 말이었다.

"원망이었을 거라고, 살려달라는 말이었을 거라고."

자신을 향해 뻗은 알리의 손을 지나쳐서 그 올리브나무로 만들었다는 십자가 목걸이를 뜯어내 도망쳤을 때부터 항상 궁금했다.

분명 알리의 말을 들었는데 기억나지 않았다. 그리고 그 말이 그의 방독면을 대신 가져간 자신에 대한 원망일 거라 생각하며 기억하려 하지 않았다.

"뛰어, 엘."

가브리엘이 잠시의 간극 뒤에 말했다.

알리는 자신을 붙잡으려 손을 뻗은 게 아니었다.

그를 밀어내려 뻗은 손이었다. 레인이 그랬던 것처럼.

그녀가 그 말을 내뱉었을 때 그가 딛고 있던 세상이 허물어졌다. 다시는 회복할 수 없을 정도로 가루가 되어서 부서져 내리는 것을 느꼈다. 그녀가 밀치는 대로 넘어가 한동안 움직일 수 없었다.

그리고 거짓말처럼 그 말의 뜻을 이해하고 나자 허물어졌던 세상이, 가루가 되어 부서져 내렸던 것들이 새로운 조각으로 맞춰지기 시작했다. 자신을 밀어냈던 손을 이대로 잃을 순 없었다.

그것을 깨달은 순간 자신이 무엇을 해야 하는지 알 수 있었다.

"이번에는 한날, 한시에."

레인이 죽는다면 그도 그녀와 함께 한날, 한시에 눈을 감으리라.

"누구 마음대로."

레인이 아직까지 너클을 낀 손으로 그의 가슴을 툭 치며 눈을 흘겼다. 꿈쩍도 하지 않은 가브리엘이 냉랭하게 웃으며 어림도 없다는 듯 답했다.

"내가 그렇게 결정했으니까요."

더 이상 대꾸할 기력도 남지 않아 레인이 그냥 눈을 감아버렸다.

레인은 수송기의 로터 소리와 바람이 얼굴 위에 날카롭게 닿는다는 생각 따위를 하며 점점 멀어지려는 의식을 굳이 붙잡지 않았다. 의식의 끝에 있는 검은 어둠 속에서도 자신을 보는 새파란 등대를 만날 것 같은 기분이 들어 오히려 그 무아(無我)를 반겼다.

24.

그러자 원수들에게 복수하기를 마칠 때까지 해가 머물렀고,
달이 멈추어 섰다.

– 여호수아 10:13

까마득한 의식 속에서 유영하고 있었다. 그럴 때마다 자신의
얼굴을 부드럽게 만지는 느낌에 손가락 하나 까딱하기 힘든 상황
에서도 웃음이 나왔다. 눈꺼풀에 거대한 추가 매달린 것 같아 눈
은 뜰 수 없었지만 가끔 자신에게 속삭이는 달달한 목소리도, 손
길도, 모두 느낄 수 있었다.

"일어나요. 잠자는 숲속의 공주님도 좋지만 레인이 눈을 뜨고
있는 쪽이 난 더 좋아요."

"……흣…….."

입술을 가르고 들어오는 미지근한 물을 받아 마시며 레인이
희미하게 눈을 떴다. 입을 맞추고 물을 흘려 보내주는 중에도 가
브리엘이 레인의 상태를 살폈다. 코끝을 비비며 그가 사랑스러운

미소와 함께 속삭였다.

"왕자님의 키스로 깨다니. 로맨틱하네요."

눈앞에서 자신의 속눈썹과 그의 금빛 속눈썹이 엉킬 정도였다.

"안녕."

레인의 인사에 대답 대신 그가 다시 한 번 코끝을 부딪쳤다.

강아지처럼 내려간 눈꼬리가 인사를 대신했다.

"절대안정이 필요한 환자를 자꾸 귀찮게 구시면 의사가 분명히 쫓아낸다고 했습니다."

심드렁한 목소리가 옆에서 들려왔다. 그것이 그레이라는 것을 알아차리자 레인이 고개를 돌렸다. 순식간에 관심이 그레이에게 옮겨가자 그것이 마음에 안 든다는 듯 가브리엘이 낮게 혀를 찼다.

"안녕하세요, 그레이 씨."

몸 상태는 생각보다 나쁘지 않았다. 그레이에게 인사를 하며 레인이 팔의 상태를 확인하기 위해 들어 올리려 하자 가브리엘이 움직이지 못하게 손을 꾹 눌렀다.

"고생 많으셨습니다, 레인 씨. 팔과 옆구리는 장기와 뼈를 피해 깨끗하게 관통해서 괜찮습니다. 봉합도 수송기 안에서 제대로 됐고요. 여기서 바로 의사가 살폈는데 피를 많이 흘린 것 외엔 별 이상이 없었습니다."

"여기가 어디……."

그러고 보니 미약하게 침대가 흔들리고 있었다.

"지금 레인 씨는 세계에서 가장 비싼 요트를 타고 계십니다."

분명히 수송기를 탔던 것 같은데 어떻게 자신이 요트 안에 있는 걸까. 시간이 그리 경과한 것 같지도 않았다.

"아, 출발하는군요."

그레이의 얼굴은 수척해져 있었다. 흘러내린 앞머리를 뒤로 쓸어 넘기며 그가 레인과 눈이 마주치자 별 일 아니라는 듯 싱긋 웃었다.

"내가 정신을 잃은 지 얼마나 된 거죠?"

"네 시간쯤 됐습니다."

그럼 얼마 지나지도 않았다. 창밖에 아무것도 없는 허름한 항구가 보였다. 레인이 그것을 보고 있는 걸 알아차렸는지 가브리엘이 옆에서 그녀의 이마에 송글송글 맺힌 땀방울을 닦아주며 설명했다.

"모카항이에요."

무의식적으로 지도를 살폈을 때 그 항구의 이름을 기억해 놓았던 게 생각났다.

"……항구인데 조용하네."

멀어져 가는 항구는 이제는 아무도 쓰지 않는 것처럼 고즈넉하기만 했다.

"16세기 예멘의 커피가 모카항을 통해 수출됐죠. 유럽과 홍해에서 가장 활기찬 항구였어요. 지금은 동남아로 커피가 퍼져가면서 모카커피와 모카항 둘 다 잊혔지만."

모카항에는 모카커피가 없다. 어디선가 들은 말을 떠올리며 레인이 희미하게 웃었다. 모카커피라는 말은 이 모카항에서 커피가 수출되면서 생긴 말이라는 것도 덩달아 기억났다. 어렴풋하게 알고만 있던 사실을 실제로 볼 줄이야.

낡은 항구를 바라보는 눈이 새삼스럽게 빛났다.

"과거의 영광은 과거에 묻어뒀죠."

16세기에 가장 찬란하고 아름답게 번성했던 항구의 모습은 그 어디에도 없었다. 가브리엘이 창밖에서 눈을 떼지 못하는 레인의 턱을 붙잡고 자신에게로 돌렸다.

"그런데 우리가 왜 여기에 있는 거야?"

막연히 항구로 가서 배를 구해야 한다는 사실만 떠올렸지, 이런 요트를 구하리라곤 생각하지 못했다. 게다가 이 낡은 항구와 그레이가 말한 것처럼 세계에서 제일 비싸다는 이 요트는 어울리지 않았다.

"그건······."

가브리엘이 막 입을 열었을 때 객실의 문이 열렸다.

"대체 언제까지 기다려야 하는 거요?"

나이가 지긋한 중년의 남자 하나가 인상을 찌푸리며 들어와 물었다. 그는 이내 레인이 깨어난 걸 알아차리곤 침대 옆으로 다가왔다.

"불편한 곳은?"

"없습니다."

"어깨랑 옆구리가 아파 죽을 것 같을 텐데 진짜 없소?"

"이 정도야 뭐."

레인이 대수롭지 않게 말했다. 그레이의 말마따나 장기와 뼈를 피해 관통했다면 중상도 아니었다. 봉합을 했으니 곱게 아물기만 기다리면 된다. 레인의 대답에 중년 남자가 고개를 끄덕이곤 가브리엘을 불만스럽게 바라봤다.

"환자가 깨어나면 치료를 받겠다고 하지 않았나?"

"아아······."

남자를 쳐다보지 않고 대충 대답한 가브리엘의 시선은 따스하게 레인의 얼굴에 닿아 있었다.

"부상당했어?"

무의식중에 레인이 인상을 찌푸리며 묻자 그의 손가락이 미간 사이의 그 주름을 꾹 눌러 폈다. 그것이 재미있었는지 아이처럼 키들거리는 웃음이 입술 끝에 걸려 있었다. 천진한 얼굴을 보자 다시 물으려던 말을 까맣게 잊고 레인이 잠시 그 얼굴을 바라보았다.

"각하를 감싸주신 건 감사하지만, 레인 씨의 옆구리를 관통한 총알이 각하의 갈비뼈 아래 박혔습니다. 아마 지금 이렇게 허리를 굽히는 것도 숨이 턱 막힐 텐데."

'참으로 대단한 사랑의 힘이 아닙니까?' 그레이가 박수까지 치며 마지막 말에 포인트를 줬다. 그제야 레인의 시선이 가브리엘의 가슴 아래로 내려갔다.

"별거 아니에요."

"별거 같은데."

검은색 셔츠 차림이었지만, 그레이의 말대로 셔츠의 앞섶이 젖어 있는 걸 발견할 수 있었다. 갈비뼈 아래 총알이 있다면 고통이 심할 텐데도 가브리엘은 어떤 내색도 하지 않았다. 그저 이렇게 있는 것이 진통제라도 되는 듯 레인의 갈라진 입술 끝을 쓸어낼 뿐이었다.

"물, 더 줄까요?"

"가서 치료 받아."

"조금만 더 있다가."

가브리엘이 부드럽게 레인의 볼에 자신의 볼을 비비다가 이내 그녀의 코끝에 입술을 스쳤다.

"엘."

"당신이 정신을 잃는 건 침대에서 나를 품고 있을 때뿐이었으면 해."

"허……."

기가 막힌 중년 남자의 헛바람 들이켜는 소리가 들렸다. 레인의 입에서도 그와 비슷한 소리가 나올 뻔했으나 독점욕으로 물들어 있는 어두운 푸른 눈동자를 마주하자 그 소리가 차마 입 밖으로 나오지 못했다.

"……소원이야."

레인의 말에 가브리엘의 눈동자가 살짝 커졌다가 곧 원래대로 돌아왔다. 그가 자신의 타액으로 레인의 입술 끝을 적셔주며 은밀하게 속삭였다.

"지금 소원을 쓰면 레인은 평생 내게서 못 벗어나요."

"그럴 여지를 주려고 했어?"

잠시 생각에 잠긴 그 푸른 눈동자를 손으로 만져보고 싶었다. 미동도 하지 않고 그저 속눈썹만 드리워진 살아 있는 사람의 눈동자가 유리구슬 같아서 저도 모르게 손을 뻗을 뻔했다.

"아니. 그럴 여지도 없이, 소원을 빌 틈도 없이 통째로 집어삼키려 했어요."

번들거리는 눈이 잔혹하게 빛났다. 소원이라는 게 실체가 있었다면 아마 이미 진작에 갈기갈기 찢겼을 거라는 생각이 들 정도로.

"아직도 여기 있는 건가?"

이미 열려 있는 문을 한번 노크한 누군가가 객실 안으로 들어왔다. 레인도 낮이 익은 자였다. 자선파티에서 만났던, 요트를 모으는 게 취미라던 사우디의 왕자 아지즈였다. 그를 보고 나서야 가브리엘이 어떻게 사우디를 움직일 수 있었는지 그 연결고리를 이해할 수 있었다.

상처가 날카롭게 쑤셨다.

자신을 내려다보고 있는 이 남자는 대체 어디까지 앞을 내다본 걸까?

그저 우연이었을까? 이 모든 것이?

"그럼 쉬어요. 소원 들어주고 올게요."

일어날 때 통증이 일었는지 가브리엘은 살짝 미간을 찌푸렸다. 기다리고 있던 중년 남자가 한숨을 푹푹 내쉬며 가브리엘의 뒤를 따라 나갔다.

"내 주치의 실력을 믿었으면 좋겠군요. 그런 걱정스러운 눈으로 쳐다보지 않아도 금방 다시 돌아올 거요."

아지즈도 자신을 알아본 눈치였다. 레인이 상체를 억지로 반쯤 일으켰다. 가브리엘이 몸을 기대고 있었던 침대의 시트 쪽이 붉게 젖어 있는 게 보였다.

"묻고 싶은 게 있습니다, 왕자님."

짙고 검은 눈썹이 꿈틀 움직였다. 하지만 이내 그 시선은 감히 당돌하게 그 질문을 던진 레인에 대한 흥미로 바뀌었다.

"그래, 무엇이 궁금하오?"

"그날, 요트에서 어떤 거래가 오갔습니까?"

잠시 그레이와 눈이 마주쳤다. 표정 없이 레인을 보던 그레이가 이미 자신의 손을 떠난 일인 듯 어깨를 으쓱했다.

"그때, 총격전이 일어나서 정확히 이야기를 끝내지 못했지. 여기 있는 비서가 아무리 서머셋 공작의 대리로 왔다지만 비서 따위와 논의할 내용은 아니었거든."

그레이가 상대할 수 없는 위치라는 게 이 왕자였다. 레인이 혀로 입술을 축이는 것을 본 아지즈가 테이블 위의 물컵에 물을 따라 그녀에게 건넸다. 레인은 멀쩡한 손으로 그것을 받아들어 목을 축였다.

"내가 움직인 건 이미 선수금을 받았기 때문이오."

그 말을 하면서 아지즈가 만족스러운 얼굴로 요트의 벽을 두드렸다. 그가 1년을 기다려 산 요트를 가브리엘이 하루 만에 샀다. 그리고 다시 하루가 채 되지 않아 그 요트의 소유권은 아지즈에게 되돌아갔다는 걸 알 수 있었다. 선수금이란 그 요트를 말하는 것이리라.

"그는 단 한 번, 자신을 도와주면 된다고 했지. 그게 예멘 수도를 공습하는 일일 줄은 상상도 못했지만."

"선수금이 있다면 잔금도 있겠죠."

레인의 말에 아지즈의 웃음이 진해졌다. 아지즈와 가브리엘은 거래를 했다. 그 거래로 인해 한 나라가 움직였다. 한 나라가 움직인 데 대한 그럴싸한 명분까지 있었다. 그는 무엇을 그 대가로 지불해야 했을까?

아지즈는 그저 요트를 좋아하고 여자를 좋아하는 사우디의 왕자가 아니었다. 그가 대답을 하지 않아도 깊은 만족감이 어린 미소에선 그 대가가 결코 싼 것이 아니라는 느낌이 들었다.

"그레이, 내가 말해도 되나?"

"레인 씨, 이미 끝난 일입니다."

가브리엘에게 따로 언질이라도 받았는지 그레이가 곤란한 얼굴로 그녀에게 고개를 저어 보였다. 하지만 레인은 고집스럽게 입술을 다물고 있었다.

"뭐, 그레이의 말대로 이미 끝난 일이니까. 사실 지금 내 아버지는 많이 노쇠해 계시고 아마 향후 몇 년 안에 후계자 싸움에 들어갈 거네. 내 형제들이 모르는, 추적이 불가능한 자금이 필요할 때지."

거기까지만 말한 뒤 아지즈는 모든 것을 다 말해줬다는 얼굴로 자리에서 일어났다.

"나머지는 그레이에게 듣든가, 가브리엘에게 듣게. 자네 팀과 아이는 다른 객실에서 쉬고 있으니 걱정하지 말고."

다 마신 컵을 레인 대신 제자리에 돌려놓으며 아지즈가 사람 좋아 보이는 미소를 지었다.

"호의에 감사드립니다."

아지즈가 방을 나가고 레인이 이번에는 말없이 그레이를 응시 했다. 처음에는 레인의 시선을 피하던 그레이가 환자는 쉬어야 한다며 다시 눕길 권했으나 그녀가 꼼짝도 하지 않자 포기의 한 숨을 내쉬었다.

"……제게는 무엇이 궁금하십니까?"

"아지즈 왕자를 만난 건 나를 위해서였나요?"

"레인 씨의 임무가 예멘이라는 걸 알고 만남을 좀 더 서두르긴 했습니다만, 언젠가는 만날 사람이었습니다. 슬슬 저나 각하나 지브릴과의 관계를 끊어야 한다는 걸 알고 있었으니까요. 그러기 위해선 지브릴이 미국과 손을 잡은 것처럼 우린 사우디와 손을 잡아야 했죠. 그 시기가 좀 앞당겨진 것뿐입니다."

언젠가 카림을 예멘에서 빼낼 생각이었다는 가브리엘의 말이 떠올랐다.

"그가 공습과 맞바꾼 건 뭔가요?"

"……남아프리카에 작은 광산이 있습니다."

"광산?"

그냥 광산은 아닐 거란 생각에 레인이 다시 묻자 은근히 둘러 대려던 그레이가 어쩔 수 없다는 듯 다시 입을 열었다.

"……다이아몬드 광산입니다."

추적이 불가능한 자금이 필요하다는 아지즈에게 다이아몬드 광산은 분명히 끌릴 만한 제안이었을 것이다. 아무리 생각해도 자신이 이해할 수 없는 스케일이었다. 어쩌면 사우디가 움직이는 조건으로 알맞은 가격인지도 몰랐다.

"뭐, 우리 쪽에서도 문제가 있어서 채굴을 하지 못하는 상황이라. 그 문제는 아지즈 왕자 쪽에서 해결하기로 하고 넘겼으니 그리 큰 손해는 아닙니다."

"문제라뇨?"

"거길…… 레지스탕스가 점거했거든요. 엄밀히 말하면 서머셋 가의 소유인데, 6개월 전부터 놈들이 점거해서 마음대로 채굴하고 있는 상황이죠. 손을 쓸까 했지만 무슨 일인지 각하께서 그냥 놔두라고 하시더군요. 아마도 사우디에 넘기려고 그랬나 봅니다."

자신은 도저히 가브리엘의 생각을 따라갈 수 없다고 생각한 레인이 결국 생각을 털어버리려 고개를 흔들었다. 그는 몇 가지의 경우의 수를 생각한 걸까? 조금 질린 얼굴이 된 레인에게 그레이가 이해한다는 듯 말했다.

"절대 적으로 돌리고 싶지 않은 분이죠."

"동감해요."

"집요하고, 난폭하고, 추진력에 끈기까지 있으셔서 더 무섭죠."

"재력과 권력까지 포함해 주세요."

그녀의 말에 그레이가 참담하게 중얼거렸다.

"그걸 어떻게 휘둘러야 하는지도 알고 있어서 무서운 거죠."

레인과 그레이의 시선이 부딪혔다. 그리고 의미 없이 동시에 허탈하게 웃음을 터뜨렸다.

"어쨌든 무사하셔서 다행입니다."

"늦지 않게 와주신 덕분이죠."

창문 밖으로 이제 모카항구는 완전히 보이지 않았다. 하지만 요트는 어딘가에 있을 목적지를 향해 망망대해를 건너고 있었다.

카림은 비공식적으로 사우디의 국적을 얻었다. 거기까지가 계약의 조건이라고 하는 듯했다. 그리고 그 상태로 영국 가브리엘의 본가로 보내졌다. 당분간 그곳에서 휴식을 취하며 정신과 상담을 병행할 예정이라고 했다.

그 모든 절차는 요트가 사우디에 도착하기도 전에 끝났다. 레인은 여전히 의식을 차리지 못하는 카림에게 마지막 인사도 하지 못한 채 아이가 사우디를 떠나는 것을 볼 수밖에 없었다. 그리고 그 직후 레인의 팀도 미국의 본사로 복귀했다.

"만신창이네."

레인은 자신을 보자마자 아무렇지도 않게 인사를 건네는 존의 면상에 팔만 멀쩡하면 주먹을 꽂아 넣었을 거라고 생각했다. 그가 간다던 한 달의 휴가는 떠나지도 않았다는 것은 이미 알고 있었다.

"앞으로 적어도 내 팀은 CIA와 관련된 의뢰는 받지 않도록 해줘요."

아직 덜 아문 상처가 욱신거렸다. 그래도 처음과 비교해서는 운신이 꽤 자유로웠으나 그렇다고 아프지 않은 건 아니었다.

"그리고 그쪽에서 마음대로 계약 파기를 했으니 위약금도 톡톡히 받아냈겠죠. 위험수당 톡톡히 쳐서 보너스로 주세요."

이미 생각하고 있던 일인 듯 존이 고개를 끄덕였다. 짧은 보고서를 존의 책상 위에 올려두며 레인이 마지막으로 말했다.

"그리고 내 퇴직금도 정산해 줘요."

"너 정말 그만둘 셈이야?"

"그만두겠다고 말했잖아요."

임무를 다녀오면 마음이 바뀌리라 생각했던 존이 버럭 소리를 질렀다.

"안 돼! 너는 꽤 유능하단 말이다!"

"다음 팀장으로는 리가 좋겠어요. 그의 빈자리를 채울 괜찮은 화력 좀 알아봐 주세요."

"레인!"

그래도 레인은 표정 하나 변하지 않았다. 그 얼굴을 보고나서야 존은 정말로 그녀가 모든 것을 내려놓았다는 것을 깨닫고 말았다.

"지금까지 제 편의를 봐주신 것, 고맙게 생각하고 있어요."

"퇴직금을 받아도 그게 어디로 갈지는 내가 제일 잘 알아. 빚더미에 앉을 셈이야?"

이미 레인에게는 꽤 많은 빚이 쌓여 있었다. 퇴직금을 받아 그걸 전부 병원비로 쏟아붓는다 해도 어림도 없었다.

"최소한 비슷한 페이를 주는 다음 직장을 알아볼 때까지만이라도 있어."

"존."

"왜!"

"나는 살인자가 되고 싶지 않았던 것 같아요."

레인이 블라인드 사이로 내려다보이는 뉴욕을 바라보며 말했다. 여전히 번잡하고 숨 막히는 도시였다. 그런 이 도시를 사랑하면서도 떠날 수밖에 없었다. 언제나 자신이 머물렀던, 돌아왔던 도시.

"살인자가 되고 싶은 사람이 어디 있겠어?"

존의 말에 왜 자신이 군인이 됐는지 생각하게 됐다. 그저 분쟁지역만 다니며 의료봉사를 하는 어머니가 아슬아슬했을 뿐이었다. 자신이 군인이 돼서 그 분쟁들을 해결할 수 있다면, 그런 막연한 생각을 가지고 사관학교에 입학했다.

거기서도 실전 전투를 할 필요가 없는 전술에 지원했고 의외의 재능을 발견할 정도로 적성에 맞았다.

"그 아이가 죽으면 난 살인자가 되는 거예요."

그게 두려웠다. 어머니는 그런 아이들을 돕는 의사였다. 자신이 이성을 잃었던 대가가 이렇게 아무 죄도 없는 무고한 아이의 목숨으로 돌아온다는 게 두려웠다.

"그래서?"

"생명유지장치를 떼라고 항상 조언했던 건 존이잖아요."

"떼려면 진작 떼든가. 빚은 빚대로 떠안고 잘하는 짓이다."

자신을 걱정해서 하는 말이란 걸 알았기에 레인이 뭐라 대꾸하지 않고 피식 웃었다. 스스로를 가혹하게 몰아가기 위해 들어왔던 곳에서 뜻하지 않은 위안을 얻었다. 정말로 마지막이라고 마음속으로 정하고 나니 후련하기보다는 씁쓸한 감정이 먼저 남을 정도로.

"내가 결혼하면 놓아준다고 했죠?"

속이 타는지 책상 위의 아이스커피를 벌컥벌컥 마시던 존의 입가를 타고 커피가 주르륵 흘러내렸다.

"뭐?"

"상대가 나타났어요."

"언제? 설마 그 상대가 리야? 근육돼지인 블락은 아닐 거고. 조이는 조금 방정맞잖아?"

분명 레인의 스케줄은 빡빡했다. 6일간의 경호 업무를 보고 난 뒤 그대로 예멘으로 떠났으니 그녀가 남자를 만날 시간은 없었을 거라고 존은 확신했다. 그렇다면 예멘에서 임무 중에 어떤 로맨스가 있었다는 말인데 팀원 중 아무리 생각해도 리밖에는 그럴 만한 인물이 없었다.

"일하는 도중에 만난 건 맞는데, 나중에 정식으로 자리를 마련할게요."

"……정말이야?"

그저 레인이 이 일을 그만두고 싶어서 하는 변명이라고 반쯤 생각했던 존은 자리를 만든다는 말에 도끼눈을 떴다. 정말로 레즈비언이 아닐까 하고 진심으로 생각했던 존으로서는 기함할 말이었다.

"두고 보면 알겠죠. 리에게 인수인계는 하겠지만, 부하로서 보는 건 이게 마지막이에요."

존은 더 이상 레인을 잡을 수 없다는 걸 깨달았다. 그 확고한 결심은 결국 흔들리지 않았다.

"너, 다른 생각하는 거 아니지?"

결국 입안에서만 맴돌던 말을 존이 꺼냈다. 이렇게 단도직입적으로 물어볼 수밖에 없었다. 빙빙 돌려서 이야기해 봤자 말을 꺼낸 본인도, 레인도 힘든 말이었다. 존의 물음에 레인이 그걸 직접적으로 물을 줄은 몰랐다는 얼굴로 가만히 서서 그와 시선을 맞췄다.

"당신은 좋은 사람이에요, 존."

"그건 마지막 말 같으니까 그런 말은 하지 마."

그 아이의 생명유지장치를 떼고 난 뒤 자신이 모든 것을 놓고 무너질까 봐 걱정하고 있는 게 분명한 존에게 레인이 환하게 웃었다.

"네 웃음을 보고 아니라고 믿겠어."

레인은 그가 지금껏 어떻게 해서든 이 회사에서 나가지 못하게 자신을 붙잡았던 이유를 결국 마지막에 알고 말았다.

"지금까지 내가 나를 놓지 않게 해줘서 고마워요, 존."

"시끄러워. 예뻐서 그런 것도 아니니까. 네가 그렇게 웃는 모습을 처음 봤으니까 믿어 보는 거야. 쓸데없는 소리가 들려오면 다시 끌고 올 줄 알아."

존이 퉁명스럽게 레인의 사표를 이번에는 찢지 않고 첫 번째 서랍 안에 넣었다. 그의 눈가가 조금 붉어진 것도 같았다.

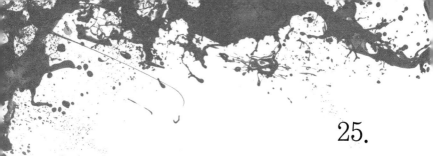

25.

하지만 난 지켜야 할 약속이 있고, 잠들기 전에 갈 길이 멀다,
잠들기 전에 갈 길이 멀다.

– 로버트 프로스트

삐— 삐— 삐—

레인은 심박을 나타내는 작은 모니터에서 한동안 눈을 떼지
못했다.

1년에 한 번, 혹은 두 번. 레인은 자석에라도 이끌린 것처럼
이곳을 찾아왔다. 그리고 하루 내내 그 자리에 서서 여러 대의
모니터와 선에 연결되어 있는 계집아이를 보고 도망치듯 플로리
다를 떠났다.

6년 전, 이 아이를 처음 이곳에 데리고 왔을 땐 귀밑의 짧은
머리카락이었다. 지금은 허벅지를 넘어선 기다란 머리칼을 하고
있었다. 그때와 다름없이 머리카락 외엔 별로 자라지 않은 몸이
조용히 숨을 내쉬면서 생명을 이어갔다.

몇 번이나 의사가 생명유지장치 제거에 대해 권유했고, 레인도 머리로는 알고 있었다.

"내 결심이 오래 걸렸어."

레인의 손이 아이의 얼굴 위에서 머뭇거리다 이내 닿지 못하고 다시 제자리로 돌아갔다.

제자리로 돌아간 손을 곁에 있는 가브리엘이 깍지를 껴 자신의 손 안에 두었다. 손끝이 떨리고 있었던 걸까. 차가운 손 안에서 움찔거리며 떨리는 스스로의 손이 너무 잘 느껴졌다.

제 아비를 죽이려 한다는 것을 알아차린 아이가 울면서 뛰어와 아비의 품에 안긴 순간, 레인은 절대 잊지 못할 가장 끔찍한 죄를 지었다.

이 아이를 보면 그때의 죄가 생각났다. 자신의 온몸을 적시던 계집아이의 피가 영원히 지워지지 않을 거란 걸 알고 있다.

뇌사 판정을 받은 지 6년이 지났다. 자신을 구원해 줄 기적을 간절히 바랐지만, 기적은 일어나지 않았다.

"미안해. 너를 이토록 오래 내 곁에 머물게 해서."

가장 보고 싶지 않고, 원망하고 싶은 사람의 곁에 머물러야 했을 아이의 심정은 한 톨도 생각하지 않았다.

"끼아아아아아―!"

아이가 질렀던 마지막 비명이 다시 귓가를 갈랐다.

아마도 평생 자신을 따라다닐 그 비명 소리를 레인이 겸허하게 받아 들였다.

"생명유지장치 제거에 대한 동의서입니다."

서류를 가지고 의사가 병실 안으로 들어섰다. 지금껏 안면이 있는 레인에게 희미하게 눈인사를 건넨 그가 그녀에게 서류를 건넸다.

사인만 하면 끝나는 일이다. 처음부터 그러기 위해 플로리다까지 왔다. 결국엔 이 아이의 첫 생명을 빼앗고, 그것을 살렸으며, 다시 그 생명을 앗아가는 것까지 모두 레인이 하게 됐다.

최선을 다했다고는 생각하지 않았다. 현실에 짓눌려서, 심장 근처에 키우기 시작한 괴물이 자신을 먹어치울까 전전긍긍하다가 결국 타협점을 찾아냈으니까. 살아 있으며 생각을 할 줄 아는 자신은 스스로 살기 위한 길을 택했다.

"존은 네가 죽으면 나도 죽을 거라고 생각했어."

속눈썹 한 올 떨리지 않는 아이는 여전히 인형처럼 눈을 감고 있었다.

"나도 그렇게 생각해서 필사적으로 널 살리려고 했어."

레인의 말이 끝나기 무섭게 가브리엘이 깍지 낀 손에 힘을 주었다. 피가 통하지 않을 정도로 강하게 잡은 그의 손등 위를 레인이 손가락으로 괜찮다는 듯 톡톡 두드렸다. 정말로 괜찮았다. 마음이 흔들리지 않았다. 고요한 바다를 천천히 유영하는 사람처럼 아무런 동요가 일어나지 않았다.

"앞으로 평생을 네가 마지막으로 내뱉은 비명 소리를 들어야 한다는 사실을 견디지 못할 것 같았거든."

이 병원에 아이를 맡기고 처음 면회를 온 날, 그 자리에서 스스로 목숨을 끊고 싶었다는 것을 레인은 부정하지 않았다. 비명 소리는 그때부터 시작됐다. 틈을 보이고 웃음이 나오거나 혹은 행복해질 것 같은 기미가 보이거나 할 땐 어김없이 기다렸다는 듯 비명 소리가 시작됐다.

스스로를 잔혹하리만치 몰았다. 자살할 용기가 없으니 가혹하게 위험한 임무를 떠맡으며 자연스럽게 누군가 이 비열한 목숨을 거둬가기를 마음 한구석이 내내 바라고 있었다.

"그런데…… 이제 평생 들어도 괜찮을 것 같다는 생각이 들어서."

이번에는 레인이 가브리엘의 손을 꽉 잡았다. 그와 눈을 마주치지 않아도, 아무 말하지 않고 그가 자신을 응시하는 시선을 느낄 수 있었다. 그는 태어나서 처음으로 레인이 손을 내밀어 매달린 상대였다.

"이런 우리라도……."

입술 끝을 깨물었다. 습한 기운이 느껴져 시선을 위로 들었다. 뿌옇게 흐려지는 시야에 레인이 당황하며 입술을 더 세게 깨물었다.

"붙잡고 살 것 하나쯤은 있어야 하잖아."

그래야 또다시 내가 살아갈 변명을 만들 수 있어.

나를 붙잡고 있는 가브리엘이 있어서, 내가 붙잡고 있는 가브리엘이 있어서 평생 네 비명을 들을 용기가 생겼다.

아이의 머리 위로 보이는 창문 사이로 어두운 하늘이 보였다.

내내 맑은 플로리다의 하늘은 오늘따라 먹구름이 잔뜩 끼어 있었다.

곧 비가 올 것 같았다.

"사인을 할게요."

의사가 내민 서류의 서명 란에 사인을 한 레인이 뒤로 한 발 물러났다.

삐—

곧이어 모니터에 긴 줄이 끝없이 이어졌다.

그리고 후드득 떨어지던 빗방울이 이내 거센 폭우로 변해 쏟아지기 시작했다. 반쯤 열린 창틈으로 들어오는 물방울이 아이의 잠든 얼굴에 튀길까 레인이 창문을 밀어 닫았다.

손등 위로 빗물이 그새 튀어 손을 거두는 잠깐 사이 아이의 베개 위로 물기 자국을 내며 떨어졌다.

"여기도 묻었어요."

가브리엘이 손을 뻗어 레인의 눈가를 부드럽게 훑고 지나갔다.

눈가를 훑은 그의 손에도 물기가 묻어 나왔다. 손등의 빗물도 이제는 털어버려 사라졌건만, 여전히 아이의 베개 위로, 잠든 말간 얼굴 위로 물기가 뚝뚝 쉼 없이 떨어졌다.

그리고 레인은 그제야 아이를 놓을 수 있었다. 그녀의 머리가 이제 자신이 붙잡아야 할 대상이 바뀌었다는 걸 느릿하게 인식했다.

한 달이라는 시간은 순식간에 지나갔다.

가브리엘은 잠시 영국에 다녀오겠다며 자리를 비웠고, 레인은 자신이 맡았던 일의 인수인계를 하느라 정신이 없었다. 그사이 부상당했던 팔과 옆구리의 상처는 완전히 아물었다. 아침마다 샤워를 하고 거울을 볼 때마다 붉고 도톰하게 올라왔던 총상의 흔적만 예멘에서 있었던 일을 알려줄 뿐 몸의 컨디션은 완전히 돌아왔다.

"으흑흑, 그럼 이제 정말 오늘이 마지막인 거야?"

자신보다 훌쩍 더 큰, 성인 남성의 키를 가진 클레이가 출근해서부터 퇴근을 앞둔 시간까지 레인의 뒷목을 끌어안고 놓아주지 않았다. 레인이 움직일 때마다 그 덩치가 질질 끌려다니는 모양새였다.

"눈물도 안 나오잖아."

"아냐. 나와. 아까 찔끔 나왔어."

애초에 뿌리치려는 노력은 하지 않았다. 그럴수록 목을 헤드록 걸 듯 꽉 조여 오는 판에 아까는 정말 생사의 기로에 섰다. 리가 피식피식 웃으며 레인이 넘겨준 서류를 차곡차곡 책상에 앉아 정리했다.

"지금까진 이 서류 작업을 네가 도맡아 해서 다행이라고 생각했는데 내 몫이 될 줄이야."

리는 회사에서 제안한 팀의 다음 팀장 자리를 거절하지 않았다. 아마 리를 대신할 스나이퍼가 팀에 새로 들어오는 대로 다음 임무를 맡게 될 테지만 그 전까지 그녀의 팀은 비공식적인 휴가였다.

"네 애인은?"

"응?"

클레이의 물음에 무심코 고개를 돌렸다가 자신의 어깨에 머리를 걸치고 있는 그녀와 볼이 부딪혔다.

"벌써 한 달째잖아? 연락 없어?"

"아⋯⋯."

"정말 연락 없는 거야? 매일 통화 안 해?"

레인이 입을 다물었다. 통화라면 매일 하고 있었다. 다만 클레이가 그 말을 꺼내자 지난밤 통화 내용이 떠올라 신음을 삼켰을 뿐이다. 그것을 클레이는 연락이 없었다는 뜻으로 알아듣곤 벼락같이 화를 내기 시작했다.

"그렇게 잘생긴 놈이랑 사귈 때부터 내가 알아봤어!"

사실 잘생겨도 너무 잘생겼다. 그건 사람이라기 보단 예술품 쪽에 가깝다고, 이런 예술품이 레인에게 미쳐 있다고, 게다가 돈도 많다고! 온 회사를 돌아다니며 지난 한달 내내 사람들에게 자랑을 하고 다닌 건 클레이였다.

"⋯⋯나 아직 헤어진 거 아니거든?"

"그래. 다들 그렇게 생각하지. 그런데 연락 안 하는 순간부터 끝이야."

연락이라는 말이 나오자 또다시 지난밤의 통화가 생각난 레인이 고개를 저어 그 생각을 저만치 날려 보내려 했다.

"젖었어요?"

물기 어린 목소리로 은밀하고 노골적이게 물어오던 그 한 마디가 생각나자 두 볼이 붉어졌다. 그의 사전에 부끄러움이란 단어는 아예 존재하지 않는 것처럼, 덕분에 매일매일 음란한 단어들로 가득한 속삭임을 듣느라 저녁에 잠을 이룰 수가 없었다. 처음 몇 번은 무시하고 끊었더니 밤새도록 전화가 울렸다. 전화를 받지 않았더니 어떻게 알았는지 한밤중에 리와 클레이가 잠옷 바람으로 달려왔다. 레인이 연락이 되지 않아 걱정이 된다고 가브리엘에게 전화가 와서 놀라 달려왔다고 하는 바람에 전화도 못 끊게 됐다.

"아니, 내가 무슨 말을 했다고 얼굴이 붉어져?"

"아냐."

"뭔가 있는 것 같은데. 그나저나 어제도 전화 기다리느라 잠 못 잔 거야? 다크서클 봐……. 괜찮아, 레인. 내가 더 괜찮은 사람 소개해 줄게. 첫 연애잖아. 두 번째 연애는 좀 평범한 사람이랑 해봐."

전화를 기다리느라 잠을 못 잔 게 아니라 좀 다른 의미로 잠을 전혀 못 잤다.

마음 같아서는 네가 밤마다 그 전화를 대신 받아보라고 소리를 치고 싶었으나 레인은 이성적인 사람이었다. 그러다가 이내 피식 웃고 말았다.

자신은 정말 가브리엘에게 약했다.

"그래, 그런 사람 어디 가서 만나긴 힘들겠지."

아마 세상을 다 찾아봐도 없을 것 같다고 막연하게 생각했다. 문득, 자신을 내려다보며 웃던 해사한 그 얼굴이 그리워졌다. 주머니에서 핸드폰을 꺼내 한 번 바라보다 부재중 연락이 없는 것을 확인하고 다시 넣었다.

잠을 못 잤던 것은 잠시 접어두고 오늘은 자신이 먼저 연락을 해볼까 하는 생각이 들었다.

"그러고 보니 이따 끝나고 조조에서 한잔 알지?"

"아, 잊고 있었어."

"지금 애들은 벌써 내려가서 펍 오픈하자마자 거기 술은 다 마실 기세로 퍼붓고 있대."

아무래도 전화는 내일 해야 될 것 같다. 아까까지 자신을 버리고 가지 말라고 발치에서 울던 블랙이 생각났다. 소도 때려잡게 생겨놓고 의외로 섬세하고 여성스러운 그가 차라리 자신을 밟고 가라며 그 덩치로 회사 복도를 굴러다녔다.

"이게 마지막이야?"

"응."

마지막 파일을 정리해 리에게 넘기며 레인이 기지개를 켰다. 오지 않을 것 같은 마지막이 결국엔 왔다. 본래라면 1주일에서 2주일 안에 인수인계가 끝나기 마련이지만 이상한 미련이 남아 한 달 내내 세세한 것까지 다 알려주려고 했다.

아마도 마음 깊숙한 곳에선 여길 떠나는 걸 아직도 주저하고 있는 것인지도 모른다.

하지만 이제 정말 끝이었다.

"수고했어."

리가 오른쪽 손을 내밀자 레인이 마주 잡았다.

"자자, 이제 밤새 먹고 마시자고. 이러려고 회비 많이 모아 놨다?"

"우리 팀에 회비가 있었던가?"

클레이가 레인과 리의 등을 떠밀며 나가다가 레인의 물음에 멈칫했다. 어색하게 웃는 모양새에 레인은 뭔가 있을 거라 여기며 팔짱을 끼고 그녀를 보았다.

"뭐야?"

"……일주일 전에 내기를 했거든. 헤어졌다, 계속 사귄다. 근데 판이 좀 커져서 다른 팀 녀석들도 다 하겠다고 돈을 거는 바람에……."

"그래서?"

"판돈이 좀 커졌어."

"얼마나 커졌는데?"

"어, 음……."

"머리 굴리지 말고."

판돈이 커졌다기에 3~4천 달러를 생각하고 있었던 레인이 미간을 좁히자 클레이가 어물쩍 대답했다.

"1만 달러가 좀 넘을걸……."

"미쳤어!?"

"존이 '헤어졌다'에 천 달러 걸었어."

레인은 신음처럼 존의 이름을 부르며 두통이 일기 시작하는 머리의 관자놀이를 꾹 눌렀다. 만 달러라니, 이번에는 판이 커도 너무 컸다.

"축하해. 3년 전에 연애고자인 존이 첫사랑과 결혼을 한다, 못한다 이후로 이렇게 큰 판은 처음이었다고 다들 이야기하고 있어."

"그래도 이번엔 판돈 인 나누고 지는 쪽 돈으로 송별회 술값을 충당하기로 했으니까."

지갑을 꺼내 슬그머니 클레이에게 익명으로 내기 돈을 걸어달라고 하려던 레인이 결국 술값으로 충당한다는 말에 도로 집어넣었다.

"남은 돈은?"

"이월이지."

뭘 그런 걸 묻느냐는 얼굴로 클레이가 음산하게 웃었다. 오늘은 정말 먹고 죽자며 레인의 어깨에 팔을 턱 걸쳤다. 그리고 리가 반대쪽에서 팔을 걸치며 그녀가 도망가지 못하도록 붙잡고 그대로 조조로 끌고 가기 시작했다.

클럽 조조의 간판 불은 꺼져 있었다. 한창 영업 중이어야 할 밤에 조조에서 간판에 불을 끈 것은 처음 본 레인이 들어가지 않고 그걸 올려다보자 조조의 기도인 제이크가 웃으면서 그녀의 어깨를 툭 쳤다.

"오늘 매상 확실하게 올려준다고 해서 마스터가 간판 불 껐어. 오늘은 너희 회사에서 전세 냈어."

"제이크, 그럼 너도 들어가서 먹자. 더 이상 손님도 안 올 텐데."

여느 때보다 더 크고 왁자한 소리들이 펍의 살짝 열린 문틈을 타고 요란하게 들렸다. 제이크가 거절하지 않고 레인의 뒤를 따라 펍으로 들어서자 바텐더 릴리가 가장 먼저 두 손을 번쩍 들고 환호했다.

"레인! 무사히 이 회사를 탈출하게 돼서 기뻐!"

큰 가슴을 출렁거리며 뛰어온 그녀가 리와 클레이를 제치고 레인을 꽉 끌어안았다. 보통 용병들을 보면 불구가 되거나 죽기 직전까지 이 일을 하기 마련이었다. 특히 레인 나이 또래면 다른 회사로 옮기는 일은 있어도 아예 일을 그만두기는 힘들었다. 할 줄 아는 게 이런 일 뿐이기에 이제 와서 다른 직업을 찾기란 쉽지 않은 것이다.

"고마워, 릴리."

그녀의 등을 한 번 토닥여 주고 여기저기서 손을 번쩍 들어 알은 체를 하는 사람들에게 눈인사를 건넸다. 오며가며 얼굴을 아는 다른 팀 사람들이나 레인이 지원을 가서 함께 현장에서 뛰었던 이들의 얼굴들이 모두 익숙했다. 그저 자신의 팀과의 간단한 송별회를 생각했건만, 지금 현장에서 임무를 뛰고 있지 않은 회사의 인원들은 다 모인 것 같았다.

"이렇게 모두의 얼굴을 볼 줄은 몰랐는데."

레인이 들어섰을 때부터 펍의 음악을 줄여서 그런지 목소리가 꽤 크게 들렸다.

사막의 늑대

"우리 꼬맹이가 이 지옥을 탈출한다는데 구경하러 와야지."

"이번에 애인이랑 헤어졌다며? 직장도 잃고 일도 잃다니. 난 위로 차 왔어."

"그래. 엄청 잘난 놈이라면서. 그런 놈들은 여자도 많은 법이지."

……우리 회사 최내 주주아.

레인이 그 말을 목구멍 깊숙이 삼켰다.

"안 헤어졌어."

"뻥치지 마!"

레인의 말이 떨어지기 무섭게 2층에서 존이 손가락질하며 있는 힘껏 소리쳤다. 얼굴이 벌겋고 소리를 지르는 걸 보니 이미 필름이 끊기기 직전인 게 분명했다.

"안 헤어졌다니까."

"한 달 동안 못 만났으면 헤어진 거야!"

"맞아. 한 달 동안 섹스를 못 했으면 헤어진 거지."

"이 새캬, 난 결혼했는데 한 달 동안 섹스 못 했어. 그건 말이 안 돼."

"그럼 넌 이혼한 거야, 인마."

말도 안 되는 논리들이 술 취한 사람들을 선동하고 있었다. 이 중에서 제정신인 사람은 없어 보였다. 그렇지 않아도 밤새 전화로 음담패설에 시달리는데 여기까지 와서 섹스 소릴 들어야 하다니.

레인이 자신을 꼬맹이라고 불렀던 남자의 머리를 있는 힘껏 휘

갈겨주곤 2층으로 올라갔다.

처음 그들보다 덩치도 키도 작은 자신이 이곳에 들어왔을 때, 보는 사람마다 놀림조로 꼬맹이라고 불렀었다. 그때는 어조에 조롱이 섞여 있었지만, 이제는 정말 친근하게 불러와서 그렇게 기분이 나쁘진 않았다.

"으헝헝헝헝— 레인, 보고 시풀그야."

이미 혀가 풀린 채로 블락이 테이블을 끌어안고 술을 퍼마시고 있었다. 이미 자신의 자리로 안내된 곳에 일곱 잔의 맥주잔이 놓여 있는 것을 노려보자 반쯤 나사가 풀린 팀원들이 웃으면서 협박을 했다.

"사족보행으로 나가지 않는 이상은 못 나가."

벌써 양주가 몇 병째 테이블 위를 뒹굴고 있는 건지 세어보다 포기한 레인이 결국 맥주잔을 들어 올렸다. 맥주 냄새가 아닌 독한 양주 냄새에 코끝이 싸했다. 숨도 쉬지 않고 단번에 들이켜자 기다렸다는 듯 팀원들이 두 손으로 요란하게 테이블 위를 두드려 댔다.

"다들 지금까지 고마웠어."

입가를 손등으로 닦아내며 레인이 무심하게 말했다.

"……고마우면 마셔야지?"

리가 찰랑이는 맥주잔을 다시 레인의 앞에 밀어놓으며 미소를 지었다.

그래, 고맙다는 말이 통할 상대들이 아니었다. 고맙다는 말 대신에 술 한 잔이 더 진심으로 통하는 놈들이란 걸 잠시 감상에 젖어 있고 있었다.

"날 급성 알코올 중독으로 죽일 셈이야?"

"구래! 우리 레인 술 마니 쥬지 마!"

"미친 새캬! 어디서 혀를 꼬아!"

블락이 벌떡 일어나 귀엽게 혀를 꼬자 팔뚝에 소름이 일어난 소이가 손톱으로 벅벅 팔뚝을 긁으며 소리쳤다.

"자, 레인. 안주 머거야짐. 아~ 해방."

"쟤 이미 손이 발이 된 것 같은데."

곧 있으면 블락의 커다란 덩치가 테이블 위를 기어 올 것 같았다. 그 커다란 손에 앙증맞은 체리를 들고 레인에게 아, 해보라며 히죽거리는 게 이미 다음 날 오늘 자신을 만났다는 사실마저 기억 못 할 게 분명했다.

"흑흑, 정말 우리를 버리고 갈 꼬얌?"

"내가 오늘 저 새끼 혀를 잘라버려야지, 진짜! 릴리! 여기 가위 가져와! 가위!"

결국 블락의 애교 섞이고 걸걸한 혀 짧은 목소리를 못 참고 클레이가 벌떡 일어나 1층을 향해 소리쳤다.

"구럴꼬얌?"

"응. 넌 꼭 버리고 갈 거야."

계속해서 대답을 재촉하는 블락에게 레인이 웃으면서 답했다. 그러자 블락이 두 손으로 얼굴을 가리고 서럽게 펑펑 울어댔다. 그의 우렁찬 우는 소리를 듣느라 어느새 1층이 조용해져 있다는 걸 알아차리지 못했던 레인은 건성으로 그의 어깨를 두드려주며 심심한 위로를 건넸다.

"울지 마."

"나를 버리고! 을마나 잘 사는디 두고 보꺼야."

"그래그래."

여전히 손가락 두 개로 다소곳하게 들고 있는 체리를 빼앗아 입으로 가져가며 레인이 고개를 돌렸을 때, 그가 있었다.

"왜 내 전화 안 받아요?"

흘러내린 금빛 머리카락을 유려하게 쓸어 넘기며 심기가 불편한 얼굴을 한 가브리엘이 묻고 있었다. 처음 그를 보았을 때와 마찬가지로 흰색 티셔츠에 청바지 차림이었다.

어제 통화할 때까지 뉴욕에 온다는 이야기는 없었기에 레인은 그저 갑작스러웠다. 눈을 동그랗게 뜬 채로 보고만 있자 그가 인상을 찌푸리며 다시 물었다.

"설마 내 전화를 안 받은 게 다정하게 누군가를 달래주느라 그런 건 아니겠죠?"

싸늘한 눈이 블락을 건성으로 토닥이고 있는 레인의 손에 가 있었다. 불에 덴 듯 손을 거둬들인 레인이 왜 자신이 저 눈빛 하나에 손을 거뒀는지 스스로도 모르겠다고 생각하며 고개를 저었다.

"아냐. 전화 온지 몰랐어."

"대박, 대박. 어머, 미쳤나 봐."

정말 가위를 가져다주러 올라온 릴리가 레인과 가브리엘의 얼굴을 번갈아 보며 자리에서 방방 뛰어댔다.

"설마 정말 레인 남자친구?"

"애인입니다."

릴리의 말을 정정한 가브리엘이 성큼 다가왔다. 이제 막 샤워를 하고 바로 왔는지 머리끝이 조금 젖어 있었다. 가까이 다가온 그에게서 바디클렌저 냄새가 났다.

"클레이가 배우 뺨치게 멋있다고 그렇게 얘기하더니 거짓말이 아니었나 봐."

"이야, 난 진짜 저 남자가 가게 잘못 찾은 줄 알았어."

"헤어진 거 아니었어? 한 달 동안 연락도 없었다며."

"맞아. 한 달 동안 섹스를 안 했으면 헤어진 거라니까."

"레인이 돈을 많이 벌었나 봐."

"그러게. 역시 술값을 아껴야 해. 그렇게 악착같이 돈을 벌더니 결국 한 건 했구나."

어느새 1층에서 몰려온 놈들이 계단 위로 얼굴을 내밀며 주절주절 말을 늘어놓았다.

"그런데 저 정도 얼굴이면 난 게이가 될 수 있을 것 같아."

미친놈들이라고 한마디 할까 고민하다가 마지막 그 말을 듣고 자리에서 일어난 레인이 계단으로 다가갔다.

"농담이야, 농담."

그제야 자기들이 불리한 위치에 있다는 사실을 깨닫고 손을 저었지만 자비 없는 레인의 발이 위에서 그들을 걷어찼다.

"내려가서 술이나 마셔."

요란한 소리를 내며 굴러서 1층으로 떨어진 놈들이 죽겠다고 아우성을 내질렀다.

"오랜만이에요, 가브리엘 씨."

"다들 변함없이 건강해 보이셔서 다행입니다."

클레이가 인사를 하자 그걸 부드럽게 받아들인 가브리엘이 친절해 보이는 미소를 지었다. 눈치 빠른 리가 아직도 상황 파악을 못 하고 엎드려 있는 블락을 밀어내고 그 자리를 가브리엘에게 권했다.

"돈 많이 벌었어요?"

"그게 무슨 소리야?"

"레인이 돈을 많이 벌었다고 하길래."

"저놈들 말은 다 헛소리야."

"내게 위자료를 줄 만큼 벌었나 해서."

테이블에 턱을 괸 채 그가 방금까지 지었던 친절한 가면은 벗어던지고 무표정한 얼굴로 말했다.

"내 전화를 받는 대신 다른 놈 등이나 두드리고 있는 간 큰 애인님을 어떻게 할까."

"나 간 별로 안 커. 평균이야."

절로 목이 타 스스로 맥주잔을 집어 들고 그 안에 담긴 양주로 목을 축인 레인이 변명했다.

"저 남자가 정말 레인 애인이라고?"

대화에 끼어든 것은 가브리엘을 처음 보고 입을 떡 벌린 채 다물지 못하는 존이었다. 존의 손가락 하나가 부들부들거리며 가브리엘을 향했다.

"네. 우릴 예멘에서 빼준 그 남자요."

클레이가 고개를 끄덕이며 답했다. 그리고 손가락 하나로 존의 턱을 들어 올려 여전히 다물지 않은 입을 닫아줬다.

"아니, 저런 남자가 뭐가 모자라서! 등쳐 먹으려는 꽃뱀 아냐? 아니, 그 전에 남자도 꽃뱀이 있나?"

"존, 내가 빚더미에 앉은 건 당신이 제일 잘 알 텐데요."

자신을 제일 생각해 준다고 여겼던 존이 이런 반응이자 다른 사람들은 안 봐도 뻔했다.

"너는!"

갑자기 그 손가락질이 레인을 향했다. 얼굴이 일그러져선 버럭 소리를 지르기 시작한 존의 고함에 노랫소리는 단번에 묻혔다.

"연애를 좀 하라니까 무슨 이런 꽃뱀 같은 걸 데려왔어!"

"……저 사람 돈 많아요, 존."

레인 대신 클레이가 존의 어깨를 토닥이며 말을 붙였다. 가브리엘은 이런 언쟁은 안중에도 없는지 자신에게 시선을 주지 않는 레인만 물끄러미 보고 있었다.

"돈도 많은 놈이 그럼 왜 레인을 만나!"

그러자 모두의 시선이 레인을 향했다. 평범에서 조금 더 나은 수준의 얼굴이었다. 쌍꺼풀 없는 것치고 큰 편인 눈과, 반질반질한 검은 눈동자에 얼굴은 햇빛 한 점 못 본 사람처럼 창백했다. 눈 밑에는 다크서클까지 생겨 유령 같은 느낌이 강했다. 반면 가브리엘은 만개한 꽃이라도 되는 듯 화사한 미모의 정점을 찍고 있었다. 조명 아래에서도 확연하게 빛나는 금발 머리카락에 티끌 하나 없는 투명한 피부, 푸른 눈까지 완벽한 남자였다. 거기다 조각상의 코를 그대로 베어와 붙여 놓은 것 같은 코에 턱선은 날렵했다.

"그러게요."

둘의 외모를 비교하던 모두가 입이라도 맞춘 듯 존의 말에 새삼스럽게 긍정했다.

"안 돼. 레인, 저 남자는 안 돼."

"왜요?"

그 이유가 궁금한지 가브리엘이 레인에게서 시선을 돌려 존에게 물었다.

"우리 마누라 말로는 이런 미모는 평생 혼자 살아야 된다고 했어. 국가적인 차원에서 아무도 건들지 말고 관상용으로 방부제 넣어서 보존해야 한다고. 이런 걸 독점하는 건 독재정치보다 잔인한 짓이라고 매일 내게 이야기한단 말이다!"

바로 이런 게 세뇌교 육아라는 걸 여실히 보여주는 답변을 하며 존이 열렬하게 그녀의 연애에 반기를 들었다.

"저 말, 이상하게 논리적이야."

조이가 고개를 주억거리며 긍정했다. 리조차도 고개를 끄덕이는 걸 보니 여기에 레인의 편은 아무도 없는 듯했다.

"내가 아름다워요?"

"남자 얼굴 뜯어 먹고 살래? 잘생긴 놈은 얼굴값해! 헤어져! 헤어져!"

가브리엘이 다시 레인을 보며 본인이 아름답냐고 묻자 존이 둘을 당장이라도 뜯어놓을 기세로 '헤어져'를 외쳤다.

"응. 아름답다고 생각해."

"다행이네요. 그럼 평생 내 얼굴 뜯어 먹고 살아요."

존이 했던 말을 그대로 레인에게 돌려주며 가브리엘이 사랑스럽게 웃었다. 레인의 취향에 자신의 얼굴이 적합하다는 것을 진심으로 기뻐하는 얼굴이었디. 턱을 괴고 있던 손을 그녀에게 내밀며 가브리엘이 말했다.

"손 잡아줘요."

망설임 없이 그 손을 잡고 테이블 위에 올리자 여러 군데서 야유가 쏟아졌다.

"우리 레인은 얼마나 예뻐요?"

갑자기 가브리엘의 눈에는 레인이 어떻게 보이는지 궁금해진 클레이가 인정 못 한다는 존의 입을 틀어막으며 물었다. 그러자 가브리엘의 표정이 미처 그런 걸 생각해 보지 못한 사람처럼 묘해졌다.

"마음이 예뻐서 좋아하는 거지, 마음이!"

계단 아래서 누군가 외치자 웃음소리가 따라왔다.

"비교할 대상이 없어서 잘 모르겠네요. 내가 인지하고 있는 이성은 그녀뿐이라."

아래층에서 쨍그랑 하고 컵이 깨지는 소리가 여러 번 들렸다. 농담기라곤 없는 얼굴로 진지하게 대답한 가브리엘이 그녀의 잡고 있는 손을 좀 더 끌어 당겨 자신의 품에 반쯤 기대게 만들었다.

"……아. ……이성이…… 레인밖에 없으셨구나."

"나는요? 난 이성으로 안 보여요?"

아직 내려가지 않은 릴리가 호기심에 찬 얼굴로 물었다. 꽤 예쁘고 섹시한 편으로 인기 많은 그녀가 묻자 가브리엘이 고민 없이 대답했다.

"사람으로 보입니다."

그 냉정한 대답에 릴리의 얼굴이 일그러졌다. 창피했는지 후다닥 아래층으로 내려가자 여기저기서 '사람이 내려온다!'라며 놀리기 바빴다.

그 후로도 분위기는 내내 화기애애했다. 의외로 가브리엘은 모두가 묻는 말에 순순히 대답하며 자연스럽게 팀에 끼어들었고, 간간이 농담도 하며 분위기를 띄웠다. 그가 자신의 손을 꽉 잡은 채 자연스럽게 웃고 가끔 눈이 마주칠 때마다 너무도 다정하게 눈꼬리가 휘어져 오히려 말이 없어진 쪽은 레인이었다.

"아냐, 레인은 못 할 거야."

그의 얼굴을 보다가 이야기에 겨우 귀를 기울인 것은 자신의 이름이 나와서였다. 어떤 이야기를 하고 있었더라.

조이가 손에 체리를 하나 든 채 레인을 보고 고개를 흔들고 있었다.

"그래. 나도 '못 한다'에 한 표."

"뭐가?"

레인의 물음에 말 대신 조이가 체리를 꼭지 채로 입에 넣고 오물거렸다. 그리고 이내 테이블 위로 그가 뱉어 낸 것은 동그란 매듭이 지어진 체리 꼭지였다.

"혀만 사용해서 이렇게 체리 꼭지를 매듭지으면 키스를 잘한 대."

체리 꼭지는 꽤 단단하고 탄력 있었다. 애초에 혀로 이걸 입안에서 매듭짓는 조이가 신기한 거지 보통 사람은 어림도 없어 보였다.

"다들 할 줄 아는 거야?"

"그럼. 이 정돈 일도 아니지."

페이크가 그걸 입 안에 넣었다가 수분이 지난 후 그냥 꼭지 채로 뱉었다. 이게 쉽지 않은 일인 걸 알았는지 클레이도, 리도 입에 넣었다가 실패했다. 곧 우울증 초기 증상까지 가려는 듯한 블락도 술이 좀 깼는지 체리를 입에 넣고 오물거리다 그대로 뱉었다.

"좋아. 그럼 이 중에서 조이 빼고 먼저 매듭짓는 사람에게 200달러 준다!"

존이 의기양양한 표정을 지으며 지갑에서 200달러를 꺼내 접어서 맥주잔으로 위를 눌렀다. 그저 재미로 체리 꼭지를 툭툭 뱉던 이들의 눈에 광채가 스쳐 지나갔다. 그건 레인도 마찬가지였다.

순식간에 바구니 가득 있던 체리가 사라졌다.

애초에 릴리가 체리 철 끝물이라며 서비스로 줬던 체리였다.

"젠장, 난 안 돼."

조이와 가브리엘을 제외한 모두가 체리 꼭지 매듭짓기에 빠져

들다가 하나둘 짜증을 내며 포기했다. 레인이 세 번째 체리를 입에 넣고 오물거리는 걸 가브리엘이 턱을 괴고 빤히 바라보았다. 혀를 사용해서 해야 된다는 건 알았지만 어느샌가 입 밖으로 뱉어낸 꼭지들은 이에 잘근잘근 씹혀 있었다.

"매듭, 짓고 싶어요?"

다들 못 한다고 포기했을 때 가브리엘이 체리물이 들어 붉어진 레인의 입술을 바라보며 물었다.

"응?"

"어떻게 하는지 알려줄까요?"

이것도 방법이 있는 건가.

마지막 도전이라고 여기며 막 체리를 입에 넣은 채로 레인이 고개를 끄덕이자 커다란 손이 뒤통수를 잡고 끌어 당겼다. 순식간에 얼굴이 가까워졌고, 입술이 부딪혔다. 잡아먹을 듯 체리 맛이 나는 입술을 빨아들인 가브리엘이 반쯤 열린 입술 사이를 날카롭게 파고들었다. 고개가 꺾인다고 생각했을 때 뒤로 넘어가지 않게 그의 다른 팔이 허리를 단단하게 감았다.

반쯤 씹고 있던 체리를 그의 타액과 함께 목 안쪽으로 넘겼다. 붉게 물든 타액이 섞이고 말랑거리는 혀와 단단한 체리 꼭지가 엉켰다. 혀를 뾰족하게 세워 레인의 볼 안쪽을 긁어내린 가브리엘의 혀가 체리 꼭지의 가운데를 혀끝으로 눌렀다.

"홋……."

저도 모르게 끓는 듯한 신음이 새어 나왔다.

오랜만의 키스는 지금 자신의 입안에서 무슨 일이 벌어지고 있는지 잊게 했다. 가느스름하게 뜬 눈으로 레인을 보고 있던 가브리엘이 입술을 맞대고 말했다.

"내가 한 것처럼 혀를 굴려서."

뿌리 끝까지 빨아들일 것처럼 다시 깊게 키스한 가브리엘이 레인의 입에서 떨어졌을 때였다.

레인의 입술 사이에서 매듭지어진 체리 꼭지가 툭 떨어졌다.

"이렇게 하는 거예요."

아무렇지도 않은 얼굴로 그가 눈웃음을 지었다.

그렇게 말한다고 해도 하나도 모르겠다. 애초에 자신의 입 안에서 그의 혀가 매듭지었다. 자신의 혀를 감싸던 그 느낌만 남은 탓에 레인은 체리 꼭지는 신경도 쓰지 못했다.

"……이게…… 키스하면서도…… 매듭이…… 지어지는 거였구나…… ."

어느새 사위가 조용해졌다. 조이가 침묵을 깨고 하하하 어색하게 웃으며 박수를 쳤다. 다시 입을 떡 벌린 채 이제 입가에 미약하게나마 거품을 물고 있던 존이 기어이 찬성 못 한다며 뒤로 넘어갔다.

"괜찮아요?"

"……괜찮아."

키스는 둘이 했는데 여전히 부끄러움은 자신의 몫이었다. 붉어진 레인의 볼을 손등으로 감싼 가브리엘이 아무렇지도 않은 얼굴로 걱정을 담아 보았다.

"아무래도 레인이 몸이 안 좋은 것 같아서 오늘은 이대로 인사를 드려야 할 것 같네요."

"그래요. 얼른 들어가요."

"그래그래. 연인들이 만났는데 송별회가 문제가 아니지."

다 안다는 얼굴들로 고개를 끄덕이며 나름 쿨하게 그들이 마지막 인사를 고했다. 레인은 너무도 멀쩡했지만 이 남자와 함께 있으면 이보다 더한 일이 벌어질지도 모른다는 두려움이 몰려왔다. 가브리엘이 손목을 잡아 이끄는 대로 펍을 벗어났다.

펍 앞에는 리무진 한 대가 비상등을 켠 채로 주차되어 있었다. 리무진 앞에서 그들이 나오기만을 기다리던 그레이가 싱긋 웃으면서 문을 열어주었다. 이대로 무슨 파티라도 가나 싶은 마음에 다시 한 번 가브리엘의 옷차림을 봤지만 편안한 차림이었다.

"타요."

리무진 앞에서 왠지 그 안으로 들어가길 망설이는 레인의 등을 가볍게 밀며 가브리엘이 말했다.

"오늘 무슨 날이야?"

"아뇨."

지나가는 사람들이 힐끗힐끗 이곳과 어울리지 않는 리무진을 쳐다보는 게 느껴졌다. 가브리엘은 제대로 대답해줄 것 같지 않아 그레이를 보자 그가 슬며시 시선을 피했다.

이거, 위험하다.

머리에 본능적으로 빨간 불이 들어왔을 때, 뒤에서 그가 다시 레인의 망설임까지 밀어버릴 요량인지 그녀를 밀었다. 리무진의 시트 위로 엎드린 채 들어온 그녀가 고개를 돌려 내린다고 말하려는 순간 가브리엘의 몸이 그 위를 덮쳤다. 일반 차량의 시트와 다른, 푹신하고 편안한 크림색 가죽 시트의 느낌이 달랐다.

"엘, 잠깐만."

여전히 레인의 등 뒤를 뒤덮은 채로 숨을 쉴 때마다 부드럽게 역동하는 그의 가슴이 등골을 오싹하게 자극했다. 티셔츠 아래 드러난 레인의 목덜미에 입을 맞춘 가브리엘이 속삭였다.

"당신을 보면 참을 수가 없어서 호텔까지 갈 여유가 없다고 하니 내 유능한 비서가 리무진을 가져왔어요."

쓸데없이 유능한 비서 같으니라고. 레인이 조수석에 있을 그레이를 노려보려 했지만 이미 뒷좌석과 운전석 사이엔 짙게 선팅된 창이 가로막고 있었다.

"나는 이렇게 됐는데."

그가 레인의 손을 뒤로 가져가 자신의 바지 앞섶에 가져다 댔다. 레인은 제 엉덩이를 찌르던 것이 묵직한 부피를 가진 그의 페니스라는 것을 깨닫자 이 리무진 안에서 무슨 일이 벌어질지 예상이 됐다.

"너무 당겨서 아파요."

레인의 손을 인형처럼 잡고 자신의 바지 지퍼를 내리는 그의 손길에는 부끄러움이라곤 한 점도 없었다.

"엘, 하지 마."

"내가 키스했을 때, 젖었어요?"

그 말에 레인이 시트에 코를 박았다. 물기 어린 '젖었어요?'란 말이 어제 통화 속의 그와 오버랩됐다. 평소의 말투보다도 더 낮은, 하지만 은근한 열을 내뿜고 있는 음란한 그 말에 아랫배가 뜨거워졌다.

"한 달 동안 섹스를 안 하면 헤어진 거나 마찬가지라니, 그럼 한 달 치의 섹스를 몰아서 하면 계속 교제해 줄 거예요?"

귀 뒷부분을 잘근 이로 씹으며 그가 물었다. 티셔츠를 밀어 올리는 손가락이 차가워서 레인의 허리가 움찔거렸다. 가죽 시트 아래로 들어온 손이 레인의 브래지어를 밀어 올리고 가슴을 힘있게 움켜쥐었다.

"아⋯⋯."

"자꾸 엉덩이 움직이지 마. 안 그래도 당장 박고 싶은 걸 참고 있으니까."

그녀의 내부가 얼마나 뜨겁게 자신을 조이는지 알고 있는 가브리엘이 혀를 내밀어 입술을 핥았다. 한 달 전보다 더 마른 것 같은 몸에 잠시 혀를 찼으나 더 이상 참을 수 없었다. 손 안 가득 부드럽고 말랑한 가슴을 쥐고 그 정점에 선 유두를 손가락 사이에 끼워 희롱하자 레인의 목이 신음을 억지로 삼키는 것이 보였다.

"부끄러워요?"

어느새 그의 손이 바지를 벗기고 있었다. 레인은 여전히 시트에 엎드린 채인데 간단하게 바지가 벗겨졌다. 그녀의 얇은 팬티 사이를 손가락으로 가르며 그가 진하게 웃었다.

"이렇게 젖었는데? 젖어서 부끄러운 거야?"

집요한 남자였다. 기어이 대답을 들을 참인지 여전히 손가락으로 팬티 위의 갈라진 틈을 문지르며 가브리엘이 자신의 하체를 엉덩이 아래 단단히 붙여 왔다.

"한 달 만에 보는 건데 얼굴 좀 보여줘요. 내가 이렇게 애원하잖아."

애원은 그녀가 하고 싶었다. 신음을 억누르며 레인이 고개를 절반쯤 돌려 그를 보자 위에서 만족스러운 목울음 소리가 들렸다. 이마에, 코끝과 볼에 짧게 키스하면서 체리 물이 든 입술에 마지막으로 그가 입을 맞췄다.

"왜 내 애인님은 보고 싶었다는 말 한마디 안 해주는 걸까. 나 상처받았어요."

"홋…… 손이나 떼고 말해."

"여기서 손 떼면 레인이 더 힘들어질걸요?"

손끝에 묻어 나온 미끌거리는 애액을 그가 혀를 길게 빼 핥으며 말했다. 호텔에 갈 때까지는 어떻게든 참아보려 했는데 펍 안에서 레인의 얼굴을 본 순간부터 그의 페니스는 단단해져 있었다. 머릿속으로 리무진을 가져오길 잘했다고 생각하며 레인을 그곳에서 데리고 나올 핑계만 생각했다.

확실히 레인에 한해 자신은 발정기를 겪고 있는 짐승일지도 몰랐다.

"미안해요, 내가 조금 난폭해질 것 같아."

그 말과 함께 레인의 팬티를 내린 그가 이미 그녀의 허벅지와 엉덩이 사이에 비비고 있던 자신의 페니스를 그대로 뜨거운 내벽

안으로 집어넣었다.

"하, 하훗!"

손등의 뼈가 도드라질 정도로 시트를 부여잡고 어깨를 일으킨 레인이 빠듯하게 안으로 밀고 들어오는 묵지근한 감각에 몸서리를 쳤다. 자신을 안고 있는 그의 몸은 익숙하면서도 낯설었다. 지난 한 달의 공백기를 보여주듯 거칠지만 부드럽고 난폭하게 자신의 안으로 밀고 들어왔다.

레인의 등에 다시 자신의 가슴을 바짝 붙인 가브리엘이 두 손으로 그녀의 허리를 들어 올려 자신의 페니스를 더욱 깊게 밀어넣었다.

"엘!"

"힘 풀어."

다리 사이를 타고 흘러내린 애액이 크림색 시트 위를 적셨다. 엉덩이 사이에 닿은 부드러운 체모와 음낭이 몸을 살짝 움직일 때마다 은밀한 부위에 비벼지고 부딪쳤다.

탓―

그가 허리를 쳐올리자 레인은 신음을 흘리며 시트를 긁어 내렸다. 그의 말대로였다. 입술을 부딪친 순간부터 다른 사람과 시선을 마주하지 못했던 이유는 뱃속을 들끓는 열기가 식지 않아서였다. 이 남자의 몸을 알고 있었다. 그가 자신을 어떻게 안는지, 어떻게 허리를 움직이는지, 그리고 자신 안에 몸을 묻고 어떤 신음을 흘리는지 너무 적나라하게 잘 알았다.

한 달 내내 끊임없이 그의 음란한 말들을 들어야 해서 그를 보자마자 몸이 반응했는지도 모른다.

"고개 들어."

검은 머리칼 사이에 손을 집어넣고 가볍게 잡아당기자 레인의 목선이 드러났다. 가브리엘은 그 목선에 이를 박아 세우며 깊게 빨아들였다. 자신의 표식을 이 몸 전체에 새기고 싶었다. 도독도독하게 뛰는 맥박을 물어뜯을 듯 깊게 그곳의 냄새를 맡고 허리를 쳐올렸다.

"앗! 하아! 조금 천천히⋯⋯."

"이렇게 꽉꽉 물어놓고 그런 말은 반칙이에요."

짙게 선팅된 차창 사이로 뉴욕의 밤거리보다도 레인의 얼굴이 비쳐 보였다. 열에 달뜬, 좀처럼 보여주지 않는 붉어진 눈가가 깊이 눌러놓았던 그의 잔혹성을 부채질한다. 망가질 정도로 세게 안고 싶기도 하고 사랑스럽고 다정하게 안고 싶기도 한 이중성에 스스로에게 조소를 보낼 정도였다.

가브리엘이 한쪽 입꼬리를 올리며 더 깊게 레인의 안으로 파고들었다.

뿌리 끝까지 박히는 느낌에 레인이 반사적으로 기어서 도망가려 했다. 골반을 잡자 버둥거리다 이내 포기해 버리는 작은 몸을 보며 가브리엘이 잔악하게 웃었다. 창문에 비친 그 미소를 보는 순간 시야가 뒤바뀌었다.

가브리엘은 레인의 한쪽 다리를 잡고 빙글 돌려 이번에는 가죽 시트에 등이 닿게 만들었다. 어느새 레인은 누운 채로 한쪽 다리를 그의 어깨에 걸치고 있었다. 창문을 통해 흐릿하게 보이는 가브리엘이 아닌, 온연한 색을 갖추고 있는 가브리엘이 위에서 날렵한 눈으로 자신을 내려다봤다.

몸을 돌리느라 반쯤 쑥 빠져나간 페니스가 다시 격렬하게 안으로 밀고 들어왔다.

내벽이 그의 것을 꽉 조이자 짝— 소리와 함께 가브리엘의 손바닥이 레인의 엉덩이 옆쪽을 내리쳤다.

"읏!"

"힘 빼라니까."

짝—

다시 한 번 그의 손바닥이 내리치자 힘이 빠지긴커녕 레인이 더 바짝 그의 것을 조였다. 미간이 일그러지며 그가 입술을 깨무는 순간이 느릿하게 보였다. 지금 이 열기를 함께하고 있는 것이 누구인지 알려주는 것처럼 푸른 눈동자에 짙푸른 잔학성이 어렸다.

"내가 이렇게 엉덩이를 때릴 때마다 내 걸 꽉 조인단 말이에요."

가브리엘이 손가락으로 부드럽게 둘이 연결된 부위와 클리토리스를 어루만졌다. 목소리는 금방이라도 날뛸 것처럼 으르렁거렸지만 손길은 세심하고 부드러웠다. 레인의 미묘한 표정의 변화로 어디를 만져줘야 좋은지, 어떤 신음을 내는지 관찰하면서 그 부분만을 집중적으로 문질렀다.

"그럴 때마다 쌀 것 같으니까 그만 조여."

좀 더 오래 그녀의 안에 머무르고 싶었다. 자신의 것으로 꽉 채우고, 한계점까지 다다라 더 이상 조일 수 없을 만큼 그를 조이는 뜨겁고 질퍽한 내벽이 가브리엘은 사랑스러워 견디기 힘들었다.

벌써 붉게 부어오른 엉덩이를 한 손으로 꽉 쥐자 레인이 허리를 요동쳤다.

도망가지 못하게 어깨에 올린 다리를 끌어안고 움직임을 멈췄다. 천천히 문지르듯 페니스를 빼지 않은 채로 가브리엘이 애무하듯 엉덩이를 조금씩 움직이자 고환이 레인의 골 사이에 비벼지는 느낌이 미치도록 좋았다.

"하악…… 핫…… 으응……."

거의 움직임이 멎은 그의 페니스에 어느새 레인의 엉덩이가 흔들렸다. 어서 더 빠르게, 더 깊숙이 박아달라는 듯 조르는 움직임에 가브리엘이 해사하게 웃었다.

"더 세게 내 걸 넣어달라고 조르는 거예요?"

"……여기서 그만두면 가만 안 둬."

눈앞에 백기가 있다면 흔들었을 거라고 생각한 레인이 붉은 입술을 지그시 깨물었다.

반쯤 젖어 있는 얼굴에 붉어진 입술. 그녀답지 않게 풀어진 눈동자. 속눈썹 끝에 달린 땀방울이 눈물처럼 방울져 눈꼬리를 타고 흐르는 걸 본 가브리엘이 거친 욕설을 입 안으로 삼켰다.

"당장 차 세우고 퇴근해."

그가 운전석과 연결된 수화기를 들고 그 한마디만 잇새로 내뱉었다. 분노까지 느껴지는 어조에 레인이 눈을 크게 뜬 순간 가브리엘이 순식간에 그녀의 상체를 들어 올리곤 얼굴을 맞댔다.

"이렇게 야한 표정으로 조르면 내가 안 쌀 수가 없잖아. 그렇게 내 정액을 받아먹고 싶어요?"

정말로 씹어 삼켜 버릴 것 같은 눈동자가 위험스럽게 번들거렸다. 레인이 고개를 돌리자 그의 입술이 집요하게 따라와 그녀의 귀에 속삭였다.

"안에 싸줄까? 응?"

대답 없는 레인을 안아 들고 여전히 연결된 채로 가브리엘이 차갑게 물었다. 그 물음이 너무 뜨거워서 차갑게 들리는 거라는 걸 깨닫자 레인이 손으로 그의 목을 껴안고 얼굴을 비볐다.

가슴골 사이로 떨어진 땀방울이, 부드러운 가슴이 그의 단단한 가슴팍에 문질러졌다. 꼿꼿하게 선 유실이 그의 가슴을 비비는 느낌이 선득했다. 마치 집어삼키지 못해 화를 내는 맹수를 달래듯 레인이 달싹달싹 엉덩이를 움직였다.

"네가 말해야 움직일 거야."

고집스러운 짐승은 레인의 입으로 음란한 말을 스스로 내뱉으라고 종용했다.

"안에 싸줘. 잔뜩."

한 달간 끊임없이 수화기를 통해 그녀의 귀에 속삭였던 세뇌의 대가를 이제야 받는 사람처럼 그가 잇새로 신음을 터트렸다.

더 이상은 한계였다. 그녀가 항복을 선언했으니 이 밤은 온전히 그의 것이었다.

가브리엘이 움직이기 시작하자 레인의 입에서 이제는 참지 않는 교성이 터져 나와 리무진 안을 가득 울렸다.

어느새 리무진이 멈춘 것도 모른 채, 밤이 지나가는 것도 모른 채 그렇게 서로의 몸을 탐닉했다.

26.

그러나 나는 이렇게 말한다. 앙갚음하지 마라.

– 마태복음 5:39

어떻게 호텔까지 왔는지 기억나지 않았다. 격렬한 정사 끝에 기억나는 것은 그가 자신을 안아 들었다는 사실과 그동안 잠들지 못했던 한 달여의 밤의 여파가 한꺼번에 밀려와 까무룩 잠들었다는 거였다.

눈을 뜨자 어느새 익숙해진 방 안이 보였다.

가브리엘을 처음 만났던 호텔이었다. 스위트룸의 자신의 침대에 누워 있었다. 몸은 개운한 상태였다. 비몽사몽인 저를 그가 씻겼던 기억이 어슴푸레 생각났다. 암막커튼을 봐선 지금 몇 시나 됐는지 짐작도 할 수 없었다.

"엘."

목이 깊게 잠겨 있어 거친 목소리였다. 그의 이름을 부르자 자신의 허리를 감고 있던 팔에 힘이 들어갔다.

"일어났어요?"

쿡, 가슴을 깊게 찌르는 느낌에 레인이 그 팔뚝을 손바닥으로 살살 쓸었다. 언제부터 깨어 있었던 걸까. 아니, 이 남자는 잠들기는 했던 걸까. 다정하게 물을 건네며 가브리엘이 그녀를 끌어안았다.

자신에게서 나는 냄새와 같은 냄새가 났다.

"안 잔 거야?"

대답 없이 그가 가만히 웃었다. 그의 품에 안겨 머리를 기대고 레인이 손을 들어 그의 볼을 쓰다듬었다. 손가락에 감기는 매끈한 피부의 감촉이 기분 좋았다. 입술을 건드렸는지 손가락 끝에 입을 맞추는 가브리엘이 레인을 더 꽉 껴안았다.

"……편지는 읽어봤어?"

"나는 당신을 선택했어요. 그 편지는 내 몫이 아니죠."

어쩌면 그의 소원이었을지도 모르는 편지였다. 생부가 남긴 마지막 단서였다. 그걸 갖고 싶어서 자신에게 접근했던 남자가 고개를 저었다.

"시기가 조금 늦춰질 뿐이니까. 그를 끝까지 추적할 겁니다. 당신의 도움 없이."

생부와 그녀를 별개로 생각하고 있는 그의 목소리엔 분노조차 담겨 있지 않았다. 어떻게 보면 그의 인생을 이토록 바꿔놓은 장본인에 대해 말하고 있는데 지나치게 담담했다.

"그럼 편지를 돌려줘."

결국 그 편지는 자신의 몫이었다.

읽지 않으려 책 깊숙이 묻어 꽂아 놔도 소용없었던 모양이다. 가브리엘이 레인의 말을 듣고 잠시 나갔다가 편지를 들고 돌아왔다. 그녀가 그에게 줬을 때와 별 다를 바 없는 편지였다. 고뇌의 흔적 따위는 묻어 있지 않았다.

"당신이 무슨 생각을 하는지 알아."

"그래? 그러면 혼자 있게 해줘."

편지 봉투에는 단 두 줄만 씌어 있었다.

받는 이, 레인 크로포트. 보내는 이, 조나단 먼츠.

어떻게 자신의 주소를 알았는지는 쓰여 있지 않았다. 어느 날 우체통에 이 편지가 들어 있었고 그것이 생부의 이름이라는 것만 알았을 뿐이었다. 가브리엘이 레인의 어깨에 입을 한 번 맞추곤 다시 방을 나갔다.

문 앞에서 뭔가 할 말이 있는 듯한 얼굴로 그가 뒤를 돌아보았으나 레인은 아무 말도 하지 않았다. 침대 헤드에 몸을 깊숙이 기대고 손에 들린 편지를 손가락으로 톡톡 건드렸을 뿐이다.

봉투에서는 어떠한 단서도 찾을 수 없었다.

그저 어디서나 볼 수 있는 노란 봉투였다.

"나는 당신을 찾아야 해요."

얼굴 한 번 보지 못한 생부에 대한 호기심보다 그가 잠을 못 이루는 것에 대한 걱정이 레인에겐 더 컸다. 이것을 패륜이라고 부르는지도 모른다고 생각하며 레인이 더 이상의 망설임을 버리고 편지를 뜯었다.

그리고 노란 봉투 안에 나타난 하얀 종이에 담긴 내용을 읽는 순간 질끈 눈을 감아버렸다.

저도 모르게 악다문 잇새에서 소리 없는 신음이 터져 나왔다.

"엘."

그가 어디 있는지 알고 있다면 너는 어떤 얼굴을 할까.

마음 한쪽에서 안도와 절망이 동시에 솟구쳤다. 이 모순적인 감정을 스스로도 설명할 수 없었다. 숨이 순식간에 턱 끝까지 차고 올랐다. 심장이 터질 것처럼 뛰어댔다. 비틀거리며 자리에서 일어난 레인이 드레스룸으로 걸어갔다.

자신이 떠났을 때와 마찬가지로 모든 물건이 그 안에 있는 것을 확인하곤 손에 잡히는 것을 빼 몸에 걸쳤다.

그리고 방문을 열었을 때 이미 옷을 입고 그녀를 기다리고 있는 가브리엘과 그레이를 마주했다.

"그런 얼굴 하지 마요."

"내가 어떤 얼굴인데?"

"숨 막히는 얼굴."

그의 얼굴에 그림자가 졌다. 그리고 나서야 알았다. 지금 자신의 얼굴이 가브리엘의 얼굴이란 것을. 레인이 손에 든 편지를 꽉 말아 쥐었다. 종이가 힘없이 우그러지는 느낌이 부질없다 여겼다.

"조나단 먼츠가 어디에 있는지 알았어."

"그래요?"

대수롭지 않게 그가 받아쳤다. 고요한 눈은 조나단 먼츠가 아닌 레인을 좇고 있었다. 그녀의 말 한마디와 숨 한 톨을 놓치지 않고 기분을 살피고 있었다.

"내가 그를 만나도 괜찮아요?"

레인은 가브리엘의 말에 고통 섞인 마음을 터뜨리고 싶었다. 여전히 자신의 마음은 안도하고 또 절망하고 있었다.

결국 그 물음에는 대답하지 못했다.

조나단 먼츠가 있는 곳은 뉴욕에서 세 시간 거리에 있는 필라델피아 외곽의 한 요양원이었다. 잠적을 했다기에 미국에 있지 않거나, 혹은 자신이 사는 곳과 아주 먼 곳에 있거나 할 줄 알았건만 겨우 세 시간도 안 되는 거리에 있었다. 주변은 커다란 숲으로 뒤덮여 있었고 요양원은 차를 타고 한참을 그 안쪽으로 들어가야 했다. '블레스 요양원'이라고 적힌 곳에 도착했을 땐 이미 석양이 질 무렵이었다.

정문에 면회는 오후 6시까지로 되어 있어서 아슬아슬했지만, 어차피 그녀가 만나러 온 상대는 환자가 아니었다. 방문객 접수처에서 라디오를 들으며 꾸벅꾸벅 졸고 있던 사십대 여자에게 다가간 레인이 이름 하나를 물었다.

"윌리엄 레논. 3년 전 이곳에서 사망신고가 되었어요."

"고인과는 어떤 관계시죠?"

"……딸이에요."

3년 전 레인의 앞으로 온 한 통의 편지 안에는 사망신고서 한 장만이 들어 있었다. 신분을 증명할 방법이 없어서 그 사망신고서를 내밀었더니 여자가 고개를 끄덕였다.

"3년 전이요?"

컴퓨터도 없이 손으로 파일을 찾던 여자가 안경을 고쳐 쓰며 한참을 서류를 넘겼다. 레인의 말을 분명 들었을 텐데 등 뒤에 서 있는 가브리엘은 숨소리 하나 내지 않고 조용히 침묵하고 있었다.

"아, 그러네요. 병원에서 췌장암 말기 판정을 받고 3년 전 이곳에 와서 한 달 만에 돌아가셨다고 나와 있어요."

파일을 레인에게 보여주며 여자가 윌리엄 레논이란 이름을 가리켰다. 레인은 한 번도 조나단 먼츠를 본 적 없었다. 사진의 주인이 조나단이 맞는지 알 수 없었다. 레인이 그 파일을 들고 가브리엘을 불렀다.

"나는 그가 어떻게 생겼는지 몰라."

파일에 오른 사진을 본 가브리엘이 고저 없는 목소리로 답했다.

"그가 맞아요."

조나단이 자신의 죽음을 위장한 게 아닐까. 그런 의문이 들었다. 파일의 끝을 구겨 잡은 레인의 시선이 태어나서 처음 보는 아버지의 사진을 내려다보았다. 생경하기만 한 얼굴이었다. 길에서 마주쳐도 절대 생부라고는 생각 할 수 없이 그저 지나칠 평범한 초로의 남자였다.

사진 밖에 있는 자신을 바라보듯 깊은 검은 눈동자를 가진 남자였다.

이 눈동자는 어머니에게 물려받은 줄 알았는데 친부를 닮았을지도 모르겠다는 생각이 문득 들었다.

"……정말 사망한 게 확실한가요?"

"여긴 연고자가 없는 분들이 많이 와요. 그래서 이 요양원 뒤쪽으로 400미터 정도 걸어가면 무덤들이 많죠. 여기 파일 아래 보이시죠? 여기 보면 레논 씨도 서기에 묻혔다고 나와 있네요."

3년 만에 딸이라고 찾아온 레인을 조금 미심쩍게 바라보다가 여자가 이내 친절하게 설명해주었다. 그러다 아래 쓰인 이름 하나를 보고 어딘가로 전화를 걸었다.

"잠시만 기다리세요. 그때 담당 호스피스가 아마 아직 퇴근 전일 거예요."

여자가 손으로 가리킨 곳에는 담당 호스피스의 이름이 적혀 있었다.

"안나, 여기예요."

전화를 받고 바로 내려온 듯 갈색 머리를 한 중년의 여성이 엘리베이터에서 나오자마자 곧장 이리로 다가왔다.

"이분들이 3년 전에 사망한 윌리엄 레논이란 환자를 찾더라고요. 안나가 담당이었죠?"

여자의 말에 안나가 한 손으로 입을 가리고 '세상에!'라고 외쳤다.

"그럼 이쪽이 윌의 딸인가요?"

조나단을 윌이라고 불렀던 모양인지 그녀가 물었다. 레인이 고개를 끄덕이자 안나는 부드럽게 웃으면서 그들을 휴게실로 안내

했다.

"정말 윌과 닮았네요. 반가워요. 난 그의 호스피스였던 안나라고 해요."

"레인 크로포틉니다."

가브리엘은 고개만 끄덕여 보인 후 자신이 누군지 밝히지 않았다. 세 사람이 아무도 없는 휴게실에 도착했을 땐 이미 짙은 다홍빛의 석양이 하늘을 물들이고 있었다. 가브리엘이 음료수를 꺼내 안나에게 건네자 고맙다는 인사와 함께 레인에게 애인이냐고 물어왔다.

"윌이 봤으면 아주 좋아하겠어요."

한 손으로 다시 입가를 가리며 후후 웃은 그녀에게 레인이 물었다.

"윌리엄 레논이 사망한 게 확실한가요?"

레인의 목소리에선 아버지에 대한 정 같은 게 묻어나지 않았다. 타인의 이야기를 하듯 무심하게 물었다.

윌리엄 레논. 그 이름이 낯설다. 하지만 그가 잠적을 결심하며 사용한 수많은 가명 중 하나라는 사실만은 확실했다.

"네. 제가 그의 마지막을 봤으니까요. 그리고 아가씨의 집 우체통에 편지를 넣어둔 것도 나랍니다."

"그럼 이 편지가……."

"윌에게 마지막 부탁을 받았거든요. 아들이 뉴욕에 살아서 한달에 한번은 아들을 보러 뉴욕에 간다고 하니까 부탁하더군요. 레인이 딸이라는 건 알겠는데 조나단 먼츠가 누구인지는 말해주지 않았어요."

참 이상한 환자였다고 안나가 대답했다. 딸이 하나 있다고 이
야기는 했는데 면회는 오지 않고, 왜 딸이 오지 않느냐고 물었더
니 그는 쓸쓸하게 웃기만 했었다. 뭔가 사연이 있는 듯 싶어 더는
묻지 않았다고 안나가 말을 이었다.

"그는 씽상히 고통스럽게 생을 마감했어요. 고통에 몸부림칠
때마다 진통제를 주겠다고 했지만 그걸 거부했죠."

그래서 그를 똑똑히 기억하고 있었다. 안나는 수많은 환자들
의 마지막을 함께했다. 그 환자들이 병에 걸려 죽어갈 때마다 얼
마나 큰 고통에 시달리는지 지켜봤던 사람이었다.

"췌장암 말기는 정말 끔찍하게 고통스러워요. 그런데 정말로
진통제 없이 그 고통을 견디더군요. 나는 그가 벌을 받고 있다고
생각했어요."

"왜요?"

"벌이 아니라면 그 고통을 어떻게 견디고 있겠어요?"

레인이 가브리엘을 바라봤다. 그는 조용히 그 말을 들으면서
창문 바깥으로 지는 노을을 보고 있었다. 노을이 더 내려앉기 전
에 자리에서 일어난 레인이 안나에게 부탁했다.

"그의 무덤을 볼 수 있을까요?"

"딸인데 당연하죠. 그런데 정말 윌의 말이 맞았군요."

"무슨······."

"요양원에서 연고자에게 보내는 봉투가 아니라 그냥 일반 편지
봉투에 자신의 사망신고서를 넣어 달라고 했거든요. 그 편지를

뜯어볼지, 보지 않을지는 그녀의 선택에 달려 있다고. 아마 자신이 죽고 한참 뒤에 찾아올지도 모르겠다고 하더군요. 그리고 그의 일을 까맣게 잊고 있었는데 정말 당신이 왔어요. 벌써 3년 전이네요."

레인은 말을 이을 수 없었다. 가브리엘이 아니었다면 자신은 평생 그 봉투를 뜯어보지 않았을지도 모른다.

"아, 그리고 이건 혹시 딸이 찾아오면 윌이 전해달라고 했던 거예요. 언제 올지 몰라서 항상 들고 다녔는데 이제야 주인을 만났네요."

작은 열쇠 하나였다. 그리고 그 열쇠에 붙어 있는 쪽지 하나에는 은행의 이름과 안전금고의 번호가 적혀 있었다.

"비석 명은 제가 임의로 결정했어요."

"상관없습니다."

"항상 그가 머리맡에 두고 매일 읽던 성경 구절 중 하나예요."

그녀에게 열쇠를 받아들고 자리에서 일어났다.

안나와 함께 좁은 오솔길을 걸어 작은 언덕을 하나 넘자 수십 개의 묘지들이 나왔다. 묘지라고 해서 암울한 곳이 아니었다. 누군가 관리해주는 사람이 있는 듯 작고 소담한, 이 숲의 한쪽을 차지하고 있는 무덤들이었다.

"만나서 반가웠어요, 레인. 애인분도. 윌의 무덤은 저기 오른쪽에서 세 번째예요. 전 이제 퇴근 시간이 돼서요."

"고마워요, 안나."

레인의 말에 또다시 입을 가리고 넉넉하게 웃어 보인 안나는 곧 왔던 길을 되돌아갔다.

"그가 죽었어, 엘."

"윌리엄 레논. 그 이름을 알고 있어요. 내가 조사했던 그의 수많은 가명 중 하나였죠."

그와 자신의 저벅거리는 발소리만 들리는 곳이었다. 이곳은 죽은 자들이 쉬는 곳이었으니까.

오른쪽에서 세 번째 묘지에 섰다. 죽어서도 가명일 수밖에 없는 사내.

묘비 명엔 안나가 알려준 윌리엄 레논이라는 이름이 적혀 있었다. 그리고 그 아래 적힌 구절을 보는 순간 레인은 하늘을 올려다보았다.

─욕심이 잉태한즉 죄를 낳고 죄가 장성한즉 사망을 낳느니라. 야고보서 1:15

조나단은 자신의 죄를 알고 있었을까?

그가 살아 있다면 그것을 묻고 싶었다. 그 평화로웠던 도시를 타깃으로 정한 이유가 뭐냐고, 그곳에서 살고 있던 사람들의 생명은 단 한순간도 생각하지 않았던 거냐고 그를 비난하고 싶었다. 당신이 계획했던 살상에서 살아남은 유일한 아이가 당신을 죽이기 위해 왔는데, 이미 그는 무덤 속에 들어가 있었다.

"당신의 죄가 당신을 찾아왔어요."

레인이 노을이 앉은 차가운 비석에 손을 올려두고 말했다.

"레인, 이리와."

묘비를 확인한 가브리엘은 이미 등을 돌려 걷고 있었다. 노을을 등지고 서너 발자국 앞에서 그가 레인에게 손을 내밀었다.

"내가 부르면 와야죠."

당신이 부르면 내가 가는 것처럼.

가브리엘이 마지막 말을 삼키며 별다를 것 없는 얼굴로 여전히 조용히 웃었다.

왜 아무것도 읽을 수 없는 걸까. 그의 복수가 이토록 허무하게 꺾였는데. 레인은 그에게 끌리듯 다가가서 손을 잡았다.

"단 한 명이라도 죄의 값을 치르는 자가 있었다면 하고 생각한 적이 있었죠."

무척이나 담담한 어조로 가브리엘이 이제는 저물어 보랏빛이 되어가는 하늘 건너편을 향해 걸었다. 작은 언덕의 오솔길. 그 끝에 언젠가 시장에서 그가 사기당해 샀던 사진이 떠올랐다.

그들이 올라가야 할 언덕의 끝은 하늘과 맞닿아 있었다.

마치 천국으로 갈 수 있는, 열려 있는 문 같았다.

"그는 죗값을 치렀어요."

"고통 속에서 죽어간 걸 말하는 거야?"

가브리엘이 알 수 없는 눈동자로 레인을 내려다보았다. 하늘의 색이 변할 때마다 그의 눈동자 색도 조금씩 변하는 것이 보였다. 눈동자 속, 날카롭게 벼려진 칼날은 이미 갈 곳을 잃었다. 이제는 무뎌질 일만 남았다는 것을 깨달았다.

"하나뿐인 친딸을 평생 만나지 못했고, 친딸은 그의 얼굴조차 몰랐죠. 그게 그가 짊어지기로 한 죗값이에요."

그 말을 끝으로 가브리엘이 지금껏 하고 있던 십자가 목걸이를 목에서 끊어냈다. 낡은 가죽 줄이 손쉽게 끊어져 그의 손에 떨어졌다.

잠시 보랏빛 하늘 사이로 그 십자가를 들어 바라본 가브리엘이 미련 없이 그것을 주머니 안에 갈무리해 넣었다.

"엘."

"알리의 신을 보내기에 나쁘지 않은 곳이에요."

이런 순간만을 평생 찾아다녔던 사람처럼 가브리엘이 다정하게 웃었다. 그는 조나단을 용서한 게 아니었다. 다만 그가 죗값을 치렀다고 여겨 복수를 그만뒀을 뿐이다.

"뭐해요? 빨리 와요."

또다시 서너 걸음 뒤처져서 레인이 언덕을 이미 올라가 있는 가브리엘을 올려다봤다.

결국 십 수 년을 건너 뛰어 조나단은 무덤에서 그의 죄를 마주했다.

"언젠가……."

"응?"

"아냐, 아무것도."

레인은 입을 열지 않았지만 가브리엘은 다 알고 있다는 눈으로 그저 조용히 웃었다.

"우리의 괴물은 아직 안전해요."

바람이 불어왔다. 그가 날리는 머리칼을 뒤로 넘기며 말했다.

'괴물'을 발음할 때의 눈동자가 일순 섬찟하게 빛났지만 이내 안으로 갈무리 됐다.

"그래."

아직은. 하지만 언젠가 자신과 가브리엘에게도 돌아올 죗값.

우리는 언젠가 돌아올 인과(因果)를 기다리며 사는지도 몰라.

자신을 보며 웃는 남자에게 레인이 마음속으로 말했다. 그 인과가 돌아올 때까지는 자신의 곁에 그가 있었으면 좋겠다는 생각을 하면서.

— fin.

외전 01.

공작 부인

　정식으로 영국에 초대를 받아 서머셋가의 대저택을 방문했을 때는 아무리 레인이라도 놀라지 않을 수 없었다. 경비들이 지키고 있는 정문에서부터 저택까지 이어진 긴 정원을 차를 타고 들어가는 데만 10분이 넘게 걸렸다. 정원은 심플하지만 곱게 깔린 잔디와 자연적으로 자 란 오래된 나무들, 그리고 커다란 인공 연못들로 이루어져 있었다.

　가을의 끝 무렵이라 나무마다 붉게 물들어 화려하게 핀 꽃보다 꽤 아름답다고 생각될 정도였다.

　"오셨습니까, 각하."

　콧수염이 멋진 중년의 남자가 정장을 갖춰 입고 정문 앞에 서서 직접 차 문을 열어주며 인사를 건넸다.

"레인, 이쪽은 저택의 집사인 토마스예요. 토마스, 이쪽은 앞으로 내 피앙세, 레인."

"안녕하세요, 토마스."

"안녕하세요, 레인 씨. 그레이에게 이야기 많이 들었습니다."

"그는 그레이의 아버지예요."

가브리엘의 설명을 듣고서야 레인은 그레이의 회색 머리칼과 토마스의 머리칼이 닮은 것을 알아차렸다. 운전을 하고 왔던 그레이가 손짓을 하자 일하는 사람 몇 명이 트렁크에서 레인의 짐을 꺼냈다.

"어머니는?"

"아아, 공작 부인께선 오늘도 대영박물관에 가셨습니다. 히타이트 유물전을 한다고 아침 일찍 나가셨으니 적어도 밤에나 돌아오실 겁니다."

토마스가 응접실로 안내하며 잠시 기다려 달라고 말했다. 정원이 한눈에 보이는 응접실의 창문은 모두 열려 있었다. 가을 냄새를 머금은 바람이 불어오고 가끔 그 바람을 타고 낙엽이 응접실 안으로 굴러들어 왔다.

"어머니 취향이에요. 가을을 좋아하시거든요."

창가의 테라스에 작은 티 테이블과 카우치가 놓여 있었다. 테이블 위에 책이 보여서 그 테이블을 누가 쓰는지 알 것 같았다. 눈앞이 탁 트여 있어서 평화롭고 아늑한 기분이 드는 저택의 정원이었다.

"안녕, 레인."

그레이와 함께 응접실로 들어온 것은 카림이었다. 석 달 전, 마지막으로 봤을 때 정신을 잃었던 모습과 대조되는 모습이었다. 아이의 까만 고수머리엔 윤기가 돌았고 얼굴은 살이 좀 쪘는지 통통했다.

"안녕, 카림. 오랜만이야."

이곳에서 정신과 상담을 받고 있는 게 효과가 있었던 건지 카림의 입가엔 여유로운 미소가 감돌았다.

"지낼 만해?"

"공작 부인과 그레이에게 필요한 걸 배우고 있어."

내년에는 기숙학교에 들어가기로 했다고 말하는 카림은 주머니에서 햄스터를 꺼내 테이블 위에 내려놓았다.

"아직도 키우고 있네."

"내 주머니 속에 얌전히 들어 있었어. 죽지 않고 같이 왔으니 어쩔 수 없지."

귀찮은 것을 보는 듯한 눈이었지만, 해바라기 씨를 햄스터의 입가에 가져다 대는 손길은 다정했다.

"공작 부인께서 카림을 무척이나 예뻐하십니다."

"영악하게 어머니 앞에서만 착하게 구니 그렇지."

그레이의 말에 가브리엘이 냉소를 머금었다.

"내가 원하는 걸 얻기 위해선 타인에게 친절하게 굴라고 가브리엘이 말했잖아."

그 말을 그대로 실천한 것뿐이라며 카림의 작은 어깨가 으쓱했다. 손등을 타고 어깨 위로 올라간 햄스터가 카림의 머리칼을 간질이자 인상을 찌푸리며 덥석 집어 다시 손바닥 위에 놓는다.

"다행이야."

"뭐가?"

"네가 잘 적응하는 것 같아서."

"노력하고 있어."

카림이 테이블 위에 올라온 과자를 집어 들었다.

"이 아인 올바른 사람들에게 바른 교육을 받고, 좋은 친구들을 사귀고, 세계가 얼마나 넓은지, 그 세계를 통치하는 자들은 누구인지, 사람을 다루는 기술과 제왕학을 배울 거예요."

준비된 따끈한 홍차를 따라 레인의 앞에 밀어주며 가브리엘이 느른하게 웃었다.

"그리고 30년쯤 뒤에 다시 예멘으로 보내면."

가브리엘의 말을 듣고 있으면서 듣고 있지 않은 척 카림의 시선이 정원으로 향했다. 손에 들고 있었던 과자 조각을 어느새 햄스터가 갉아 먹고 있었다.

"이 아이가 만들어갈 예멘이 궁금하지 않아요?"

그는 확정짓고 대답했다. 가브리엘이 다시 예멘으로 카림을 돌려보낼 때, 이 아이가 예멘을 통치할 거라고 단정 지었다.

"궁금해."

레인이 카림의 옆얼굴을 빤히 바라보았다. 30년. 그 시간이 지난 뒤에 이 아이는 어떻게 성장해 있을까.

그리고 문득 떠올랐다. 카림에게서 결코 지울 수 없는 지브릴이란 존재가.

아마도 가브리엘과 자신은 평생 등 뒤의 지브릴을 경계하며 살아야 하리라. 하지만 눈앞의 아이를 데리고 나온 것을 후회하지 않았다.

30년 뒤의 세상을 그려보고 싶게 만드는 아이.

"들었지, 카림? 우린 너에게 거는 기대가 커."

가브리엘의 말에 콧방귀를 뀌며 카림이 주머니에 햄스터를 다시 넣고 자리에서 일어났다.

"내 미래를 멋대로 결정해 줘서 고마워. 그럼 난 이만 진짜 심리치료사에게 치료란 걸 받으러."

그렇게 말했지만, 레인은 카림을 데리고 예멘을 떠나던 날 알았다. 차를 타고 저택을 나가는 순간부터 예멘의 모든 것을 눈에 넣으려고 쳐다보던 카림을 기억했다. 반드시 다시 예멘으로 돌아오겠다고 그때 결심했을 아이를 레인이 바라보며 손을 흔들었다.

"방이 준비되었습니다. 기다리게 해드려 죄송합니다."

정중히 고개를 숙여 보인 토마스에게 레인이 마주 고개를 숙였다.

"괜찮아요."

"가장 전망이 좋은 방입니다. 저희들은 그 방을 포레스트룸이라고 부른답니다."

웃고 있진 않았지만 설명을 해주는 토마스의 기분이 왠지 모르게 즐거워 보였다. 레인이 자리에서 일어나자 따라오려는 듯 가브리엘이 일어났다.

"각하, 서재에 처리해야 될 서류가 몇 개 있습니다. 시급한 게 하나 섞여 있어서요."

그레이가 가브리엘에게 말했다.

"레인, 올라가서 기다려요."

그가 먼저 서재로 향했고 토마스의 뒤를 따라 레인이 2층으로 올라갔다. 대리석으로 만든 계단에는 푹신한 카펫이 깔려 있어서 발소리가 나지 않았다.

"방이 많네요."

레인이 복도를 사이로 죽 늘어서 있는 방문을 바라보자 토마스가 웃으면서 답했다.

"저택과 별채를 합쳐서 총 76개의 방이 있습니다. 별채는 사냥터 쪽에 있는데 내일 각하와 함께 그곳에서 점심을 드셔도 괜찮겠네요."

"사냥터가 있나요?"

"지금은 사냥을 하지 않지만, 저희는 여전히 그곳을 별채 사냥터라고 부르죠. 혹시 사냥을 좋아하시면 준비해놓으라고 이를까요? 수십 년 동안 사냥을 하지 않아 가끔 곰이 나오기도 합니다."

야생동물이 아주 많아서 사냥하기 좋을 거라고 말하는 그에게 레인은 고개를 흔들어 대답을 대신했다. 사냥을 해본 적은 없고 동물을 죽이는 것도 좋아하지 않았다.

"여깁니다."

복도의 중간쯤에 멈춰선 토마스가 방문을 열자 응접실만 한 커다란 방이 나왔다. 하늘거리는 린넨 커튼이 살짝 열린 창 사이로 날렸다. 스위트룸의 침대보다 더 큰, 성인 남자 네다섯이 누워도 넉넉할 것 같은 원목 침대와 가구들이 방 이곳저곳에 조화롭게 놓여 있었다. 벽지는 은은한 옅은 녹색 계열이었다.

"테라스로 옆방과 연결되어 있습니다. 옆방은 각하의 방입니다."

"그럼 여기는……."

"대대로 공작 부인께서 쓰셨던 방이죠."

그리고 살짝 열려 있던 창문의 테라스에서 한 여인이 나왔다. 밝은 금발은 나이를 먹어감에 따라 색소가 더 옅어진 듯했다. 뚜렷한 이목구비의 여인은 나이를 짐작하기 어려워 보였다. 하지만 그 푸른색 눈을 보는 순간, 본능적으로 그녀가 가브리엘의 어머니임을 짐작했다.

"반가워요, 크로포트 양."

"반갑습니다, 공작 부인."

"어머, 공작 부인은 무슨. 캐롤이라고 불러요."

소녀처럼 웃음을 던진 그녀가 친근하게 레인의 손을 잡고 테라스로 나갔다. 이미 그곳에 준비되어 있는 다과를 보며 레인은 그녀가 자신을 기다렸다는 것을 깨달았다.

"아까 차를 타고 오는 것부터 지켜봤어요."

손가락으로 아래를 가리키며 캐롤이 말했다.

"혹시 주인 방에 내가 먼저 들어와 있어서 기분이 상한 건 아니죠?"

"주인이라뇨? 이 방은 공작 부인의……."

"어머어머, 내가 이 방을 비운 지가 언젠데."

부드럽게 레인의 팔을 두드린 캐롤이 고개를 저으며 웃었다.

"이렇게 하지 않았으면 가브리엘의 눈치가 보여서 제대로 이야기도 못 했을 거예요. 크로포트 양의 뒤에 서서 절 이렇게 노려봤을 테니까요."

팔짱을 끼고 무심한 얼굴을 짓는 캐롤의 얼굴에서 가브리엘을 발견한 레인이 작게 웃음을 터뜨렸다.

"나는 그 아이가 평생 누군가를 만나지 못할 거라 여겼어요."

따스한 눈으로 레인을 바라보는 눈빛은 회한에 사무쳐 있었다.

"가브리엘의 과거를 모두 알고 있죠?"

"네. 알고 있습니다."

"그걸 감당할 수 있겠나요?"

"아뇨. 제 것도 감당할 수 없는데 그의 것을 감당할 수 있을 리가요."

홍차에서는 코끝을 부드럽게 감싸는 향긋한 장미향이 났다. 레인은 적당히 식은 그것을 한 모금 입안에 넣고 내려놓은 뒤 말을 이었다.

"그저 이해하고 있습니다. 그건 아마 저도, 엘도 평생 감당할 수 없을 겁니다."

"좋은 대답이군요. 어줍지 않게 감당할 수 있다고 대답을 했으면 난 이 결혼을 절대 반대했을 거예요."

툭 던진 말에서 레인을 시험해봤다는 듯 캐롤이 만족스러운 얼굴로 팔짱을 꼈다. 그녀는 레인의 담담한 얼굴이 마음에 들었다. 사람의 눈을 바라볼 때 흔들리지 않는 무심한 시선, 얼핏 보이는 웃음, 과하지 않은 감정 표현에 안심이 됐다.

"그 일이 벌어진 뒤, 내 손길조차 피하고 밤마다 피투성이가 돼 저택 안을 돌아다니는 아들의 모습을 보기만 해야 했죠. 내가 안고 다독여 주기라도 하면 경기를 일으켰거든요."

테라스의 난간을 손바닥으로 쓸며 그녀가 말했다. 지나가는 어조였지만 그 말에는 자식의 그런 모습을 지켜봐야 했던 어머니의 통탄이 서려 있었다.

"그 아이에게 복수를 하라고 말했던 사람은 나예요."

순식간에 분위기가 바뀌었다. 입가에 얼음 같은 고소를 머금고 목소리는 찌르듯 날카로웠다. 가브리엘의 모습과 캐롤의 모습이 겹쳐 보였다.

"너를 나약하게 만들었던 것들을 모조리 없애 버리라고 말했죠. 네가 복수를 시작한다면 모두가 너를 돕게 될 거라고."

캐롤은 찻잔 아래로 눈을 내리깔았다. 속눈썹이 드리워져 그녀의 눈이 어떤 생각을 하는지 알 수 없었다. 가브리엘도 자신의 생각을 내비추고 싶지 않을 때면 그 속눈썹 사이로 본인의 시선을 감춘다.

"왜 웃죠?"

"부인을 보니 엘이 생각나서요."

"그러고 보니 그 아이를 엘이라고 부르는군요."

'엘'이라고 부르는 캐롤의 목소리가 다시 다정해졌다. 아들을 향한 숨길 수 없는 사랑을 확인했다.

"그 이름을 부르는 사람을 다시 만나게 될 줄이야."

자신의 어린 아들을 이제 마음으로 놓을 수 있게 됐다. 캐롤은 아들이 살아갈 '복수'라는 목표를 만들어 줬지만 그것이 끝난 뒤는 그가 참담하게 망가질 걸 알기에 점점 초조했었다. 레인을 만나지 못했다면 안식은 영원히 아들에게 찾아오지 않았으리라.

"나는 크로포트 양에게 아무것도 바라지 않아요. 내 아이가 저어하지 않고 먼저 누군가를 품에 안을 수 있다면 아무래도 상관없어요."

캐롤도 백작가의 집안에서 태어난, 태생부터가 귀족인 여자였다. 하지만 괴짜라고 불릴 만큼 귀족 생활에 적응을 못했고 전 세계를 돌아다니며 유적지를 발굴했다. 가브리엘을 그 답답하고 틀에 박힌 귀족 사회에서 기르고 싶지 않았던 마음이 결국 그를 다치게 했다. 죽은 남편과 친인척들은 그녀가 들어오고 이 서머셋 공작가가 기울기 시작했다고 비난했다.

밤마다 유리를 밟고 돌아다니는 피투성이 아들과 하나뿐인 후계자를 이렇게 만들었다는 남편의 비난에도 불구하고 캐롤이 버틸 수 있던 이유는 언젠가를 꿈꿨기 때문이다.

바로 가브리엘이 짝을 찾은 이런 순간을.

"가브리엘을 잘 부탁합니다."

이제는 안고 도닥여주기엔 너무 커버린 자신의 아들을 레인에게 부탁하며 캐롤이 마음을 놓았다.

"여기 계셨군요."

노크도 없이 문을 열고 들어온 가브리엘은 냉랭한 표정이었다.

"토마스에게 거짓말 좀 시키지 마세요."

"네가 이런 반응을 보이니까 내가 자리를 따로 만들 수밖에."

왠지 모르게 냉랭한 모자 관계였다. 레인에게 할 말을 마치고 자리에서 일어난 캐롤은 이어져 있는 테라스의 건너편을 가리키며 말했다.

"저쪽과 테라스가 연결돼 있어요. 가브리엘의 방문을 환영하지 않을 땐 테라스 문을 잠가 놓으면 돼요."

"어머니."

가브리엘이 나직하게 불렀지만 캐롤은 상큼하게 웃어보이곤 뒤도 돌아보지 않고 방을 나섰다. 캐롤이 앉았던 자리에 인상을 찌푸리고 앉은 그가 어느새 같이 웃고 있는 레인에게 불퉁해져서 입을 열었다.

"뭐가 그렇게 재미있어요?"

"공작 부인이 너와 너무 닮아서 놀랐어."

"그렇게 닮진 않았어요."

"그거야 네 생각이고."

내려다보이는 정문 현관 앞으로 차가 서는 것이 보였다. 그 차에 오르면서 이쪽을 보곤 손을 흔드는 캐롤에게 레인이 마주 손을 흔들어 주었다.

"무슨 이야길 했어요?"

"별 이야기 안 했어. 그냥 널 잘 부탁한다고 이야기하시더라고."

턱을 괴고 레인과 캐롤의 모습을 보던 가브리엘은 더 이상 입을 열지 않았다.

"차가 식었군요."

새로운 찻물을 가지고 온 그레이가 가브리엘의 등 뒤에 섰다. 왜 이곳이 포레스트룸으로 불리는지 알 것 같았다. 2층에서 본 경치는 응접실에서 본 경치와는 달랐다. 멀리 지평선이 보일 정도로 끝없는 들판과 숲이 보였다.

"저택의 모든 걸 잘 봐둬요."

"왜?"

"당신이 앞으로 살아가야 할 곳이니까."

확고한 어조로 가브리엘이 말했다. 웃음기 없는 눈이 진지하게 레인을 응시했다. 저택은 낯설지만 이 저택을 이루고 있는 거대한 자연 그대로의 정원은 낯설지 않았다.

"난 아직도 빚이 많아."

"나와 결혼해주면 모두 사라질 빚이죠."

조나단이 자신에게 남긴 것은 그의 차명계좌와 어떤 사막을 배경으로 찍은 어머니와 그의 사진 한 장이었다. 그 돈이라면 6년 동안 병원에 진 빚을 갚을 수 있을 정도였지만, 레인은 망설임 없이 그걸 시리아의 고아들을 돕는 한 자선단체에 기부했다. 신문 모퉁이에 익명의 기부자라고 이름까지 실릴 정도의 액수였다.

"돈으로 유혹하는 거야?"

레인의 농담에 가브리엘이 유혹적으로 웃더니 그녀 쪽으로 상체를 숙이며 속삭였다.

"돈보다 몸으로 유혹하면 넘어와 줄래요?"

어떻게 해야 자신이 가장 음탕하고 섹시해 보이는지 아는 남자였다. 이런 말을 할 때마다 말끝이 젖어 있는 기분이었다.

"이런 대낮에 뒹굴었다간 내 청혼을 받아주지 않을 것 같아서 유혹은 밤에 하도록 하죠."

그리고 그가 길게 휘파람을 불자 어디선가 흑마 한 마리가 두두두두 뛰어 오더니 테라스 아래 창문에서 두 발을 치켜들고 반가움을 표시했다.

"승마해 본 적 있어요?"

"아니."

"그럼 내가 알려줄게요."

레인은 거절하지 않고 그의 손을 맞잡으며 고개를 끄덕였다. 그 뒤에서 그레이가 수렁에 빠지는 어린 양을 보는 얼굴로 자신을 바라보았으나 곧 가브리엘이 쏘아보자 그 가련한 동정심은 흔적도 없이 사라졌다.

처음 말을 탄다고 했더니 잘 알려주겠다며 자신을 앞에 앉히고 뒤에 바싹 붙어 앉은 가브리엘이 가볍게 저택 주변을 돌았다. 말의 등 근육이 움직일 때마다 자신의 엉덩이를 찌르는 묵직한 것을 애써 모른 척하며 레인이 물었다.

"별채는 어디에 있어?"

"아, 토마스가 이야기했나 보군요. 이쪽으로 건너가면 있어요."

저택의 앞에도 연못이 있었는데 저택 뒤에는 그 연못과 비교도 되지 않는 게 있었다.

"……이건 호수 같은데."

그리고 그 호수의 절반을 뒤덮고 있는, 붉은 옷을 입고 있는 숲이 보였다.

"앞은 인공 연못인데, 이 뒤는 자연적으로 생긴 호수예요. 호수치곤 작은 편이지만."

바로 저택 뒤편에 별채가 보일 거라 생각했던 레인이 그냥 돌아가자고 말하려는 순간 이미 가브리엘은 가볍게 말의 배를 차올리고 있었다. 말이 호숫가를 뛰기 시작하자 레인이 떨어질까 싶어 가브리엘이 그녀의 허리를 단단하게 감쌌다.

순식간에 꽤 깊이 숲 안으로 들어온 레인은 이곳이 산책로가 아니란 걸 알아차렸다. 무엇보다 풀들이 다듬어지지 않은 채 솟아 있었고 사람이 지나다녔던 흔적이라곤 보이지 않았다.

"돌아가는 게 좋을 것 같아."

"아무래도 이쪽은 아닌 것 같죠?"

"설마, 별채에 가는 방법을 모르는 거야?"

"이 숲 뒤편에 있다는 말만 들었어요."

별 대수롭지 않은 일인 듯 가브리엘이 웃으며 대꾸했다.

"그냥 돌아가자."

"그래요, 그럼."

그렇게 말하면서 가브리엘이 말머리를 돌리고 한참을 그냥 서 있었다.

"네 집에서 길까지 잃은 건 아니겠지?"

한참을 말이 없는 그에게 레인이 물었다. 그리고 돌아오지 않는 대답에 레인은 이미 숲의 깊숙한 곳에서 패닉에 빠졌다. 거기에 설상가상으로 풀잎을 타고 뚝뚝 떨어지기 시작한 것은 빗줄기였다.

"일단 비를 피할 곳부터 찾아보자."

크르르르르르르─

비가 오기 시작하자 어딘가에서 짐승의 울부짖는 소리가 들려왔다. 레인은 반사적으로 몸에 있는 무기를 확인했으나 있을 리가 없다.

"토마스가 여기에서 곰이 나온다고 했는데."

설마 숲이 아니라 사냥터로 잘못 들어온 건 아니겠지 싶은 마음으로 허리를 돌려 가브리엘을 보자 그가 숲 너머를 고민스러운 얼굴로 보고 있었다.

"저 나무 위로 올라갈까요?"

그가 근처에 보이는 커다란 나무를 가리켰다. 잎도 큰 걸 보니 비는 피할 수 있을 것 같았다. 빗줄기는 점점 거세져서 이대로 숲을 헤매면 큰일이라는 생각에 나무 위로 올라가기로 했다.

언제 봐도 가벼운 몸짓으로 손쉽게 나무 위로 올라간 가브리엘이 레인에게 손을 내밀었다.

그보다는 조금 힘겹게 나무 위로 올라간 레인이 둘이 앉아도 튼튼한 가지에 앉아 다리를 걸쳤다.

"부러지진 않겠지?"

"부러지면 안고 떨어질게요."

눈꼬리를 휘며 그가 말했다. 그리고 이내 자신의 가슴을 툭툭 쳤다. 그 손짓만으로 알아듣고 레인이 가브리엘의 가슴에 기댔다.

"왜 네 집에서 조난당해야 하는 거야."

비는 순식간에 사위를 분간하지 못할 정도로 쏟아졌다. 나무 아래 선 말이 갈기를 부르르 털며 몸부림을 몇 번 치자 대충 묶어 놨던 고삐가 순식간에 풀렸다.

"아……."

멀어져가는 말의 뒷모습을 바라보며 레인이 이 거짓말 같은 상황에 허탈해하며 웃었다.

"영국의 날씨란 이렇다니까요."

무성한 잎을 가진 나무가 빗줄기 막아준다지만 그래도 사이로 떨어지는 비에 옷이 점차 젖어들었다.

크어어어어엉!

어디선가 또다시 뭔가 울부짖는 소리가 났다. 그 소리에 레인이 흠칫하자 가브리엘이 그녀를 더 꼭 끌어안았다. 어깨에 닿는 금빛 머리칼이 물기에 젖어 있었다. 대부분 그가 자신을 끌어안는 것은 이렇게 뒤에서였다. 귓가에 흘려지는 숨소리가 자장가처럼 차분하고 규칙적이었다.

"이젠 뒤에서 누가 끌어안아도 너랑 다른 사람을 구분할 것 같아."

"나 외의 누군가 이렇게 끌어안으면 상대를 죽일지도 몰라요."

숨이 턱 막히도록 거세게 안으며 진득한 밀어를 속삭였다.

"엘."

"사실 이런 식은 아니었는데."

"뭐가?"

"이맘때쯤엔 이 근처 마을에서 불꽃놀이를 하거든요. 그게 영국에서 꽤 유명한데 아무래도 비가 와서 취소된 것 같네요."

레인을 안고 그가 손가락으로 나무 저편을 가리켰다. 꽤 높은 나무였기에 그가 가리킨 곳이 탁 트여 보였다.

"저택에서는 보이지 않지만, 여기서는 아주 예쁘게 보이거든요. 불꽃놀이가."

가장 예쁜 불꽃놀이를 보여주겠다는 그의 말은 거짓말이 아니었다.

"그래서 오늘이 불꽃놀이를 하는 날이었던 거야?"

"그래서 일부러 레인을 오늘 데리고 온 건데."

아쉽다는 듯 가브리엘이 쓴웃음을 지었다.

"다음에 봐도 되는 거잖아."

결국 이 나무까지 온 건 우연이 아니었다. 그래, 이 남자가 길을 잃을 리 없다. 한 번도 길을 잃지 않고 자신에게 달려와 준 남자가 아니던가.

"불꽃놀이는 망쳤지만……."

가브리엘은 레인의 허리를 안은 제 팔을 두 손으로 잡고 있는 레인의 왼손을 들어 올렸다. 그리고 그 굳은살이 박인 손가락의 약지에 커다란 다이아몬드가 박힌 반지를 끼웠다.

"내 아내가 되어 주세요. 당신이 우리의 아이를 낳아줬으면 해."

다이아몬드 위로 빗물이 툭 떨어졌다. 손가락이 순식간에 무거워졌다. 이 무게가 그와의 결혼 생활을 시작할 마음의 무게인 것 같았다.

"청혼을 이런 곳에서 하다니."

축축하게 비가 내리는 숲의 나무 위에서, 말은 이미 도망가고 없었다. 방금까지 조난당한 줄로만 알았던 레인이 비스듬히 고개를 돌려 가브리엘을 노려보았다.

"꽤 로맨틱하시네요."

언젠가 그가 자신에게 했던 말을 그대로 돌려주며 반지를 낀 손가락을 들어 올렸다. 승낙의 표시로 그를 살며시 노려보던 레인의 눈동자가 그와 같은 것으로 나긋하게 휘었다.

청혼을 받아들이자마자 가브리엘이 뛸 듯이 기뻐하며 레인을 데려간 곳은 별채였다. 아무래도 저택까지는 더 오래 걸릴 거라며 빗줄기가 약해졌을 즘, 그와 걸어서 별채에 도착했다. 저택보다는 작은 규모였지만 십 수 개의 방이 있는 어엿한 2층 건물이었다. 특별히 이곳을 사용하지 않기에 상주하는 인원은 없지만, 일주일에 두 번씩 주기적으로 별채의 청소를 한다고 말한 가브리엘은 레인을 욕실로 들여보냈다.

그의 등에 기대 있을 땐 춥다고 생각하지 못했는데 지금은 가을이었다. 욕실로 혼자 들어가자마자 한기가 밀려왔다. 옷을 벗고 욕조에 뜨거운 물을 채워 간단한 샤워를 한 뒤 그 안으로 들어갔다.

"와인이에요."

젖은 채로 들어온 가브리엘이 와인 잔을 레인에게 내밀었다.

"들어와."

그냥 나가려는 그의 팔을 붙잡자 그가 물속으로 비치는 레인의 알몸을 뚫어지게 바라보았다.

"내가 들어가면 욕조 물이 식을 때까지 레인의 다리 사이를 파고들 텐데요?"

"알아."

레인이 욕조의 가장자리에 와인 잔을 내려놓고 고개를 끄덕였다.

"지금 본인이 무슨 대답을 한 줄 알아요?"

가늘게 눈을 뜬 채 레인의 생각을 엿보려던 가브리엘이 이내 셔츠를 찢어발기듯 벗었다. 비에 젖어 달라붙어 잘 벗겨지지 않는 바지까지 성급하게 벗고 욕조 안으로 들어왔다. 그의 반응을 천천히 음미하며 와인을 단번에 마신 그녀가 욕조로 들어온 그의 무릎을 타고 올라가 앉았다.

"왜 이렇게 대담해지셨을까? 응?"

뜨거운 물로 풀어진 레인의 등줄기를 그가 손가락으로 슥 그림을 그리듯 어루만지며 물었다.

"네가 너무 차가워서."

와인 잔을 건네준 손이 평소보다 더 차갑게 식어 있었다. 충동적이었지만 자신의 선택을 후회하지 않고 레인이 희미하게 웃었다. 그녀의 미소를 본 순간 머릿속 이성의 끈이 끊어지는 것을 느끼며 가브리엘이 그녀의 입술에 거칠게 키스했다.

"빌어먹을. 레드와인을 가져다주는 게 아니었어."

가브리엘은 붉은 것은 이제 아무것도 먹지 못하게 하겠다고 으르렁거렸다. 체리를 먹었을 때도, 레드와인을 먹었을 때도 그 옅은 색소를 머금은 입술이 붉은색을 빨아들여 요사스러운 빛을 낸다.

레인이 자신의 배를 쿡쿡 찌르는 그의 페니스를 두 손으로 감싸자 그의 거친 신음이 맞닿은 입술 끝에서 터졌다. 물속에서 천천히 그의 것을 흔들며 엄지손가락으로 선단을 쓸자 가브리엘이 잇새로 경고했다.

"후회할 짓은 하지 마."

그의 반응이 재미있어 레인이 대답하지 않고 웃자 결국 가브리엘이 그녀를 안아 들고 일어났다. 일어나는 도중에도 그녀의 목덜미에 입술을 묻고 물 냄새와 체향을 담뿍 맡았다. 문을 열고 나가자 바로 보이는 침대에 레인을 거칠게 눕혀 놓고 그 위로 올라탔다.

어느새 비가 완전히 멎어 깨끗하게 갠 하늘이 보였다.

"부드럽게 안아줘."

지난 밤 거칠게 파고들었던 정사의 후유증이 아직도 남아 있었다. 온몸은 지끈거리지만, 자신을 내려다보는 푸른 눈동자를 보자 레인의 다리가 나긋하게 그의 허리에 휘감겼다. 이제는 그가 입술만 대도 붉어지는 피부는 제 색으로 돌아오질 않았다. 그가 밤새 물고 빨던 가슴은 평소보다 한 사이즈가 더 커져서 속옷도 전부 새로 샀을 정도였다.

아직 저물지 않아 침실 안은 시야가 확실히 구별됐다.

사냥꾼의 눈빛이 도망갈 수 없게 레인을 속박한 뒤 온몸을 낱낱이 살폈다. 가브리엘은 간밤, 자신이 남겨놓은 흔적을 츱 소리가 나도록 다시 빨아들이며 둥글게 가슴을 어루만져 금방 딱딱하게 세워진 유실을 손톱 끝으로 지그시 눌렀다.

"하아…… 흡…… 으응…… 엘……."

"벌써 젖지 마."

농염하게 자신의 성감대를 어루만지면서 젖지 말라고 잔혹하게 말하는 상대를 밀어내자 그가 탁한 웃음을 터트렸다.

"너무 무리한 부탁이야?"

가브리엘의 손가락이 레인의 입술 안으로 들어왔다. 혀를 건드리고 침샘을 자극했다. 익숙한 듯 레인이 그 손가락을 빨았다. 검은 눈동자가 열기에 흐려지는 것을 가브리엘이 냉정하게 바라보았다. 아직은 멀었다. 그녀는 자신을 도발한 대가를 톡톡히 받아야 했다.

"됐어. 그만 빨아."

레인의 입에서 손가락을 빼낸 가브리엘이 곧장 젖어 있는 곳으로 손가락을 하나 밀어 넣었다.

자신의 타액과 애액이 뒤섞인다고 생각하자 흥분감에 레인이 신음을 흘렸다.

"흐응……."

손가락 하나를 부드럽게 감싸는 내벽에 곧장 손가락 하나를 더 밀어 넣었다. 밤새 그의 것을 품고 있었던 내벽이 쫀득하게 틈도 없이 손가락을 꽉 물었다. 기다란 손가락이 천천히 상하를 왕복하자 가브리엘의 허리를 두르고 있는 레인의 허벅지에 힘이 들어갔다.

"하나 더 들어갈 것 같은데."

"안…… 돼……."

"내 페니스는 손가락과 비교도 안 되잖아. 그건 물어놓고 손가락은 안 된다고?"

그녀를 책망하며 부드럽게 사이를 비집고 손가락 하나를 더 넣자 레인의 눈이 크게 뜨였다.

"흐읏…… 하아앙……."

"이제는 당신이 좋아서 흘리는 신음이 어떤 건지 알아."

손가락을 넣은 채로 그 부분을 페니스 끝으로 두드리자 레인이 입술을 깨물며 고개를 뒤로 젖혔다.

"쉬…… 입술 깨물지 마. 더 야하다니까."

지금 그녀의 입술을 덮친다면 분명히 또다시 물어뜯을 것 같아 가브리엘은 초인적인 인내심을 발휘했다.

"넣어줘. 들어와, 엘……."

그 말에 가브리엘이 아쉬워하며 레인의 내부에서 손가락을 빼냈다. 하지만 아무리 기다려도 그의 페니스는 입구 주변만을 지분거릴 뿐 안으로 들어오려 하지 않았다.

"……엘……?"

대신 레인의 손가락을 입으로 가져가 그녀가 그랬던 것처럼 자신의 타액을 발랐다. 깊게 손가락을 애무하듯 빨아들이고 혀끝으로 그 사이를 자극했다. 혀의 돌기가 손가락 사이를 간질이자 또 다른 쾌감에 머리카락이 쭈뼛 섰다.

"뭐하는……."

말이 끝나기 무섭게 그가 레인의 손가락을 그녀의 내벽 안으로 밀어 넣었다.

"흐응!"

가브리엘의 손가락보다 훨씬 얇은 것이 밀고 들어갔다. 그리고 손가락에 자신의 내벽이 주는 느낌이 여실하게 느껴지자 당황한 그녀가 손가락을 빼려 했으나 가브리엘이 놔주지 않았다.

"내가 넣어주지 않으면 이제 혼자서 이렇게 하는 거예요."

그녀의 손가락을 집어넣고도 부족한지 색색 잎을 오므라드는 꽃잎을 가브리엘이 탐욕스럽게 바라봤다. 아무리 그녀의 손가락이라고 해도 자신의 것이 아닌 다른 것을 집어넣고 싶지는 않았다.

가브리엘은 그녀의 세 번째 손가락을 다시 밀어 넣으며 다른 손으로는 자신의 페니스 기둥을 훑었다. 그녀의 내부를 알고 있는 페니스는 뻐근함을 호소하며 빨리 저 안으로 돌진하라고 그의 이성을 부추겼다.

"그만……."

천천히 레인의 손목을 움직이며 그녀의 꽃잎이 손가락 두 개를 삼키는 것을 보면서 자위를 시작했다.

레인은 머리 한쪽이 하얘지는 기분이었다. 그와 자신이 마주 보고 분명히 자위를 하고 있었다. 새파랗게 빛나는 눈이 거대한 파도가 되어 단숨에 삼켜버릴 것처럼 노려보면서도 결코 달려들진 않았다.

그의 손 아래서 문질러지는 페니스가 레인의 허벅지를 탁탁 때렸다.

레인의 내부에 있는 그녀의 손가락 사이를 비집고 들어오려고 선단의 끝이 전진을 하다가도 이내 클리토리스를 문지르고 후퇴한다. 닿을 듯 닿지 않는 느낌에 레인은 지금껏 느꼈던 것보다 더한 흥분감으로 몸을 떨었다.

"내가 만져주는 것보다 더 나오네. 본인 손가락만으로 간 거예요?"

가브리엘이 레인의 손을 빼내고 손가락 사이로 주르륵 흐르는 애액을 그녀 앞에 보여주었다. 자신의 손등을 타고 불투명한 액체가 손목 끝까지 흐른다. 그리고 레인이 보는 앞에서 그녀의 젖은 손가락을 가브리엘이 음탕하게 빨아 먹었다.

이제는 애액이 아닌 그의 타액으로 뒤덮인 손을 레인이 뒤늦게 빼내자 그가 날선 눈으로 웃었다.

"부드럽게 안아 달라며."

가브리엘은 레인을 일으키고 그 자신은 뒤로 물러나 허벅지를 벌린 자세로 앉았다.

"내가 손대면 그게 안 되니까 당신이 날 부드럽게 안아 봐."

오만한 황제처럼 그가 턱 끝을 들어 올린 채 말하자 더 이상 참지 못하고 레인이 그의 다리를 타고 앉았다. 그의 손가락도, 자신의 손가락도 줄 수 없었던 만족을 원했다. 손끝 하나 대지 않고 나른하게 뒤로 기대 있는 그의 허벅지 위에 올라가 다리를 벌리고 선단의 끝을 내벽 안으로 밀어 넣었다.

"하훗!"

손가락은 비교도 할 수 없는 묵직한 크기가 그녀가 원하는 곳으로 밀고 들어왔다.

엉덩이를 내리자 비로소 하나가 될 수 있었다. 그의 어깨를 손으로 짚고 무릎을 세워 엉덩이를 움직였다. 그의 것이 반쯤 빠져나갔다가 금세 내부가 뚫릴 듯 내리 박혔다. 감질나게 느릿하게 움직이는 그녀의 허리를 붙잡고 자신을 풀어놓고 싶었지만 가브리엘은 참았다.

눈앞에서 검은 머리칼이 볼을 간질이고 살짝 벌어진 입술이 쾌감으로 일그러지는 것을 보면서 가브리엘은 레인의 시선만으로 욕정을 품고 날뛸 뻔했다. 쾌락에 휩싸이면 그녀가 이런 먹먹한 시선을 한다는 걸 누구에게도 보여주고 싶지 않았다.

심지어 그조차 보고 싶지 않았다.

자신이 항상 매달려 마킹을 온몸에 퍼붓고 그녀를 한계까지 몰아가는 것은 모두 저 시선 때문이었다.

"채워지지 않아. 네가 해줘."

물기 어린 눈으로 레인이 부탁하자 가브리엘이 입술을 비틀었다.

"내가 하면 부드럽게 못 해요."

이미 그의 섹스에 길들여졌다. 이보다 더 만족할 수는 없었다. 레인이 고개를 흔들며 괜찮다고 대답한 순간 가브리엘이 그녀의 허리를 부서지도록 잡아 눌렀다.

퍽— 퍽—

살과 살이 맞부딪치는 소리가 방금 전과 비교도 안 될 정도로 크게 들렸다.

"흐앙! 앗! 하악! 엘, 엘!"

깊게 치고 올랐다 빠르게 빠진다. 결코 레인의 안에서 나갈 수 없다는 듯 뿌리 끝까지 무섭고 치밀하게 파고들었다. 그 강렬한 감각에 레인은 눈을 제대로 뜰 수 없었다. 질끈 눈을 감고 어둠 속에서 더 생경하게 느껴지는 가브리엘의 존재에 교성을 질렀다.

손톱을 세워 그의 어깨를 긁었지만 가브리엘은 어깨의 감각은 느낄 수조차 없었다.

오로지 자신의 페니스를 물고 있는 레인의 내벽에 온 신경과 감각이 몰려 있어 참을 수 없었다.

허리를 잡았던 손이 어느새 말랑한 엉덩이 두 쪽을 있는 힘껏 짜내듯 쥐었다. 그러자 레인의 내벽이 미칠 듯이 가브리엘의 페니스를 아프도록 압박했다. 그 상태로 엉덩이를 뒤로 빼 힘차게 자신을 집어넣었다.

그리고 레인의 입에서 울음 섞인 한숨이 튀어나온 순간 그녀의 안에 파정했다.

그레이가 반쯤 열린 문 사이로 서로 엉켜서 곤하게 잠들어 있는 두 남녀를 곤란한 듯 바라보다가 문을 닫았다.

"그래, 여기에 계신 거냐?"

"네. 걱정하지 않으셔도 됩니다."

저택의 모든 사람들이 말 혼자만 저택으로 돌아온 것을 보고 그들을 찾기 위해 동원됐다. 가브리엘을 모시는 그레이는 심드렁하게 걱정하지 않아도 된다고 말했지만 토마스는 그 말에 아들의 등짝을 내리쳤을 뿐이다. 겨울에 가끔 숲에 사는 곰이나 여우가 먹을 걸 구하기 위해 근처까지 온다고 혹시라도 무슨 일이 생겼으면 어떻게 하냐고 온갖 잔소리를 들었다.

그럼 곰은 때려잡고 여우는 가죽을 벗겨 공작 부인 목도리로 해줄 사람이라고 대답했다가 등짝을 또 얻어맞은 뒤에야 그레이는 행방불명된 그들을 찾으러 느릿하게 움직였다.

결국엔 이런 못 볼 꼴을 볼 줄 알았다고 자신의 불운을 한탄하며 그가 사람들을 돌려보냈다. 이미 밤은 깊었고 저마다 랜턴을 든 채로 가브리엘과 레인의 이름을 부르며 뛰어다니는 통에 바깥엔 간간이 불빛이 보였다.

잠들어 있는 그들에게도 들릴 법한데, 특히 예민한 성격인 가브리엘이 듣지 못했을 리 없는데 둘은 잠들어 있었다.

"아무래도 오늘 저녁 만찬은 취소해야 될 것 같다고 카림에게 전해주세요, 아버지."

그들이 언제 일어날지는 몰라도 간단한 샌드위치 정도는 만들어 둬야겠다고 생각한 그레이가 별채의 주방으로 향했다.

방 안을 보지 못했지만 그레이의 반응으로 보아 어떤 상황인지 짐작한 토마스가 만면에 웃음을 띠었다. 그리고 아직도 바깥에 있는 고용인들에게 조용히 하라며 낮게 타이른 채 그레이만 남겨 두고 저택으로 모두 철수했다.

만찬에 참석하기로 한 건 카림뿐만 아니라 공작 부인도 함께였기에 그들에게 모두 연락해야겠다는 사명을 띤 노집사의 걸음은 가벼웠다. 그리고 내일은 새로운 공작 부인의 음식 취향에 대해 물어봐야겠다는 걸 수첩을 꺼내 메모해 놓고 별표를 그려놓았다.

영국에서의 첫 날, 편안한 밤이 지나가고 있었다.

외전 02.

비슷한 오후

"우와으아으라아우엉! 엄마! 우아우엉!"

"멍청아! 이게 뭐가 무섭다고 그래?"

"누나 바보 멍청이! 우아앙! 엄마!"

밝은 금발 머리카락을 한 사내아이가 목청껏 울음을 터뜨리고 있었다. 아이는 눈가가 짓물러져 벌게질 때까지 작은 손등으로 눈을 비비며 엄마를 찾았다. 그 옆에서 팔짱을 끼고 새치름하게 사내아이를 쳐다보던 계집아이가 흥, 콧방귀를 꼈다.

"그렇게 무서우면 내려가든가."

"엉엉! 무서워! 못 움직이겠어, 누나!"

그들이 지금 올라가 있는 건 숲에 있는 커다란 나무 위였다. 정원사가 나무를 손질하러 사다리를 잠깐 두고 점심을 먹으러 간 사이 계집아이가 살살 동생을 꼬여내 여기 위에 올라가자고 한 참이었다.

"아유, 이걸 확 밀어버릴 수도 없고. 시끄러워. 엄마한테 들키면 완전 혼나. 조용히 못해?"

계집아이도 말은 거칠게 하지만 동생을 밀 마음은 없었다. 하지만 그 말을 듣고 더 서럽게 우는 것을 보곤 작은 손이 사내아이의 입술을 틀어막았다.

"너, 진짜!"

"클레오! 조슈아!"

"우읍! 엄마다!"

조슈아가 클레오의 손을 뿌리치고 그들을 부르는 엄마를 저도 모르게 벌떡 일어나 외쳤다.

"조시!"

여긴 나무 위였다. 클레오가 붙잡기도 전에 휘청한 조슈아가 나무 아래로 떨어졌다.

"조시! 조시!"

나뭇잎들에 가려 조슈아가 보이지 않았다. 순식간에 하얗게 질린 클레오가 울음을 터뜨리며 제 동생을 애타게 불렀다.

"나무 위에 올라가면 분명히 혼난다고 했을 텐데?"

한쪽 팔에 조슈아를 안고 성큼 사다리를 올라온 가브리엘이 클레오에게 말했다.

"아빠! 흐어어엉! 조시가 죽은 줄 알고……!"

다행히 가브리엘이 늦지 않게 아래로 떨어지는 조슈아를 받아

안았다. 그대로 떨어졌다면 뼈가 한두 군데 부러졌을 게 분명한 높이였다. 조슈아는 어릴 때부터 겁이 많아서 웬만하면 이런 곳엔 잘 올라가려 하지 않았다. 분명 겁이 없어도 너무 없는 클레오가 꾀어냈으리라.

혼쭐을 내주려 했건만 레인과 똑 닮은 얼굴로 울고 있는 큰딸을 보자니 혼을 내야겠다는 생각도 사라졌다.

멀쩡한 한 팔로 결 좋은 까만 머리를 쓰다듬어주며 가브리엘이 부드럽게 웃었다.

"내가 있는데 너희들이 다칠 리가."

"힝……. 아빠, 여기 긁혔어요."

가브리엘의 팔에 안긴 조슈아가 어리광을 부리며 칭얼댔다. 아까 떨어지면서 나뭇가지에 긁힌 팔이 붉게 부어올라 있었다. 그리고 조슈아는 가브리엘이 눈치채지 못하게 누나인 클레오에게 혀를 내미는 걸 잊지 않았다.

"조슈아! 여기 있니?"

레인의 목소리가 사다리 아래에서 들렸다. 클레오의 얼굴이 이번에는 다른 의미로 하얗게 질렸다. 가브리엘은 자신의 애교한 방에 입을 열지 않을 테지만, 조슈아는 특기가 엄마에게 이르기였다. 아직 조슈아에게 이르지 말라고 꼬드기지 못했는데 엄마가 나타났다.

올해 여섯 살인 클레오에겐 세상에서 제일 무서운 사람이 엄마였다.

"곧 내려갈게요, 레인."

입술에 손가락 하나를 가져다 대며 제발 쉿 해달라고 간절한 얼굴로 가브리엘과 조슈아를 쳐다본 클레오가 울먹거렸다.

"흥! 누나 미워! 엄마한테 다 이를 거야."

"일단 내려가자."

"엄마한테 이르면 안 내려갈 거예요."

클레오는 비장한 각오를 하고선 버티고 앉았다. 그 말을 아래에서 들었는지 레인이 코웃음을 치며 받아쳤다.

"지금 당장 안 내려오면 엄마는 정말 화가 날 것 같은데, 클레오?"

그 말에 클레오가 사다리를 잡고 빠르게 아래로 내려갔다. 무사히 다 내려갔다는 것을 확인한 뒤에야 가브리엘도 조슈아를 안고 사다리 아래로 내려왔다.

"엄마, 여기 긁혔어요, 히잉!"

레인을 보자마자 조슈아가 가브리엘에게 했던 그대로 팔을 내밀며 어리광을 부렸다. 그럴수록 클레오가 더 크게 혼이 난다는 것을 알고 있기에 하는 행동이었다.

"누나가 잘못한 건 엄마가 판단할 거야. 넌 더 보태지 말고 가만히 있어."

하지만 거기에 넘어갈 레인이 아니었다. 짐짓 엄하게 눈을 뜨며 말하자 조슈아가 가브리엘의 품으로 파고들었다. 따뜻하게 안기는 말랑한 감촉에 가브리엘이 미소 지으며 나머지 한 팔로 클레오를 안아들었다.

"엘!"

"혼내는 건 이따 해요. 애들도 놀랐을 테니까."

유일한 방패인 가브리엘에게 안긴 클레오가 그의 목덜미에 얼굴을 비볐다.

"난 세상에서 아빠가 제일 좋아."

"나도!"

조슈아가 대답하다가 이내 덧붙였다.

"엄마도 똑같이 좋아!"

그 말에 결국 레인이 웃고 말았다. 하루라도 사고를 치지 않는 날이 없는 아이들이었다. 소심한 조슈아와 대범한 클레오를 반씩 섞고 싶을 때가 한두 번이 아니었다. 작년에는 클레오가 몰래 망아지를 타겠다고 올라갔다가 망아지가 갑자기 움직이는 바람에 떨어져 크게 다칠 뻔한 적도 있었다.

그 이후 아이들에게 엄하게 굴기 시작한 레인은 하루하루가 전쟁 같았다.

"엄마, 그런데 백수가 뭐야?"

"응?"

클레오의 입에서 나온 말에 레인이 되물었다. 머리카락에 묻은 나뭇잎을 떼어주며 눈을 맞추자 클레오가 고개를 갸웃거렸다.

"할머니가 아빠는 백수래!"

"하."

가브리엘의 입에서 기가 찬 한숨이 터져 나왔다. 레인이 저도 모르게 웃을 뻔한 입술을 꾹 깨물었다. 여기서 웃으면 최소한 일

383

주일은 눈앞의 남자에게 시달린다.

"아빠가 백수면 난 커서 백수랑 결혼할 거야."

아무것도 모른 채 웃음을 터뜨리며 '아빠가 제일 좋아. 그러니까 백수랑 결혼할 거야'라고 말하는 클레오에게 레인은 결국 백수의 제대로 된 뜻을 알려주지 못했다.

"할머니가 하는 말 믿으면 안 돼."

"엄마가 할머니는 엄~청 똑똑하댔는 걸?"

"맞아. 할머니는 엄청 똑똑한 사람이랬어."

클레오와 조슈아가 서로 할머니를 치켜세우며 가브리엘의 말에 반박했다. 항상 외국을 돌아다니면서 신기한 장난감을 사다주는 할머니는 이 두 아이들에게 신앙과도 같은 존재였다. 불만스러운 얼굴로 결국 가브리엘이 입을 다물고 정원을 빠져나가서야 아이들을 바닥에 내려주었다.

클레오가 제일 먼저 레인의 눈치를 보면서 앞으로 뛰어나가자 레인이 그 뒤에 대고 소리쳤다.

"오늘은 독후감 두 개 써야해!"

"으앙~ 안 들려요~!"

고개를 이리저리 흔들며 누가 쫓아오기라도 하는 듯 있는 힘을 다해 달리는 아이들을 보면서 레인이 소리 내어 웃었다. 뒤에서 그런 그녀를 끌어안으며 가브리엘이 다정한 얼굴로 속삭였다.

"그림 같죠?"

잔디는 푸르렀고 아이들의 웃음소리는 바람을 타고 높게 날아갔다. 저택의 현관 앞에선 어느새 그레이가 그 자리에 서서 아이들을 두 팔 벌려 안아줄 준비를 하고 있었다.

"카림!"

"카림!"

그리고 그레이의 뒤에 서 있던, 이제는 아이라고 부를 수 없는 소년이 고개를 내밀자 아이들의 목소리가 높게 울렸다. 제일 먼저 클레오가 그레이를 지나쳐 카림에게 달려가 안겼다.

"방학한 거야?"

"응."

"그럼 매일매일 클레오랑 놀아줄 거야?"

"매일은 안 돼. 공부도 해야 하거든."

"힝! 나도나도! 카림 형아! 나도!"

그레이가 멋쩍게 내밀었던 손을 거둬들였고 카림의 발치에서 그의 바지를 붙잡고 조슈아가 칭얼거렸다. 카림이 클레오를 내려놓고 조슈아를 안아들자 클레오의 입술이 삐죽거렸다.

"우리 아빠는 나랑 조슈아랑 한꺼번에 안아 주는데!"

"난 아직 덜 커서 둘을 한꺼번에 안는 건 무리야."

클레오의 말에 카림이 선선하게 웃으며 대꾸했다. 대신 손으로 클레오의 작은 머리를 쓰다듬어주자 그 입술이 조금 들어갔다.

"매일매일 방학이었으면 좋겠다. 카림이 없으니까 너무 심심해."

카림의 존재를 확인하자마자 뒤도 돌아보지 않고 저택 안으로 조잘거리며 들어가는 두 아이의 모습에서는 티끌 하나도 찾아볼 수 없었다. 가브리엘의 말대로 커다란 캔버스 안에 그려진 그림 같은 모습이었다.

하루하루가 완벽한 나날들이었다.

자신과 그가 함께 그린 그림이라고 생각하니 가슴이 벅차올랐다.

잠시 아무 말도 하지 못하고 레인은 물끄러미 가브리엘에게 기대 그 한없이 그림 같은 풍경을 보고 있었다.

그는 단 한 번도 레인과 아이들의 곁을 떠나지 않았다. 그가 어디를 가든 그녀와 아이들을 곁에 두었다. 그것이 혹시라도 그의 부재시에 일어날지도 모르는 사고를 대비해서란 걸 알고 있었다.

"사진을 많이 찍어둬야겠어."

혹시라도 세월이 흘러 이 풍경이 머리에서 흐릿해졌을 때 사진으로나마 추억할 수 있을 게 필요했다.

구름 속에 가려져 있던 해가 바깥으로 나와 따사로운 햇볕 한 줌을 대지에 선사하자 아이들의 얼굴이 활짝 폈다. 이런 작은 자연의 변화마저 순수하게 기뻐하는 모습에 레인은 왠지 눈물이 터져 나올 것 같았다.

"사진은 지금도 넘치도록 많은데요."

서재 한 면이 아이들의 사진으로 꽉 찼을 정도였다.

"레인."

그가 좀 더 그녀를 꽉 끌어안았다. 그레이가 부러 이쪽으로는 시선을 주지 않고 아이들을 데리고 저택 안으로 들어가는 것이 보였다.

"응?"

그리고 그 순간 그의 손이 옷 위로 레인의 젖가슴을 부드럽게 주물렀다.

"⋯⋯별채, 갈까요?"

"난 클레오가 독후감을 쓰는지 감시해야 해서."

레인은 딱딱해진 하체가 엉덩이 사이로 비벼지는 것을 느꼈다. 별채는 그들만의 언어였다. 처음 별채에서 관계를 가진 날 클레오를 가졌고, 어쩌다보니 조슈아까지 별채에서 관계를 했을 때 갖게 됐다.

"그러고 보니, 오늘 불꽃놀이가 있어요."

매년 저택에 있는 숲의 나무 위에서 보는 불꽃놀이는 벌써 2주 전에 끝났다. 하지만 레인은 굳이 그것을 상기시키지 않았다. 열렬하게 몸을 불사르는 구애에 결국 자신을 안은 그의 팔을 꽉 잡았다.

"응? 갈 거죠?"

귀 뒤부터 시작한 베이비 키스가 쉴 없이 레인의 얼굴 위로 떨어져 내렸다. 그 간지러운 느낌에 어깨를 움츠러들며 웃자 가브리엘이 그때를 놓치지 않고 그녀를 번쩍 안아들었다. 레인은 성큼성큼 왔던 길을 되돌아 걷는 그의 목에 두 팔을 둘렀다.

"천천히 가."

하지만 속도는 점점 빨라졌다. 곧 그녀를 안고 뛰기 시작한 가브리엘의 품속에서 레인이 눈을 감았다.

"좀, 급해서요."

숨 한 번 흐트러지지 않고 대답하는 목소리에는 여전히 그녀를
향한 열기와 욕망이 느껴졌다. 레인은 대답 대신 그의 목을 한
번 더 꽉 끌어안았다.

"당신이 사다리 아래에서 나를 올려다봤을 때부터 섰거든요."

결국 레인이 크게 웃음을 터뜨렸다.

잠깐 비췄던 해가 어느새 구름 사이로 모습을 감췄다. 금방이
라도 비가 내릴 것 같았다. 처음 자신이 이 저택에 왔었던 그 날
처럼.

그 날과 아주 비슷한 오후였다.

작가 후기

안녕하세요, 하현달 김신형입니다.^^

연초에 뵙고 오랜만입니다.

〈시리아의 늑대〉는 몇 년 전 시리아에서 실제 있었던 생화학폭탄테러를 모델로 하고 있습니다. 우연히 테러 당시 인터넷서핑을 하다가 본 단 한 장의 사진 때문에 이 글을 시작하게 됐습니다. 열둘에서 열네 살로 보이는 남자아이가 온몸을 잔뜩 웅크리고 쏟아지는 눈물을 닦을 생각도 못한 채 오열하고 있는 사진이었습니다. 그때 처음 시리아에 대해 알게 됐고, 그 소년의 섦은 눈물에 저는 분노를 느꼈습니다.

 저 아이가 살아서 복수를 하게 되는 과정을 그려야겠구나. 그

때 막연히 생각했던 것 같습니다.

아직까지 시리아 생화학테러의 정확한 배후는 밝혀지지 않았습니다. 시리아 정부군이 반정부군을 진압하기 위해 생화학폭탄을 터뜨렸다는데, 증거는 어디에도 없습니다. 얼마 전에 미국 쪽에서 정부군이 그랬다는 증거를 찾았다고 떠들었는데 사실 전 그걸 믿지 않습니다.

글의 주인공들만 픽션이지 중간중간 나오는 중동의 정세는 실제입니다.

어쨌든 배후에 누가 있든 생화학테러의 피해자는 대부분 어린 아이들이었습니다.

어쩌면 그 아이들 중에는 한 나라의 대통령이 될 아이도 있었을 테고, 과학자가 될, 선생님이 될 아이도 있었을 겁니다. 만약 그중 살아남은 아이가 누구도 손댈 수 없는 위치에 올라 있을 때 복수를 다짐한다면 어느 누가 그에게 돌을 던질 수 있을까요?

글을 쓰면서 초반에 한 독자님이 그렇다고 해서 둘의 살인이 정당화되는 게 아니란 말을 하신 적 있었어요. 그 말에 참 공감을 많이 했습니다. 글을 쓰면서 가장 걱정했던 부분을 그분이 날카롭게 지적해 주셔서 놀랐습니다. 저도 혹시 이 글이 그렇게 보이지 않을까 걱정했던 부분이었으니까요.

그래서 사실 이 글의 마지막을 처음부터 정해놓고 있었습니다.

소제목을 신경 써서 보신 분들이라면 아시겠지만, 사실 전부 복수에 관련된 소제목들입니다. 특히 0과 가장 마지막 26의 모순을 알아차리신 분들이 계시겠지요.

결국엔 이 글에서 말하고자 하는 것은 스물여섯 번째 구절입니다. 글을 다 쓰기도 전에 소제목에 들어갈 명언들을 정리해놓고 가장 울컥했던 게 마지막 구절입니다. 처음과 끝은 반드시 이 구절들로 하겠다고 다짐하기도 했고요.

성경 구절들은 성경마다 번역이 달라서 가장 글과 잘 어울리는 번역으로 가져다 썼어요.^^; 그래서 갖고 계신 성경과는 번역이 좀 다를 수 있답니다.

챕터 명언들을 찾을 때도 대부분 키워드를 '복수'에 맞춰서 찾았고, 미드 '크리미널 마인드'에 나오는 명언들을 많이 썼어요.^^;;

눈치채신 독자분들이 많으시겠지만, 로맨스를 쓰는 입장에서 제 입으로 이런 말을 하기가 죄송스럽지만 이 글에서는 행복한 사람은 아무도 나오지 않습니다. 분명히 내가 당한 만큼 복수를 하는데도 가브리엘도, 레인도, 여전히 죄의 짐을 어깨에 진 채 서로에게 기대 살아갑니다. 아리아 또한 결국엔 친구를 죽였다는 죄책감을 이기지 못한 나약한 사람으로 나옵니다. 서로가 어떻게든 속죄의 방법을 찾으려 하지만 극단적이죠.

결국은 혼자 남은 지브릴도, 그리고 너무 어린 나이에 영리했던 카림도.

처음엔 지브릴을 죽여야 하나, 말아야 하나 고민을 많이 했습니다. 하지만 역시 가브리엘과 레인이 평생 뒤를 경계하며 살아가야 하는 증거로 그를 남겨두었습니다. 지브릴 역시도 그들의 인과(因果)이기 때문이죠.

살아가면서 웃을 수는 있겠지요. 어쩌면 행복해질 수도 있을 겁니다. 하지만 영원히 그림자처럼 그들의 복수의 대가, 즉 떨치지 못한 죄책감은 이들이 죽을 때까지 따라갈 겁니다. 그래서 더욱 같은 걸 겪고 있는 서로가 절박할 수밖에 없다고 생각했어요. 이 세상에 기댈 사람은 단둘뿐인. 이해할 사람은 단둘뿐인.

제가 살인을 정당화하며 이 글을 썼는지는 사실 글이 끝난 아직까지 잘 모르겠습니다. 만약 그렇게 느낀 분들이 계신다면 제가 아직 이런 글을 풀어낼 역량이 부족한 것이겠지요.^^;;

초반에 연재 시에 독자님들께 말씀드렸던 것처럼 제가 이 글을 풀어낼 자격이 있는지는 읽어주신 독자님들께 판단을 맡기겠습니다. 보시고 이게 로맨스야? 싶으셨겠지만 개인적으로는 미련도, 후회도 없는 글을 썼다고 생각합니다.

사실 이 글은 세 번째 버전입니다. 첫 번째 버전은 중간까지 쓰다가 완전히 접었어요. 거기선 여주인 레인이 CIA였고, 가브리엘은 여전히 영국의 공작이었습니다. 쓰다 보니 내 스스로를 좀 먹어가는 느낌이 들었어요. 이대로 두 권까지 끌고 가면 쓰면서도 이들의 감정에 내가 질식해서 죽을 것 같은데 이걸 보는 독자님들도 어마어마하게 힘들겠구나 싶었습니다. 이미 써놓았던 글을 아예 덮고 다시 시작하기로 마음먹고 두 번째 버전을 썼을 때 지인분이 이건 로맨스로 적합하지 않을 것 같다고 하셨어요. 이건 아예 다른 글로 빼는 게 나을 것 같다는 말에 중간에 그것도 덮었습니다.(눈물)

그리하여 독자님들이 보고 계신 건 세 번째 버전의 〈시리아의 늑대〉입니다. ^^;;

힘든 용병 생활을 하며 감정을 표현하는 방법이 서툴어지고 무뎌진 여주와 어린 시절 끔찍한 일을 겪고 비틀릴 수밖에 없는 남주. 사실 제가 쓰는 액션은 대부분 초반에 집중되지만 이 책에서는 두 사람의 만남(일방적인 가브리엘의 구애……)이 1권에 펼쳐집니다.

쓰면서도 아…… 참 답이 없는 남주구나, 혼자 피식거리면서 썼는데 의외로 제가 생각한 그대로 캐릭터가 나와서 아마 지금껏 제가 썼던 남주들 중 가장 애정하는 캐릭터가 됐습니다.(웃음) 제가 먼치킨을 좋아해서 항상 나오는 남주마다 먼치킨 남주들이네요. 게다가 외국인 남주! 하면 촌스럽다고 하실지도 모르겠지만 금발의 파란눈이라고 여기는 사람이라 앞으로도 제 외국 남주들은 금발을 고집할 것 같습니다.^^

오랜만의 연재라 연재 할까 말까만 두 달 내내 고민했습니다. 하루에도 수십 번씩 올릴까 말까 어떻게 할까 고민했던 것 같습니다. 오랜 시간 글을 손에서 놓게 되니 사실 어떻게 써야 될지,

이렇게 쓰는 게 맞는지 감이 잘 안 오더라고요.^^;; 그래서 결국
두 달여의 고민 끝에 연재를 시작했는데 제 생각보다 훨씬 더 반
겨주시고 아껴주셔서 감사했습니다.

연재 내내 정말로 즐거웠습니다. 오랜만의 독자분들과의 소통
도 즐거웠습니다. 1권의 연재 중반부쯤 농장에서 가브리엘이 동
물들을 '기(氣)'로 제압하는 것을 보신 독자분들께서 '오오! 판타
지인가 봐요! 시리아의 늑대라더니 남주가 늑대인 듯!', '판타지
좋아요! 늑대인간이라니!' 등등 제가 제주도에 여행 가 있는 동안
덧글을 확인하지 못했더니 위에 등장했던 지인분에게 연락 와서
'남주 늑대인간 확정! 지금이라도 늦지 않았어! 뒷부분을 판타지
로 고쳐!'라고 하셨죠. 그 말을 듣고 빵 터져서 정말 판타지로 고
칠까 잠시 진지하게 생각했답니다.(농담) 농장 씬은 웃으라고
넣은 건데 장르가 판타지가 될 뻔했습니다. 사실 2권에 가서 미
칠 듯 무거워질 거라는 걸 알기에 1권은 최대한 가볍게 밝게(?)
쓰려고 노력했거든요.^^;;

독자분들의 '가브리엘은 언제 괜찮아지나요?'란 질문에 지인분
이 '쭉 또라이예요'라고 답한 뒤로 '죽돌(주욱— 돌아이)'이라는 별
명을 가브리엘이 갖게 되고(다시 눈물) 무사히 쉬엄쉬엄 제가 원하
는 그대로 완결까지 달려왔습니다.

참 담고 싶었던 게 많았던 책이었습니다.
잔인한 장면들 때문에 많이 힘드셨으리라 봅니다. 하지만 언젠
가 이슬람의 '명예살인'은 꼭 이야기를 해야겠다 싶었습니다. 정

말로 명예살인을 당한 대부분은 마녀사냥과 같습니다. 불륜을 저질렀다는 이유로 상대 남자들은 용서받지만 여자라는 이유로, 가문의 명예를 더럽혔다는 이유로, 그 여자가 결혼을 했다면 그녀의 자식들이 가장 먼저 자신의 어머니에게 더러운 여자라며 돌을 던집니다. 그리고 남편이, 그리고 여자의 식구들이, 그리고 그 마을 전체가 돌팔매질로 여자를 죽입니다. 그 여자가 정말 불륜을 저질렀든 아니든 상관없습니다. 이미 그런 소문이 돌았던 것 자체가 가문의 명예를 떨어뜨린 거니까요. 실제로 이슬람 문화권에서 빈번하게 아직도 이루어지는 일입니다. 흔하지 않은 일이 아니에요.

실제 이란에서 있었던 명예살인사건을 소설로 쓴 뒤 영화로 만든 '더 스토닝 오브 소라야'를 보시면 잘 나타나 있습니다.

여자의 남편은 다른 어린 여자를 새 부인으로 맞고 싶어서 마을 남자를 협박해 '소라야'와 부정한 짓을 저질렀단 거짓 고백을 받아냅니다. 마을 남자들 전체가 이걸 알고 묵인하죠. 그 부인은 결국 억울하게 명예살인을 당합니다. 자기 아들이 던지는 돌에 맞고 마을 전체의 사람들이 던지는 돌에 맞아 죽습니다. 그것도 모자라 시신은 개들의 먹이로 던져집니다.

아무런 발언권도 없는 힘없는 여자가 누명으로 얼마나 쉽게, 얼마나 끔찍하게 죽을 수 있는지 그걸 보고 처음 알았습니다. 꼭 한번 언젠가 글로 이 실태를 알리겠다고, 하지만 로맨스라는 장르에 있는 한은 힘들겠다고 여겼지만 이 글에서 결국 넣었습니다. 아리아 역시 간통죄를 뒤집어쓰고 살해당합니다. 그녀는 이슬람교도도 아니었지만 그들에게 중요한 건 그게 아니었습니다.

그저 이 세계 어딘가에서 이렇게 끔찍한 일이 일어나고 있다고 알려드리고 싶었습니다.

어쩌다보니 정말로 긴 작가 후기를 쓰게 됐네요. 이렇게 긴 후기는 처음인 것 같습니다. 지루하게 해드렸다면 죄송합니다. 너무 오랜만에 제가 하고 싶었던 이야기가 처음부터 끝까지 별 탈 없이 써지는 바람에 하고 싶은 이야기들이 너무 많았나 봐요.^^;;

사랑하는 나의 하나님 감사합니다.
그리고 항상 제 걱정뿐인 정말로 사랑하는 부모님, 필리핀에 가서 열심히 공부 중인 저희 언니, 용자 씨 고맙습니다.

이 글에 실존 인물이 등장하십니다! 강원도에 사시는 이원호님. 글상에서는 '리'로 나오시죠.^^ 용병의 역할 등을 상세하게 알려주시고 실제로 용병 팀에 스카웃돼서 한국을 떠날 뻔하셨던 일화를 제게 들려주셔서 다음 글에 꼭 써야겠다! 다짐했었답니다.

여주인 레인의 역할이 사실 원호님의 역할이었어요. 전술담당으로 스카웃되셨었다고. 결국 고사하셨지만요. 사실 용병들의 한 팀은 12명이라고 해요. 그런데 12명을 다 쓰면 저도 헷갈리고 독자분들도 헷갈려서 최소한으로 팀으로 줄여달라고 해서 6명의 팀이 됐습니다.

어쨌든 용병 이야기이고 언젠가 한번 지나가는 농담으로 원호님 본인을 제 글 속에서 등장시켜 달라고 하셔서 이번에야말로! 싶어서 원하시는 이름을 여쭈어 봤더니 '리'라고 이야기하셔서 드디어 등장했습니다.

마지막 탈출 장면은 사실 다른 장면으로 쓸까 하다가 그냥 됐습니다. 얼마 전에 실제로 예멘의 국제공항을 정부군이 사우디의 공습 도움을 받아 탈환에 성공했답니다. 그래서 실제 전투를 교묘하게 섞었어요. 그리고 역시 실제로 예멘의 반정부군은 이란의 도움을(국제공항을 통해 이란이 반정부군에게 무기 등을 지원해준다고 사우디에서는 주장), 정부군은 사우디의 도움을 받고 있습니다. 수도를 빼앗긴 정부군이 사우디의 도움을 받는다는 것을 자료조사 때 안 이후부터 공습은 꼭 넣어야겠다 싶긴 했지만 실제로 국제공항에 공습이 이루어져서 어쩌다보니 정말 실제와 허구가 묘하게 잘 섞였습니다.(공항이 공습으로 인해 폐허가 돼서 이란이 전쟁무기 등 반정부군에게 물자를 지원할 길을 끊어버린 거죠.)역시 이 부분에서 원호님과 많은 이야기를 나누고 고치고 하면서 탄생한 전투씬이랍니다.^^

그리고 아파치 헬기는 최강의 전투헬기라고 불릴 정돈데 소설 속이 아닌 실제로…… 부조종석과 헬멧이 연동되어 있어서 부조종사의 눈이 스코프 역할을 한다고 해요. 정말로 부조종사의 눈이 가는대로 30㎜ 체인건 조준이 철컥철컥 되는 거죠.^^;

특히 아파치 자체가 저소음 로터를 달고 있어서 공격하기 직전까지 헬기가 있다는 사실조차 알 수 없다고 합니다. 실제로 아프간 탈레반 영상을 보면 아파치 헬기가 아래서 내려다보는데 탈레반들이 헬기의 존재조차 모르고 유유히 걷다가 아파치에서 기관포를 쏘고 나서야 존재를 알아차리고 부랴부랴 도망갑니다. 보통 헬기의 투다다다다— 로터 소리가 나질 않으니 아파치의 존재를 알 수 있을 리가요.

우리나라에서도 아파치 헬기를 도입하려고 하고 있죠.^^

조만간 우리나라에 도입이 되면 지나가는 아파치 헬기 조종사에게 눈인사 한번 꼭 해주세요. 30㎜ 체인건이 나에게 철컥철컥 조준되는 걸 목격하실 수 있을 거예요.(울음)

원호님, 제 질문에 항상 답변해주시고 재미있는 비하인드 스토리도 알려주시고 글을 쓰는 데 지대한 도움 주셔서 정말 감사하게 생각하고 있습니다.

항상 제 곁에서 응원을 아끼지 않는 지인분들께도 감사드립니다. 너무 오랜 기간 동안 원고를 기다려 주신 청어람 편집부에도 죄송한 마음과 감사를 함께 드립니다.(정말 죄송해요ㅜㅜ)

무엇보다 가장 오래 잊지 않고 기다려주시고,

시리아의 늑대와 함께 광야를 달려와 주신 독자분들께 마지막으로 감사 인사드립니다.

제 글을 읽는 모든 분들이 항상 행복하셨으면 합니다.^^

2015년 8월
어느 멋진 여름의 끝에 서서 하현달 드림

김선민 장편 소설

Chungeoram romance novel

내가
그토록
너를

바람에 날린 머리칼을 귀 뒤로 넘겨주던 그 순간,
세상의 호흡이 그대로 멈춘 것만 같았다.
설렌 마음에 몇 날 며칠 잠도 이루지 못했고
참 오랫동안 가슴앓이를 했었다.

하지만 거기까지.
아주 가끔씩 아무도 모르게 그를 그리워하는 것,
딱 그 정도만 욕심냈다.

'가끔씩 꿈속에서도 길을 잃어요.
저는요, 꿈을 꾸더라도 현실에 발을 딱 붙인 채로 꿔야 해요.'

가까워진 거리만큼이나 욕심도 자라고 있지만
여은은 두 눈 꼭 감고 현실을 되뇌었다.

세상의 모든 전자책을 위해 탄생된 곳
세상을 보는 또 하나의 창
이젠북!
www.ezenbook.co.kr